BASTEI
LÜBBE

Aus dieser Taschenbuchreihe sind folgende Romane erhältlich. Fragen Sie Ihren Buch- oder Zeitschriftenhändler.

24 001	Robert A. Heinlein Sternenkrieger
24 002	Brian W. Aldiss Der Millionen-Jahre-Traum
24 003	Larry Niven Ringwelt
24 004	Addison E. Steele Buck Rogers
24 005	Alan Dean Forster Dark Star
24 007	Poul Anderson Hrolf Krakis Saga
24 008	Jody Scott Fast wie ein Mensch
24 009	William Morris Das Reich am Strom
24 011	Samuel R. Delany Dhalgren
24 012	Jerry Pournelle (Hrsg.) Black Holes
24 013	Jerry Pournelle Die entführte Armee
24 014	Barry N. Malzberg Malzbergs Amerika
24 015	William Morris Die Quelle am Ende der Welt
24 016	Samuel R. Delany Triton

Larry Niven

Ringwelt

Science Fiction-Roman

BASTEI
LÜBBE

BASTEI-LÜBBE-TASCHENBUCH
Science Fiction Special
Band 24 003

Erste Auflage: Januar 1980
Zweite Auflage: September 1981

Deutsche Lizenzausgabe 1972/80
Bastei-Verlag Gustav H. Lübbe Bergisch Gladbach
Originaltitel: Ringworld
Ins Deutsche übertragen von Bodo Baumann
Titelillustration: Chris Foss
Umschlaggestaltung: Bastei-Grafik (W)
Druck und Verarbeitung:
Mohndruck Graphische Betriebe GmbH, Gütersloh
Printed in Western Germany
ISBN 3-404-01458-8

Der Preis dieses Bandes versteht sich einschließlich der gesetzlichen Mehrwertsteuer.

I.

Louis Wu

Gegen Mitternacht tauchte Louis Wu in einer öffentlichen Reisekabine im Herzen von München auf.

Sein armlanger Zopf schimmerte so makellos weiß wie künstlicher Schnee. Seine Haut und die enthaarte Schädeldecke waren chromgelb; die Iris seiner Augen war golden; seine Robe war königsblau mit aufgesetzten goldenen steroptischen Drachen. Im Augenblick, als er in der Kabine materialisierte, lächelte er und zeigte seine perfekten perlfarbenen Standardzähne. Er lächelte und winkte. Dann erlosch dieses Lächeln wieder, und seine Gesichtszüge zerflossen wie eine schmelzende Gummimaske. Louis Wu zeigte sein wahres Alter.

Einen Atemzug lang beobachtete Louis Wu das Treiben im Zentrum von München: das Materialisieren von Reisenden unbekannter Herkunft in den Kabinen; den Strom der Passanten, die sich zu Fuß über die Gleitstege schoben, weil die Transportbänder bereits abgeschaltet waren. Und dann schlugen die Uhren dreiundzwanzig Uhr. Louis Wu straffte die Schultern, trat aus der Kabine und mischte sich unter die Menge.

In Greenwich wurde sein Geburtstag immer noch gefeiert, obwohl Mitternacht bereits vorüber war. Hier in München fing der neue Tag erst in einer Stunde an. Louis ging in ein Bierlokal, hielt die Gäste frei und ermunterte sie zu Gesängen auf deutsch und interworld. Kurz vor Mitternacht reiste er nach Budapest weiter.

Hatten seine Partygäste schon bemerkt, daß das Geburtstagskind sie verlassen hatte? Wahrscheinlich glaubten sie, er habe sich mit einer Frau zurückgezogen und würde in ein paar Stunden wieder in ihrer Mitte auftauchen.

Doch Louis Wu hatte sich alleine fortgestohlen. Er hüpfte vor der Mitternachtslinie her, ständig verfolgt von dem neuen Tag. Vierundzwanzig Stunden waren nicht lang genug für die Feier eines zweihundertsten Geburtstages.

Sie kamen auch ohne ihn aus. Louis' Freunde kamen blendend allein zurecht.

In Budapest gab es Wein und athletische Tänze, Einheimische, die ihn als gut betuchten Touristen in ihrer Mitte duldeten, Touristen, die ihn für einen wohlhabenden Einheimischen hielten. Er tanzte ihre Tänze und trank ihre Weine, und dann reiste er noch vor Mitternacht weiter.

In Kairo ging er spazieren.

Die Luft war warm und sauber. Er lüftete seinen vernebelten Kopf aus, schritt über die hellerleuchteten Gleitstege, paßte sich ihrer Zehn-Meilen-pro-Stunde-Geschwindigkeit an. Er mußte daran denken, daß jede Stadt in der Welt über Gleitstege verfügte, die sich alle mit einer Geschwindigkeit von zehn Meilen pro Stunde bewegten.

Der Gedanke war unerträglich. Nicht neu – nur unerträglich. Louis Wu erkannnte, wie vollkommen sich Kairo, München und Greenwich glichen . . . und San Francisco und Topeka und London und Amsterdam. Die Geschäfte entlang der Gleitstege verkauften in allen Städten der Welt die gleichen Produkte. Die Bürger, die ihn in dieser Nacht passierten, sahen alle gleich aus, waren alle gleich gekleidet. Nicht Amerikaner oder Deutsche oder Ägypter, sondern nur noch Planetarier.

In dreieinhalb Jahrhunderten hatten die Reisekabinen die unendliche Mannigfaltigkeit der Erde eingeebnet. Sie hatten die Welt mit einem Netz von Instant-Reisen überzogen. Der Unterschied zwischen Moskau und Sidney war ein kurzer Augenblick und eine Münze von einem Zehntel Star. Als unvermeidliche Folge waren die Städte in den Jahrhunderten miteinander verschmolzen, bis die Städtenamen nur noch leere Chiffren einer lokalen Vergangenheit darstellten.

San Francisco und San Diego waren das nördliche und südliche Ende einer einzigen ausgedehnten Küstenstadt. Doch wie viele Leute wußten noch, welches das eine oder das andere Ende war? Verdammt wenige heutzutage.

Trübe Gedanken für einen Mann an seinem zweihundertsten Geburtstag.

Doch das Ineinanderfließen der Städte war eine Realität. Louis hatte die Entwicklung selbst miterlebt. All diese irrationalen Wesenszüge von Ort, Zeit und Brauchtum hatten sich zu der nüchternen Rationalität einer weltumspannenden Kommune vereinigt, waren zu einem einzigen grauen Sauerteig geworden. Die Modefarbe der Körperbemalung wechselte überall gleichzeitig wie eine große Flutwelle, die in Sekundenschnelle über den Erdball hinwegzieht.

Zeit für einen Jahresurlaub? Hinaus in das Unbekannte, allein in einem Ein-Mann-Schiff? Ohne goldfarbene Haftschalen, ohne Schminke, ohne künstliche Haarfarbe, mit einem wild wuchernden Bart im Gesicht . . .

»Unsinn«, ermahnte sich Louis, »ich bin doch gerade erst vom Urlaub zurückgekommen.« Richtig, vor zwanzig Jahren!

Mitternacht saß ihm wieder im Nacken. Louis Wu trat in die nächste Reisekabine, schob seine Kreditkarte in den Schlitz und wählte die Nummer von Teheran.

Er tauchte in einem sonnendurchfluteten Raum auf.

*

»Was, zum Teufel!« knurrte er und sah sich blinzelnd um. Die Wählautomatik hatte offensichtlich verrückt gespielt. In Teheran konnte die Sonne ja noch gar nicht scheinen. Louis Wu steckte den Finger wieder in die Wählscheibe. Dann stutzte er und wirbelte herum.

Er befand sich in einem Hotelzimmer, dessen nüchterne Standardeinrichtung im scharfen Gegensatz zu dessen Bewohner stand. Denn in der Mitte des Raumes stand ein Wesen, das man weder als menschlich noch als menschenähnlich bezeichnen konnte. Es stand auf drei Beinen und betrachtete Louis Wu aus zwei Richtungen. Der Rumpf dieses erstaunlichen Wesens war zum größten Teil mit einer weißen, handschuhlederartigen Haut überzogen. Doch zwischen den beiden Hälsen wuchs eine dichte braune Mähne, die sich auf der Wirbelsäule fortsetzte und das komplizierte Hüftgelenk des Hinterbeines mit einem dicken Haarteppich bedeckte. Die beiden Vorderbeine waren gespreizt, so daß die kleinen klauenartigen Hufe dieses Wesens ein gleichschenkliges Dreieck miteinander bildeten.

In diese flachen Köpfe paßte bestimmt kein Gehirn hinein. Doch in dem gewaltigen Höcker zwischen den Hälsen – Augenblick mal, hatte er nicht vor hundertachtzig Jahren . . .?

Natürlich; das Wesen war ein Puppetier! Das Gehirn und der Schädel waren in diesem Höcker verborgen! Und der Name

Puppetier durfte nicht etymologisch falsch gedeutet werden. Dieses Wesen war kein Tier, ganz im Gegenteil! Seine Intelligenz war der des Menschen mindestens ebenbürtig. Seine Augen – je eines pro Kopf und in tiefe Höhlen eingebettet – starrten ihn aus zwei Richtungen an.

Louis rüttelte an der Türklinke. Die Tür war versperrt.

Er war ausgesperrt, nicht eingesperrt. Er hätte jetzt irgendeine Ortszahl wählen und verschwinden können. Er dachte nicht daran. Man traf nicht jeden Tag mit einem Puppetier zusammen. Diese Gattung war aus dem bekannten Universum schon viel länger verschwunden, als Louis Wu an Jahren zählte.

»Kann ich Ihnen helfen?« fragte Louis aufgeregt.

»Sie können«, erwiderte das fremde Wesen . . .

. . . mit einer Stimme, die einen Pubertätsjüngling in Entzükken versetzen mußte. Hätte sich Louis eine Frau zu dieser Stimme vorstellen müssen, hätte er Kleopatra, Helena, Marilyn Monroe und Lorelei Huntz zu einem Körper vereinigt.

»Tanj!« Dieser Fluch schien mehr als passend zu sein. Es ist einfach nicht gerecht, daß so eine Stimme zu so einem fremdartigen zweiköpfigen Wesen unbestimmten Geschlechts gehören sollte!

»Haben Sie keine Furcht vor mir«, sagte das fremde Wesen. »Sie wissen, daß Sie fliehen können, wenn Sie das müssen.«

»Auf dem College sah ich Bilder von Wesen wie Ihnen. Wir dachten, Sie wären längst ausgestorben . . .«

»Als meine Gattung aus dem bekannten Universum flüchtete, war ich nicht bei meinen Artgenossen«, erwiderte der Puppetier. »Ein wichtiger Auftrag hielt mich hier fest.«

»Wo haben Sie sich denn so lange versteckt? Und wo, zum Kuckuck, sind wir hier?«

»Das ist im Augenblick nicht wichtig. Sind Sie Louis Wu MMGREWPLH?«

»Sie kennen meinen Kode? Sie haben mich gesucht.

»Richtig. Wir fanden eine Möglichkeit, das Netzwerk der Reisekabinen auf dieser Welt zu manipulieren.«

Das ließ sich machen, dachte Louis. Es mußte ein Vermögen an Bestechungsgeld kosten, doch es war technisch möglich. Aber . . . »Warum?«

»Dazu muß ich zu einer längeren Erklärung ausholen . . .«

»Wollen Sie mich denn nicht herauslassen?«

Der Puppetier überlegte. »Vermutlich muß ich das. Doch zuvor sollten Sie wissen, daß ich nicht ohne Schutz bin! Meine Waffe wird jedem Angriff Ihrerseits wirksam begegnen!«

Louis Wu gab einen ärgerlichen Laut von sich. »Warum sollte ich das wohl?«

Der Puppetier schwieg.

»Jetzt erinnere ich mich wieder! Sie sind als Feiglinge verschrien. Ihr ganzes ethisches System baut sich auf Feigheit auf.«

»Nicht ganz zutreffend, aber ein hinreichendes Urteil.«

»Nun, es könnte schlimmer sein«, räumte Louis ein. Jede intelligente Spezies hatte ihre Macken. Ganz gewiß war so ein Puppetier viel umgänglicher als die rassisch paranoiden Trinoks oder die Kzinti mit ihren hypernervösen Killerinstinkten. Oder die Grogs mit ihren . . . ihren unglaublichen Ersatzhänden. Der Anblick des Puppetiers hatte einen ganzen Speicher voll verstaubter Erinnerungen in ihm aufgeschlossen. Mit den Daten über die Puppetiers und ihrem Handelsimperium, ihren Wechselbeziehungen mit der Menschheit und ihrem plötzlichen und schockierenden Verschwinden mischte sich die Erinnerung an seine erste Zigarette, das Gefühl der Schreibmaschinentasten unter seinen noch ungeübten, ungeschickten Fingern, seitenlange Interworld-Vokabeln, die er auswendig gepaukt hatte, die Laute und der Tonfall der englischen Sprache, die Ungewißheiten und Verlegenheiten der frühen Jugend. Er hatte die Puppetiers in einem Geschichtskurs am College studiert und sie dann vor einhundertachtzig Jahren wieder vergessen. Unglaublich, daß der Verstand eines Menschen so viel behalten konnte!

»Ich werde hier in der Kabine bleiben«, sagte er zu dem Puppetier, »wenn Ihnen das angenehmer ist.«

»Nein. Wir müssen uns näher kennenlernen.«

Muskeln ballten sich und zuckten unter einer kremigen Haut, als der Puppetier sich ein Herz faßte. Dann ging die Tür der Reisekabine mit einem Klicken auf, und Louis Wu trat in das Zimmer.

Der Puppetier wich ein paar Schritte vor ihm zurück.

Louis ließ sich in einen Sessel fallen, mehr zur Beruhigung des Puppetiers als zu seiner Bequemlichkeit. Saß er würde er harmloser aussehen. Der Sessel war eine Standardausgabe, ein selbstanpassender Masseur-Stuhl, nur für menschliche Wesen gemacht. Louis bemerkte einen Duft, der ihn an ein Gewürzbord und an eine chemische Experimentierausrüstung erinnerte – durchaus nicht unangenehm.

Der Fremdling setzte sich auf sein zusammengefaltetes Hinterbein. »Sie wundern sich, warum ich Sie hierherholte. Das bedarf einiger Erklärungen. Was wissen Sie von meiner Rasse?«

»Meine Collegezeit liegt schon lange zurück. Sie hatten früher einmal ein Handelsimperium, nicht wahr? Was wir als ›bekanntes Universum‹ zu bezeichnen pflegen war ein Teil davon. Wir *wissen*, daß die Trinoks schon bei Ihnen einkauften, und wir sind den Trinoks erst vor zwanzig Jahren im All begegnet.«

»Ja, wir trieben Handel mit den Trinoks. Größtenteils durch Vermittlung von Robotern, wie ich mich entsinne.«

»Ihr Handelsimperium war bereits Tausende von Jahren alt und umspannte einen Bereich von mindestens ein paar Dutzend Lichtjahren. Und dann verschwanden Sie plötzlich und ließen alles hinter sich. Warum?«

»Kann man das tatsächlich vergessen haben? Wir flohen vor der Explosion des galaktischen Kernes!«

»Darüber weiß ich Bescheid.« Vage erinnerte sich Louis sogar daran, daß die Kettenreaktionen der Novae im Mittelpunkt der Galaxis tatsächlich von fremden Wesen entdeckt worden war. »Aber warum flüchten Sie jetzt schon? Die Sonnen im glaktischen Kern wurden vor zehntausend Jahren zu Novae! Das Licht der Explosion wird die Erde erst in zwanzigtausend Jahren erreichen.«

»Die Menschen«, sagte der Puppetier, »sollte man nicht frei herumlaufen lassen. Sie schaden sich immer selbst. Sehen Sie denn nicht die Gefahr? Die harten Strahlen der Wellenfront werden das gesamte Gebiet der Galaxis unbewohnbar machen.«

»Zwanzigtausend Jahre sind eine lange Zeit.«

»Vernichtung in zwanzigtausend Jahren ändert nichts an der Tatsache der Vernichtung. Meine Spezies floh in die Richtung der Magellanschen Wolken. Doch ein paar von uns blieben zurück, falls die Wanderung der Puppetiers auf eine Gefahr stoßen würde. Dieser Fall ist eingetreten.«

»Oh? Was für eine Gefahr denn?«

»Diese Frage kann ich Ihnen noch nicht beantworten. Aber schauen Sie sich einmal das an.« Der Puppetier langte nach einem Gegenstand auf dem Tisch.

Und Louis, der sich die ganze Zeit gewundert hatte, wo der Puppetier seine Hände versteckte, sah, daß die Münder des Puppetiers seine Hände waren. Gute Hände noch dazu, dachte er, als der Puppetier ihm rasch eine Holoabbildung hinüberreichte. Die lockeren gummiartigen Lippen ragten ein paar Zoll weit über seine Zähne hinaus. Sie wiesen fingerartige Fortsätze auf, die so trocken waren wie eine menschliche Hand. Hinter den rechteckigen, vegetarischen Zähnen konnte Louis eine gegabelte Zunge erkennen.

Er nahm die Holoabbildung entgegen und betrachtete sie.

Zuerst ergab sie keinen Sinn. Doch er studierte sie weiter, wartete auf eine Eingebung. Er sah eine kleine, gleißend weiße Scheibe, die eine Sonne darstellen mochte. GO oder K9 oder K8, mit einem leichten, schwarz und scharf abgezirkelten Sehnenschnitt am Rand. Doch dieses gleißende Objekt konnte unmöglich eine Sonne sein. Denn teilweise von diesem verdeckt, zeichnete sich vor dem vakuumschwarzen Hintergrund ein Streifen blauen Himmels ab. Dieser himmelblaue Streifen war vollkommen gerade, mit scharfen Kanten, fest, künstlich erschaffen und breiter als die beleuchtete Scheibe.

»Sieht aus wie ein Stern mit einem Reifen darum herum«, sagte Louis. »Was stellt es wirklich dar?«

»Sie dürfen die Abbildung behalten, um sie eingehender zu studieren, wenn Sie wollen. Ich beabsichtige, ein Forscherteam zusammenzustellen, das aus vier Mitgliedern besteht. Sie und ich gehören dazu.«

»Um was zu erforschen?«

»Es steht mir noch nicht frei, Ihnen das zu verraten.«

»Oh, kommen Sie! Ich wäre verrückt, mich mit verbundenen Augen auf ein Abenteuer einzulassen.«

»Meinen Glückwunsch zum zweihundertsten Geburtstag«, sagte der Puppetier.

»Vielen Dank«, erwiderte Louis verwirrt.

»Warum haben Sie Ihre eigene Geburtstagsparty verlassen?«

»Das geht Sie nichts an.«

»Aber doch! Seien Sie ehrlich, Louis Wu. Warum haben Sie Ihre eigene Geburtstagsparty verlassen?«

»Ich entschied, daß zwanzig Stunden zu kurz wären für einen zweihundertsten Geburtstag. Deshalb dehnte ich ihn aus, indem ich immer vor der Mitternachtslinie hereilte. Als ein fremdes Wesen würden Sie das nicht begreifen . . .«

»Sie waren also so glücklich über Ihr erfülltes Leben?«

»Nein, nicht ganz. Nein . . .«

Nicht glücklich, sondern eher das Gegenteil. Obgleich sich die Party recht erfreulich entwickelt hatte.

Er hatte sie eine Minute nach Mitternacht an diesem Morgen begonnen. Warum nicht? Seine Freunde wohnten auf jeder Zeitlinie. Es gab keinen Grund, auch nur eine Minute dieses Tages zu verschwenden. Schlafgeräte waren über das ganze Haus verteilt, für schnelle, kurze Tiefschlaf-Pausen. Für die Gäste, die nichts veräumen wollten, standen Weckamine bereit, manche mit interessanten Nebenwirkungen.

Es waren Gäste gekommen, die Louis hundert Jahren nicht mehr gesehen hatte, und andere, die er täglich traf. Manche von ihnen waren vor langer Zeit seine Todfeinde gewesen. Frauen waren darunter, die er vollkommen vergessen hatte, und er wurde sich ein paarmal staunend bewußt, wie sehr sein Geschmack sich geändert hatte.

Wie zu vermuten waren viel zu viele Stunden für das Vorstellen der Gäste vergangen. Die Liste der Namen mußte im voraus auswendig gelernt werden! Zu viele Freunde waren zu Fremden geworden.

Ein paar Minuten vor Mitternacht war Louis Wu in die Reisekabine getreten, hatte gewählt und war verschwunden.

»Es war stinklangweilig«, sagte Louis Wu. »›Berichten Sie uns doch von Ihrem letzten Urlaub, Louis.‹ ›Wie bringst du es nur fertig, so lange allein zu bleiben, Louis? Wie clever von dir, den Trinok-Botschafter einzuladen, Louis! Haben uns lange nicht gesehen, Louis.‹ ›He, Louis, warum braucht man drei Jinxier, um einen Wolkenkratzer anzumalen?‹«

»Warum braucht man wen?«

»Drei Jinxier!«

»Oh, man braucht einen zum Halten der Spritzpistole, und zwei, die den Wolkenkratzer rauf- und runterbiegen. Ich habe den Witz schon im Kindergarten gehört. Das ganze tote Treibholz meines Lebens, all die alten Witze, alles in einem einzigen Haus. Ich konnte es nicht mehr aushalten!«

»Sie sind ein ruheloser Mann, Louis Wu. Ihr Jahresurlaub – Sie waren es doch, der diese Sitte erfand, nicht?«

»Ich weiß nicht, wann sie entstanden ist. Aber sie wurde gut aufgenommen. Die meisten meiner Freunde halten sich daran.«

»Aber nicht so oft wie Sie. Ungefähr alle vierzig Jahre werden Sie der Menschheit überdrüssig. Und dann verlassen Sie das Universum der Menschen und dringen über die Grenze des bekannten Alls hinaus. Sie halten sich in der Einsamkeit in einem Ein-Mann-Schiff auf, bis Sie sich wieder nach Gesellschaft sehnen. Sie kehrten von Ihrem letzten, Ihrem vierten Jahresurlaub, vor zwanzig Jahren zurück.

Sie sind rastlos, Louis Wu. Auf jeder Welt im menschlichen Universum haben Sie so viele Jahre verbracht, daß Sie dort als Eingeborener gelten. Heute haben Sie Ihre Geburtstagsfeier verlassen. Setzt sich die Ruhelosigkeit wieder durch?«

»Das ist doch mein Problem, nicht wahr?«

»Ja. Mich interessiert es nur unter dem Aspekt der Rekrutierung. Sie wären eine gute Wahl als Mitglied eines Forscherteams. Sie scheuen nicht das Risiko, aber Sie durchdenken jedes Wagnis gründlich. Sie fürchten sich nicht vor der Einsamkeit. Sie sind vorsichtig und intelligent genug, um nach zweihundert Jahren immer noch am Leben zu sein. Weil Sie nicht Ihre Gesundheit vernachlässigt haben, ist Ihre körperliche Verfassung die eines Mannes von zwanzig. Und letztlich, für mich zugleich am wichtigsten, scheinen Sie sich tatsächlich in der Gesellschaft von fremden Wesen wohl zu fühlen.«

»Richtig.« Louis kannte ein paar Xenophoben und hielt sie für beschränkt. Das Leben war schrecklich langweilig, wenn man sich nur unter Menschen bewegte.

»Aber Sie wollen nicht mit verbundenen Augen ins Wasser springen. Louis Wu, genügt es nicht, daß ich, ein Puppetier, in Ihrer Gesellschaft bin? Was könnten Sie fürchten, wo ich mich nicht scheue, teilzunehmen? Die intelligente Vorsicht meiner Rasse ist sprichwörtlich.«

»So ist es«, erwiderte Louis. Tatsächlich war er schon so gut wie angeworben. Seine Vorliebe für fremde Rassen, seine Ruhelosigkeit und seine Neugierde vereinigten sich zu seiner Bereitschaft, dem Puppetier überallhin zu folgen. Aber er wollte noch mehr über dieses Unternehmen erfahren.

Und er verfügte über eine hervorragende Verhandlungsbasis. Ein fremdes Wesen würde sich niemals freiwillig so ein Zimmer ausgesucht haben. Dieses für ein menschliches Geschöpf beruhigend normal aussehende Hotelzimmer konnte nur für Rekrutierungszwecke ausgewählt worden sein.

»Sie wollen mir also nicht verraten, was Sie zu erforschen beabsichtigen«, sagte Louis. »Wollen Sie mir wenigstens verraten, wohin die Reise geht?«

»Zweihundert Lichtjahre von hier entfernt in die Richtung der kleinen Magellanschen Wolke.«

»Aber wir brauchen mindestens zwei Jahre dafür, um mit Hyperdrive dorthinzugelangen.«

»Nein. Wir verfügen über ein Schiff, das erheblich schneller ist als der konventionelle Antrieb. Damit können wir in fünf Vierteln einer Minute ein Lichtjahr zurücklegen.«

Louis öffnete den Mund, aber kein Ton kam heraus. *In ein und einer Viertelminute?*

»Das sollte Sie nicht überraschen, Louis Wu. Wie hätten wir sonst einen Spion in das Zentrum der Galaxis schicken können, um dort die Kettenreaktion der Novae zu beobachten? Sie hätten die Existenz eines solchen Schiffes logischerweise deduzieren müssen. Wenn meine Mission erfolgreich ist, werde ich das Expeditionsschiff meiner Besatzung schenken, mit seinen Konstruktionsplänen, damit noch mehr superschnelle Schiffe gebaut werden können.

Dieses Schiff ist also Ihre Prämie, Ihr Honorar, wie Sie es auch immer nennen wollen. Sie können seine Flugeigenschaften studieren, wenn wir uns der Wanderschaft der Puppetiers anschließen. Dort werden Sie erfahren, was wir zu erforschen gedenken.«

Schließen wir uns der Wanderschaft der Puppetier an . . .

»Ich bin dabei«, sagte Louis Wu. Das würde eine einmalige

Gelegenheit für ihn sein, die Angehörigen einer intelligenten Rasse auf einer galaktischen Wanderung zu beobachten. Gigantische Schiffe, die Tausende oder gar Millionen von Puppetiers durch das All trugen, ganze ökologische Entitäten auf der Wanderschaft . . .

»Schön«, sagte der Puppetier und erhob sich von seinem Hinterbein. »Unsere Mannschaft besteht aus vier Wesen. Wir werden jetzt unseren dritten Expeditionsteilnehmer auswählen.« Er trottete in die Reisekabine.

Louis steckte das geheimnisvolle Hologramm in seine Tasche und folgte ihm. In der Kabine versuchte er, die Nummer zu entziffern, die auf der Wählscheibe stand. Das hätte ihm verraten, wo er sich im Augenblick befand. Doch der Puppetier drehte die Scheibe viel zu rasch, und sie waren schon unterwegs.

*

Louis Wu folgte seinem Werber in ein halbdunkles, prächtig ausgestattetes Restaurant. Er erkannte es auf den ersten Blick an den hufeisenförmigen Nischen und dem Schwarz-Gold-Dekor. Das war Krushenkos Feinschmeckerlokal in New York.

Ein Chefkellner – so zeremoniell und unbeeindruckt, wie das eben nur ein Roboter sein kann – führte sie zu einem Tisch. Die Gäste gafften ihnen ungläubig nach. Einer der Stühle war durch ein Kissen ersetzt worden, das der Puppetier zwischen seinen Hinterhuf und sein Hüftgelenk steckte, als er sich niederließ.

»Man hat Sie also hier bereits erwartet«, murmelte Louis.

»Richtig. Ich habe einen Tisch reservieren lassen. Krushenko ist bekannt dafür, daß er fremde Rassen ausgezeichnet bedient.«

Louis entdeckte andere Fremdlinge am Nachbartisch: Vier Kzinti, die offenbar bei der UNO akkreditiert waren. »Ein guter Gedanke«, meinte Louis laut. »Ich bin schon halb verhungert!«

»Wir kamen nicht hierher, um zu speisen. Wir wollen unser nächstes Besatzungsmitglied anheuern.«

»So? In einem Speiselokal?«

Der Puppetier erhob die Stimme, daß man sie bis zum

Nebentisch hören konnte. »Haben Sie meinen Kzin schon kennengelernt? Kchula-Rrit? Ich habe den Kzin als Haustier erworben!«

Louis wäre vor Schreck fast vom Stuhl gekippt. Am Nachbartisch schnellten die orangefarbenen Rücken hoch. Vier Kzinti drehten sich um und entblößten ihre nadelscharfen, mörderischen Zähne. Das sah zwar wie ein Lächeln aus. Aber ein Kzin entblößt nie die Zähne, wenn er lächelt.

Der Zusatz »Rrit« zu dem Familiennamen bedeutete, daß das angebliche »Haustier« des Puppetiers zur Familie des Patriarchen von Kzin gehörte. Louis seufzte still. Es war egal, zu welcher Sippe der Kzin gehörte. So eine Beleidigung konnte immer nur mit Blut abgewaschen werden. Und ob sie nun von einem adeligen oder einem plebejischen Kzin gefressen wurden, blieb sich schließlich gleich.

Der Kzin, der direkt hinter dem Puppetier saß, erhob sich.

Sein Fell leuchtete in hellem Orange. Über den Augen war er schwarz gefleckt. Alles in allem glich er einer fetten Tigerkatze, die im aufgerichteten Zustand von der Sohle bis zum Scheitel zweieinhalb Meter maß. Nur war das Fett kein Fett, sondern reines Muskelfleisch, das sich über den breiten Torso spannte. Die Hände glichen übergestreiften schwarzen Lederhandschuhen, aus denen jetzt messerscharfe Krallen hervorglitten.

Eine Vierteltonne fleischfressendes Lebendgewicht, mit Intelligenz ausreichend begabt, beugte sich jetzt über den Puppetier. »Sie glauben wohl, den Patriarchen von Kzin ungestraft beleidigen zu können?«

Der Puppetier antwortete ohne Zögern, sogar mit zitterfreier Stimme: »Ich habe einmal auf einem Planeten im System von Beat Lyrae einen Kzin mit Namen Chuft-Captain mit meinem Hinterhuf getreten, daß ihm drei Rippen aus dem Brustfell schauten . . .«

»Nur weiter so«, sagte der Kzin mit den schwarzumränderten Augen. Sein Interworld war akzentfrei und verriet keine Spur von der Wut, die ihn erfüllen mußte. Auf dem Tisch der Kzinti standen Schüsseln mit rohem Fleisch, auf die ursprüngliche Körpertemperatur erwärmt. Alle Kzinti lächelten jetzt mit entblößten Reißzähnen.

»Dieser Mensch und ich«, fuhr der Puppetier flötend fort,

»werden einen Ort im Weltall erforschen, von dem ein Kzin auch in seinen kühnsten Hoffnungen nicht zu träumen wagt. Wir brauchen einen Kzin in unserer Crew. Wagt sich ein Kzin dorthin, wohin ihn ein Puppetier führt?«

»Die Puppetiere galten in der Galaxis früher als Pflanzenfresser – und als Feiglinge, die jeder Schlacht ausweichen!«

»Das müssen Sie schon selbst beurteilen. Falls Sie überleben, bekommen Sie die Pläne für ein neues, besonders schnelles Raumschiff. Dazu den Prototyp dieses Schiffes – als Gefahrenzulage.«

Der Puppetier scheute keine Mühe, den Kzin bis zum äußersten herauszufordern. »Man bietet einem Kzin nie eine Gefahrenzulage an. Ein Kzin kennt das Wort Gefahr gar nicht!«

Doch der Kzin erwiderte nur: »Ich nehme an.«

Die anderen drei Kzinti fauchten.

Der stehende Kzin fauchte zurück.

Louis bestellte rasch einen Drink, während die automatische Schalldämpfung im Lokal angestellt wurde. Man konnte das Fauchen trotzdem noch hören. Louis kannte die Geschichte der Kzinti sehr genau. Diese vier Vertreter mußten sich vorzüglich beherrschen können. Noch lebte der Puppetier!

Es dauerte nicht lange, und der Kzin mit den schwarz geränderten Augen beugte sich wieder über den Stuhl des Puppetiers. »Wie heißen Sie?«

»Unter Menschen nenne ich mich Nessus«, erwiderte der Puppetier. »Mein echter Name ist . . .« Es folgten Töne, die nach Harfenakkorden klangen.

»Schön, Nessus. Wir vier sind Abgesandte, die auf der Erde eine wichtige Mission zu erfüllen haben. Nur ich, ein Sekretär niedriger Abkunft, bin entbehrlich und kann durch einen anderen Kzin ersetzt werden. Wenn das Schiff, das Sie mir versprechen, tatsächlich so hervorragend ist, wie Sie das geschildert haben, werde ich mich Ihrer Crew anschließen. Sonst muß ich mir auf andere Weise einen guten Namen verdienen.«

»Zufriedenstellend«, erwiderte der Puppetier und erhob sich.

»Und wie heißen Sie?« fragte Louis den Kzin.

»Mann nennt mich unter Landsleuten auf der Erde den Dolmetscher für die Tiere. Diesen Auftrag erfülle ich hier.«

Louis wurde rot. »Das ist Ihr echter Name?« fragte er scharf.

»In der Sprache der Helden heiße ich . . .« Es folgte ein Fauchen.

»Dolmetscher für Tiere – wollen Sie mich mit dieser Bezeichnung beleidigen?

»Ja«, sagte der Dolmetscher, »man hat mich schließlich herausgefordert.«

Selbstverständlich war Louis auf eine Lüge gefaßt gewesen. Dann hätte Louis so getan, als glaube er dem Kzin, daß keine Beleidigung beabsichtig gewesen war, und der Kzin wäre in Zukunft höflicher geworden. Doch jetzt . . . »Nach welcher Regel geben Sie Satisfaktion?«

»Wir müssen kämpfen. Mit bloßen Händen, sobald Sie mich in aller Form zum Duell fordern. Oder einer von uns beiden muß sich entschuldigen.«

Louis stand auf. Er beging jetzt Selbstmord; aber er durfte nicht kneifen. Seine Ehre stand auf dem Spiel. »Ich fordere Sie zum Duell«, murmelte er. »Zahn um Zahn, Klaue um Fingernagel, da wir beide nicht in Frieden im Universum zusammenleben können!«

Der Kzin, der neben dem »Dolmetscher« am Tisch gesessen hatte, senkte den Kopf. »Ich muß mich für meinen Kameraden entschuldigen«, murmelte er.

»Wie bitte?« echote Louis erstaunt.

»Das ist mein Auftrag«, sagte der Kzin, dessen Fell gelb gestreift war. »Wir wissen, wie der Kampf für uns ausgeht. Heute lebt nur noch ein Achtel von den Kzinti, die inmal auf die Menschen im Universum prallten. Unsere ehemaligen Kolonien gehören jetzt euch. Unsere Sklaven sind heute Schüler auf den Universitäten der Menschen. Wenn wir die Wahl zwischen dem Kampf und der Entschuldigung haben, muß ich als Vermittler auftreten und eine Entschuldigung anbieten.«

»Sie sind um Ihre Mission nicht zu beneiden«, murmelte Louis, im stillen erleichtert, daß er mit dem Leben davonkam.

»Da haben Sie allerdings recht«, erwiderte der quergestreifte Kzin seufzend.

»Dann laßt uns alle zusammen essen«, meinte der Puppetier versöhnlich. »Man wird mich benachrichtigen, wenn unser vierter Kanidat irgendwo auftaucht.«

II

Und seine ausgesuchte Crew

Louis Wu kannte ein paar Leute, die ihre Augen zumachten, wenn sie eine Reisekabine benützten. Der rasche Wechsel der Szenerie löste bei ihnen Schwindelanfälle aus, behaupteten sie. Für Louis war das Unsinn; aber einige seiner Freunde hatten noch viel seltsamere Anwandlungen.

Er behielt die Augen offen, als er wählte. Die fremden Wesen, die ihm zusahen, verschwanden. Jemand rief: »Hallo! Er ist wieder zurück!«

Ein Auflauf entstand an der Tür. Louis mußte die Menge mit der Tür zurückschieben. »Ihr verdammten Narren! Ist denn noch keiner von euch nach Hause gegangen?« Er breitete die Arme aus, um sie alle damit einzuschließen, schob sich dann nach vorne wie ein Schneepflug und drängte sie von der Kabine zurück. »Räumt die Tür, ihr Stoffel! Ich erwarte noch mehr Gäste!«

»Großartig!« rief eine Stimme in sein Ohr. Anonyme Hände ergriffen seine Hand und zwangen seine Finger um die Rundung eines Trinkgefäßes. Louis drückte sieben oder acht Gäste, die er mit den Armen umgreifen konnte, an sich, und lächelte über ihr Willkommen.

Louis Wu. Aus der Entfernung sah er wie ein Orientale aus mit seiner blaßgelben Haut und dem weißen Haarzopf. Seine reichgeschmückte blaue Robe war achtlos drapiert, hätte eigentlich seine Bewegungsfreiheit einschränken müssen. Doch das war nicht der Fall.

Aus der Nähe war alles nur ein Betrug. Seine Haut war nicht ein blasses Gelbbraun, sondern ein glattes Chromgelb, die Farbe eines Comic-Buch-Fu-Manchu. Sein Zopf war viel zu dick; es war nicht der Schnee des Alters, sondern das blendend saubere Weiß mit einem unterschwelligen Hauch von Blau, die Farbe der Zwergsonnen. Und wie bei allen Flachländern bestand sein Äußeres nur aus kosmetischen Farben.

Ein Flachländer. Das erkannte man schon auf den ersten Blick. Seine Züge waren weder kaukasisch noch mogolid noch negrid, obwohl alle drei Merkmale bei ihm erkennbar waren.

Eine vollkommene Mischung, die erst nach Jahrhunderten erreicht worden war. Bei einer Masseanziehung von 9,98 Meter pro Sekunde war seine Haltung von einer unbewußten Natürlichkeit. Er hob das Trinkgefäß und lächelte in die Runde.

Zufällig lächelte er in ein Paar reflektierende Silberaugen, die nur einen Zoll von seinen entfernt waren.

Eine gewisse Teela Brown war irgendwie in enge Tuchfühlung mit ihm geraten. Ihre Haut war blau, überzogen von einem Netz aus Silberfäden. Ihr Haarschopf war eine leuchtendrote Flamme. Ihre Augen waren konvexe Spiegel. Sie war zwanzig Jahre alt. Louis hatte schon einmal mit ihr gesprochen. Ihre Konversation war seicht gewesen, voll von Klischees und billigem Enthusiasmus. Aber sie war sehr hübsch.

»Ich mußte Sie fragen«, sagte sie atemlos, »wie Sie einen *Trinok* bewegen konnten, in Ihr Haus zu kommen.«

»Sagen Sie mir bloß nicht, *er* wäre noch hier!«

»Oh, nein. Ihm ging die Luft aus, und er mußte nach Hause.«

»Eine kleine Notlüge«, klärte Louis sie auf. »Ein trinokscher Luftbereiter hält zwei Wochen vor. Wenn Sie es genau wissen wollen: dieser Trinok war vor Jahren einmal mein Gast und Gefangener für ein paar Wochen gewesen. Sein Schiff und seine Mannschaft waren am Rande des bekannten Universums zu Bruch gegangen, und ich mußte ihn nach Margrave transportieren, damit man dort eine Umweltkabine für ihn bauen konnte.«

In den Augen des Mädchens löste das entzücktes Staunen aus. Louis empfand es seltsam und angenehm, daß ihre Augen auf gleicher Höhe lagen. Denn Teela Browns grazile Schönheit ließ sie kleiner erscheinen, als sie wirklich war. Ihre Augen glitten über Louis' Schulter hinweg und weiteten sich noch mehr. Louis grinste, als er sich umdrehte.

Nessus, der Puppetier, trottete aus der Reisekabine.

Louis hatte seine Wohnung vorgeschlagen, als sie Krushenkos Restaurant verließen. Er hatte Nessus zugeredet, doch noch mehr Einzelheiten über ihr Reiseziel zu verraten, doch der Puppetier hatte sich vor elektronischen Spionen gefürchtet.

»Dann kommen Sie doch einfach mit in meine Wohnung«, hatte Louis gesagt.

»Aber Ihre Gäste!«

»Sie sind nicht in meinem Büro. Mein Büro ist absolut abhörsicher. Und denken Sie nur, welchen Eindruck Sie auf meine Gäste machen werden! Wenn sie inzwischen nicht alle nach Hause gegangen sind, heißt das.«

Louis hatte nicht zuviel versprochen. Das Tap-Tap-Tap von Nessus' drei Hufen war plötzlich das einzige Geräusch im Zimmer. Hinter ihm materialisierte der Tiger in der Kabine. Der Kzin betrachtete stumm das Meer menschlicher Gesichter, das die Kabine umgab. Dann entblößte er lautlos seine Reißzähne.

Jemand kippte seinen Drink über eine eingetopfte Palme. In den Zweigen zeterte eines von diesen Gummidgy-Orchideenwesen. Die Gäste wichen von der Reisekabine zurück. Dann folgten Kommentare wie: »Dir fehlt nichts. Ich seh sie auch.« »Ausnüchterungspillen? Schau mal in deiner Tasche nach.« »Sind schon eine Wucht, seine Partys, nicht wahr?« »Der gute alte Louis.« »*Wie* nennt man denn *so was* überhaupt?«

Sie wußten nichts mit Nessus anzufangen. Die meisten ignorierten ihn einfach. Sie fürchteten, sich zu blamieren, wenn sie Bemerkungen über ihn abgaben. Aber dem Tiger widmeten sie um so mehr Aufmerksamkeit. Jahrhundertelang der gefährlichste Feind der Menschheit, betrachteten sie ihn jetzt mit stummer Reverenz wie einen Helden.

»Folgen Sie mir«, sagte Louis zu dem Puppetier. Wenn er Glück hatte, würde der Kzin ihnen ebenfalls folgen. »Entschuldigt uns einen Moment«, rief er und bahnte sich einen Weg durch die Menge. Als Antwort auf die vielen aufgeregten und/oder verwunderten Fragen grinste er nur vieldeutig.

*

Als sie sicher in sein Büro gelangt waren, verriegelte Louis die Tür und stellte das Antiabhörgerät ein. »Okay. Wer möchte etwas zu trinken?«

»Wenn Sie mir etwas Bourbon anwärmen können, kann ich ihn trinken«, sagte der Kzin. »Wenn Sie ihn nicht anwärmen, kann ich ihn vielleicht immer noch trinken.«

»Nessus?«

»Irgendein Gemüsesaft wäre angenehm. Haben Sie warmen Karottensaft?«

»Mmh«, sagte Louis; aber er programmierte die Bar, die reihenweise Trinkgefäße mit warmem Karottensaft füllte.

Während Nessus auf seinem zusammengefalteten Hinterbein ruhte, ließ sich der Kzin schwer auf ein aufgeblasenes Kissen fallen. Unter seinem Gewicht hätte es explodieren müssen wie ein kleiner Ballon. Der zweitälteste Feind der Menschheit sah ein bißchen merkwürdig und lächerlich aus, als er auf dem viel zu kleinen Kissen balancierte.

Die Mann-Tiger-Kriege waren zahlreich und schrecklich gewesen. Hätten die Kzinti die ersten Feldzüge gewonnen, wäre die Menschheit für den Rest der Ewigkeit zu Herdentieren und Fleischlieferanten degradiert worden. Aber die Kzinti hatten in den folgenden Kriegen schreckliche Verluste hinnehmen müssen. Sie neigten dazu, anzugreifen, ehe sie dazu gerüstet waren. Geduld war für sie ein unbekannter Begriff, und Gnade oder begrenzte Kriegsziele kannten sie ebensowenig. Jeder Krieg war für sie ein kräftiger Aderlaß ihrer Bevölkerung gewesen, und danach hatten sie jedesmal zur Strafe ein paar ihrer Kzinti-Welten abtreten müssen.

Seit zweihundertfünfzig Jahren hatten die Kzinti das menschliche Universum nicht mehr angegriffen. Sie hatten nichts, womit sie angreifen konnten. Seit zweihundertfünfzig Jahren hatten die Menschen nicht mehr das Universum der Kzinti angegriffen; und kein Kzinti vermochte das zu verstehen. Die Menschen gaben ihnen schreckliche Rätsel auf.

Es waren furchterregende, gnadenlose Krieger, und Nessus, ein erklärter Feigling, hatte vier erwachsene Kzinti in einem öffentlichen Lokal beleidigt.

»Erklären Sie mir das doch bitte noch einmal«, sagte Louis, »wie es sich mit der sprichwörtlichen Vorsicht eines Puppetiers verhält. Ich vergaß das.«

»Vielleicht war ich nicht ganz aufrecht zu Ihnen, Louis. Meine Spezies hält mich für verrückt.«

»Oh, *fein.«* Louis nippte an dem Gefäß, das ihm ein anonymer Spender in die Hand gedrückt hatte. Es enthielt Wodka, Heidelbeersaft und geschnitzeltes Eis.

Der Schweif des Kzin wischte ruhelos hin und her. »Warum

sollten wir uns mit einem erklärten Verrückten zu einer Mannschaft zusammentun? Sie müssen verrückter sein als die meisten, wenn Sie mit einem Kzin zusammen auf die Reise gehen wollen.«

»Sie erregen sich zu leicht«, sagte Nessus mit seiner weichen, suggestiven, unglaublich sinnlichen Stimme. »Die Menschen sind noch keinem Puppetier begegnet, der nicht in den Augen ihrer eigenen Spezies verrückt gewesen wäre. Kein Fremder hat bisher die Welt der Puppetiers gesehen, und kein geistig normler Puppetier würde sein Leben der fehlbaren, künstlich erzeugten Umwelt eines Raumschiffes anvertrauen oder sich den unbekannten und möglicherweise tödlichen Gefahren einer fremden Welt aussetzen.«

»Ein verrückter Puppetier, ein erwachsener Kzin und ich. Als viertes Mitglied sollten wir uns lieber einen Psychiater aussuchen.«

»Nein, Louis, keiner von unseren Kandidaten ist ein Psychiater.«

»Und *warum* nicht?«

»Ich überließ die Wahl nicht dem Zufall.« Der Puppetier trank mit einem Mund aus dem Gefäß Karottensaft und redete mit dem anderen. »Zuerst einmal zu meiner Person. Unsere geplante Reise soll meiner Rasse zugute kommen. Daher mußten wir einen Vertreter meiner Spezies einbeziehen. Einen Vertreter, der verrückt genug ist, sich einer unbekannten Welt zu stellen, doch noch gesund genug, daß er auch an sein Überleben denkt. Ich qualifizierte mich als Grenzfall zwischen den beiden Anforderungen.

Wir hatten auch Gründe dafür, einen Kzin in die Mannschaft einzubeziehen. Tiger-Dolmetscher, was ich Ihnen jetzt sage, ist ein Geheimnis. Wir haben Ihre Spezies eine beträchtliche Weile beobachtet. Wir kannten Sie schon, ehe Sie Ihre Angriffe auf die Menschheit begannen.«

»Sie taten gut daran, uns nicht vor die Augen zu kommen«, fauchte der Kzin.

»Zweifellos. Zuerst deduzierten wir, daß die Spezies der Kzinti gefährlich und nutzlos sei. Wir begannen Forschungsaufträge zu vergeben, wie wir Ihre Spezies gefahrlos ausrotten konnten.«

»Ich werde einen Knoten in Ihre Hälse schlingen!«

»Sie werden keine Gewalttätigkeiten begehen!«

Der Kzin stand auf.

»Er hat recht«, sagte Louis. »Setzen Sie sich wieder, Dolmetscher. Sie gewinnen nichts damit, daß Sie einen Puppetier ermorden.«

Der Kzin setzte sich wieder. Das Luftkissen platzte immer noch nicht.

»Dieses Projekt wurde aufgegeben«, sagte Nessus. »Wir stellten fest, daß die Kriege zwischen den Menschen und den Kzin die Expansion Ihrer Spezies ausreichend einschränkten und sie weniger gefährlich machten. Doch wir beobachteten Sie weiter. Im Verlauf von ein paar hundert Jahren griffen Sie das menschliche Universum sechsmal an. Sechsmal wurden Sie besiegt und verloren annähernd zwei Drittel Ihrer männlichen Bevölkerung in jedem Feldzug. Muß ich mich zu dem Grad der Intelligenz äußern, der sich hier offenbarte? Nein? Jedenfalls drohte Ihnen nie die Gefahr, ausgerottet zu werden. Ihre nicht mit Vernunft begabten Weibchen wurden im Krieg kaum behelligt, so daß die nächste Generation die Verluste wieder aufzufüllen half. Trotzdem verloren Sie unaufhaltsam ein Imperium, das Sie in Jahrtausenden aufgebaut hatten.

Wir erkannten, daß die Kzinti in atemberaubendem Tempo evolvierten.«

»Evolvierten?«

Nessus fauchte ein Wort in der Heldensprache. Louis zuckte zusammen. Er hatte nicht vermutet, daß die Stimmbänder des Puppetiers der Tigersprache gewachsen wären.

»Ja«, sagte der Tiger-Dolmetscher. »Ich hatte es schon richtig verstanden. Ich weiß nur nicht, wie es gemeint war.«

»Die Evolution beruht auf dem Überleben der geeignetsten Vertreter einer Rasse. Ein paar hundert Kzin-Jahre lang waren die tüchtigsten Vertreter Ihrer Spezies jene, die den Verstand und die Selbstbeherrschung besaßen, den Kampf mit menschlichen Wesen zu vermeiden. Die Ergebnisse sind offensichtlich. Seit fast zweihundert Kzin-Jahren herrscht Friede zwischen den Menschen- und Tigerwesen.«

»Aber es wäre zwecklos gewesen, weiterzukämpfen! Wir konnten den Krieg nicht gewinnen!«

»Das hielt Ihre Vorfahren nicht von einem Krieg ab.«

Der Tiger-Dolmetscher nippte an seinem heißen Bourbon. Sein nackter rosiger, rattenartiger Schwanz peitschte verwirrt hin und her.

»Ihre Spezies wurde dezimiert«, fuhr der Puppetier fort. »Alle heute lebenden Kzinti sind Nachkommen jener Tigerwesen, die sich in den Kriegen gegen die Menschheit nicht in den Tod stürzten. Wir neigen nun der Theorie zu, daß die Kzinti inzwischen die Intelligenz oder die Empathie oder die Selbstbeherrschung erworben haben, die nötig ist im Umgang mit fremden Rassen.«

»Und deshalb riskieren Sie Ihr Leben, um mit einem Kzin zu reisen.«

»Ja«, erwiderte Nessus und schüttelte sich. »Ich habe eine starke Motivation. Man gab mir zu verstehen, falls ich die Zweckmäßigkeit meiner Courage unter Beweis stellte, indem ich sie zum Nutzen meiner Spezies einsetzte, wird mir gestattet, mich fortzupflanzen.«

»Kein sehr überzeugendes Motiv«, murmelte Louis.

»Und es gibt noch einen Grund, einen Kzin in die Mannschaft aufzunehmen. Wir werden uns einer unbekannten Umgebung stellen müssen, in der unbekannte Gefahren lauern. Wer wird mich beschützen? Wer wäre dafür besser ausgerüstet als ein Kzin?«

»Um einen Puppetier zu schützen?«

»Klingt das verrückt?«

»In der Tat«, erwiderte der Dolmetscher. »Es klingt nach schwarzem Humor. Und wie steht es mit diesem da, diesem Louis Wu?«

»Wir haben schon immer erfolgreich mit der Menschheit zusammengearbeitet. Deshalb wählen wir natürlich mindestens ein menschliches Mitglied für die Mannschaft aus. Louis Gridley Wus Selbstbehauptungstrieb hat sich bewährt, wenn auch auf eine unbedachte, fast verwegene Art.«

»Unbedacht, und tollkühn. Er hat mich zum Duell herausgefordert.«

»Würden Sie die Herausforderung angenommen haben, wenn Hroth nicht gegenwärtig gewesen wäre? Hätten Sie ihm ein Leid angetan?«

»Um mit Schimpf und Schande nach Hause gejagt zu werden, nachdem ich einen ernsten, gemischtrassischen Zwischenfall provoziert hatte? Doch das ist nicht der springende Punkt«, fuhr der Kzin beharrlich fort. »Nicht wahr?«

»Vielleicht doch. Louis ist noch am Leben. Sie wissen jetzt, daß Sie ihn nicht einschüchtern können. Glauben Sie an Ergebnisse?«

Louis bewahrte ein diskretes Schweigen. Wenn der Puppetier ihm Scharfsinn und Kaltblütigkeit bescheinigte, konnte es ihm nur recht sein.

»Sie haben von Ihren eigenen Motiven gesprochen«, sagte der Dolmetscher. »Nun reden Sie von meinen. Was habe ich davon, wenn ich mich Ihrer Reise anschließe?«

Und jetzt kamen sie zum geschäftlichen Teil

*

Für die Puppetiers war der Quanten-II-Hyperdrive-Shunt ein weißer Elefant. Dieser Antrieb würde ein Schiff in eineinviertel Minuten ein ganzes Lichtjahr überbrücken lassen, während ein konventionelles Raumschiff für diese Distanz drei Tage benötigte. Aber konventionelle Raumschiffe hatten viel Platz für Zuladungen.

»Wir haben den Motor in eine General-Products-Zelle, Mark vier, eingebaut – in den größten Rumpf, der von unserer Gesellschaft hergestellt wird. Wenn unsere Wissenschaftler und Ingenieure ihre Arbeit abgeschlossen haben, wird die Zelle fast ausschließlich mit der Anlage des Hyperraum-Schaltmotors ausgefüllt sein. Unsere Reise wird also unter sehr beengten Bedingungen stattfinden.«

»Ein Experimentierschiff«, sagte der Kzin. »Wie gründlich ist es erprobt worden?«

»Das Schiff hat eine Reise zum galaktischen Kern und zurück hinter sich.«

Aber das war der einzige Erprobungsflug gewesen! Die Puppetiers konnten es nicht selbst testen, konnten aber auch nicht Vertreter anderer Rassen für diese Erprobung anheuern, weil sie sich gerade auf der Wanderung befanden. Das Schiff würde so gut wie gar keine Last tragen können, obgleich es mehr als eine Meile im Durchmesser maß. Außerdem konnte es nicht verzögern, ohne sofort wieder in den normalen Raum zurückzufallen.

»Wir brauchen es nicht«, sagte Nessus. »Das gilt nicht für Sie. Wir beabsichtigen, das Schiff unserer Mannschaft zu übergeben mit den Kopien der Baupläne, damit Sie noch mehr von diesen Schiffen herstellen können. Zweifellos werden Sie den Entwurf noch verbessern.«

»Damit kann ich mir einen Namen kaufen«, fauchte der Kzin. »Einen Namen! Ich muß dieses Schiff in Aktion sehen.«

»Während unserer Reise im All.«

»Der Patriarch wird mir für so ein Schiff einen Namen geben. Davon bin ich überzeugt. Was für einen Namen soll ich wählen? Vielleicht . . .« Der Kzin fauchte mit ansteigender Tonleiter.

Der Puppetier antwortete in der gleichen Sprache.

Louis bewegte sich verdrossen auf seinem Stuhl. Er vermochte der Heldensprache nicht zu folgen. Er dachte daran, die beiden allein zu lassen, als ihm eine Idee kam. Er nahm das Hologramm des Puppetiers aus der Tasche und warf es quer durch den Raum in den haarigen Schoß des Tigers.

Der Kzin hielt es vorsichtig mit eingezogenen Krallen hoch.

»Das sieht aus wie ein beringter Stern«, bemerkte er. »Was ist es?«

»Es bezieht sich auf unser Reiseziel«, sagte der Puppetier. »Mehr kann ich im Augenblick nicht dazu sagen.«

»Wie geheimnisvoll. Nun, wann können wir starten?«

»In ein paar Tagen vermutlich. Meine Agenten suchen gerade ein qualifiziertes viertes Mitglied für unser Forschungsteam.«

»Bis dahin müssen wir uns also mit Geduld wappnen. Louis, sollen wir uns unter Ihre Gäste mischen?«

Louis stand auf und streckte sich. »Natürlich. Verschaffen Sie ihnen einen Nervenkitzel. Dolmetscher, ehe wir das Büro verlassen, möchte ich Ihnen noch einen Vorschlag machen. Betrachten Sie ihn aber nicht als einen Angriff auf Ihre Tigerwürde. Es ist nur so eine Idee von mir . . .«

*

Die Gäste hatten sich in Gruppen aufgelöst: in Drei-D-Zuschauer, in Bridge- und Pokerspieler, in Liebespaare und größere amouröse Gruppen, in Geschichtenerzähler, in Opfer der Langeweile. Draußen auf dem Rasen, unter einer dunstigen frühen Morgensonne, war eine gemischte Gruppe aus Gelangweilten und Xenophilen; denn die Gruppe im Freien schloß Nessus und den Tigerdolmetscher ein. Auch Louis Wu gehörte dazu, Teela Brown und ein überarbeiteter Bartender.

Der Rasen war einer von jenen, die nach uraltem britischem Rezept gepflegt wurden: fünfhundert Jahre lang säen und rollen. Fünfhundert Jahre waren in einem Börsenkollaps zusammengebrochen, nach welchem Louis Wu zu Geld gekommen und eine bestimmte, sehr angesehene Familie um ihr Vermögen gekommen war. Das Gras war grün und schimmernd, offensichtlich aus echtem Material. Niemand hatte seine Gene manipuliert auf der Suche nach einer zweifelhaften Verbesserung. Zu Füßen des sanft geneigten grünen Abhangs lag ein Tennisplatz, wo kleine Gestalten herumhüpften und ihre übergroßen Fliegenschläger schwangen.

»Sport ist etwas Wunderbares«, sagte Louis. »Ich könnte hier den ganzen Tag sitzen und zuschauen.«

Teelas Lachen überraschte ihn. Er dachte flüchtig an die Millionen von Witzen, die sie nie gehört hatte, die alten, uralten, die keiner mehr erzählte. Von den Millionen Witzen, die Louis auswendig kannte, mußten mindestens neunundneunzig Prozent einen Bart haben. Vergangenheit und Gegenwart mischten sich schlecht.

Der Bartender glitt in geneigter Position an ihm vorbei. Louis' Kopf lag in Teelas Schoß, und da er die Tasten nicht erreichen konnte, ohne sich aufzusetzen, mußte der Bartender sich weit zu ihm hinunterbeugen. Er tastete die Bestellung für zwei Mochas ein, fing die Getränke auf, als sie aus der Ausgabe herauskamen, und reichte eines davon zu Teela hinauf.

»Sie sehen aus wie ein Mädchen, das ich einmal gekannt habe«, sagte er. »Haben Sie schon einmal von Paula Cherenkov gehört?«

»Die Karikaturistin? Geboren in Boston?«

»Ja. Sie lebt heute auf ›Paradise‹. Das ist meine Ururgroßmutter. Wir haben sie schon mal besucht.«

»Sie hat mir einmal vor langer Zeit das Herz gebrochen. Sie könnte Ihre Zwillingsschwester sein.«

Teelas Lachen vibrierte angenehm durch Louis' Wirbelsäule. »Ich verspreche Ihnen, daß ich Ihnen nicht das Herz brechen werde, wenn Sie mir von dieser Affäre erzählen.«

Louis dachte darüber nach. Dieser Ausdruck wurde nur noch selten verwendet, aber er mußte ihn nicht erklären. Sie wußten immer alle, was er meinte.

Ein ruhiger, friedlicher Morgen. Wenn er jetzt zu Bett ging, würde er zwölf Stunden durchschlafen. Teelas Schloß war ein bequemes Ruhekissen für seinen Kopf. Die Hälfte von Louis' Gästen waren Frauen, und viele von ihnen waren seine Gattinnen oder Geliebten in früheren Jahren gewesen. In der ersten Phase der Geburtstagsfeier hatte er nur intim mit drei Frauen gefeiert, die früher einmal eine wichtige Rolle in seinem Leben spielten, und umgekehrt.

Drei? Vier? Nein, drei. Und nach zweihundert Jahren, dünkte ihm, konnte man sein Herz nicht mehr brechen. Zweihundert Jahre hatten zu viele Narbengewebe über seine Persönlichkeit wachsen lassen. Und jetzt ruhte sein Kopf bequem und ruhig im Schoß einer Fremden, die wie eine Kopie von Paula Cherenkov aussah.

»Ich verliebte mich in sie«, sagte er. »Wir hatten uns schon jahrelang gekannt. Wir hatten uns sogar ein paarmal verabredet. Und dann, eines Nachts, kamen wir ins Gespräch, und wumm – ich war verliebt. Ich glaube, sie war ebenfalls verliebt. Wir gingen nicht ins Bett diese Nacht – nicht zusammen, meine ich.

Ich bat sie, mich zu heiraten. Sie gab mir einen Korb. Sie hatte ihre Karriere im Sinn. Sie hatte keine Zeit für die Ehe, sagte sie. Aber wir planten einen Trip in den Amazonas-Nationalpark, gewissermaßen als Ersatz für eine Woche Hochzeitsreise.

Die nächste Woche war voller Höhe- und Tiefpunkte. Erst kamen die Höhepunkte. Ich hatte die Fahrkarten und das Hotel reserviert. Haben Sie sich schon mal so heftig in jemanden verliebt, daß Sie glaubten, Sie wären seiner nicht würdig?«

»Nein.«

»Ich war jung. Ich verbrachte zwei Tage damit, mich zu

überzeugen, ich wäre Paula Cherenkovs würdig. Es gelang mir auch. Und dann rief sie mich an und blies die Reise ab. Ich kann mich nicht mehr entsinnen, warum. Sie mußte schon einen guten Grund haben.

Ich führte sie in dieser Woche ein paarmal zum Essen aus. Nichts passierte. Ich versuchte, sie nicht unter Druck zu setzen. Es ist möglich, daß sie gar nicht ahnte, wie sehr ich unter Druck stand. Ich glitt zwischen Höhen und Tiefen auf und ab wie ein Jo-Jo. Dann kam die Hausse. Sie mochte mich. Wir hatten Spaß zusammen. Wir sollten gute Freunde bleiben, sagte sie.

Ich war nicht ihr Typ«, sagte Louis. »Ich glaubte, wir wären verliebt. Vielleicht hatte sie das auch eine Woche lang geglaubt. Sie war nicht grausam, sie wußte nur nicht, was in mir vorging.«

»Aber ich verstehe nicht, wie Ihnen das das Herz brechen konnte?«

Louis blickte zu Teela Brown hinauf. Silberaugen blickten ihn treuherzig an, und Louis begriff, daß sie nicht ein einziges Wort verstanden hatte.

Louis hatte sich viel mit fremden Wesen befaßt. Aus Instinkt oder aus Erfahrung hatte er gelernt, zu spüren, wenn ein Begriff zu fremdartig war und von einem anderen Wesen nicht aufgenommen oder ihm vermittelt werden konnte. Auch hier gab es eine unübersetzbare Lücke.

Was für ein gewaltiger Graben trennte ihn von diesem zwanzigjährigen Mädchen! Konnte er wirklich so drastisch gealtert sein? Und falls ja, war Louis Wu immer noch ein menschliches Wesen?

Teela wartete mit naiven Augen auf eine Erleuchtung.

»Tanj!« fluchte Louis und sprang auf die Füße. Lehmklumpen rollten über seine Robe.

Nessus, der Puppetier, hielt einen Vortrag über Ethik. Er unterbrach sich, (buchstäblich, da er mit zwei Mündern zugleich sprach, zum Entzücken seiner Zuhörer,) um sich nach Louis umzudrehen. Nein, er hatte noch kein Wort von seinen Agenten gehört.

Der Kzin, ähnlich bedrängt wie der Puppetier, lag wie ein aufgeschütteter Berg Apfelsinen auf dem Rasen. Zwei Frauen kraulten das Fell hinter seinen Ohren. Hinter diesen seltsamen

Kzinti-Ohren, die sich aufspannen konnten wie rosafarbene chinesische Sonnenschirme oder sich flach gegen den Kopf legten. Sie waren jetzt aufgespannt, und Louis konnte die Tätowierung im Hautgewebe erkennen.

»War das nicht eine brilliante Idee von mir?« rief Louis zu ihm hinüber.

»Das war es«, schnurrte der Kzin, ohne sich zu bewegen.

Louis lachte in sich hinein. Ein Kzin ist ein schreckliches Biest, nicht wahr? Aber wer fürchtet sich vor einem Tiger, der sich die Ohren kraulen läßt? Damit hatte Louis seine Gäste und den Kzin auf angenehme Weise zusammengebracht. Alles, was größer ist als eine Feldmaus, läßt sich gerne die Ohren kraulen.

»Sie haben sich abgelöst«, fauchte der Kzin schläfrig. »Ein Männchen kam auf ein Weibchen zu, das mich gerade kraulte, und meinte, er möchte auch gekrault werden. Die beiden haben sich zurückgezogen. Sofort war wieder ein Weibchen zur Stelle, um weiterzukraulen. Wie interessant muß es sein, einer Rasse anzugehören, deren beide Geschlechter mit Vernunft begabt sind.«

»Manchmal macht das die Dinge aber grauenvoll kompliziert.«

»In der Tat?«

Das Mädchen hinter der linken Schulter des Tigers – mit vakuumschwarzer Haut, die mit den Sternen der Milchstraße verziert war, und die ihr Haar zu einem kühl-weißen Kometenschwanz aufgebunden hatte – blickte von ihrer Arbeit auf. »Teela, übernimm mal meinen Platz«, sagte sie vergnügt. »Ich habe Hunger.«

Teela kniete sich gehorsam neben dem großen orangefarbenen Tigerkopf nieder. Louis sagte: »Teela Brown, das ist der Dolmetscher für die Tiere. Mögt ihr beide . . .«

In seiner Nähe ertönte ein Orkan von Dissonanzen.

». . . zusammen glücklich werden. Was war denn das? Oh, Sie, Nessus. Was . . .?«

Die Dissonanzen hatte der Puppetier mit seinen zwei Stimmen ausgestoßen. Jetzt drängte sich Nessus rüde zwischen Louis und das Mädchen. »Sind Sie Teela Jandrowa Brown, Identitätszeichen IKLUGGTYN?«

Das Mädchen erwiderte überrascht, aber ohne Furcht: »Das

ist mein Name. Ich kann mich an mein Identitätszeichen nicht mehr erinnern. Was haben Sie für ein Problem?«

»Wir suchten fast eine Woche lang die ganze Erde nach Ihnen ab. Und jetzt finde ich Sie bei einer Geburtstagsfeier, in die ich durch einen blinden Zufall geraten bin. Ich werde meinen Agenten den Marsch blasen!«

»Aber nicht doch«, sagte Louis leise.

Teela stand etwas verlegen auf. »Ich habe mich nicht versteckt, weder vor ihnen noch vor irgend jemand anderem – außerirdischen Wesen. Was haben Sie für ein Problem?«

»Moment mal!« Louis drängte sich zwischen Nessus und das Mädchen. »Nessus, Teela Brown ist keine Forscherin. Suchen Sie sich jemand anderen aus!«

»Aber, Louis . . .«

»Einen Moment mal.« Der Kzin setzte sich auf. »Louis, warum darf sich denn der Pflanzenfresser nicht aussuchen, wen er will?«

»Aber schauen Sie sich doch das Mädchen an!«

»Betrachten Sie sich selbst, Louis. Kaum zwei Meter groß. Selbst für einen Menschen ziemlich schmächtig. Sind Sie ein Forscher? Ist es Nessus?«

»Was, zum Kuckuch, ist hier eigentlich los?« forschte Teela.

»Louis«, sagte Nessus mit melodischer Hast, »wir ziehen uns lieber wieder in Ihr Büro zurück. Teela Brown, wir müssen Ihnen einen Vorschlag unterbreiten. Sie brauchen ihn nicht anzunehmen, aber vielleicht werden Sie ihn interessant finden.«

Das Gespräch wurde hinter geschlossenen Türen fortgesetzt. »Sie erfüllt alle Voraussetzungen«, flötete Nessus hartnäckig. »Wir müssen ihr die Sache vortragen.«

»Sie kann nicht die einzige geeignete Kandidatin auf der Erde sein!«

»Nein, Louis, keineswegs. Aber wir haben bis jetzt keinen von den anderen Kandidaten aufspüren können.«

»Wofür haben Sie mich denn vorgesehen?«

Der Puppetier begann mit seinen Erklärungen. Es zeigte sich, daß Teela Brown keinerlei Interesse am Weltall hatte, bisher noch nicht einmal auf dem Mond gewesen war und nicht beabsichtigte, die Grenzen des bekannten Universums zu überschreiten. Der Zweite-Quanten-Hyperantrieb erregte nicht ihre Begehrlichkeit. Als sie erschöpft und verwirrt um sich blickte, mischte sich Louis wieder ein.

»Nessus, was sind das für Voraussetzungen, die Teela so ideal erfüllt?«

»Meine Agenten suchten die Nachkommen von Gewinnern bei der Geburtsprämienlotterie.«

»Ich gebe es auf. Sie scheinen tatsächlich verrückt zu sein!«

»Nein, Louis. Meine Befehle stammen unmittelbar von dem Hintersten, der uns alle anführt. An seinem Verstand ist absolut nicht zu zweifeln. Darf ich es erklären?«

*

Für die menschlichen Wesen war die Geburtenkontrolle lange Zeit ein leicht zu regelndes Problem gewesen. Heutzutage schießt man einfach ein winziges Kristall unter die Haut am Oberarm, das sich erst in einem Jahr vollkommen aufgelöst hat. Während dieses Jahres kann die Geimpfte kein Kind empfangen. In früheren Jahrhunderten wurden umständlichere Methoden angewendet.

Die Bevölkerung der Erde hatte sich in der Mitte des einundzwanzigsten Jahrhunderts bei achtzehn Milliarden eingependelt. Der Fruchtbarkeits-Ausschuß, eine Unterabteilung der Vereinten Nationen, erließ die Geburtenkontrollgesetze und sorgte für deren Einhaltung. Ein halbes Jahrtausend lang änderte sich nichts an diesen Gesetzen: zwei Kinder pro Ehepaar, falls der Geburtenausschuß keine Einwände erhob. Der Ausschuß konnte die Quote erhöhen, oder einem Paar sogar die Nachkommenschaft verbieten, wofür erwünschte oder unerwünschte Gene als Richtschnur galten.

»Unglaublich«, fauchte der Kzin.

»Warum? Es ging ziemlich bewegt auf der Erde zu, als achtzehn Milliarden Menschen sich in den Grenzen einer primitiven Technologie bewegen mußten.«

»Wenn das Patriarchat versuchte, den Kzinti ein solches Gesetz aufzuzwingen, würden wir das Patriarchat für diese Anmaßung beseitigen.«

Aber die Menschen waren keine Kzinti. Ein halbes Jahrtausend hatten diese Gesetze Bestand. Dann, vor zweihundert Jahren, kamen Gerüchte auf, daß der Fruchtbarkeits-Ausschuß willkürliche Entscheidungen getroffen hatte. Der daraus entstehende Skandal hatte drastische Veränderungen bei den Geburtenkontrollgesetzen zur Folge:

Jedes menschliche Wesen hat jetzt das Recht auf ein Kind, ungeachtet der Beschaffenheit seiner Gene. Er ist automatisch auch für ein zweites und weiteres Kind qualifiziert, wenn er folgende Voraussetzungen mitbringt: Hoher Intelligenzquotient, vererbbare, nachweisbar nützliche psychische Eigenschaften, wie Plateau-Sichtigkeit, angeborene Veranlagung zu überleben, Telepathie, natürliche Langlebigkeit, perfekte Zähne, usw.

Man kann Geburtsrechte auch für eine Million Stars pro Kind kaufen. Warum auch nicht? Die Eigenschaft, viel Geld zu verdienen, galt schon immer als erprobter Überlebensfaktor. Außerdem unterband diese Maßnahme Bestechungsversuche.

Man konnte auch für sein Geburtsrecht noch nicht in der Arena kämpfen, falls man sein Erstlings-Geburtsrecht noch nicht beansprucht hatte. Der Gewinner verdiente sich sein Geburtsrecht für das zweite und dritte Kind; der Verlierer verlor sein Erstlings-Geburtsrecht und sein Leben. Damit glich sich die Bilanz wieder aus.

»Ich habe solche Zweikämpfe in Ihrem Unterhaltungsprogramm gesehen«, sagte der Dolmetscher. »Ich dachte, Sie kämpften nur aus Spaß.«

»Nein, das war Ernst«, sagte Louis nüchtern. Teela kicherte.

»Und die Lotterien?«

»Sie reichen nicht aus«, sagte Nessus. »Selbst mit der Verjüngungspille, die das Altern an einem Menschen verhindert, sterben jährlich mehr Leute auf der Erde, als zur Welt kommen . . .«

Und deshalb rechnet der Fruchtbarkeits-Ausschuß jedes Jahr die Todesziffern und die Auswanderer zusammen, zieht davon die Zuwanderer- und die Geburtsziffern ab, und verlost die Differenz als Geburtsrechte in der Silvester-Lotterie.

Jeder kann daran teilnehmen. Wenn man Glück hat, kann man sogar zehn oder zwanzig Kinder gewinnen – wenn das noch als Glück zu bezeichnen ist. Selbst verurteilte Kriminelle werden nicht von der Geburtsrecht-Lotterie ausgeschlossen.

»Ich hatte selbst vier Kinder«, sagte Louis Wu. »Eines stammt aus der Lotterie. Sie hätten drei von ihnen kennenlernen können, wenn Sie schon zwölf Stunden früher gekommen wären.«

»Das klingt sehr seltsam und kompliziert. Wenn die Bevölkerung der Kzinti zu groß wird, werden . . .«

»Greifen Sie die nächstbeste menschliche Welt an?«

»Absolut nicht, Louis. Wir kämpfen gegeneinander. Je gedrängter es bei uns zugeht, um so mehr Möglichkeiten ergeben sich, daß ein Kzin den anderen beleidigt. Unser Bevölkerungsproblem regelt sich von selbst. Wir haben nie die Bevölkerungsdichte des Menschen pro Quadratmeile auf einem einzigen Planeten erreicht!«

»Ich glaube, jetzt verstehe ich es allmählich«, sagte Teela Brown. »Meine Eltern waren beide Lotteriegewinner.« Sie lachte ein bißchen nervös. »Sonst wäre ich gar nicht auf die Welt gekommen. Wenn ich es mir richtig überlege, waren auch meine Großeltern . . .«

»Alle Ihre Vorfahren bis hinauf zu Ihren Ur-Ur-Ur-Großeltern haben ihre Existenz dem Gewinn eines Geburtsrecht-Loses zu verdanken.«

»Tatsächlich? Das habe ich nicht gewußt!«

»Die Unterlagen sind lückenlos«, sagte Nessus bestimmt.

»Bleibt immer noch die Frage«, sagte Louis Wu, »was soll's?«

»Die verantwortlichen Vertreter der Puppetier-Flotte neigen zu der Theorie, daß die Menschen auf der Erde das Glück züchten.«

Wie bitte?«

Teela Brown lehnte sich auf ihrem Stuhl vor. Sie war fasziniert. Zweifellos hatte sie noch nie einen verrückten Puppetier gesehen.

»Denken Sie doch an die Lotterien, Louis. Denken Sie an die Evolution. Siebenhundert Jahre lang hatte Ihre Spezies sich nach festgelegten Zahlen vermehrt: zwei Geburtsrechte pro Person, zwei Kinder pro Paar. Hier und dort mochte jemand noch ein drittes Geburtsrecht dazuerhalten oder sogar sein Erstlingsrecht aus zureichenden Gründen verlieren: Diabetiker-Gene oder dergleichen. Doch im Schnitt hatten alle Paare zwei

Kinder. Und dann wurde das Gesetz geändert. In den letzten zweihundert Jahren haben zwischen zehn und dreizehn Prozent der Menschen das Licht der Welt erblickt, weil ein Lotterielos gewonnen wurde. Was bestimmt also auf der Erde, wer überleben soll und sich fortpflanzen darf? Das Glück.

Und Teela Brown ist der Nachkomme von sechs Generationen glücklicher Gewinner der Geburtsrecht-Lotterie . . .«

III

Teela Brown

Teela lachte verlegen, während Louis Wu energisch abwinkte. »Sie wollen doch nicht behaupten, man könne das Glück züchten wie buschige Augenbrauen!«

»Aber Sie züchten doch auch telepathische Veranlagungen!«

»Glück ist Glück und keine seelische Kraft!«

»Mag sein«, machte sich jetzt der Kzin mit fauchender Stimme bemerkbar, »wichtig ist nur, daß Nessus bestimmt, wer mit uns reist. Ihm gehört das Schiff. Also – wo ist der vierte Teilnehmer an der Expedition?«

»Er steht hier im Zimmer – Teela Brown!«

»Moment mal!« protestierte das Mädchen. Ihr Silbernetz schimmerte wie echtes Metall auf ihrer blaugetönten Haut. Ihr Haar flackerte wie eine Flamme im Zugwind der Klimaanlage. »Dieses Palaver ist vollkommen überflüssig. Ich fliege nirgendwohin. Warum sollte ich auch?«

»Wählen Sie jemand anders, Puppetier! Es muß Millionen geben, die Ihre Bedingungen erfüllen, Nessus!«

»Nein. Wir haben nur ein paar Tausend Namen von Leuten, die seit fünf Generationen ihre Existenz der Geburtslotterie verdanken.«

»Na also!«

Nessus lief auf drei Hufen im Zimmer auf und ab. »Viele davon scheinen im Augenblick eine Pechsträhne zu haben. Die übrigen sind nie zu erreichen. Wenn wir sie anrufen, sind sie gerade unterwegs, oder der Computer gibt uns eine falsche Verbindung. Wenn wir zum Beispiel einen bestimmten Vertreter der Familie Brandt ermitteln wollen, klingeln in ganz Südamerika die Telefone. Zum Verzweifeln! Wir hatten eine Menge Scherereien und Beschwerden. Das ist alles schrecklich deprimierend.«

»Sie haben mir noch nicht einmal erzählt, wo Sie hinwollen«, sagte Teela.

»Ich kann Ihnen unser Reiseziel noch nicht verraten. Aber ich . . .«

»Nicht einmal das?« rief Teela. »Wie absurd! Ich reise nicht mit!«

»Entschuldigt«, murmelte Louis erleichtert, »ich muß mich auch mal wieder um meine anderen Gäste kümmern . . .«

*

Louis kam langsam wieder zu sich. Er erinnerte sich daran, daß er die Schlafhaube aufgesetzt und sie auf eine Stunde gestellt hatte. Wenn der Strom sich abschaltete, drückte das Gewicht der Haube auf die Stirn und . . .

Die Haube war gar nicht auf seinem Kopf. Er setzte sich rasch auf.

»Ich habe dir die Haube abgenommen«, sagte Teela Brown neben ihm. »Du hattest eine Ruhepause dringend nötig.«

»Himmel – wieviel Uhr ist es inzwischen?«

»Kurz nach siebzehn Uhr.«

»Ich bin ein miserabler Gastgeber!«

»Mach dir keine Sorgen. Es sind nur noch zwanzig Leute übriggeblieben. Ich sagte ihnen, weshalb wir uns zurückziehen. Sie hielten das fur eine großartige Idee.«

»Okay.« Louis schwebte zwischen den Schlafplatten zur Bettkante. »Vielen Dank. Sollen wir jetzt zu unseren Gästen zurückkehren?«

»Ich möchte zuerst noch mal unter vier Augen mit dir sprechen.«

»Okay.«

»Du machst diese verrückte Reise tatsächlich mit?«

»Ja.«

»Warum?«

»Ich werde gut bezahlt.«

»Du brauchst das Geld nicht!«

»Oh, ich bin zehnmal so alt wie du, Teela. Die Langeweile ist mein ärgster Feind. Sie hat schon viele meiner Freunde umgebracht. Mich soll sie nicht besiegen.«

»Ich habe nicht den Eindruck, daß es sich um ein Spiel handelt.«

»Nun gut – dann eben um ein Risiko. Die menschliche Rasse braucht das, was die Puppetiere als Belohnung für das Risiko aussetzen. Ein Raumschiff, das in Sekunden ein Lichtjahr zurücklegt. Bisher schaffen wir die gleiche Entfernung höchstens in drei Tagen!«

»Warum muß man denn noch schneller fliegen?«

»Die Explosion im Kern der Milchstraße . . .« Er winkte ab. »Ach, kümmern wir uns lieber um die Gäste.«

»Noch eine Frage, Louis. Sehe ich wirklich so aus wie Paula Cherenkow?«

Die Frage überraschte ihn. »Nur wenn man dich ganz aus der Nähe betrachtet, gibt es ein paar Unterschiede. Deine Beine sind noch hübscher; aber Paulas Gang war anmutiger. Dafür war Paulas Gesicht wieder kühler, abweisender. Aber vielleicht liegt es nur daran, daß die Erinnerungen verblassen.«

Teela betrachtete Louis gedankenverloren.

»Nur nicht schwankend werden, Teela!« mahnte Louis. »Denke daran, daß der Puppetier unter ein paar tausend Kandidaten wählen kann. Jeden Tag – ja, jede Minute könnte der richtige auftauchen! Dann ist unsere Mannschaft vollständig, und wir starten.«

»Bis dahin bleibe ich bei dir«, sagte Teela versonnen . . .

*

Der Puppetier ließ sich erst zwei Tage nach der Party wieder sehen.

Teela stand rasch auf. Louis und Teela hatten draußen auf dem Rasen eine Partie Märchenschach gespielt.

»Ihr beide habt sicher Geheimnisse«, sagte sie und verschwand im Haus.

Der Puppetier knickte die Beine ein und setzte sich auf seine Hufe. Der eine Kopf war auf Louis gerichtet, der andere zuckte nervös hin und her und beobachtete mißtrauisch die Umgebung.

»Kann die Frau uns belauschen?«

»Natürlich! Sie wissen doch, daß es im Freien keinen Schutz vor Ortungsstrahlen gibt.«

»Louis, gehen wir in Ihr Büro!«

»Mir gefällt es hier viel besser. Würden Sie bitte endlich Ihren Kopf stillhalten? Sie benehmen sich, als wären Sie in Todesgefahr!«

»Wie viele Meteoriten schlagen jährlich hier auf der Erde ein?«

»Keine Ahnung.«

»Wir sind dem Ateroidengürtel hier verdammt nahe. Aber das spielt ja keine Rolle mehr. Wir haben das vierte Besatzungsmitglied nicht auftreiben können.«

»Schlimm, schlimm.«

Vier Tage lang eilten wir einem gewissen Norman Haywood von einer Reisekabine zur anderen nach. Sechs Generationen Glückskinder aus der Lostrommel! Ideale Voraussetzungen! Er reist gern und besitzt die Ruhelosigkeit, die wir suchen. Aber wir erwischten ihn erst, als er mit einem Raumschiff zum Planeten Jinx startete.«

»Können Sie ihm nicht eine Hyperwellen-Botschaft nachschicken?«

»Louis, unsere Reise muß doch ein Geheimnis bleiben!«

»Natürlich.« Louis betrachtete die Schlangenköpfe, die sich wanden und drehten und nach unsichtbaren Feinden spähten.

»Sie werden schon noch den Richtigen finden.«

»Tausende von geeigneten Kanidaten! Die können sich doch nicht ewig vor uns verstecken! Das können sie doch nicht, Louis! Sie wissen ja gar nicht, daß wir sie suchen!«

»Nessus, was macht Sie denn so nervös? Sie haben doch diese Reise ganz allein ausgebrütet und . . .«

». . . das stimmt nicht. Ich bekam Anweisungen von unseren Anführern aus zweihundert Lichtjahren Entfernung.«

»Da muß mehr dahinterstecken. Sie kennen die echten Reiseziele, nicht wahr? Was hat Sie so verändert, seitdem Sie vier Kzinti in der Öffentlichkeit herausforderten? He – nun mal langsam!«

Der Puppetier hatte blitzschnell die Köpfe zwischen die Vorderbeine gesteckt und rollte sich zusammen wie ein Igel.

»Kommen Sie doch wieder heraus!« bettelte Louis, »nun kommen Sie schon!« Er strich mit beiden Händen dem Puppetier über die Nacken – soweit sie zu erreichen waren. Der Puppetier erschauerte. Seine Haut war so weich wie Fensterleder und fühlte sich recht angenehm an.

»Nun kommen Sie schon wieder heraus. Niemand wird Sie hier angreifen. Ich verteidige meine Gäste immer bis zum letzten Atemzug.«

Die Stimme des Puppetiers kam dumpf und klagend aus dem Fell des Hüftbeines. »Ich war verrückt – verrückt! Habe ich wirklich vier Kzinti herausgefordert?«

»Nun kommen Sie schon. Die Luft ist rein. So ist es schon besser!« Ein flacher Pythonkopf schielte aus dem Schatten zwischen den Beinen hervor.

»Vier Kzinti? Waren es nicht drei

»Mein Fehler. Ich hatte den ›Bremser‹ mitgezählt Es waren nur drei Kzinti, die man ernst nehmen konnte.«

»Verzeihen Sie mir, Louis.« Der Puppetier zeigte auch den anderen Kopf bis zum Auge. »Meine manische Phase ist zu Ende. Ich befinde mich jetzt in der depressiven Kurve.«

»Können Sie diese Phasen nicht künstlich steuern?« Louis dachte an die Folgen, wenn Nessus im kritischen Moment eine depressive Stimmung bekam.

»Ich kann mich nur so gut wie möglich dagegen schützen. Ich darf eben meine Urteilskraft nicht davon beeinflussen lassen.«

»Armer Nessus.«

Der Puppetier richtete wieder zitternd die Hälse auf. »Ich dachte, Teela Brown wäre nur einer Ihrer vielen Geburtstagsgäste gewesen!«

»Ich bat sie, bei mir zu bleiben, bis wir unser viertes Besatzungsmitglied gefunden haben.«

»Weshalb?«

»Zur Befriedigung sexueller Ansprüche«, erwiderte Louis Wu etwas taktlos, da dieses fremde Wesen die verwickelten Probleme der geschlechtlichen Beziehungen des Menschen sowieso nicht begreifen würde. Er sah, daß der Puppetier immer noch am ganzen Leib zitterte. »Gehen wir lieber in mein Büro. Es liegt im Tiefparterre. Bis dorthin können keine Meteore vordringen.«

Nachdem der Puppetier sich wieder verabschiedet hatte, suchte Louis im Schlafzimmer nach Teela. Aber sie saß in der Bibliothek und wechselte vor dem Leseschirm die Tafeln so rasch, daß selbst Louis kaum mitkam.

»Wie geht es deinem zweiköpfigen Freund?« fragte Teela lächelnd.

»Er ist außer sich vor Angst. Und ich bin total erschöpft. Ich habe mich als Psychiater bei ihm versucht.«

»Worüber habt ihr gesprochen?«

»Über traumatische Erlebnisse in den letzten dreihundert Jahren. So lange hält sich Nessus nämlich schon im menschlichen Universum auf. Er kann sich kaum noch an den Planeten der Puppetiere erinnern. Ich habe das Gefühl, daß der Arme sich dreihundert Jahre lang nur gefürchtet hat.« Louis ließ sich seufzend in einen Massagestuhl fallen. »Und was treibst du?«

»Ich frische meine Kenntnisse über die Explosion des galaktischen Kerns auf.« Teela deutete auf den Leseschirm.

Dort sah man eine schimmernde Konzentration von Sternen, die kaum einen dunklen Zwischenraum aufwies. Der galaktische Kern hatte einen Durchmesser von fünftausend Lichtjahren – eine dichte Masse von Sonnen im Drehpunkt des galaktischen Strudels. Ein Mensch war vor zweihundert Jahren einmal bis hierher vorgedrungen – mit einem von den Puppetieren gebauten Versuchsschiff. Auf dem Schirm sah man rote, blaue und grüne Sterne, in mehreren Kugelschichten übereinandergelagert. Die roten Sterne waren die größten und hellsten Sonnen. Im Zentrum des Bildes sah man eine gleißend helle Stelle, die einem aufgequollenen Komma ähnelte. Darin waren zwar punkt- und linienförmige Schatten zu erkennen, doch diese Schatten im Zentrum des Bildes waren immer noch heller als die hellsten Sterne außerhalb der galktischen Achse.

»Deshalb brauchst du also das Schiff der Puppetiere«, murmelte Teela und starrte auf den Leseschirm.

»Richtig.«

»Wie konnte diese Katastrophe nur passieren?«

»Die Sterne waren zu dicht zusammen«, erwiderte Louis,

»im Durchschnitt nur ein halbes Lichtjahr voneinander entfernt. Im Zentrum sind sie noch enger zusammengedrängt. Im Mittelpunkt einer Galaxis stehen die Sterne so dicht beisammen, daß sie sich gegenseitig aufwärmen können. Und wenn sie heißer werden, brennen sie auch rascher ab. Das heißt, sie *altern* rascher.

Zuerst wurde ein Stern zur Nova. Er strahlte also eine Menge Hitze aus und schickte Salven von Gammastrahlen in den Raum. Die Sonnen um die Nova herum wurden noch heißer, und die Gammastrahlen regten die stellare Aktivität noch mehr an. Ein paar von den Nachbarsternen explodierten. Das vervielfachte die Hitze und die Strahlung. So baute sich eine Kettenreaktion auf, die nicht mehr zu bremsen war. Dieser weiße Fleck im Mittelpunkt setzt sich aus lauter Supernovae zusammen.«

»Inzwischen ist diese Katastrophe längst vorüber?«

»Ja. Das Licht, das du dort siehst, ist längst historische Vergangenheit, obwohl es uns noch nicht erreicht hat. Die Kettenreaktion muß vor zehntausend Jahren zu Ende gegangen sein.«

»Warum regt man sich deswegen noch auf?«

Der Massagestuhl tat seine Wirkung. Die Wellenmuster bearbeiteten Louis' Bauchmuskulatur. »Die Strahlung ist das Gefährliche an der Sache. Das uns bekannte Universum ist ein vergleichsweise kleines Bläschen aus Sternen – ungefähr dreiunddreißigtausend Lichtjahre vom Kernpunkt der Galaxis entfernt. Die Novae explodierten vor mehr als zehntausend Jahren. Das bedeutet, daß die Strahlungswelle von der galaktischen Kernexplosion uns ungefähr in zwanzigtausend Jahren erreichen wird. Stimmt's?«

»Natürlich.«

»Gleichzeitig erreicht uns die subnukleare Strahlung von einer Million Novae mit der Lichtwelle.«

»Oh!«

»In zwanzigtausend Jahren werden wir jede uns bekannte Welt evakuieren müssen. Bis dahin wahrscheinlich noch viel mehr Welten, als uns bisher bekannt geworden sind.«

»Das ist eine lange Schonzeit. Wenn wir mit der Evakuierung sofort beginnen, schaffen wir das auch mit den langsamen Schiffen, die uns zur Verfügung stehen.«

»Du denkst nicht folgerichtig. Wenn wir heute in drei Tagen ein Lichtjahr hinter uns bringen, brauchen wir *sechshundert* Jahre, bis wir die Magellanschen Wolken erreichen!«

»Die Raumschiffe könnten doch alle Jahre irgendwo anlegen, um frischen Proviant und frische Luft an Bord zu nehmen . . .«

Louis lachte bitter. »Versuche einmal, ein paar Leute zu einer sechshundertjährigen Reise zu überreden! Weißt du, was wirklich passieren wird? Wenn das Licht der galaktischen Kernexplosion durch die Staubwolken hindurchschimmert, die sich zwischen unserem Planetensystem und der galaktischen Achse befinden, werden plötzlich alle Menschen in unserem Universum auf den Alarmknopf drücken. Dann haben sie genau noch ein Jahrhundert Zeit, um sich vor der Katastrophe zu retten.

Die Puppetiers hatten das schlauer eingefädelt. Sie schickten einen Menschen zum Kern der Galaxis, um für ihre wissenschaftliche Leistung zu werben; denn sie brauchten dringend Geld für ihre Forschung. Der Pilot im Versuchsschiff schickte diese Bilder hierher, die du gerade studierst. Ehe der Pilot wieder bei uns landete, waren die Puppetiers bereits aus der Galaxis verschwunden. Kein Puppetier hielt sich mehr auf einem von Menschen bsiedelten Planeten auf. Wir werden es niemals so machen wie die Puppetiers. Wir werden warten und warten; und wenn wir uns endlich zur Evakuierung entschließen, müssen wir Billionen von intelligenten Lebewesen aus unserer Galaxis aussiedeln. Dazu brauchen wir die schnellsten und größten Schiffe, die wir mit unseren technischen Mitteln bauen können. Wir brauchen also den Antrieb der Puppetiers sofort, damit wir ihn jetzt bereits verbessern können. Wir brauchen . . .«

»Okay. Ich fliege mit dir!«

»Wie bitte?«

»Ich komme mit.«

»Du bist wohl verrückt geworden!«

»Du gehörst doch ebenfalls zur Besatzung, nicht wahr?«

Louis schluckte ein paarmal, um sich zur Ruhe zu zwingen. »Das stimmt. Aber ich habe meine Gründe dafür. Und ich kann auch besser überleben. Mein Alter beweist das.«

»Aber ich habe mehr Glück als du.« Louis schnaubte verächtlich.

»Meine Gründe sind vielleicht nicht so überzeugend wie deine; doch gut genug!« Ihre Stimme war schrill vor Ärger.

»Deine Gründe sind verdammt fadenscheinig!«

Teela deutete auf den Bildschirm. Unter ihrem Fingernagel schimmerte das Licht einer Nova. »Ist das vielleicht ein fadenscheiniger Grund?«

»Wir bekommen den Puppetier-Antrieb, ob du mitfliegst oder nicht. Du hast doch gehört, was Nessus gesagt hat: Es gibt Tausende von deiner Sorte, die als Kandidaten in Frage kommen.«

»Nun – ich bin eine davon.«

»Richtig, du bist eine davon.«

»Warum bist du so verdammt väterlich? Habe ich dich darum gebeten, mich zu bevormunden?«

»Ich bitte um Entschuldigung. Ich weiß nicht, warum ich dir meinen Willen aufzwingen will. Schließlich bist du ja erwachsen.«

»Vielen Dank. Ich beabsichtige, der Crew beizutreten«, sagte Teela mit eisiger Stimme. Louis durfte sie nicht herumkommandieren. Aber vielleicht konnte er sie überzeugen.

»Denke doch einmal nach«, sagte Louis Wu sanft. »Nessus hat sich gewaltig angestrengt, das Geheimnis dieser Forschungsreise zu hüten. Warum wohl? Was muß er vor uns verbergen?«

»Wahrscheinlich hat er seine Befehle. Vielleicht kann man ihm das stehlen, was er vor uns geheimhält.«

»Na und? Wir reisen immerhin zweihundert Lichtjahre weit. Kein einziger vermag uns bis dahin zu folgen. Wir werden dort ganz unter uns sein.«

»Nun gut – dann will er eben verhindern, daß man ihm sein Schiff stiehlt.«

»Denke doch mal an die Besatzung – zwei Menschen, ein Puppetier, ein Kzin. Keiner davon ist als Forscher ausgebildet.«

»Trotzdem komme ich mit, Louis.«

»Dann sollst du wenigstens wissen, worauf du dich einläßt! Weshalb diese gemischte Besatzung?«

»Das ist eine Auswahl, die Nessus verantworten muß. Oder etwa nicht.«

»Nein. Das geht auch uns an. Nessus empfängt seine Befehle

direkt von seinen Führern aus der Kommandozentrale der Puppetiers. Ich glaube, er hat sich erst vor ein paar Stunden überlegt, was sie wirklich bedeuten. Deswegen hat er auch so schreckliche Angst. Wenn Nessus schon so verrückt ist, auf einer unbekannten Welt zu landen, ist er dann auch klug genug, dieses Abenteuer zu überleben? Seine Führer müssen das herausfinden. Nachdem die Puppetiers die Magellanschen Wolken erreicht haben, müssen sie ein neues Handelsimperium aufbauen. Und das Rückgrat ihres galaktischen Handels sind ihre ›verrückten‹ Puppetiers!

Dazu kommt unser Tiger im Orangepelz. Als Mitglied einer Gesandtschaft bei einer fremden Spezies müßte er eigentlich zu den zivilisiertesten und klügsten Kzinti gehören. Ist er so zivilisiert, daß er auch andere Rassen gelten läßt? Oder wird er uns alle umbringen, um sich mit frischem Fleisch und mehr Lebensraum zu versorgen?«

Louis beugte sich jetzt über das Mädchen. »Weißt du, was ich denke? Den Puppetiers ist es ganz egal, welchen Planeten wir erforschen! Sie verlassen doch sowieso schon unsere Galaxis. Sie wollen unser Team auf eine Zerreißprobe stellen, das ist alles! Und bevor wir alle umkommen, können die Puppetiers eine Menge daraus lernen, wie wir aufeinander reagieren!«

»Ich fliege trotzdem mit«, sagte Teela störrisch. »Wenn du den Helden spielen willst, kann ich das auch. Und ich glaube, du täuschst dich in Nessus. Eine Selbstmordmission würde er bestimmt nicht mitmachen. Und weshalb sollten sie uns eigentlich testen? Die Puppetiers ziehen sich doch aus der Galaxis zurück, wie du sagst. Wozu ein Test, wenn sie nie wieder etwas mit uns zu tun haben werden?«

Teela war nicht dumm – ganz und gar nicht, dachte Louis. »Du bist im Irrtum. Die Puppetiers haben sehr gute Gründe, uns zu testen.« Teela schaute ihn nur zweifelnd an.

»Wir wissen nicht viel von der Völkerwanderung der Puppetiers. Wir wissen nur, daß jeder gesunde, normal denkende Puppetier gerade auf der Flucht ist. Wir vermuten auch, daß die Puppetiers nicht so schnell wie das Licht reisen. Die Puppetiers haben Angst vor dem Hyperraum.

Wenn die Puppetiers knapp unter der Lichtgeschwindigkeit mit ihrer Flotte durch den Raum segeln, erreichen sie die

Magellanschen Wolken in fünfundachtzigtausend Jahren. Und was erwarten sie bei ihrer Landung dort vorzufinden?«

Louis grinste und gab ihr das Schlüsselwort auf seine Frage: »Uns natürlich. Menschen und Kzinti. Vielleicht noch Kdatlyno und Delphine. Die Puppetiers wissen, daß wir bis fünf Minuten vor zwölf warten werden und dann alles auf eine Karte setzen. Sie wissen, daß wir mit überlichtschnellem Antrieb reisen müssen. Und sobald sie die kleine Magellansche Wolke erreichen, werden wir schon da sein – oder eine Spezies, die uns ausgerottet hat. Und weil sie uns Menschen kennen, können sie auch die Veranlagung unserer Mörder richtig einschätzen. Oh, sie haben gute Gründe, uns zu testen!«

»Okay!«

»Du willst immer noch mitmachen?« Teela nickte.

»Warum?«

»Louis, ich habe wirklich Glück. Und wenn Nessus eine falsche Entscheidung trifft, müßtest du unterwegs immer allein schlafen. Ich weiß, daß dir nichts Schlimmeres widerfahren könnte.«

Sie hatte ihn in die Enge getrieben. Er konnte sie nicht von der Crew ausschließen, wenn sie sich persönlich bei dem Puppetier um einen Platz auf dem Raumschiff bewarb.

»Also gut«, sagte er seufzend, »wir werden den Puppetier verständigen.«

Er schlief tatsächlich nicht gern allein . . .

IV

Der mit den Tieren spricht . . .

»Melden Sie sich morgen früh um acht Uhr auf dem Outbak-Field in Australia«, säuselte der Puppetier auf dem Phoneschirm. »Das Handgepäck darf nicht mehr als fünfzig Pfund betragen. Louis, für Sie gilt das gleiche!«

»Ich liebe dich«, sagte Teela neben ihm auf dem Bett. »Ich komme mit, weil ich dich liebe!«

»Ich liebe dich ebenfalls«, erwiderte Louis höflich. »Das ist also dein wahrer Grund, nicht wahr?«

»Hm – ja.«

»Aber du hast doch bis jetzt die Erde noch nie verlassen!«

Sie nickte nur.

»Und ich bin auch kein genialer Liebhaber. Das hast du mir selbst gesagt!«

Sie nickte wieder. Teela Brown wich keiner Frage diplomatisch aus. Sie war bisher immer bei der Wahrheit geblieben, wenn sie sich auch damit schaden konnte. Sie hatte ihm von ihren bisherigen Liebhabern erzählt. Zwar respektierte sie Louis' Verschwiegenheit, was seine Liebschaften betraf; aber sie machte aus ihrem Herzen keine Mördergrube und stellte die heikelsten Fragen.

»Warum dann ausgerechnet mich?« fragte er.

»Ich weiß nicht«, berichtete sie. »Vielleicht ist es dein Charisma? Immerhin bist du ein Held, wie du weißt.«

Er war der einzige Mensch, der den ersten Kontakt mit einer fremden Spezies lebend überstanden hatte.

»Ich möchte nicht, daß du umkommst«, sagte er schläfrig. »Du bist zu jung dazu.«

Teela hielt sich die Ohren zu. »Hör auf«, sagte sie, höre endlich damit auf!«

»Und denke daran, daß wir kein Privatleben führen können. Das Raumschiff hat kaum Platz für die Besatzung.«

»Du meinst, wir können uns nicht lieben? Louis, mich stört das nicht, wenn sie zuschauen. Es sind ja nur Fremde.«

»Aber mich stört es!«

Sie sah ihn mit ihrem typischen Sphinxblick an. »Wenn die beiden nun keiner fremden Spezies angehören würden. Würde es dir dann etwas ausmachen?«

»Ja, außer es wären *sehr* gute Bekannte von uns. Bin ich deswegen altmodisch?«

»Ein bißchen.«

»Erinnerst du dich noch an den Freund von mir, von dem ich neulich sprach? Den größten Liebhaber der Welt? Er hatte eine Kollegin, und sie brachte mir ein paar Dinge bei, die er ihr angewöhnt hatte.« Er gähnte. »Aber dafür brauchen wir Schwerkraft. Wir müssen das Schlaffeld über dem Bett abschalten.«

»Du versuchst nur, mich vom Thema abzulenken!«

»Nein. Diese Stellung hat drei Phasen. Man nimmt zuerst eine Grätschstellung ein . . .«

»Was grätscht man?«

»Die Beine natürlich. Komm, ich zeige es dir . . .«

Als der Morgen anbrach, war Louis doch ganz froh darüber, daß Teela mitreisen wollte. Da seine Skrupel sich erst bei Sonnenaufgang regten, war es bereits zu spät, noch einen Rückzieher zu machen . . .

*

Louis Wu stand am Kontrollpult des Transporters. »Das muß die Handelsniederlassung der Außenseiter sein«, sagte Louis Wu und deutete nach unten.

Die »Außenseiter« waren Händler, die wichtige Informationen kauften und verkauften. Sie bezahlten gute Preise und verkauften zu noch besseren Preisen. Doch was sie einmal einkauften, verkauften sie immer wieder, denn ihr Handelsgebiet umfaßte die ganze galaktische Welt. In den Banken des menschlichen Universums besaßen sie praktisch unbegrenzten Kredit.

Wahrscheinlich hatten sie sich auf einem kalten Mond eines Gasriesen entwickelt. Auf so einer Welt wie sie Nereid darstellte, der kleinere Mond des Planeten Neptun, der jetzt unter ihnen lag. Jetzt lebten sie in den galaktischen Räumen zwischen den Sternen in stadtgroßen Raumschiffen, deren Konstruktionsprinzipien sich gewaltig voneinander unterschieden. Dazu gehörten Photonensegler genauso wie Raumschiffe, deren Antriebe für die menschliche Wissenschaft theoretisch unfaßbar waren. Sobald die Außenseiter auf ein Planetensystem stießen, wo Wesen lebten, die einmal zu ihren Kunden werden konnten, und wo es auch Welten gab, die ihren Lebensbedingungen entsprachen, mieteten sie einen Planeten oder Planetoiden für Handelsniederlassungen, Lagerdepots und Erholungszentren. Deswegen hatten die Außenseiter auch vor einem halben Jahrtausend Nereid, den kleineren der beiden Neptunmonde, gepachtet.

Nereid lag als eisige, schollenreiche Ebene unter ihnen im Sternenlicht. Die Sonne war ein dicker weißer Punkt im Raum, der nicht mehr Helligkeit spendete als der Vollmond auf der Erde. Halbkugelförmige Gebäude waren auf der Ebene zu unterscheiden, und kleine, mit Schubkraft arbeitende Fähren parkten zwischen einem Labyrinth niedriger Mauern. Diese eigenartigen Wälle oder Mauern waren überall zu sehen.

Der Kzin starrte neugierig über Louis' Schulter.

»Möchte gerne wissen, wozu diese Mauern dienen. Sind das Festungen?«

»Das sind Sonnenterrassen«, antwortete Louis. »Die Außenseiter leben von Thermoelektrizität. Sie liegen mit dem Kopf in der Sonne und mit dem Schwanz im Schatten. Die Temperaturunterschiede lösen einen Strom aus. Die Wälle dienen dazu, dichte Schattengrenzlinien zu schaffen.«

Nessus lief inzwischen im Wohnraum des Transporters auf und ab. Sein Raumanzug lag wie ein Ballon über dem Höcker, in dem sich sein Gehirn befand. Der Tornister mit dem Luft- und Speiseregenerator sah unglaublich klein aus.

Jedesmal, wenn Nessus redete, glaubte man, ein ganzes Orchester spielen zu hören. Seine beiden Münder, die überreichlich mit Nerven und Muskeln ausgestattet waren, dienten ihm ja gleichzeitig als Greif- und Sprechwerkzeuge.

Er hatte mit reich modulierten Tönen darauf bestanden, daß Louis das Steuer des Transporters übernahm. Er hatte sich nicht einmal angeschnallt, so eine hohe Meinung besaß er von der Navigationskunst seines Steuermannes. Doch Louis vermutete, daß verborgene Geräte in dem von den Puppetiers gebauten Raumschiff die Passagiere davor bewahrten, bei der hohen Startgeschwindigkeit Schaden zu nehmen.

Der Kzin war mit einem zwanzig Pfund schweren Koffer an Bord gekommen, der nur einen Kurzwellenofen zum Aufwärmen von Fleisch enthielt. Dazu gehörte noch etwas Undefinierbares, Rohes, das nur von einem Planeten der Kzinti stammen konnte. Sein Raumanzug glich einem durchsichtigen Fesselballon, der in einem aquariumartigen Kopfstück endete. Der Tornister mit dem Regenerationssystem hatte ein enormes Gewicht. Und obwohl im Tornister keine Waffen versteckt waren, sah er doch aus, als gehörte dieses unförmige Ding zur Kampfausrüstung eines Kzins. Nessus hatte darauf bestanden, daß der Kzin den Tornister im Lagerraum hinterlegte.

Der Kzin hatte bisher fast nur geschlafen. Doch jetzt stand er hinter Louis und beobachtete aufmerksam jeden seiner Handgriffe.

»Soll ich neben dem nächsten Außenseiterschiff landen?« fragte Louis.

»Nein. Steuern Sie nach Osten! Wir haben einen abgelegenen Landeplatz für die *Long Shot* gewählt.«

»Weshalb? Sie erwarten doch wohl nicht, daß die Außenseiter Ihr Raumschiff ausspionieren?«

»Nein. Die *Long Shot* hat Fusionsantrieb. Die große Hitzeentwicklung beim Starten und Landen würde die Außenseiter töten.«

»Warum *Long Shot?«*

»Beowulf Shaeffer hat das Schiff so getauft. Er war das erste und bisher einzige intelligente Lebewesen, das mit diesem Schiff geflogen ist. Er hat die Aufnahmen von den galaktischen Kernexplosionen mit diesem Forschungsschiff in Ihr Universum zurückgebracht. Ich glaube, der Ausdruck *Long Shot* ist ein Begriff aus dem Glücksspiel, nicht wahr?«

»Ein gewagtes Spiel mit hohem Einsatz und geringer Chance. Vielleicht rechnete der erste Pilot gar nicht mehr damit, von seiner Reise zurückzukommen. Aber ich muß Ihnen gestehen, daß ich bisher noch kein Schiff mit Fusionsantrieb geflogen habe.«

»Sie werden es lernen«, erwiderte Nessus.

»Einen Augenblick«, meldete sich der Kzin zu Wort. »Ich habe Erfahrungen mit Raumschiffen, die Fusionsantriebe verwenden! Deswegen werde ich die Navigation der *Long Shot* übernehmen!«

»Das ist unmöglich. Die Couch für den Piloten ist menschlicher Form angepaßt, und die Kontrollschaltungen sind mit menschlichen Symbolen versehen. Alle Schaltungen entsprechen menschlichen technischen Gewohnheiten.« Der Kzin knurrte ärgerlich.

»Dort ist es schon!«

Die *Long Shot* war eine durchsichtige Blase, die ungefähr dreihundert Meter im Querschnitt maß. Als Louis mit seinem Transporter die Riesenblase umrundete, entdeckte er, daß die durchsichtige Kuppel bis zum letzten Quadratzentimeter mit der grünlich-goldenen Maschinenanlage des Hyperraum-Shuntmotors vollgepackt war. Die Zelle des Raumschiffes war für jeden erfahrenen Raumfahrer ein Begriff. Es handelte sich hier um eine General-Products-Zelle, Mark 4 – nur ins Riesenhafte vergrößert, daß sie leicht als Hangar für Raumschiffe normaler Größe hätte dienen können. Doch das Ding hatte nicht die Form der üblichen Raumschiffe. Es sah eher wie eine primitive Raumstation aus, die von einer Rasse mit begrenzten Fähigkeiten und geringen technischen Möglichkeiten gebaut wurde, damit sie in einer planetnahen Umlaufbahn Raumerfahrung sammeln konnte.

»Und wo sollen wir wohnen?« fragte Louis. »Im Maschinenraum etwa?«

»Die Kabine befindet sich auf der Unterseite. Landen Sie das Schiff unter der Kuppel!«

Louis setzte auf dem schwarzen Eis auf und schlitterte dann mit dem Transporter vorsichtig unter die ausladende Kuppel der *Long Shot*.

Im Kabinenraum der *Long Shot* brannte Licht. Hinter der durchsichtigen Außenhaut konnte Louis zwei winzige Kajüten erkennen. Die untere war gerade groß genug für die Pilotencouch, einen Massenanzeiger und für das hufeisenförmige Kontrollpult. Die obere Kajüte war auch nur eine kleine Kabuse.

»Interessant«, knurrte der Kzin hinter Louis' Rücken. »Ich nehme an, die untere Kabine ist für unseren Piloten reserviert. Wir anderen drei dürfen uns mit der oberen Kabine begnügen!«

»Richtig«, flötete der Puppetier. »Es war verdammt schwierig, die drei Couches in einen Raum hineinzuzwängen. Jede Couch ist mit einem Stasisfeld versehen, um ein Maximum an Sicherheit für die Passagiere zu gewährleisten. Da wir uns während des Fluges im Tiefschlaf befinden, kann es Ihnen doch egal sein, wie groß oder klein die Kabine ist, Dolmetscher der Kzinti!«

Der Kzin knurrte nur etwas Unverständliches. Louis ließ das Schiff zur Ruhe kommen und schaltete dann eine Reihe von Aggregaten ab.

»Ich möchte noch einen Punkt klären«, sagte Louis dann und

drehte sich um. »Teela und ich bekommen zusammen nicht mehr Sold als der Kzin für sich allein.«

»Sie wollen mehr Geld haben?« flötete Nessus rasch. »Ich werde mir das überlegen, und . . .«

»Ich möchte nur etwas haben, was Ihnen nichts mehr bedeutet«, unterbrach ihn Louis. »Ich will die Raumkoordinaten des ehemaligen Puppetier-Planeten von Ihnen haben!«

Nessus' Hälse schossen nach vorne und drehten sich nach innen. Einen Moment lang sahen sich die beiden Köpfe betroffen an. »Warum?« fragte Nessus dann.

»Früher einmal waren die Koordinaten des Heimatplaneten Ihrer Spezies das bestgehütetste Geheimnis des Universums. Ihre Rasse hätte jedem ein Vermögen bezahlt, damit er das Geheimnis, falls er es entdeckte, nicht ausplauderte. Selbst jetzt könnten Teela und ich noch eine Menge Geld damit verdienen, wenn wir die Koordinaten Ihrer Heimatwelt einer Presseagentur verkauften.«

»Und wenn unsere Heimat nun außerhalb des bekannten Universums liegen würde?«

»Mein Geschichtslehrer hatte das auch schon immer behauptet«, meinte Louis nachdenklich. »Trotzdem – die Information wäre immer noch gutes Geld wert.«

»Ehe wir zu unserem eigentlichen Bestimmungsort aufbrechen«, erwiderte der Puppetier vorsichtig, »werden Sie die Koordinaten der Welt der Puppetiers kennenlernen. Ich glaube, Sie werden überrascht sein!« Kichernd setzte er hinzu: »Achten Sie jetzt lieber auf die vier kegelförmigen Fortsätze der *Long Shot«* .

Louis hatte sie bereits entdeckt. Sie waren um den Kabinenteil herum angeordnet und zeigten schräg nach unten.

»Sind das die Fusionsmotoren?«

»Ja. Sie werden feststellen, daß das Schiff genauso gesteuert wird wie Ihre handelsüblichen Typen. Nur die innere Schwerkraft fällt weg. Was die Bedienung des Quantum-II-Hyperantriebs anbelangt, muß ich Sie davor warnen . . .«

». . . ich muß Sie ebenfalls warnen«, fauchte der Kzin. »Ich bitte um Ruhe! Ich habe hier ein ausziehbares Schwert!« Es dauerte eine Weile, bis Louis begriff. Dann drehte er sich langsam um.

Der Kzin stand an der konkaven Innenwand der Pilotenkanzel. In seiner Krallenfaust hielt er eine Art von Peitschengriff. Drei Meter von dem Griff entfernt, genau in der Höhe der schwarz umränderten Katzenaugen, schwebte ein glühendroter Ball. Der Draht, der den Ball mit dem Peitschengriff verband, war viel zu dünn, als daß man ihn mit bloßen Augen hätte sehen können. Mit einem Stasisfeld umgeben, konnte dieser Draht fast jedes Metall durchschneiden – auch die Pilotencouch, falls Louis dahinter Schutz suchen wollte. Und der Kzin hatte sich einen Platz ausgesucht, von dem aus er jeden Punkt der Kabine erreichen konnte.

Zu Füßen des Kzin lag das rohe Fleisch, dessen Herkunft Louis nicht zu bestimmen wußte. Natürlich – das Stück Fleisch war innen ausgehöhlt gewesen!

»Eine weniger grausame Waffe wäre mir lieber gewesen«, fuhr der Kzin katzenfreundlich fort. »Ein Betäubungsstrahler zum Beispiel. Er wäre für meine Zwecke ideal gewesen. Doch ich konnte in so kurzer Zeit keinen Betäubungsstrahler auftreiben. Louis, nehmen Sie die Hände von der Schaltkonsole und falten Sie sie auf der Rückenlehne Ihrer Couch!«

Louis gehorchte. Er hatte vorgehabt, die Schwerkraft in der Kabine zu verändern. Aber der Kzin hätte ihn in zwei Teile zerschnitten, falls er den Schwerkraftregler herumgerissen hätte.

»Wenn Sie sich jetzt alle endlich ruhig verhalten, werde ich Ihnen verraten, was ich jetzt vorhabe!«

Die rote Birne zeigte an, wo das Ende des Drahtes war. Louis überlegte fieberhaft. Wenn er das Ende des Schwertes zu fassen bekam, ohne dabei seine Finger einzubüßen. »Weshalb das alles . . .«? meinte Louis, um den Kzin abzulenken.

»Das ist doch klar, Louis. Ich will meiner Welt die *Long Shot* überbringen. Nach diesem Vorbild werden wir viele Schiffe bauen, die uns im nächsten Krieg gegen die Menschen eine eindeutige Überlegenheit verschaffen. Wir werden die Menschen endlich ausrotten können! Ich muß nur verhindern, daß Sie ebenfalls die Pläne dieses Schiffes bekommen. Genügt Ihnen das als Erklärung?«

Louis Wu bemerkte aus den Augenwinkeln, daß Teela ihre Muskeln anspannte, um sich auf den Kzin zu stürzen.

Der Kzin würde sie in Stücke hauen!

Louis mußte den ersten Schritt wagen.

»Machen Sie keine Dummheiten, Louis! Ich werde Sie und Teela hier auf diesem Mond aussetzen und Ihr Schiff unbrauchbar machen. Die Außenseiter werden Ihnen schon weiterhelfen, ehe die Regenerationsaggregate in Ihrem Tornister versagen. Stehen Sie jetzt ganz langsam auf und weichen Sie bis zur Wand zurück! Sehr schön! Sie werden sich jetzt ausziehen, damit ich mich überzeugen kann, daß Sie keine Waffe – ah!«

Louis wurde noch im SprunganSatz gebremst – ein Phänomen, das er sich nicht erklären konnte.

Der Kzin warf seinen orangefarbenen Kopf zurück und miaute. Das war ein unheimlicher, fast überirdischer Ton. Dann öffnete das Tigerwesen die Arme, als wolle er das ganze Universum umarmen. Die Drahtklinge seines Schwertes zerschnitt einen Wassertank, ohne daß er es bemerkte. Das Wasser quoll aus dem zersägten Behälter, doch der Blick des Kzin sah nichts. Seine Ohren standen steif nach oben gerichtet, als lausche er den Klängen des Paradieses.

»Nehmen Sie ihm die Waffe ab!« befahl Nessus.

Louis bewegte sich vorsichtig vorwärts, immer bereit, sich zu ducken, falls die glühende Markierungsbirne am Schwert sich bewegte. Die Drahtschneide schaukelte hin und her wie eine Angel in einer leichten Brise. Louis nahm vorsichtig den Griff der Waffe und löste ihn aus den Krallen des Kzin. Er drückte auf den Bedienungsknopf, und die Waffe rollte sich ein, bis die Kontrollbirne wieder im Griff festsaß.

»Behalten Sie das Ding«, befahl Nessus. Er packte mit dem rechten Mund den einen Arm des Kzin und führte den Willenlosen zur Pilotencouch. Die schwarz umränderten Augen starrten ins Leere. Andacht und Stille spiegelten sich auf dem behaarten Katzengesicht.

»Was haben Sie nur mit ihm gemacht?« fragte Louis kopfschüttelnd.

Der Kzin starrte immer noch hinaus in die Unendlichkeit und schnurrte.

»Passen Sie auf!« murmelte der Puppetier. Er zog sich vorsichtig von der Couch zurück, auf der sich der Kzin niedergelassen hatte. Seine flachen Köpfe waren fest auf das Katzenwesen gerichtet. Seine Augen ließen den Kzin nicht einen Moment los.

Plötzlich kam Leben in den Katzenblick des Kzin. Seine Augen wanderten rasch von Teela zu Louis und dann zu Nessus. Er klagte mit einem dumpf-fauchenden Laut, setzte sich gerade und beschwerte sich auf interworld:

»Das war wunderschön. Ich wünschte . . .«

Er hielt inne und blinzelte. »Machen Sie das nicht noch einmal«, meinte er jetzt drohend und drehte sich Nessus zu.

»Ich hatte Sie von Anfang an für zivilisiert gehalten«, erwiderte Nessus gleichmütig. »Mein Urteil war richtig. Nur ein zivilisiertes Wesen würde sich vor einem Tasp fürchten.«

»Ah!« seufzte Teela.

»Tasp?« wiederholte Louis verwundert.

Der Puppetier betrachtete immer noch das Tigerwesen mit seinen beiden einäugigen Köpfen. »Ich werde den Tasp so oft gegen Sie verwenden, wie Sie mich dazu zwingen, Dolmetscher der Kzinti! Wenn Sie mich zu oft erschrecken oder zu oft mit Gewalt drohen, werde ich Sie von dem Einfluß des Tasp abhängig machen. Da der Tasp durch einen chirurgischen Eingriff Bestandteil meines Körpers geworden ist, müßten Sie mich schon töten, um mir meine Waffe abzunehmen. Trotzdem blieben Sie dem Tasp schmählich unterworfen.«

»Zum Donnerwetter, will mir endlich jemand erklären, was ein Tasp ist?« fluchte Louis am Kontrollpult.

Teela sah ihn verwundert an. »Das weißt du nicht? Ein Tasp übt einen Schock auf das Zentrum der Lustgefühle im Gehirn aus.«

Louis hatte nicht einmal gewußt, daß so etwas theoretisch möglich war.

»Hast du auch schon einen Tasp zu spüren bekommen?« fragte er Teela scheinheilig.

Teela lächelte versonnen. »Ja, ich weiß, wie das Ding wirkt. Meistens ist das Gerät ja leicht zu verstecken, weil es so klein ist. Man wendet einen Tasp nie gegen sich selbst an, sondern immer nur auf andere, die nicht darauf gefaßt sind. Die Polizei hat schon viele Leute in den Parks aufgegriffen, die damit ahnungslose Passanten überfallen.«

»Aber ein Tasp Ihrer Bauart wirkt nicht mal eine Sekunde lang«, mischte sich Nessus jetzt ein. »Meiner löst mindestens zehn Sekunden lang Gehirnimpulse aus.«

Die Wirkung auf den Kzin mußte dementsprechend gewesen sein.

»Typisch für euch Puppetiers«, murmelte Louis. »Nur ihr bringt es fertig, euch mit einem Ding zu bewaffnen, das bei euren Feinden Wollustgefühle auslöst.«

»Trotzdem hat der Puppetier recht«, fauchte der Kzin. »Ich werde mich nicht mehr dem Tasp aussetzen. Zu viele Stromstöße von diesem Teufelsding würden mich zu seinem willenlosen Sklaven machen. Man stelle sich vor – ein Kzin, der vor einem Pflanzenfresser auf dem Bauch herumrutscht!«

»Wir haben unsere Zeit schon genug mit Unsinn vergeudet«, sagte Nessus ernst. »Gehen wir endlich an die Arbeit . . .!«

Die Kabine des Piloten hatte kaum Platz für die Instrumentenkonsole, die Couch, den Massenanzeiger und die Küchenautomatik. Louis hielt das Stasis-Schwert schlagbereit, während der Kzin sich an ihm vorbeizwängte und in die obere Kabine hinaufkletterte. Dort hatte man ein paar Aggregate entfernt, um Platz für die Liegen der übrigen Passagiere zu schaffen. Ursprünglich war die obere Kabine der Erholungsraum für den Piloten des Versuchsschiffes gewesen.

Louis sah mit schlagbereitem Schwert zu, wie der Kzin sich auf eine Couch legte. Dann schloß er den gewölbten Deckel über der Koje und ließ den Verschluß einrasten.

Aus der Koje wurde ein großes spiegelndes Ei, das das Licht reflektierte. In der Koje würde die Zeit so lange stillstehen, bis Louis das Stasisfeld wieder abschaltete. Wenn das Schiff mit einem Antimaterien-Asteroiden zusammenstoßen sollte, würde selbst die General-Products-Zelle sich in ionisierten Dampf auflösen. Doch die Koje des Kzin würde bei diesem Zusammenstoß nicht einmal einen Kratzer abbekommen.

Louis atmete erleichtert auf. Der Kzin hatte wirklich überzeugende Gründe, dieses Schiff zu stehlen. Auch der Tasp würde ihn von diesem Entschluß nicht abbringen. Er mußte dafür sorgen, daß der Kzin keine Gelegenheit zum Stehlen mehr bekam!

Louis kehrte in die Pilotenkanzel zurück. Er schaltete das Mikrophon in seinen Raumanzug ein und sagte liebenswürdig. »Ich bitte die übrigen Herrschaften an Bord!«

Hundert Stunden später hatte Louis Wu das irdische Planetensystem bereits hinter sich gelassen.

V

Die Roselle

In der Mathematik des Hyperraumes gibt es Faktoren, die nicht in das System einbezogen werden können. Dazu gehören die Bereiche um Massen von einer bestimmten Größenordnung im Einsteinschen Universum. Wenn Raumschiffe diesen Bereich der Massenkörper – die sogenannten Singularitäten – verlassen haben, können sie schneller als das Licht reisen. Innerhalb dieser Bereiche würden sie verschwinden, wenn sie den Sprung in den Hyperraum wagten.

Die *Long Shot* befand sich jetzt ungefähr acht Lichtstunden von Sol entfernt und hatte sich deren Singularität entzogen.

Louis Wu befand sich im freien Fall.

Er hatte sich mit einer Beschleunigung unter zwei g aus dem Sonnensystem hinausbewegt. Fünf Tage lang hatte er auf seiner Couch gearbeitet, gegessen und geschlafen. Trotz der hervorragenden Eigenschaften dieser Couch kam er sich schmutzig und verwahrlost vor. Trotz fünfzig Stunden Schlaf war Louis vollkommen erschöpft.

Der Himmel im All unterschied sich nicht sehr vom Nachthimmel der Erde. Im Sonnensystem heben sich die Planeten kaum von den Fixsternen ab, wenn man das Firmament mit dem bloßen Auge betrachtet. Ein besonders heller Stern glänzte jetzt im galaktischen Süden. Dieser Stern war die Sonne »Sol«.

Louis bediente die Schwungradkontrollen. Die *Long Shot* drehte sich um ihre Achse. Die Sterne glitten unter ihm hinweg.

Siebenundzwanzig, dreihundertundzwölf, eintausend – Nessus hatte ihm diese Koordinaten angegeben, ehe Louis ihn in seiner Koje im Stasisfeld einschloß. Das war die Zielbestimmung der Völkerwanderung seiner Artgenossen. Louis wurde sich jetzt bewußt, daß diese Koordinaten nicht auf dem Kurs lagen, der zu den Magellanschen Wolken führen mußte. Der Puppetier hatte ihn also belogen.

Aber die Koordinaten lagen ungefähr zweihundert Lichtjahre vom irdischen Sonnensystem entfernt und befanden sich auf der Verlängerung der galaktischen Achse. Vielleicht hatten die Puppetiers sich dazu entschlossen, die Galaxis auf dem kürzesten Wege zu verlassen und dann über der Ebene der Galaxis die kleine Magellansche Wolke anzusteuern. Auf diese Weise würden sie interstellare Hindernisse vermeiden: Sonnen, Staubwolken und Wasserstoffkonzentrationen . . .

Das alles war jetzt nur von nebensächlichem Interesse. Louis' Hände schwebten über dem Kontrollpunkt, als sei er ein Pianist, der auf seinen Einsatz wartet. Die Hände senkten sich.

Die *Long Shot* verschwand.

Louis vermied es, auf den durchsichtigen Boden zu schauen. Er wunderte sich schon längst nicht mehr, warum all die durchsichtigen Flächen der Kanzel nicht mit Blenden oder Jalousien versehen waren. Der Anblick des »Blinden Fleckens« hatte schon so manchen tüchtigen Piloten in den Wahnsinn getrieben. Aber es gab Männer, die selbst dieser Belastung gewachsen waren. Der erste Pilot der *Long Shot* mußte so ein Mann gewesen sein.

Louis konzentrierte sich vielmehr auf den Massenanzeiger – einer durchsichtigen Kugel über der Kontrollkonsole. Blaue Linien gingen von ihrem Mittelpunkt aus, wanderten langsam über die Kugelschale. Das war ein ungewöhnlicher Anblick und entnervend. Bei der üblichen Geschwindigkeit im Hyperraum blieben diese Linien stundenlang in der Kugel fixiert.

Louis behielt die linke Hand immer in der Nähe des Notschalters.

Die Küchenautomatik zu seiner Rechten bediente ihn mit schal schmeckendem Kaffee und einem Imbiß, der sich in seiner Hand in verschiedene Schichten auflöste: in Fleisch, Käse, Brot und irgendeinen Blattsalat. Der Automat mußte nach seinem jahrhundertelangen Dornröschenschlaf neu programmiert werden. Die Radiallinien im Massenanzeiger wuchsen zu breiten Bändern, schwappten hinauf zum Scheitelpunkt und schrumpften zu einem Nichts zusammen. Eine verschwommene blaue Linie am unteren Pol wurde deutlicher, länger, wuchs immer weiter . . . Louis bediente den Notschalter. Ein roter Riese glühte unter seinen Füßen.

»Zu schnell«, knurrte Louis, »viel zu schnell!« In einem Schiff mit normalem Hyperdrive mußte man den Massenanzeiger nur alle sechs Stunden überprüfen. Aber in der *Long Shot* durfte man das Ding nicht eine Sekunde aus den Augen lassen!

Louis starrte auf die hellrote Scheibe vor dem sternenübersäten Hintergrund.

»Verdammt! Ich bin bereits aus dem bekannten Universum heraus!«

Er drehte das Schiff, um unter den Sternen nach bekannten Orientierungspunkten zu suchen. Doch dieses Firmament war ihm vollkommen fremd. Die Sterne gehören mir, nur mir allein! sagte Louis ehrfürchtig und rieb sich mit einem leisen Lachen die Hände.

Die rote Riesensonne kam wieder in Sicht, und Louis schwenkte das Schiff noch einmal um neunzig Grad. Er hatte das Schiff zu nahe an den Stern herankommen lassen. Jetzt mußte er einen Ausweichkurs um die Sonne herum steuern.

Die Reise hatte bis jetzt anderthalb Stunden gedauert.

Nach weiteren neunzig Minuten brach er wieder aus dem Hyperraum aus.

Die ihm fremden Sterne beunruhigten ihn nicht mehr. Auf der Erde waren über den beleuchteten Städten überhaupt keine Sterne mehr zu sehen. Erst als er sechsundzwanzig Jahre alt war, hatte er zum erstenmal einen Stern beobachten können. Louis überprüfte seine Instrumente, um sich zu vergewissern, daß er im freien Raum war. Er deckte die Konsolen ab und streckte sich.

Himmel – meine Augen fühlen sich an wie gekochte Zwiebeln! dachte er seufzend.

Er löste sich aus dem Sicherheitsnetz und schwebte in der Kanzel, die linke Hand massierend. Seit drei Stunden hatte er den Notschalter krampfhaft festgehalten. Vom Ellenbogen bis zu den Fingerspitzen war das Fleisch taub geworden.

Unter der Decke waren Leitersprossen für isometrische

Übungen angebracht. Er turnte, bis die Verkrampfung seiner Muskeln sich gelöst hatte.

Sollte er Teela aufwecken? Kein übler Gedanke. Es wäre sehr erfrischend, sich jetzt mit ihr zu unterhalten. Wenn er im Urlaub wieder mal durch den Raum bummelte, wollte er eine Frau mitnehmen. Doch jetzt kam er sich vor wie eine hochgeschwemmte Leiche auf einem überfluteten Friedhof. Nach dem Sprung aus dem Hyperraum sah er nicht ganz frisch aus. Es war nicht der passende Moment für höfliche Konversationen oder andere Dummheiten. Das schlechte Gewissen plagte ihn wieder.

Er hätte nicht zulassen dürfen, daß Teela an Bord der *Long Shot* kam!

Die zwei Tage nach seiner Geburtstagsfeier waren recht angenehm gewesen. Als wäre die Romanze zwischen Louis Wu und Paula Cherenkow noch einmal geschrieben worden – diesmal mit einem glücklichen Schluß. Doch etwas störte ihn an Teela. Eine gewisse Oberflächlichkeit und mangelnde Gemütstiefe. Das lag nicht nur an ihrer Jugend. Louis' Freunde gehörten zu allen Altersgruppen, und viele Vertreter der jungen Generation waren alles andere als oberflächlich. Im Gegenteil, sie litten mehr als die älteren. Der Schmerz gehört nun einmal zum seelischen Reifeprozeß.

Nein, Einfühlungsvermögen war nicht Teelas Stärke. Sie war blind für das Leid ihrer Mitmenschen. Mitleid war ihr vollkommen fremd . . .

Doch dafür spürte sie die Freude, die angenehmen Empfindungen in einem Mann um so stärker. Sie hatte eine Antenne für das Glück. Als Liebhaberin war sie hinreißend – so schön, daß es fast schmerzte. Sie war herzhaft erfrischend und unverbraucht, sinnlich wie eine Katze, überraschend ungehemmt!

Doch das alles qualifizierte sie nicht für dieses Abenteuer, als Astronautin, als Forscherin.

Teelas Leben war bisher unbeschwert und langweilig gewesen. Zweimal hatte sie sich verliebt, und zweimal hatte sie von sich aus die Affäre abgebrochen. Sie war noch nie einer ernsthaften Belastungsprobe ausgesetzt gewesen, hatte noch nie leiden müssen. Doch was passierte, wenn sie sich zum erstenmal in einer echten Gefahr befand?

Wahrscheinlich drehte sie durch!

»Ich habe sie als meine Liebhaberin mitgenommen«, dachte Louis laut. »Verdammter Nessus!« Nessus hätte sie bestimmt nicht als Kandidatin ausgewählt, wenn Teelas Glückssträhne bisher nicht angehalten hätte.

Es war ein Fehler gewesen, sie mitzunehmen. Sie konnte nur zu einer Belastung für ihn werden. Und er würde sich in der Gefahr vor sie stellen müssen, wenn er sich selbst kaum schützen konnte.

Welche Gefahren erwarteten sie wohl? Die Puppetiers waren ausgezeichnete Geschäftsleute. Sie bezahlten immer nur den angemessenen Preis. Die *Long Shot* war von unschätzbarem Wert. Louis hatte das unangenehme Gefühl, daß sie sich ihr Honorar sauer verdienen mußten . . .

Louis legte sich wieder auf die Couch und schaltete die Schlafhaube ein.

Fünfeinhalb Stunden von Sol entfernt, kam er wieder aus dem Hyperraum.

*

Die Koordinaten, die der Puppetier angegeben hatte, schnitten ein kleines Rechteck aus dem Himmel, wenn man Sol als Bezugspunkt nahm. Sie gaben außerdem die Radialdistanz zu diesem Rechteck an. Im All bestimmten diese Koordinaten einen Würfel mit einer Kantenlänge von einem halben Lichtjahr. Irgendwo in diesem gedachten Würfel befand sich wahrscheinlich eine Flotte von Raumschiffen. Und irgendwo in diesem Würfel, wenn die Instrumente stimmten, mußten auch Louis Wu und die *Long Shot* aus dem Hyperraum herausgekommen sein.

Louis drehte sich um.

Weit hinter sich erkannte er eine Ansammlung von Sternen, die ungefähr siebzig Lichtjahre im Durchmesser betrug. Das bekannte Universum war unendlich klein geworden und lag unendlich weit weg.

Es hatte keinen Sinn, auf eigene Faust hier nach einer Flotte zu suchen. Louis stieg in die obere Kabine hinauf, um Nessus aus dem Stasisfeld zu holen . . .

*

Nessus hielt sich mit den Zähnen an einer Sprosse für die isometrischen Übungen fest und spähte über Louis' Schulter. »Ich brauche ein paar Sterne als Bezugspunkte. Zentrieren Sie auf den grünweißen Riesen dort drüben und projizieren Sie ihn auf den Spektralschirm!«

Die Pilotenkanzel war jetzt bedrückend eng. Louis beugte sich über die Kontrollkonsole, um die Knöpfe und Schalter vor den rudernden Hufen des Puppetiers zu schützen.

»Spektralanalyse? Ja – Nun den blauen und gelben Doppelstern auf zwei Uhr – Schön, ich habe jetzt meine Peilung. Drehen Sie auf 348,72!«

»Was steuern wir denn jetzt an, Nessus? Eine Ansammlung von Fusionsflammen? Nein, Ihr Puppetiers verwendet ja ganz gewöhnliche Schubmotoren.«

»Blicken Sie auf Ihre Schirmbildanlage! Wenn Sie das Ziel darauf erkennen, werden Sie es wissen.«

Mit dem Radar ortete Louis ein paar anonyme Sterne. Louis drehte an der Bildschirmvergrößerung, bis . . . nanu! »Ich sehe fünf Punkte, die im regelmäßigen Fünfeck angeordnet sind. Ist das richtig?«

»Das ist unser Bestimmungsort!«

»Gut – ich werde einmal die Entfernung messen. Verdammt, das kann doch nicht richtig sein, Nessus! Diese Punkte sind viel zu weit entfernt!«

Der Puppetier hielt sich mit seinen Lippen an den Sprossen der Leiter fest und schwieg.

»Verflixt, das können doch unmöglich Raumschiffe sein, selbst wenn der Entfernungsmesser nicht richtig arbeitet! Die Raumflotte der Puppetiers bewegt sich doch fast mit Lichtgeschwindigkeit. Wir müßten also die Bewegung der Flotte erkennen können!«

Louis starrte auf die schwach leuchtenden Sterne, die in einem Fünfeck mit gleicher Kantenlänge angeordnet waren. Sie waren ein Fünftel Lichtjahr voneinander entfernt und für das bloße Auge unsichtbar. Wenn man der Bildschirmvergrößerung trauen durfte, handelte es sich bei diesen »Punkten« um ausgewachsene Planeten. Auf dem Schirm war einer dieser Planeten dunkler als die anderen, schimmerte in einem blassen Blau.

Eine Kemplerer-Rosette! Wie eigenartig!

Man nehme drei oder mehr gleiche Massenkörper, setze sie auf die äußeren Schnittpunkte eines gleichseitigen Vielecks und drehe sie mit gleicher Winkelgeschwindigkeit um das Zentrum ihrer Masse – in diesem Moment besitzt die Figur eine festes Gleichgewicht.

Die Umlaufbahn der Massenkörper kann kreisförmig oder elliptisch sein; man kann das Zentrum der Masse dieser Figur mit einem weiteren Massenkörper besetzen oder auch nicht. Das spielt keine Rolle: Die Figur bleibt stabil wie ein Paar Trojanische Punkte.

Allerdings kann auf verschiedenartige, natürliche Weise ein Massenkörper von einem Trojanischen Punkt eingefangen werden (man denke nur an die Trojanischen Asteroiden in der Umlaufbahn des Jupiter).

Aber es ist verdammt ungewöhnlich, wenn sich zufällig fünf Massenkörper zu einer Kemplerer-Rosette vereinigen!

»Das ist unglaublich!« murmelte Louis, »das ist einmalig! Bisher hat noch niemand eine Kemplerer-Rosette am Himmel entdeckt . . .« Er brach den Satz mit einem Murmeln ab.

Und woher stammte das Licht, das diese Körper aussandten? Sie hatten doch gar keine eigene Sonne! Louis war vollkommen verwirrt. »Nein«, sagte Louis Wu schließlich heiser. »Sie können mich nicht überzeugen. Für was für einen Dummkopf halten Sie mich eigentlich?«

»Wovon wollen Sie sich nicht überzeugen lassen, Louis?« fragte Nessus sanft.

»Das wissen Sie ganz genau, was ich nicht glauben kann!«

»Wie Sie wollen, Louis. Auf jeden Fall ist dieses Fünfeck unser Reiseziel. Wenn Sie uns in die Reichweite dieses Pentagons bringen, kommt uns ein Schiff entgegen, um unsere Reisegeschwindigkeit der Landegeschwindigkeit anzupassen.«

Das fremde Schiff tauchte urplötzlich neben ihnen auf.

Das Rendezvous-Schiff hatte einen Mark-3-Rumpf und stellte einen Zylinder mit abgerundeten Enden dar. Der Rumpf war in einem schrecklichen Rosa gestrichen und besaß keine Fensterluken. Angetrieben wurde es von reaktionslosen Schubaggregaten. Der Raumschifftyp war Louis vertraut. Die Menschen verwendeten ein ähnliches Modell.

Nessus hatte Anweisungen gegeben, das Steuermanöver ganz dem fremden Schiff zu überlassen. Die *Long Shot* mit ihrem Fusionsantrieb hätte bestimmt Monate dazu gebraucht, um ihre Geschwindigkeit der Reisegeschwindigkeit anzupassen, mit der die »Flotte« der Puppetiers durch das All raste. Dem Schiff der Puppetiers gelang dieses Manöver in fünfzig Minuten. Es tauchte längsseits der *Long Shot* auf und schob die Kopplungsbrücke wie eine gläserne Schlange auf die Luftschleuse der *Long Shot* zu.

Das Umsteigen war ein Problem. Es war nicht genügend Raum vorhanden, um alle Besatzungsmitglieder zu gleicher Zeit aus dem Stasisfeld zu wecken. Außerdem bot sich jetzt die letzte Gelegenheit für den Kzin, die *Long Shot* für sich zu erobern.

»Glauben Sie, er wird meinem Tasp gehorchen, Louis?« fragte Nessus und bewegte nervös seine beiden Schlangenköpfe.

»Nein. Ich vermute, er wird einen letzten Versuch wagen, sich die *Long Shot* unter seine Krallen zu reißen. Ich habe einen Plan!« Louis deutete stumm auf das Kontrollpult. Nessus bewegte zustimmend die Lippen.

Sie unterbrachen die Verbindung zwischen der Kontrollkonsole und den Fusionsmotoren der *Long Shot*. Selbstverständlich konnte der Kzin diese Unterbrechung mühelos wieder zusammenflicken. So viel technische Begabung konnte man von einem physikalisch geschulten Laien jederzeit erwarten.

Doch der Kzin würde einfach nicht die Zeit dazu haben . . .

Louis beobachtete, wie der Puppetier durch den Kopplungsbalg schwebte, den Druckanzug des Kzin zwischen den Zähnen, die Augen fest geschlossen. Dieser Feigling, dachte Louis lächelnd.

»Freier Fall«, seufzte Teela kläglich, als Louis sie aus ihrer Stasiskoje erlöste. »Ich fühle mich gar nicht gut, Louis. Du mußt mich stützen, Liebling!« Sie blickte sich benommen um. »Wo sind wir überhaupt?«

Louis schwebte Arm in Arm mit Teela zur Luftschleuse und schilderte ihr in kurzen Worten die Lage. Doch sie konzentrierte sich offenbar mehr auf ihren Magen als auf seine Sätze. Sie sah ganz grün im Gesicht aus.

»Auf dem anderen Schiff gibt es künstliche Schwerkraft«, tröstete Louis seine Geliebte und bewegte sie mit einem sanften Klaps auf den Ausstieg zu.

Und jetzt sah sie auch die winzige Rosette – das Fünfeck aus fünf hellen Sternen, auf das Louis stumm mit dem Finger deutete. Sie drehte sich schwerelos mit fragenden Augen zu ihm um. Die Bewegung war viel zu stark, wirbelte sie um ihre Längsachse. Dann schoß sie wie ein Blitz durch die Luftschleuse und verschwand im dunklen Balg, als würde sie vom schwarzen All verschluckt.

Als Louis schließlich den Deckel über der Stasiskoje des Kzin aufklappte, knurrte er, noch ehe das Tigerwesen die Augen aufschlug: »Machen Sie nur keine Dummheiten! Ich bin bewaffnet!«

In dem haarigen orangefarbenen Tigergesicht des Kzin zuckte kein Muskel. »Sind wir am Ziel?«

»Ja, das sind wir. Außerdem habe ich den Fusionsantrieb abgeklemmt. Sie werden den Schaden nicht so rasch reparieren können, wie Sie sich das vielleicht einbilden! Außerdem haben uns zwei große Rubinlaser im Visier!«

»Und wenn ich jetzt mit dem Hyperdrive-Motor abhaue?« knurrte der Kzin böse. »Nein, das wird nicht gehen«, setzte er kleinlaut hinzu. »Wahrscheinlich befinden wir uns in einem Singularitätsbereich.«

»Ihr Pech ist größer, als Sie ahnen, Dolmetscher! Wir befinden uns im Bereich von fünf Singularitäten!«

»Fünf? Tatsächlich? Aber Sie haben mit Ihren Lasern geblufft, Louis! Schämen Sie sich!«

Trotzdem verhielt sich der Kzin ziemlich friedlich. Er stieg aus der Koje und glitt in die Pilotenkabine hinunter, während Louis ihm mit dem schlagbereiten Drahtschwert folgte. In der Luftschleuse hielt sich der Kzin plötzlich an den Wänden fest, als er das rasch größer werdende Fünfeck im All erblickte.

Er hätte keinen besseren Augenblick wählen können!

Die *Long Shot* hatte sich im Hyperdrive an die »Flotte« der Puppetiers herangepirscht und hatte eine halbe Lichtstunde vor der Flotte gestoppt – also ungefähr in einer Entfernung, die der mittleren Distanz zwischen Erde und Jupiter entspricht. Doch die »Flotte« bewegte sich mit ungeheurer Geschwindigkeit, folgte gleichsam ihrem Licht dichtauf. Als die *Long Shot* zum Stillstand gekommen war, war die Planeten-Rosette noch zu weit entfernt gewesen, so daß man sie mit dem bloßen Auge noch nicht erkennen konnte. Doch jetzt bot die Rosette einen dramatischen Anblick. Sie raste heran, wuchs mit enormer Geschwindigkeit, füllte das ganze Blickfeld aus, das ganze Firmament!

Fünf blaßblaue Punkte, zu einem Fünfeck angeordnet, die sich blitzschnell auseinanderzogen, immer größer wurden, wuchsen . . .

Einen Augenblick lang war die *Long Shot* von fünf strahlenden Welten umgeben. Dann waren sie wieder verschwunden – erloschen mit einem rötlichen Schimmer. Louis strich sich benommen über die Augen. Der Kzin hielt jetzt das Drahtschwert wieder in seiner rechten Pfote. Louis starrte das Tigerwesen an.

»Zum Teufel!« explodierte Louis, »werden Sie denn nie von Ihrer Neugierde abgelenkt?«

»Doch«, meinte der Kzin, nachdenklich das Schwert betrachtend, »aber mein Stolz ist größer als meine Wißbegierde.« Er zog die Drahtklinge wieder ein und überreichte Louis mit einer leisen Verbeugung das Schwert. »Eine Drohung ist immer eine Herausforderung – Gehen wir?« Er verschwand schwebend im Balg.

Das Puppetier-Schiff war ein Roboter. Hinter der Luftschleuse war das Wohnsystem in einem einzigen großen Raum untergebracht. Vier Sicherheits-Liegen, jeweils der Körperform eines Besatzungsmitgliedes angepaßt, umgaben im Kreis eine Erfrischungskonsole. Die Fenster fehlten.

Die Schwerkraft war eingeschaltet, wie Louis erleichtert feststellen konnte. Aber sie entsprach nicht ganz den irdischen Verhältnissen. Auch die Atemluft nicht. Der Luftdruck war um eine Ide zu hoch. Ein seltsamer Geruch hing in der Kabine. Eigenartig, aber nicht unangenehm. Louis versuchte, die Zusammensetzung zu erraten: Ozon, Kohlenwasserstoffe, Puppetier-Ausdünstung und andere Düfte, die er nicht klassifizieren konnte.

Es gab keine Ecken in diesem Raum. Die gekrümmten Wände verschmolzen übergangslos mit Decke und Boden. Die

Liegen und die Erfrischungskonsole sahen so aus, als seien sie im Begriff, zur Formlosigkeit zu verschmelzen. In der Welt der Puppetiers gab es nichts Hartes, Scharfes oder Kantiges, an dem man sich die Haut blutig ritzen oder sich eine Beule holen konnte.

Nessus lag wie eine knochenlose Masse auf seiner Couch. Er sah lächerlich aus, lächerlich bequem.

»Er wollte nicht mit mir reden«, sagte Teela lachend.

»Natürlich nicht«, flötete der Puppetier. »Ich hätte sonst meinen Vortrag zweimal halten müssen, weil Louis und der Kzin jetzt erst eingetroffen sind.« Er wackelte mit den Köpfen und schielte zur Bar. »Sie werden sich zweifellos gefragt haben, was es mit den . . . «

». . . fliegenden Welten auf sich hat«, setzte der Kzin den Satz fauchend fort.

»Eine Kemplerer-Rosette«, murmelte Louis. Ein leises, fast unhörbares Summen belehrte ihn, daß das Roboterschiff sich in Bewegung setzte. Teela reichte ihm lächelnd einen roten Fruchttrunk in einem Plastikbehälter. »Wieviel Zeit werden wir brauchen?« fragte Louis den Puppetier und schlug die Beine übereinander.

»Eine Stunde bis zur Landung. Dann erhalten Sie Aufschluß, wohin der zweite Teil der Forschungsreise führt.«

»Schön. Es bleibt uns also genügend Zeit für eine Aussprache. Weshalb also die fliegenden Welten? Es ist ein verdammtes Wagnis, scheint mir, mit bewohnten Planeten fast so schnell wie das Licht durch das All zu kutschieren!«

»Ganz im Gegenteil, Louis!« Die Stimme des Puppetiers klang todernst. »So eine Welt ist doch viel sicherer als dieses Raumschiff, obwohl es in seiner Konstruktion den menschlichen Modellen in Belangen der Sicherheit weit überlegen ist! Wir besitzen viel Erfahrung im Rangieren von Planeten.«

»Erfahrung? Wo haben die Puppetiers denn ihre Erfahrung in der Raumfahrt erworben?«

»Dazu muß ich weiter ausholen, muß von der Wärme erzählen und der Geburtenkontrolle. Ich trete Ihnen damit hoffentlich nicht zu nahe?«

Teela kicherte.

»Bei uns ist die Geburtenkontrolle ein sehr schwieriges Problem. Für uns gibt es nur zwei Methoden, eine Befruchtung zu vermeiden. Entweder ein chirurgischer Eingriff oder eine totale geschlechtliche Enthaltsamkeit.«

»Das ist ja schrecklich!« flüsterte Teela.

»Der chirurgische Eingriff ist kein Freibrief für sexuelle Freuden. Er erzwingt die totale Enthaltsamkeit. Nur wenige meiner Artgenossen melden sich freiwillig zu so einer Operation.«

»Das bedeutet also, daß die Geburtenkontrolle bei Ihnen fast ausschließlich von Ihrer Willenskraft abhängt.«

»Richtig. Die geschlechtliche Enthaltsamkeit hat natürlich unangenehme Nebenerscheinungen. Das gilt schließlich für die meisten Lebewesen. Vor einer halben Million Jahre zählte unsere Bevölkerung noch eine halbe Billion.«

»Aber was hat Ihre Bevölkerungszahl mit der ungewöhnlichen Form Ihrer Raumflotte zu tun?« unterbrach der Kzin, der aus einem Zehn-Liter-Gefäß eine blutrote Flüssigkeit trank.

»Sehr viel. Eine halbe Billion zivilisierter Wesen erzeugen eine Menge Wärme als Abfallprodukt ihrer Zivilisation.«

»Ist Ihre Zivilisation schon so alt?« fragte Louis.

»Selbstverständlich! Könnte eine primitive Kultur denn so viele Lebenwesen ernähren? Unmöglich. Um genügend Ackerland zu schaffen, mußten wir zwei Planeten unseres Sonnensystems reklimatisieren. Das heißt, wir mußten diese Planeten in eine sonnennähere Kreisbahn schieben. Sie begreifen, was das bedeutet!«

»Natürlich. Es war Ihre erste Erfahrung im Rangieren von Planeten. Dazu verwendeten Sie wahrscheinlich Roboterschiffe, nicht wahr?«

»Natürlich . . . Das Problem der Nahrungsmittelerzeugung war damit gelöst. Auch der Lebensraum war keine ungelöste Frage mehr. Wir Puppetiere leben gern in Gesellschaft und bauten damals schon hohe Gebäude.«

»Herdeninstinkt«, meinte der Kzin zähnefletschend. »Riecht deshalb auch dieses Schiff wie eine Herde von Puppetiers?«

»Ja. Es übt auf uns einen beruhigenden Einfluß aus, wenn wir unseresgleichen riechen können. Unsere einzige noch ungelöste Frage war die überflüssige Wärmeerzeugung.«

»Das begreife ich nicht«, murmelte der Kzin.

»Nehmen Sie einmal an, Sie besäßen eine perfekte Lichtquelle, die nur Wellen abgibt, die Sie sehen können. Trotzdem wird das Licht, das nicht durch die Fenster ins Freie entweicht, von den Wänden und Möbeln absorbiert. Das Licht wird als Wärme im Raum gespeichert. Oder ein anderes Beispiel! Die Erde erzeugt nicht genügend Frischwasser für ihre Bevölkerung von achtzehn Milliarden Menschen. Man muß also Meerwasser destillieren. Dabei fällt Wärme ab. Unsere Welten, die viel dichter besiedelt sind, würden zugrunde gehen, wenn bei uns die Wasserfabriken einen Tag lang stillstehen.«

Der Puppetier nickte ihnen mit beiden Köpfen der Reihe nach zu.

»Noch ein Beispiel: Verkehrsmittel, die laufend ihre Geschwindigkeit ändern müssen, erzeugen Wärme. Raumfahrzeuge, die in die Atmosphäre eintreten oder sie verlassen, erzeugen Wärme . . .«

»Aber die Kühlsysteme . . .« widersprach Louis.

»Die meisten Kühlsysteme verteilen nur die Wärme. Oder sie setzen Wärme in eine andere physikalische Kraft um.«

»Ich beginne zu verstehen«, murmelte der Kzin. »Je mehr Puppetiers auf die Welt kommen, um so mehr Wärme wird erzeugt.«

»Begreifen Sie jetzt, daß die Wärmeerzeugung unserer Zivilisation unsere Welt unbewohnbar machte?«

Louis Wu nickte zustimmend. Abgase, dachte er, Verbrennungsmotoren, Atombomben und Fusionsraketen. Industrieabfall und Industrieabwässer in unseren Flüssen und Meeren. Oft genug standen wir Menschen vor dem Selbstmord, weil wir in unserem eigenen Müll zu ersticken drohten. Ohne Geburtenkontrolle wäre die Erde wohl auch zu einem unbewohnbaren Planeten geworden.

»Unglaublich«, fauchte der Kzin, »warum haben Sie Ihre Welt nicht einfach verlassen und sind ausgewandert?«

»Wer von meiner Rasse setzt sein Leben schon den vielen Gefahren aus, die im All lauern? Nur ein Verrückter wie ich! Sollten wir unsere Kolonien nur mit verrückten Puppetiers besiedeln?«

»Sie können ja Raumschiffe mit befruchteten Eiern in das All hinausschicken«, meinte das Tigerwesen hämisch.

»Unsere Biologie hat sich mit diesen Methoden noch nicht

befaßt. Weshalb sollte sie das auch tun? Das eigentliche Problem bliebe trotzdem ungelöst: Die entsetzliche Bevölkerungsdichte auf dem Mutterplaneten, der an seiner eigenen Hitze erstickt.«

»Ich möchte die Sterne sehen«, unterbrach Teela. Typisch Frau, dachte Louis, sie müssen immer Gedankensprünge machen.

»Sie fürchten sich nicht vor dem leeren Raum?« flötete Nessus.

»In einem Puppetier-Raumschiff?« gab Teela spöttisch zurück.

»Nun – wir sitzen hier ja sicher. Ich werde es wagen.« Nessus' musikalisches Gezwitscher verhallte. Gleichzeitig verschwand das Schiff.

Sie schwebten jetzt auf den vier Sofas im Nichts. Dazwischen ragte die Erfrischungskonsole aus dem schwarzen All auf. Teelas schwarze Haare umgab ein Diadem aus fünf Planeten.

Die fünf Planeten hatten alle die gleiche Größe. Vier dieser Welten wurden von einer Kette von winzigen, gleißenden Lichtern umkreist – von Sonnensatelliten, die künstliches gelbweißes Licht abstrahlten. Vier Welten, die sich auch in der Farbe und im Aussehen glichen. Blaue Kugeln mit Atmosphäre. Nur die Konturen der Kontinente waren auf diese große Entfernung noch nicht zu unterscheiden.

Der fünfte Planet machte eine Ausnahme. Er besaß keine künstlichen Sonnensatelliten, sondern erglühte in seinem eigenen Licht. Die Inseln der Kontinente strahlten so hell wie eine gelbe Sonne. Dazwischen dehnte sich eine schwarze See – so schwarz wie das All, das den Planeten umgab. Die Dunkelheit des leeren Raumes schien gegen die Kontinente aus Sonnenlicht anzubranden.

»Ich habe noch nie so etwas Schönes gesehen«, sagte Teela ehrfürchtig. Louis, der schon viele Welten gesehen hatte, stimmte ihr im stillen zu.

»Unglaublich«, fauchte der Kzin. »Ich traue kaum meinen Augen! Die Puppetiers haben ihre Welten als Raumschiffe für ihre Völkerwanderung verwendet!«

»Die Puppetiers vertrauen sich nie einem künstlichen Raumschiff an«, murmelte Louis geistesabwesend. Er dankte seinem

Schicksal, weil Nessus ihn für diese Reise ausgewählt hatte. Sonst hätte er zu seinen Lebzeiten die Puppetier-Rosette vielleicht nie zu Gesicht bekommen.

»Wie haben Sie das nur geschafft?« flüsterte Teela.

»Ich habe bereits erklärt, daß unsere Zivilisation an ihrem eigenen Wärmemüll erstickte. Die totale Umwandlung der Materie befreite uns von allen Abfallprodukten der Zivilisation. Nur die überschüssige Wärme ließ sich nicht verwandeln. So blieb uns keine andere Wahl, als unsere Wohnwelt von unserer Sonnne wegzuschieben.«

»War das nicht verdammt gefährlich?«

»Und ob! In jenem Jahr herrschte viel Wahnsinn auf unserer Welt, und deshalb ist es auch als das denkwürdigste Jahr in unsere Geschichte eingegangen. Wir hatten von den Außenseitern einen reaktionslosen, trägheitsfreien Antrieb gekauft. Sie können sich vorstellen, wie teuer uns dieser Apparat zu stehen kam. Wir stottern ihn heute noch in Raten ab. Damit bewegten wir zwei Ackerbauplaneten aus ihrer Kreisbahn um die Sonne und rangierten dafür unsere Wohnwelt auf eine weiter außen liegende Umlaufbahn.

In der zweiten Hälfte des Jahrtausends erreichte unsere Bevölkerung die Größenordnung von einer Billion. Der Mangel an natürlichem Sonnenlicht zwang uns dazu, unsere Straßen auch während des Tages zu beleuchten. So erzeugten wir noch mehr Wärme. Und unsere Sonne spielte zu dieser Zeit auch noch verrückt. Wir zogen unsere Konsequenzen daraus.

Wir mußten erkennen, daß eine Sonne eher eine Belastung als ein Segen darstellte. Wir benützten unsere Sonne nur noch als Anker und rangierten unsere Wohnwelt auf eine Umlaufbahn, die ein Zehntel Lichtjahr von unserer Sonne entfernt war. Wir brauchten unsere Landwirtschaftsplaneten, und es wäre zu gefährlich gewesen, unsere Welt aufs Geratewohl durch das All wandern zu lassen. Sonst hätten wir schon damals auf eine Sonne verzichtet.«

»Deshalb also hat kein Raumfahrer bisher die Puppetier-Welt im All entdecken können!« murmelte Louis Wu.

»Das war nur einer der Gründe, richtig . . .«

»Wir klapperten alle gelben Zwergsonnen in unserem Universum ab. Und eine Menge Sonnen außerhalb der Grenzen unseres Universums. Irgend jemand hätte dabei doch auf Ihre Landwirtschaftsplaneten stoßen müssen!«

»Man hat uns bei der falschen Sonne vermutet!«

»Moment mal – ihr habt euch doch zweifellos unter einer gelben Zwergsonne entwickelt, nicht wahr?«

»Stimmt – wir entwickelten uns unter einer gelben Zwergsonne, die sich mit Prokyon vergleichen läßt. Sie wissen wahrscheinlich, daß sich Prokyon in ungefähr einer halben Million Jahre zu einem roten Riesen ausdehnen wird.«

»Himmel – eure Sonne explodierte zu einem roten Riesen?«

»Richtig. Kurz nachdem wir unsere Wohnwelt auf einer anderen Umlaufbahn geparkt hatten, begann unsere Sonne sich auszudehnen. Ihre Ahnen, Louis, verwendeten immer noch die Schenkelknochen von Atilopen, um sich gegenseitig die Köpfe einzuschlagen. Als die Menschen sich die Köpfe zerbrachen, wo denn unsere Welt stecken könnte, suchten sie die falschen Umlaufbahnen um die falschen Sonnen ab.

Inzwischen hatten wir aus benachbarten Sonnensystemen geeignete Planeten herangeschafft und unsere Landwirtschaftskolonien auf vier erhöht. Dann setzten wir sie zu der Kemplerer-Rosette zusammen. Wir mußten alle Planeten gleichzeitig bewegen, als unsere Sonne sich auszudehnen begann, und diese Welten mit ultravioletten Strahlen umgeben, um den Ausfall dieser Wellen im Sonnenspektrum zu ersetzen. Kurz – Sie können sich vorstellen, daß diese Plackerei uns vortrefflich für unsere Völkerwanderung vorbereitet hatte, als wir vor zweihundert Jahren die Galaxis verließen.«

Die Rosette der Puppetier-Welten war inzwischen immer größer geworden. Die unzähligen Sterne im schwarzen Meer zwischen den strahlenden Kontinenten hatten sich ständig ausgedehnt, waren zu einem glitzernden Schwarm beleuchteter Inseln geworden. Die Kontinente blendeten die Augen so sehr, als blicke man in eine echte Sonne.

»Ich gebe mich geschlagen«, sagte der Kzin. Sein nackter rosa Schweif zuckte aufgeregt hin und her, obwohl das schwarz gezeichnete, haarige Gesicht und die rauhe Stimme keine Gemütsbewegung verrieten. »Ihre mangelnde Courage hatte unsere Verachtung herausgefordert, Nessus, aber unsere Verachtung hat uns auch blind gemacht. Ihr seid wahrhaftig eine gefährliche Rasse. Hätten die Puppetiers uns für eine echte Gefahr gehalten, hätten sie unser Volk ausgelöscht. Eure Macht ist furchtbar, Nessus. Wir hätten euch nichts Vergleichbares entgegenstellen können!«

»Ein Kzin wird sich doch vor einem Pflanzenfresser nicht fürchten!«

Nessus hatte das nicht ironisch gemeint. Doch der Kzin brauste sofort auf: »Welches intelligente Wesen hätte keine Angst vor so einer großen Machtfülle!«

»Sie machen mich unglücklich. Die Angst ist die Schwester des Hasses. Und ein Kzin pflegt doch alles anzugreifen, was er fürchtet.« Die Unterhaltung bewegte sich jetzt in sehr heiklen Bahnen. Die *Long Shot* befand sich in diesem Augenblick Millionen von Meilen hinter ihnen, und ihr Universum lag Hunderte von Lichtjahren von ihnen entfernt. Sie waren der Gewalt der Puppetiers ausgeliefert. Und wenn die Puppetiers sich bedroht fühlten und glaubten, sich fürchten zu müssen . . .

Man mußte schnell das Thema wechseln, dachte Louis.

»He!« meinte Teela unbefangen, »ihr redet da dauernd von einer Kemplerer-Rosette. Was ist denn das überhaupt?«

Die beiden fremden Wesen begannen gleichzeitig, Teela diese Figur zu erklären.

Louis wunderte sich, weshalb er Teela für oberflächlich gehalten hatte.

VI

Das seidene Band

»Wirklich zum Lachen«, sagte Louis Wu. »Jetzt weiß ich wenigstens, wo ich die Welt der Puppetier finden kann. Sehr liebenswürdig von Ihnen, Nessus. Sie haben Ihr Versprechen gehalten.«

»Ich sagte Ihnen, die Kenntnis würde Sie mehr überraschen als von Nutzen sein.«

»Ein gelungener Witz«, sagte der Kzin. »Ihr Sinn für Humor erschlägt mich, Nessus.«

Unter ihnen schälte sich eine aalförmige Insel aus dem Meer heraus, wuchs ihnen entgegen wie ein Feuersalamander, und Louis vermochte bereits hohe, schlanke Gebäude zu unterscheiden. Offensichtlich duldete man fremde Wesen nicht auf dem Festland.

»Wir scherzen nie«, sagte Nessus. »Meine Spezies hat keinen Sinn für das Lachhafte.«

»Sonderbar. Ich hätte gedacht, Humor sei ein Ausdruck von Intelligenz.«

»Nein. Der Humor ist gekoppelt mit einer Unterbrechung des Verteidigungsmechanismus.«

»Trotzdem . . .«

»Dolmetscher, kein vernünftiges Wesen unterbricht jemals einen Verteidigungsmechanismus.«

Während das Schiff zum Boden hinunterfiel, löste sich das Licht in einzelne Quellen auf: Sonnenstrahler entlang der Straßen, beleuchtete Fenster in den Häusern, Lichtkuppeln in parkähnlichen Anlagen. Louis sah noch im letzten Moment die Umrisse von Gebäuden, die wie schlanke Degenklingen meilenweit in den Himmel hinaufragten. Dann waren sie schon gelandet.

Mitten in einem Parkgelände voll fremdartiger exotischer Pflanzen.

Nichts rührte sich in ihrer Nähe.

Die Puppetiers standen ganz oben auf der Liste der harmlos aussehenden intelligenten Lebewesen des bekannten Universums. Sie waren zu scheu, zu klein, und sahen zu komisch aus, als daß sie für gefährlich gelten konnten. Sie reizten nur zum Lachen.

Doch plötzlich war Nessus ein Vertreter seiner Rasse; und seine Rasse war mächtiger, als der Mensch sich das in seinen kühnsten Träumen vorzustellen vermochte. Der verrückte Puppetier saß jetzt ganz still auf seiner Couch und beobachtete mit zuckenden Hälsen seine auserwählten Untergebenen. Da war nichts Lachhaftes mehr an Nessus. Seine Gattung hatte ganze Planeten aus ihren Umlaufbahnen bewegt, fünf von ihnen aus den Angeln gehoben.

Teelas Kichern wirkte deshalb wie ein Schock.

»Ich hatte mir gerade überlegt«, rechtfertigte sie sich, »daß es nur eine Methode der Empfängnisverhütung für euch Puppetiers gibt. Totale sexuelle Enthaltsamkeit. Richtig, Nessus?«

»Ja.«

Sie kicherte erneut. »Kein Wunder, daß die Puppetiers keinen Sinn für Humor haben.«

Durch einen Park, der viel zu regelmäßig, zu symmetrisch und zu zahm wirkte, folgten sie einem schwebenden blauen Licht.

Die Luft war zum Schneiden dick von dem würzig-chemischen Geruch der Puppetiers. Dieses Aroma war allgegenwärtig. In der Kabine des Fährschiffes war es so stark gewesen wie ein künstliches Parfum. Und der Geruch war nicht schwächer geworden, als die Luftschleusen sich öffneten. Eine Billion Puppetiers würzten die Atmosphäre dieser Welt, und sie würden dieses Aroma in aller Ewigkeit nicht mehr verlieren.

Nessus tanzte. Seine kleinen Hufe schienen kaum die Oberfläche der Gehwege zu berühren. Der Kzin glitt dahin, während sein nackter rosiger Schweif unablässig hin und herzuckte. Der Puppetier ging wie ein Steptänzer im Dreivierteltackt. Der Gang des Kzin war lautlos wie fallendes Herbstlaub.

Auch Teela erzeugte beim Gehen kaum ein Geräusch. Ihr Gang wirkte immer schwerfällig, doch das täuschte nur. Sie stolperte nie, stieß nirgendwo an. Louis war eindeutig der reizloseste Fußgänger der Mannschaft.

Aber von wem sollte Louis Wu auch die Anmut geerbt haben? Er war nichts als ein zivilisierter Affe, den die Evolution nur kümmerlich für das aufrechte Gehen auf dem Boden ausgerüstet hatte. Millionen von Jahren waren seine Vorväter auf allen vieren gelaufen, wenn sie laufen mußten, und hatten die Bäume zur Fortbewegung bevorzugt.

Das Pliozän hatte diesen Zustand mit einer Trockenheit beendet, die Millionen von Jahren andauerte. Die Wälder waren verdorrt und ließen die Ahnen von Louis Wu hungernd auf den trockenen Steppen zurück. In ihrer Verzweiflung hatten sie ihre Diät auf Fleisch umgestellt. Und nachdem sie das Geheimnis des Hüftknochens der Antilope entdeckt hatten, wurden sie wenigstens einigermaßen satt. Das doppelte Schultergelenk der Antilopenknochen hatte seinen Abdruck auf so manchem fossilen Schädel hinterlassen.

Jetzt tapsten Louis Wu und Teela Brown auf Füßen, die immer noch verkümmerte Finger auswiesen, hinter den beiden fremden Wesen her.

Fremde? Auch der verrückte Nessus, der so lange in der Verbannung gelebt hatte, gehörte jetzt zu den Fremden auf dieser Welt. Mit gesträubter Mähne und ruhelos zuckenden Köpfen tanzte er dahin. Der Kzin war ebenfalls auf der Hut, suchte mit schwarz umränderten Augen die fremdartigen Pflanzen nach Organismen ab, die ihm mit Giftstacheln oder nadelscharfen Zähnen gefährlich werden konnten. Eine reine Instinktreaktion wahrscheinlich. Die Puppetiers duldeten bestimmt keine gefährlichen Tiere in ihren Parks.

Sie erreichten schließlich eine Kuppel, die wie eine riesige, halb vergrabene Perle durch die Büsche schimmerte. Dort zerteilte sich das schwebende Licht in zwei Hälften.

»Ich muß Sie jetzt verlassen«, sagte Nessus. Louis sah, daß der Puppetier vor Angst schlotterte. »Ich soll mich jetzt meinen Anführern stellen.« Seine Stimme klang beschwörend. »Kzin, werden Sie mir die Beleidigung in Krushenkos Restaurant nicht heimzahlen, falls ich nicht wiederkehren sollte?«

»Besteht denn die Möglichkeit, daß Sie nicht wiederkommen?«

»Durchaus. Meinen Anführern wird vielleicht mißfallen, was ich ihnen zu berichten habe. Ich frage Sie noch einmal – sie werden sich nicht blutig an mir rächen?«

»Hier – auf Ihrer Heimatwelt, wo sich Ihre Macht so gewaltig offenbart? Kann ich es wagen, Zweifel an den friedlichen Absichten meines Volkes aufkommen zu lassen? Nein!« Der Schweif des Kzin zuckte hin und her. »Aber ich würde mich weigern, die Expedition mitzumachen.«

»Gut, das genügt mir.« Nessus trottete mit gesenkten Köpfen hinter dem blauen Licht her.

»Warum hat er denn Angst?« fragte Teela kopfschüttelnd. »Er hat doch alles getan, was man ihm aufgetragen hat. Warum sollten seine Herrscher zornig mit ihm sein?«

»Ich glaube, er brütet irgend etwas aus«, murmelte Louis. »Irgendeine Hinterlist. Wenn ich nur wüßte, was!«

Das zweite blaue Licht setzte sich wieder in Bewegung. Sie folgten ihm in die schimmernde Kuppel hinein.

Plötzlich war die Kuppel verschwunden. Von ihren im Dreieck aufgestellten Liegen blickten zwei Menschen und ein Kzin hinaus in einen gestutzten Dschungel aus farbenprächtigen fremdartigen Pflanzen und beobachteten einen Puppetier, der auf sie zukam. Entweder wurde die Kuppel unsichtbar, wenn man von innen nach außen sah, oder der Park war nur eine Projektion.

Es roch nach einer ganzen Herde von Puppetiers.

Der fremde Puppetier drängte sich durch einen Vorhang aus scharlachroten Lianen. (Louis entsann sich noch des Tages, als er sich unter Nessus noch ein Neutrum vorgestellt hatte. Wann war Nessus zu einem »Maskulinum« aufgerückt? Doch der Dolmetscher, ein ihm vertrautes fremdes Wesen, war von Anfang an maskulin gewesen.) Der Puppetier blieb unmittelbar vor der vermutlichen Grenze der schimmernden Kuppel stehen. Seine Mähne war silbergrau, nicht braun wie bei Nessus, und sorgfältig gekämmt und in Locken gedreht. Doch seine Stimme hatte die gleiche hohe Tenorlage wie bei Nessus.

»Ich muß mich entschuldigen, daß ich Sie nicht persönlich begrüßen kann. Sie können mich mit Chiron anreden.«

Also auch eine Projektion. Louis und Teela murmelten irgend etwas Höfliches. Der Dolmetscher entblößte seine Fangzähne.

»Was Sie wissen müssen, werden Sie alles von Ihrem Begleiter erfahren, den Sie Nessus nennen. Er wird im Augenblick anderweitig benötigt. Er hat mir jedoch berichtet, wie Sie reagierten, als Sie unsere technische Leistungsfähigkeit kennenlernten.«

Louis zuckte zusammen. Der Puppetier fuhr fort: »Das erleichtert mir die Aufgabe. Sie werden das besser verstehen, wenn Sie unsere eigenen Reaktionen auf ein noch ehrgeizigeres Werk der Ingenieurkunst erfahren.«

Die Hälfte der Kuppel wurde dunkel.

Ärgerlicherweise war es die Seite, die der Projektion des Puppetiers gegenüberlag. Louis fand einen Hebel, mit dem er seine Couch herumschwenken konnte. Aber er hätte zwei drehbare Köpfe mit unabhängig voneinander operierenden Augen benötigt, um beide Hälften der Kuppel zugleich beobachten zu können. Die verdunkelte Seite zeigte ein sternenübersätes All als Hintergrund für eine kleine gleißende Scheibe.

Eine Ringscheibe. Das war eine vergrößerte Projektion des Hologramms in Louis Wus Tasche.

Die Lichtquelle in der Mitte des ringförmigen Gebildes war so hell wie die Sonne, wenn man sie vom Planeten Jupiter betrachtete. Der Ring hatte einen gewaltigen Durchmesser, füllte die verdunkelte Hälfte der Kuppel fast bis zur Mitte aus. Doch dieser Ring war nicht viel dicker als die Lichtquelle in seinem Mittelpunkt. Die dem Betrachter zugekehrte Wölbung des Ringes war schwarz und dort, wo er in einer Flucht mit der Lichtquelle lag, schwarz und mit scharfen Rändern. Die hintere Hälfte des Ringes war ein blaßblaues Band im dunklen All.

Wenn Louis sich allmählich an Wunder gewöhnte, war er doch nicht so blasiert, um idiotisch klingende Vermutungen anzustellen. Er sagte nur: »Das sieht aus wie ein Stern mit einem Ring darum herum. Was stellt es dar?«

Chirons Antwort war keine Überraschung.

»Es ist ein Stern mit einem Ring darum herum«, sagte der Puppetier. »Ein Ring aus fester Materie. Ein Artefakt.«

Teela Brown klatschte in die Hände und lachte. Nach ein paar Sekunden gelang es ihr, ihr Gekicher zu unterdrücken und ergriffen auszusehen. Doch ihre Augen funkelten. Louis verstand sie vollkommmen. Er hatte den gleichen angenehmen Impuls empfunden. Die beringte Sonne war sein/ihr privates Spielzeug: eine Neuerscheinung im irdischen Universum.

(Man nehme ein dunkelblaues, ein Zoll breites Seidenband, wie man sie zum Einwickeln von Weihnachtsgeschenken verwendet. Dann setze man eine brennende Kerze auf den Boden, wickle ungefähr zwanzig Meter Band ab und drapiere es im Kreis um diese Kerze im Mittelpunkt herum, wobei man das Band hochkant stellt, damit seine innere Seite das Kerzenlicht reflektiert.)

Doch der Schwanz des Kzin wischte immer hin und her, hin und her.

(Schließlich war das ja keine Kerze in der Mitte. Das war eine Sonne!)

»Inzwischen wissen Sie«, sagte Chiron, »daß wir uns in den letzten zweihundertundvier Jahren irdischer Zeitrechnung entlang der galaktischen Achse nach Norden bewegen. Nach kzintischer Zeitrechnung sind das . . .«

»Zweihundertundsiebzehn Jahre.«

»Richtig. Während dieser Zeit haben wir natürlich auf unserem Kurs den Raum nach möglichen Gefahren und unerwarteten Hindernissen abgesucht. Wir erfuhren dabei, daß der Stern EC-1752 von einem uncharakteristisch dichten und schmalen Band aus dunkler Materie umgeben war. Wir nahmen an, daß dieser Ring aus Staub oder Stein bestand. Doch er hatte eine überraschend geometrische Form.

Vor ungefähr neunzig Tagen erreichte unsere Planetenflotte eine Position, die uns den Ring unter dem Aspekt einer totalen Sonnenfinsternis zeigte. Wir entdeckten, daß der Ring scharfe Konturen aufwies. Außerdem stellten wir rest, daß er weder aus Gas noch aus Staub und auch nicht aus asteroidem Gestein bestand, sondern ein homogenes Band von erheblicher elastischer Stärke darstellte. Selbstverständlich beunruhigte uns diese Entdeckung sehr.«

»Wie konnten Sie die Festigkeit des Materials feststellen?« erkundigte sich der Kzin.

»Die Spektralanalyse und der Wechsel in den Frequenzen lieferten uns die Werte zur Bestimmung der relativen Geschwindigkeitsdifferenz. Der Ring rotiert um seine Sonne mit einer Geschwindigkeit von 770 Meilen pro Sekunde. Die Geschwindigkeit reicht aus, um die Anziehungskraft der Sonne zu überwinden, und sorgt noch für eine zusätzliche zentripetale Beschleunigung von 9,94 Meter pro Sekunde. Nun überlegen Sie sich, wie reißfest das Material sein muß, wenn es diese Zentripetalkraft aushalten kann.«

»Schwerkraft«, sagte Louis.

»Offensichtlich.«

»Schwerkraft. Eine Idee geringer als auf der Erde. Und auf der Innenseite des Ringes muß es Lebewesen geben. Wau«, rief Lous Wu, als ihm die volle Bedeutung seiner Vermutung aufging, und die kleinen Härchen richteten sich entlang seiner Wirbelsäule auf. Er hörte das wischende Geräusch des Tigerschwanzes, der durch die Luft schnitt.

Es war nicht das erste Mal, daß Menschen ihre Meister gefunden hatten. Doch bisher hatten sie Glück gehabt . . .

Abrupt erhob sich Louis von der Couch und ging auf die Kuppelwand zu. Das funktionierte nicht. Der Ring und der Stern wichen vor ihm zurück, bis er eine glatte Fläche berührte, und er entdeckte etwas, was ihm bisher entgangen war. Der Ring war gemustert. Auf der mattblauen Innenseite lösten sich helle und rechteckige Schatten mit regelmäßigen Zwischenräumen ab.

»Können Sie die Projektion schärfer einstellen?«

»Wir können sie vergrößern«, erwiderte die Ternorstimme. Der K9-Stern schoß nach vorne und glitt dann wie ein Blitz nach rechts davon, so daß Louis nun die beleuchtete Innenfläche des Ringes betrachten konnte. Die Vergrößerung war ziemlich verschwommen. Louis konnte nur vermuten, daß auf der konkaven Innenfläche die hellen weißen Bereiche Wokenflächen darstellten, die Schatten in dunklerem Blau Festland, während das hellere Blau Wasserflächen sein mußten.

Aber die Schattenflächen wiesen ziemlich genaue Grenzen auf. Der Ring schien aus Rechtecken zusammengesetzt – einem langen Streifen von schimmerndem Babyblau folgte ein kürzerer Streifen von dunklem Aquamarin, an den sich dann wieder ein hellblauer Streifen anschloß. Dazwischen waren Punkte und Striche zu erkennen.

»Irgend etwas muß doch diese Schatten erzeugen«, murmelte Louis. »Irgend etwas dazwischen auf einer Umlaufbahn!«

»Genau das. Zwanzig rechteckige Massenkörper oder Blenden rotieren in einer Kemplerer-Rosette um die Sonne auf einer Innenumlaufbahn. Aber wir wissen nicht, zu welchem Zweck.«

»Sie kommen nicht auf die Lösung, weil es schon so lange her ist, seit Sie Ihre eigene Sonne aufgegeben haben. Diese Rechtecke in der Umlaufbahn um die Sonne dienen wahrscheinlich dazu, den Wechsel von Tag und Nacht zu erzeugen. Sonst wäre es auf der Innenfläche des Ringes immer zwölf Uhr Mittag.«

»Sie werden jetzt verstehen, weshalb wir Sie um Hilfe baten«, flötete der graue Puppetier. »Die Erfahrung fremder Wesen kann uns nur von Nutzen sein.«

»Hm – wie groß ist der Ring? Haben Sie ihn gründlich studieren können? Haben Sie Sonden auf diesen Himmelskörper losgelassen?«

»Wir haben den Ring so gründlich studiert, wie uns das möglich war, ohne die Geschwindigkeit zu drosseln und ohne uns verdächtig zu machen. Selbstverständlich schickten wir keine Sonden aus. Wir hätten sie mit Hyperwellen fernsteuern müssen. Wahrscheinlich hätte man unsere Steuergeräte geortet.«

»Man kann ein Hyperwellensignal nicht orten. Das ist uns theoretisch möglich!«

»Vielleicht haben die Baumeister dieser Ringwelt ganz andere Theorien entwickelt als wir.«

»Hm.«

»Aber wir haben den Ring auch noch mit anderen Instrumenten untersucht.« Während Chiron sprach, wechselten die Farben auf der Wand. Man unterschied jetzt schwarze und weiße Stellen und graue Zwischentöne. Konturen wurden sichtbar und verschmolzen miteinander. »Wir haben Fotos aufgenommen und Holographien in allen elektromagnetischen Frequenzen. Wenn sie daran interessiert sind . . .«

»Leider kann man keine Einzelheiten erkennen.«

»Nein. Das Licht wird von den Schwerkraftfeldern zu sehr abgelenkt. Auch der Sonnenwind, die kosmischen Staubwolken und die Gase machten die Aufnahmen unscharf.«

»Sie haben also nicht sehr viel feststellen können.«

»Ich möchte behaupten, daß wir sehr viel festgestellt haben. Besonders eine verblüffende Einzelheit. Der Ring hält ungefähr vierzig Prozent der Neutrinos ab.«

Teela machte nur ein fragendes Gesicht. Doch der Kzin fauchte kurz, und Louis pfiff leise vor sich hin.

Das schloß alles aus!

Normale Materie, selbst die ungeheuer komprimierte Materie im Kern einer Sonne würde kaum ein Neutrino aufhalten. Jedes Neutrino konnte mit fünfzigprozentiger Wahrscheinlichkeit eine Bleimasse von der Dicke mehrerer Lichtjahre durchschlagen.

Ein Gegenstand in einem Slaver-Stasisfeld reflektierte alle Neutrinos. Das gleiche galt für einen General-Products-Schiffsrumpf.

Aber kein im Universum bekannter Stoff würde 40 Prozent der Neutrinos aufhalten und den Rest durchlassen.

»Ein für uns ganz neuer Stoff also«, sagte Louis nachdenklich. »Chiron, wie dick ist der Ring? Wie massiv?«

Der Puppetier rasselte ein paar Potenzzahlen herunter. Louis war nicht gewohnt, mit Potenzzahlen konkrete Vorstellungen zu verbinden. Er versuchte, sich die Ringwelt in irdischen Maßen vorzustellen. Der Ring hatte einen Radius von mehr als neunzig Millionen Meilen – mußte seiner Schätzung nach ungefähr sechshundert Millionen Meilen lang sein, maß aber nur knapp eine Million Meilen von Rand zu Rand. Seine Masse war etwas größer als die des Planeten Jupiter . . .

»Irgendwie scheint mir die Masse nicht groß genug zu sein«, sagte Louis. »Eine Welt von dieser Größe müßte mindestens die Masse von einer Sonne normaler Größe besitzen.«

Der Kzin stimmte Louis zu. »Man hat die absurde Vorstellung, daß sie Milliarden von Lebewesen auf einer Fläche zusammendrängen, die nur die Dicke eines Filmstreifens besitzt.«

»Ihre Intuition ist falsch«, meinte der Puppetier mit den Silberlocken. »Betrachten Sie die Dimensionen des Planeten. Bestünde der Ring aus Schiffsmetall, wäre er mindestens fünfzehn Meter dick.« Fünfzehn Meter? Das mochte man kaum glauben.

Teela blickte inzwischen hinauf zur Kuppel und bewegte leise die Lippen. »Ich glaube, die mathematischen Größen leuchten mir ein. Aber wozu das Ganze? Weshalb baut man so einen riesigen Artefakten?«

»Raum.«

»Wie bitte?«

»Es geht hier um Lebensraum«, sagte Louis, »das ist der Sinn des Ganzen. Sechshundert Billionen Quadratmeilen Oberfläche. Das ist die dreimillionenfache Oberfläche der Erde. Man stelle sich vor, daß man die Oberfläche von drei Millionen Planeten flach auswalzt und wie eine endlose Landkarte aneinanderfügt. Drei Millionen Welten in Reichweite eines Flugzeuges. Das würde *jedes* Bevölkerungsproblem lösen.«

»Sie müssen ein gewaltiges Bevölkerungsproblem gehabt haben. So ein Projekt wird nur aus einer Notlage heraus geboren!« rief Louis.

»Eine Frage, Chiron«, mischte sich der Kzin ein, »haben Sie

die Nachbarsysteme nach anderen, ähnlichen Ringwelten abgesucht?«

»Ja, und wir fanden . . .«

». . . nichts. Ich dachte es mir. Wenn die Rasse, die diesen Ring gebaut hat, das Prinzip der Raumfahrt mit Überlichtgeschwindigkeit gekannt hätte, hätte sie auch andere Planetensysteme besiedelt. Dann hätten sie diesen Ring nicht zu bauen brauchen. Was beweist, daß es nur diesen einen Ring gibt.«

»Richtig.«

»Ich bin ein wenig beruhigt. Wenigstens in einer Beziehung sind wir den Architekten dieser Ringwelt überlegen.« Der Kzin stand plötzlich von seiner Couch auf. »Sollen wir die bewohnbare Konkavfläche dieser Ringwelt erforschen?« fragte er.

»Eine Landung ist wahrscheinlich ein zu kühnes Unternehmen.«

»Unsinn. Wir müssen zuerst einmal das Raumfahrzeug sehen, das Sie uns für diese Reise zur Verfügung stellen. Hat es geeignete Landegeräte? Wann dürfen wir aufbrechen?«

Chiron ließ ein leises Pfeifen hören – ein Laut von überraschender Disharmonie. »Sie müssen wahnsinnig sein! Denken Sie nur an die Macht dieser Wesen, die diesen Artefakten hergestellt haben! Im Vergleich dazu ist selbst unsere Zivilisation unterentwickelt!«

»Aus Ihnen spricht die Feigheit.«

»Nun gut. Sie können Ihr Raumfahrzeug inspizieren, sobald Ihr Mentor zurückkehrt, den Sie Nessus nennen. Inzwischen werde ich Ihnen noch weitere Erläuterungen geben, wenn Sie gestatten.«

»Sie stellen meine Geduld auf eine harte Probe«, fauchte der Kzin, aber er setzte sich wieder.

Du Heuchler, dachte Louis, du kannst dich gut verstellen. Ihm war es ganz flau im Magen, als er zu seiner Couch zurückkehrte. Ein babyblaues Band, das ein ganzes Planetensystem umfaßte. Wieder einmal war der Mensch Wesen im Raum begegnet, die ihm überlegen waren.

*

Die Kzinti waren die ersten überlegenen Wesen gewesen, auf die der Mensch im All gestoßen war.

Als die Menschen erst Fusionsantriebe verwendeten, um den leeren Raum zwischen den Sternen zu überwinden, hatten die Kzinti bereits Schwerkraft-Polarisatoren als Kraftquellen in ihre insterstellaren Kriegsschiffe eingebaut. Ihre Schiffe waren schneller und beweglicher als die menschlichen Raumfahrzeuge. Der Widerstand der Menschheit gegen die Flotte der Kzinti wäre eine hoffnungslose Geste gewesen, wenn den Menschen nicht der Umstand zu Hilfe gekommen wäre: *Ein Reaktionsantrieb kann zu einer verheerenden Waffe werden. Seine Wirksamkeit als Waffe steht im direkten Verhältnis zu seiner Antriebsleistung.*

Der erste Überfall auf die Menschheit endete mit einer schrecklichen Ernüchterung für die Kzinti. Jahrhundertelang hatte sich die menschliche Gesellschaft in Frieden entwickelt. Sie hatte vollkommen vergessen, was Krieg überhaupt bedeutet. Aber die menschlichen interstellaren Raumschiffe verwendeten durch Fusionsenergie gespeiste Photonenantriebe. Sie wurden durch eine Verbindung von Photonensegel und Laserkanonen, die auf den Asteroiden eingerichtet waren, in den Raum geschossen.

Die Kzinti-Telepathen berichteten hartnäckig, daß die von den Menschen bewohnten Welten unbewaffnet seien, während riesige Laserkanonen die Kzinti-Schiffe unter Beschuß nahmen und kleinere bewegliche Kanonen, durch den Lichtdruck ihrer eigenen Strahlen bewegt, zwischen den Schiffen der Kzinti hin und her flitzten.

Dieser unerwartete Widerstand der Menschen und die natürliche Schranke der Lichtgeschwindigkeit verwandelten den befristeten Überfall in einen jahrzehntelangen, unentschiedenen Krieg. Trotzdem hätten die Kzinti den Krieg schließlich gewonnen, wenn die Außenseiter nicht gewesen wären. Sie verkauften den Menschen den Hyperdrive-Shuntmotor.

Gegen Schiffe, die schneller als das Licht durch das All flogen, hatten die Kzinti kein Abwehrmittel.

Und später waren dann die Puppetiers gekommen und hatten Handelsniederlassungen im menschlichen Universum errichtet.

Dreimal hatte der Mensch unverschämtes Glück gehabt. Dreimal war er Wesen begegnet, die ihm technologisch überlegen waren. Die Kzinti hätten die Menschheit ausgerottet, wenn nicht zufällig ein Raumschiff der Außenseiter auf eine menschliche Kolonie im All gestoßen und ihrem Bürgermeister den Hyperdrive-Shunt verkauft hätte. Die Außenseiter waren den Menschen ebenfalls technisch deutlich überlegen; aber sie wollten von den Menschen nur Handelsprivilegien und Informationen. Beides konnten sie kaufen. Für den Krieg waren diese gebrechlichen Wesen, die außerordentlich wärme- und schwerkraftempfindlich waren, sowieso nicht geeignet. Und die Puppetiers, deren Macht alle Vorstellungen übertraf, waren zu feige dazu. Wer hatte also die Ringwelt gebaut? Und . . . waren es kriegerische Wesen?

Sollte er kneifen? Louis ging unruhig vor seiner Liege auf und ab.

Louis hatte den Kzin ganau beobachtet. Er hatte bemerkt, wie sehr der Kzin erschrak, als er die fliegenden Welten der Puppetiers erblickte. Die Ringwelt war schon als Zahlenabstraktion eine Vorstellung, bei der man erschauerte. Wenn Louis nur daran dachte, daß er diese gigantische Kunstwelt mit einem Raumfahrzeug anfliegen und darauf *landen* sollte!

Nein, der Eifer, den der Kzin gezeigt hatte, war eine Lüge und ein heroischer Akt zugleich. Sollte Louis hinter der Courage des Kzin zurückstehen und jetzt kneifen?

Louis setzte sich schweigend. Als sein Blick Teelas Gesicht streifte, fluchte er im stillen auf ihre Dummheit. Ihr Gesicht war ganz verklärt vor Erstaunen und Entzücken. Sie zeigte den Eifer, den der Kzin vorhin nur geheuchelt hatte. War sie zu dumm, um sich zu fürchten?

Auf der Innenseite des Ringes gab es eine Atmosphäre. Die Spektralanalyse hatte bewiesen, daß die Luft so dicht war wie auf der Erde und ungefähr die gleiche Zusammensetzung besaß. Auf jeden Fall war es geeignete Atemluft für den Menschen, den Kzin und den Puppetier. Was die Luft daran hinderte, in das All zu entweichen, war Louis noch ein Rätsel. Das mußte man an Ort und Stelle klären.

In dem Ringsystem mit der K9-Sonne gab es keine anderen Planeten, keine Asterioden, keine Kometen.

»Die Architekten der Ringwelt haben den Innenraum reingefegt. Sie wollten ihre Welt vor Meteoriteneinschlag bewahren«, meinte Louis nachdenklich.

»Richtig«, pflichtete ihm der Puppetier bei.

Die Sonne war ein gelber Zwerg, etwas kleiner und kühler als Sol. »Wir brauchen Schutzanzüge gegen die Wärme«, fauchte der Kzin.

»Nein«, antwortete Chiron. »Die Temperatur auf der Innenfläche der Ringwelt ist für alle drei Spezies erträglich.«

»Woher wissen Sie das?«

»Wir haben die Frequenzen der Infrarotstrahlung gemessen. Für Sie, Dolmetscher der Kzinti, liegt die Temperatur ungefähr zehn Grad über dem Optimum. Für Louis und Teela ist die Temperatur ideal. Aber lassen Sie sich durch diese Details nicht irritieren. Wir wollen nicht, daß Sie landen, wenn Architekten von dieser Kunstwelt Sie nicht dazu einladen. Wir möchten nur, daß Sie auf alle Eventualitäten vorbereitet sind.«

»Sie haben keine Bilder von den Bodenformationen?«

»Leider nicht. Das Auflösungsvermögen unserer Instrumente reichte dazu nicht aus.«

»Wir können ja manches erraten«, warf Teela in die Debatte. »Es herrscht ein Tag-Nacht-Zyklus von dreißig Stunden. Das bedeutet, daß die natürliche Welt, von der die Architekten herstammen, den gleichen Rhythmus gehabt haben muß. Glauben Sie, daß die Architekten diese künstliche Welt in ihrem ursprünglichen Sternensystem geschaffen haben«

»Wahrscheinlich, sonst wären sie ausgewandert – mit Schiffen durch den Hyperraum. Doch dieses Prinzip scheinen sie ja nicht zu kennen. Vielleicht haben sie ihre natürliche Welt in ein anderes Sonnensystem rangiert, wie wir das getan haben.«

»Vielleicht finden wir ihr natürliches Planetensystem sogar in der Nähe der Ringwelt«, sagte der Kzin. »Eine Sonne ohne Planeten. Sicherlich werden diese Wesen erst alle Methoden der Terraformierung durchexerziert haben, um alle Planeten ihres natürlichen Sonnensystems zu besiedeln, ehe sie den verzweifelten Entschluß faßten, diese phantastische Kunstwelt zu schaffen.«

»Warum verzweifelt?« fragte Teela.

»Nachdem sie den Ring um die Sonne gebaut hatten, mußten

sie alle ihre besiedelten Planeten dorthin schaffen, um die Bevölkerung auf die Kunstwelt umzusiedeln.«

»Warum verzweifelt?« wiederholte Teela. Alle sahen sie an.

»Ich könnte mir denken, daß sie diesen Ring aus . . . aus . . . nun, aus freien Stücken geschaffen haben.«

»Aus purem Vergnügen, wolltest du doch sagen, nicht wahr?« sagte Louis bissig. »Teela, denke doch nur an die ungeheuren Rohstoffmengen, die die Schöpfer dieser Kunstwelt aufbringen mußten. Ihr Bevölkerungsproblem muß geradezu gigantisch gewesen sein. Sie brauchten den Ring als Lebensraum, konnten sich aber den Bau dieser Welt im Grunde nicht leisten – gerade wegen ihres Bevölkerungsüberschusses. Aber sie bauten diesen Ring trotzdem – weil sie ihn brauchten, verstehst du?«

»Hm«, meinte Teela verwirrt.

»Nessus kommt zurück«, sagte Chiron. Ohne ein weiteres Wort drehte der Puppetier sich um und verschwand im Park.

VII

Der Hinterste

»Das war aber unhöflich«, murmelte Teela.

»Chiron will mit Nessus nicht zusammentreffen. Die Puppetiers halten Nessus doch für verrückt!«

»Diese Puppetiers sind doch alle verrückt«, meinte Teela lachend.

»Die Puppetiers werden sich kaum deiner Meinung anschließen, Teela. Was deine Meinung jedoch nicht widerlegt. Willst du immer noch auf Forschungsreise gehen?«

Sie sah ihn nur groß an.

»Also, du willst immer noch«, schloß er betrübt.

»Natürlich. Wer von uns will das denn nicht? Wovor fürchten sich die Puppetiers eigentlich?«

»Sie fürchten sich grundsätzlich, weil sie Feiglinge sind«, fauchte der Kzin. »Trotzdem begreife ich nicht, warum sie noch mehr über diese Kunstwelt wissen wollen. Sie passierten auf ihrer Wanderung die Ringwelt. Die Architekten dieses geheimnisvollen Artefaktes haben das Prinzip der Überlichtgeschwindigkeit noch nicht entdeckt. Sie können also nie zu einer Gefahr für die Puppetiers werden. Deshalb kapiere ich unsere Rolle in diesem Spiel nicht.«

»Verständlich«, meinte Louis.

»Soll das eine Beleidigung sein?« brauste der Kzin auf.

»Nein, natürlich nicht. Wir haben es mit Bevölkerungsproblemen zu tun, die Ihnen fremd sind, Dolmetscher. Nessus kann Ihnen das besser erklären als ich. Können Sie sich eine Billion Puppetiers auf diesem Planeten vorstellen?«

»Ich rieche sie. Schon der Geruch eines einzigen Puppetiers ist aufdringlich. Eine Billion – brr!«

»Nun stellen Sie sich die Billion Puppetiers auf der Ringwelt vor.«

»Hm – ja. Schön verteilt. Die Fläche dieses Planeten, mit acht potenziert . . . Trotzdem verstehe ich es nicht. Glauben Sie, die Puppetiers planen eine Eroberung dieses Artefaktes? Wie wollen sie ihre Bevölkerungsmassen auf diese Ringwelt übersiedeln? Sie wagen sich doch auf kein Raumschiff!«

»Ich weiß nicht. Sie hassen auch den Krieg. Das steht jedoch nicht zur Debatte. Die Frage lautet vielmehr: Ist der Ringplanet eine sichere Welt, auf der man leben kann?«

»Aha.«

»Verstehen Sie? Vielleicht denken die Puppetiers selbst daran, eigene Ringwelten zu bauen. Vielleicht erwarten sie, draußen bei den Magellanschen Wolken eine leere Ringwelt vorzufinden. Gar keine so abwegige Hoffnung. Aber ob sie nun Pläne oder Hoffnungen haben oder nicht: Zuerst müssen sie einmal feststellen, ob dieser Artefakt *zuverlässig* ist.«

»Nessus bewegt sich so komisch«, rief Teela und ging auf die unsichtbare Kuppelwand zu. »Er scheint betrunken zu sein. Können Puppetiers sich überhaupt betrinken?«

Nessus trabte nicht. Er ging auf den Hufspitzen, schlug einen weiten Bogen um einen knapp anderthalb Meter großen chromgelben Federstrauch und hatte schon fast den Kuppelraum erreicht, als sich ein Wesen, das einem großen schwarzen Schmetterling ähnelte, auf seine Mähne setzte. Nessus kreischte wie eine Frau, machte einen Satz, als müsse er einen elektrischen Zaun überspringen, und rollte dann über den Gehweg. Er blieb dort liegen wie ein Igel, die Köpfe zwischen den angewinkelten Vorderfüßen.

Louis sprang von seiner Liege auf. »Depressive Phase!« rief er über die Schulter. Zum Glück hatte er sich die Stelle gemerkt, wo der Eingang zum Kuppelraum lag.

Draußen rochen alle Blumen nach Puppetiers. Louis folgte einem Pfad an einer manikürten orangefarbenen Hecke entlang und kniete dann neben dem Puppetier nieder. »Ich bin es, Louis«, sagte er. »Sie brauchen keine Angst mehr zu haben!« Sachte griff er Nessus zwischen die gesträubte Mähne, streichelte seine Schädelkuppe und kraulte ihn. Zuerst fuhr der Puppetier zusammen, doch dann entkrampfte er sich sichtlich.

Das mußte ein böser Schrecken gewesen sein. Der Puppetier war anscheinend noch nicht in der Lage, sich wieder auf drei Beinen der Welt zu stellen. »War dieses Tier gefährlich? Das geflügelte Ding, das auf Ihrem Rücken landete?« fragte Louis besorgt.

»Das Flügelding? Aber nein . . .« Die hohe Tenorstimme klang gedämpft, doch herrlich rein und ohne heisere Schwingungen. »Das war doch nur ein Blütenschnüffler!«

»Wie ist die Konferenz mit Ihren Führern abgelaufen?«

Nessus zuckte zusammen. »Ich habe gewonnen.«

»Großartig. Was haben Sie gewonnen?«

»Meinen Anspruch auf eine Brut, und ein Paar für die Begattung.«

»Ist es das, was Ihnen so einen Schrecken eingejagt hat?« Nicht ganz abwegig, dachte Louis. Nessus konnte ja so etwas Ähnliches wie eine männliche »Schwarze Witwe« sein, die nach dem Liebesspiel aufgefressen wird. Andererseits traute Louis dem Puppetier eher eine nervöse Jungfräulichkeit zu. Vielleicht war er sogar zweigeschlechtlich – oder zwischengeschlechtlich . . .

»Ich hätte Pech haben können, Louis. Um ein Haar. Ich bluffte sie. Ich erpreßte sie – oh!«

Teela und der Kzin standen jetzt um den zusammengerollten Puppetier herum. Sanft kraulte Louis Nessus' Mähne. Bis jetzt hatte der Puppetier immer noch beide Köpfe zwischen die Beine geklemmt.

Die Tenorstimme fuhr leise fort: »Meine Führer boten mir das

Recht an, mich fortzupflanzen, wenn ich unsere Forschungsreise überlebe. Um Nachkommenschaft zu erhalten, brauche ich Partner. Wer gibt sich schon zur Paarung für einen Verrückten mit struppiger Mähne her? Wer, frage ich?

Ich mußte also bluffen! Schafft mir einen Partner herbei, sagte ich, oder ich werde mich von dem Projekt zurückziehen! Und wenn ich mich davon zurückziehe, wird das der Kzin ebenfalls tun! Das sagte ich, Sie waren außer sich vor Zorn.«

»Das kann ich mir lebhaft vorstellen. Sicher waren Sie gerade in ihrer manischen Phase!«

»Ich habe mich künstlich hineingesteigert. Ich drohte ihnen, alle ihre Pläne zum Platzen zu bringen, und sie kapitulierten. Ein selbstloser Freiwilliger, sagte ich, müsse sich mir zur Paarung stellen, sobald ich vom Ring zurückkehrte.«

»Herrlich. Das lief ja alles glatt! Haben Sie Ihre Freiwilligen bekommen?«

»Eine unserer Sexualpartner ist nur . . . Eigentum. Dumm, empfindungslos. Ich benötige also nur einen Freiwilligen. Die Anführer . . .«

»Warum sprechen Sie immer von Anführern? Genügt es nicht, Führer zu sagen?« mischte sich Teela neugierig ein.

»Ich habe nur versucht, mich Ihrer Sprache anzupassen«, entgegnete der Puppetier würdevoll. »Strenggenommen, müßte ich sagen: *Die von hinten führen.* Der Vorsitzende des Führerkollektivs. Der Sprecher für diese Erlauchten, wird der *Hinterste* genannt. Und es war der *Hinterste,* der mich als Paarungspartner akzeptierte. Er meinte, er könne von keinem anderen Puppetier verlangen, daß er meinetwegen seine Selbstachtung opfert.«

Louis pfiff leise vor sich hin. »Donnerwetter. Sie haben vollkommen recht, sich zusammenzurollen. Besser, man fürchtet sich hinterher, als im entscheidenden Augenblick.«

Nessus lockerte bereits die beiden Hälse.

»Trotzdem komme ich noch nicht ganz klar«, meinte Teela. »Entweder sollte ich Sie jetzt Frau Nessus nennen, oder den Hintersten mit Lady anreden.«

»Wir diskutieren nie mit einer fremden Rasse unsere Sexualverhältnisse«, murmelte Nessus. Ein Kopf tauchte zwischen den Beinen auf, und ein Auge musterte Teela vorwurfsvoll.

»Louis – Sie würden sich doch auch nicht mit Teela in meiner Anwesenheit paaren, oder?«

»Eigenartig, daß Sie mich fragen«, murmelte Louis. »Wir haben uns nämlich beide Gedanken gemacht, wie wir in dem Raumschiff . . .«

»Ich bin schockiert!« protestierte der Puppetier.

»Aber weshalb denn?« Der Puppetier rollte sich wieder zusammen.

»Nun kommen Sie schon. Ich tue Ihnen doch nichts!« rief Teela.

»Wirklich nicht?«

»Wirklich nicht. Ich finde Sie ganz reizend!« sagte Teela liebenswürdig. »Wahrhaftig?« Der Puppetier rollte seine beiden Hälse wieder auseinander. »Sie finden mich wirklich reizend?«

»Ehrlich.« Teela blickte an dem Orangefell des Kzin hinauf. »Sie ebenfalls«, meinte sie gönnerhaft.

»Ich möchte Sie nicht beleidigen«, fauchte der Kzin, »aber sagen Sie so etwas nicht noch einmal zu mir! Niemals!«

Teela sah Louis nur groß an und zuckte die Achseln.

*

Vor ihnen lag eine gestutzte orangefarbene Hecke, drei Meter hoch und glatt wie eine Wand. Wenn man die kobaltblauen Blütenkelche ansah, hatte man den Verdacht, daß es sich um eine fleischfressende Pflanze handeln mußte. Doch der Puppetier schritt unverdrossen darauf zu, und die Hecke teilte sich vor ihm.

Die anderen folgten dem Puppetier.

Sie hatten bisher einen blauen Himmel über sich gesehen. Doch sobald sich die Hecke hinter ihnen schloß, wurde der Himmel tintenschwarz. Weiße Wolken schwammen in der Tinte. Sie wurden von dem Licht der Stadt angestrahlt, die sich meilenweit vor ihnen ausdehnte.

Auf den ersten Blick unterschied sich das Stadtbild nicht sehr von den irdischen Kommunen. Die Gebäude waren hier nur komplexer, vielschichtigere Anlagen. Und sie waren viel höher als die irdischen Häuser – schrecklich hoch, so daß der Himmel eigentlich nur aus beleuchteten Fenstern, hellen Balkonen und strahlenden Erkern bestand. Dazwischen klafften winzige Spalten und Risse aus schwarzer Tusche, wo der ewige Nachthimmel hindurchsickerte. Hier gab es auch rechte Winkel, die den Puppetier-Möbeln abgingen. Die Gebäudekanten waren aber viel zu klobig, als daß man sich daran ein Knie hätte aufstoßen können. Auf keinen Fall ein Puppetier-Knie.

Aber warum hatten sie die Stadt nicht als Silhouette über dem Park aufragen sehen? Auf der Erde waren nur wenige Gebäude über eine Meile hoch. Hier war eine Meile die unterste Baugrenze. Wahrscheinlich wurde das Licht um den Park herum gebeugt. Louis fragte den Puppetier nicht nach dem Geheimnis der Lichtgrenzen. Das war bestimmt das kleinste Wunder der Puppetier-Zivilisation, wenn man an ihre fliegenden Welten dachte.

»Unser Raumfahrzeug wartet am anderen Ende der Insel auf uns!« flötete Nessus. Der Puppetier stolzierte jetzt wieder vor ihnen her, als könne er das ganze Weltall im Alleingang erobern. »Der *Hinterste* ist mein Liebhaber. Ich brauche nur unversehrt von der Ringwelt zurückzukommen!«

»Sind Sie wieder ganz okay?« fragte Teela besorgt.

»Ja, Teela, ich fühle mich wieder ganz gut. Das Schlimmste haben wir überstanden. In einer Minute werden wir am Ende der Insel sein. Wir verwenden die Gehscheiben. Ich werde Ihnen zeigen, wie man sie benützt.«

Der Gehsteig war angenehm weich und elastisch. Wenn man ihn mit dem bloßen Auge betrachtete, sah er aus wie eine Mischung aus Beton und Glimmersteinen. Doch unter der Sohle fühlte er sich gummiartig an. Der Puppetier deutete mit einem Kopf. »Wir müssen hier entlang. Vermeiden Sie die erste Scheibe! Folgen Sie mir!«

Sie kamen zu einer Kreuzung. Ein großes blaues Rechteck markierte die Straßen, und vor jedem Gehsteig wartete eine blaue Scheibe. »Sie können das Rechteck betreten, aber nicht die Scheiben, denen ich ausweiche.« Nessus hüpfte über die erste Scheibe, wanderte über die Kreuzung und trabte zu dem blauen Fleck auf der gegenüberliegenden »Straßenseite«. Plötzlich war er verschwunden.

Einen Moment lang blieben die andern stocksteif stehen. Schließlich stieß Teela einen Schlachtruf aus, als wäre sie eine

Amazone, und rannte auf die gegenüberliegende Scheibe zu. Dann verschwand sie ebenfalls.

Der Kzin fauchte und sprang. Kein Tiger hätte gezielter springen können. Louis blieb allein zurück.

»Donnerwetter«, murmelte er, »hier gibt es offene Reisekabinen.«

Louis machte zwei Schritte – und fand sich auf der nächsten Kreuzung zwischen Nessus und dem Kzin wieder. »Ihr Geschlechtspartner ist schon vorausgegangen«, sagte Nessus zu Louis, »ich hoffe, er wird auf uns warten.«

Der Puppetier ging mit drei Hufschlägen auf die nächste Scheibe zu und verschwand erneut.

»Phantastisch!« murmelte Louis und glitt wie mit Siebenmeilenstiefeln davon. Dann wechselte er auf die nächste Scheibe, und die Szene veränderte sich wieder schlagartig. Die Symbole an den Gebäudeecken waren offensichtlich Orientierungshinweise, damit jeder Fußgänger wußte, wann er sein Ziel erreicht hatte. Er mußte dann nur noch ein paar Schritte zu Fuß gehen, um die richtige Wohnung oder Adresse zu finden.

Während Louis an den Häuserzeilen entlangglitt, sah er die erleuchteten Auslagen vieler Geschäfte. Er hätte gern gewußt, was es bei den Puppetiers alles zu kaufen gab. Doch die anderen waren ihm schon meilenweit voraus. Er mußte sich beeilen.

Allmählich erkannte er auch den Sinn der verschiedenfarbigen Scheiben, während der Kzin, auf den richtigen Kreis deutend, wieder vor ihm verschwand. Hier gab es Scheiben für den Schnellverkehr zum Zentrum der Stadt, für die Reise bis zur nächsten Bezirksgrenze oder für einen Hundert-Meilen-Sprung. Man konnte sogar von einer Insel zur anderen springen.

Offene Reisekabinen. Die Puppetiers waren dem irdischen System um viele Längen voraus. Man brauchte nur einen Fuß auf die Scheibe zu setzen – und schon ging es ab mit der Post. An der nächsten Haltestelle einen Grätschschritt, und sofort ging es weiter. Kein Wählsystem, keinen blockierten Anschluß!

Jetzt erreichte Louis das Ufer der ruhigen schwarzen See. Vier fette Vollmonde hingen wie Ballons übereinander am Sternenhimmel. In einiger Entfernung lag wieder eine Insel, in gleißendes Sonnenlicht getaucht. Die beiden Fremdlinge warteten schon auf ihn. »Wo ist Teela?« fragte Louis erschrocken.

»Keine Ahnung«, erwiderte Nessus.

»Zum Kuckuck, Nessus, sie muß sich verirrt haben!«

»Kein Anlaß zur Sorge, Louis. Auf unserer Welt kann man sich nicht verirren. Keine Welt ist so sicher wie die unsere. Wenn Teela die Inselküste erreicht, wird sie feststellen, daß die Fährscheiben zur nächsten Insel nicht funktionieren. So muß sie den Scheiben folgen, die an der Küste entlangführen, bis sie hier bei uns eintrifft.«

»Glauben Sie, wir sprechen von einem Computer, der sich verirrt hat? Teela Brown ist ein zwanzigjähriges Mädchen!«

»Wozu die Aufregung!« Teela war plötzlich neben ihm aufgetaucht. »Ich habe nur einen kleinen Umweg gemacht!«

Der Kzin entblößte spöttisch seine nadelscharfen Zähne. Nessus sagte nur: »Folgen Sie mir!«

Der Puppetier steuerte auf eine Reihe von Scheiben an der Küste zu. Schließlich erreichten sie ein braunes Pentagramm, wechselten mit einem Grätschschritt hinüber – und standen auf einem kahlen Felsen, der von Sonnenröhren in gleißendes Licht getaucht wurde. Das kleine Felseneiland hatte die Größe eines privaten Raumhafens. Im Mittelpunkt der Insel standen ein hohes Gebäude und ein Raumschiff.

»Das ist unser Raumfahrzeug«, erklärte Nessus.

Teela und Kzin zeigten sich enttäuscht. Der Kzin zog seine Ohren ein, und Teela sah sich sehnsüchtig nach der Insel um, die sie soeben verlassen hatten – markiert von einem Lichterwall, der meilenweit hinauf in den ewigen Nachthimmel ragte. Doch Louis spürte nichts als Erleichterung. Er hatte genug von den Wundern dieser Welt, der gigantischen Stadt, den rasenden Scheiben und den vier Kolonialwelten, die wie reife Kürbisse im All schwebten. Das alles war beklemmend und furchterregend. Doch dieses Schiff bildete eine Ausnahme. Es war eine ganz gewöhnliche General-Product-Mark-2-Zelle, in einen Deltaflügel eingepaßt. An den Flügeln hingen die Schubmotoren und der Fusionsantrieb. Keine ausgefallenen Sachen, alles vertraute Teile.

»Ein eigenartiges Vehikel, wenn man sich überlegt, daß es von einem Puppetier-Ingenieur gebaut wurde«, fauchte der

Kzin. »Würden Sie sich in dem Schiff nicht sicherer fühlen, wenn alle Aggregate im Rumpf steckten, Nessus?«

»Nein. Dieses Schiff ist ein ganz neuer Entwurf«, erwiderte der Puppetier. »Kommen Sie, ich werde es Ihnen beweisen!«

Nessus trottete auf das Schiff zu.

General Products war eine Handelsgesellschaft der Puppetiers. Sie hatte schon viele Waren im Universum abgesetzt, aber der Ruhm und das Vermögen der Firma basierte auf den General-Products-Raumschiffzellen. Im wesentlichen gab es davon vier Modelle, zuerst einmal die Kugelzelle von der Größe eines Fußballs bis zum Raumer mit dreihundert Metern Durchmesser. So eine Zelle hatte die *Long Shot,* das sogenannte Mark-4-Modell. Dann kam das Mark-3-Modell – ein Zylinder mit gerundeten Enden und abgeflachtem Mittelteil, das sich besonders als Passagierschiff bewährt hatte. Als drittes der Mark-2-Rumpf mit einer Wespentaille und einer an beiden Enden lang ausgezogenen Spitze. Dieses Modell konnte normalerweise nur von einem Piloten geflogen werden.

Die General-Products-Raumschiffzelle reflektierte keine sichtbaren Lichtstrahlen. Doch alle anderen elektromagnetischen Wellen und Materie in jeder Form konnten diesem Material nichts anhaben. Der Name General Products garantierte für absolute Sicherheit, und diese Garantie hatte sich viele hundert Jahre lang bei Millionen von Raumschiffen bewährt. Ein General-Products-Rumpf war das Nonplusultra an Sicherheit.

Das Raumfahrzeug, das hier für sie bereitstand, war ein abgewandeltes Mark-2-Modell.

Doch bei diesem Schiff steckten nur die Kabinen und der Hyperdrive unter der Außenhaut. Alles andere – zwei Schubmotoren, deren Düsen nach unten zeigten; zwei kleine Fusionsmotoren, zum Bug hin orientiert; zwei große Fusionsmotoren an den Außenenden des Deltaflügels und große Behälter am Heck, die mit Detektoren und Nachrichtengeräten bestückt sein mußten – befand sich außerhalb der Zelle am Deltaflügel!

Empfindliche Aggregate des Schiffs waren also den Gefahren des Alls ausgesetzt. Warum hatte man nicht eine Mark-3-Zelle verwendet und alles unter dem Rumpf versteckt?

Der Puppetier hatte sie jetzt unter den Deltaflügel geführt.

»Wir hatten uns vorgenommen, den Rumpf mit möglichst wenig Öffnungen zu versehen«, erklärte Nessus. »Können Sie das erkennen?«

Durch die Rumpfhaut hindurch, die durchsichtig war wie Glas, konnte Louis einen Leitungsschacht sehen. Dieser war ungefähr so dick wie sein Schenkel und führte aus dem Rumpf in den Flügel. Die Anlage sah ziemlich kompliziert aus, bis Louis plötzlich erkannte, daß das ganze Versorgungssystem mit Hilfe eines Aggregates in den Rumpf hineingezogen werden konnte. Auch das Schott erkannte er, das den Rumpf zum Flügel hin abdichten konnte.

»Ein gewöhnliches Schiff«, dozierte der Puppetier, »braucht viele Luken und Öffnungen – für die Sensoren, die Reaktionsmotoren und für die Leitungen zu den Treibstofftanks. Hier haben wir nur zwei Öffnungen im Rumpf – die Luftschleuse und den Schacht für die Versorgungsleitungen. Durch die eine Luke können die Passagiere ein- und aussteigen, durch die andere wandern die Steuerimpulse der Versorgungssysteme und die Nachrichtensignale. Beide Luken können hermetisch abgedichtet werden. Unsere Ingenieure haben die Innenwand der Zelle mit einem durchsichtigen Leiter überzogen. Wenn die Luftschleuse geschlossen ist und der Leitungsschacht versiegelt, ist der Innenraum des Schiffes ein geschlossener Leiter.«

»Ein Stasisfeld!« rief Louis staunend.

»Sehr richtig. Wenn eine Gefahr droht, werden alle lebenswichtigen Systeme in der Rumpfzelle von einem Slaver-Stasisfeld mehrere Sekunden lang abgeschirmt. Da in der Stasis die Zeit stillsteht, kann auch nichts die Passagiere gefährden. Wir sind nicht so töricht, unsere Sicherheit dem Werkstoff des Rumpfes allein anzuvertrauen.« Nessus' Stimme wurde eine Idee leiser. »Laser, die sichtbares Licht verwenden, können einen General-Products-Rumpf durchschlagen und die Passagiere töten, ohne daß das Schiff beschädigt wird. Antimaterie kann ein General-Products-Schiff in Atomwolken auflösen.«

»Das wußte ich nicht«, murmelte der Kzin.

»Wir erwähnen auch nichts davon in unseren Werbefilmen.«

Louis betrachtete die Deltaflügel. »Warum so viele Motoren?«

Der Kzin fauchte. »Haben die Menschen bereits vergessen, was sie im Krieg gegen uns gelernt haben?«

Natürlich – ein reaktionsloser Antrieb ist eine Waffe. Hier gab es Schubmotoren für friedliche Zwecke und Fusionsantriebe, die man gleichzeitig als Waffe verwenden konnte.

»Jetzt begreife ich, warum man Sie auch als Pilot für Fusionsschiffe ausgebildet hat, Dolmetscher«, meinte Louis.

»Selbstverständlich hat man mich auch für den Kriegsdienst ausgebildet, Louis!«

»Für den Fall, daß ein neuer Krieg zwischen Menschen und Kzinti ausbrechen sollte?«

»Muß ich Ihnen erst meine Eignung als Soldat beweisen, Louis?«

»Das sollen Sie sogar«, unterbrach Nessus die beiden. »Unsere Ingenieure haben dieses Schiff für einen Kzin-Piloten gebaut. Wollen Sie den Kontrollraum gütigerweise besichtigen, Dolmetscher?«

»Sofort! Ich möchte auch die Ergebnisse der Testflüge wissen, die Beschreibung der Flugeigenschaften und ähnliche Daten. Ist dieser Hyperdrive-Shunt Ihr Standardmodell?«

»Ja. Bisher wurden jedoch noch keine Testflüge mit diesem Schiff durchgeführt.«

Natürlich nicht, dachte Louis, während er sich der Luftschleuse näherte. Die Puppetiers bauten das Ding und ließen es hier stehen, damit wir es übernehmen. Mußten ja auf uns warten. Kein Puppetier würde sich bereit finden, dieses Ding zu testen.

Wo steckte Teela nur wieder? Louis blickte sich suchend um.

Sie kam erst nach fünf Minuten wieder. Sie hatte sich fortgestohlen und war auf den Gleitscheiben in der Stadt auf der Insel herumgekurvt.

Sie strahlte, als Louis sie an der Luftschleuse in Empfang nahm. »Oh, Louis, ich bin so froh, daß ich mitgekommen bin! Diese Stadt – einfach aufregend!« Ihr Lächeln war so strahlend wie die künstlichen Sonnenröhren.

Er konnte ihr einfach nicht böse sein. »Ja, sie ist aufregend«, sagte er und küßte sie leidenschaftlich. Dann faßte er sie um die Taille und fuhr mit dem Daumen an ihrer Hüfte entlang.

Er war sich seiner Sache jetzt sicher. Teela Brown hatte noch nie in ihrem Leben Schmerz erfahren, kannte keine Vorsicht und keine Furcht. Ihr erstes Schmerzerlebnis mußte sie für eine fürchterliche Überraschung werden. Vielleicht zerbrach sie sogar daran.

Die Götter schützen die Toren nicht. Die Toren werden nur von den etwas erfahreneren Toren beschützt.

*

Ein General-Products-Mark-2-Rumpf mißt sechs Meter im Durchmesser und ist ungefähr hundert Meter lang. Rumpf und Heck laufen in einer Spitze aus.

Die meisten technischen Anlagen des Schiffes befanden sich hier außerhalb des Rumpfes auf dem riesigen Deltaflügel. Die Rumpfhülle des Lebenssystems umfaßte drei Schlafkabinen, einen Wohnraum, einen Kontrollraum, dazu einen Geräteteil, Küchen, Autodocks, Regenerationszellen, Batterien und was sonst noch alles zum Lifesystem gehörte. Die Kontrollkonsolen waren nach der technischen Tradition der Kzinti ausgelegt und zeigten auch Kzinti-Symbole. Louis erkannte, daß er im Notfall trotzdem das Steuer übernehmen konnte.

Im Geräteteil war eine Unzahl von Forschungsgeräten gestapelt. Louis konnte auf ein Gerät deuten und sagen: »Das ist eine Waffe.« Doch manches gehörte zu diesem Inventar, das sich auch als Waffe »mißbrauchen« ließ. Louis entdeckte auch vier Flugräder und vier Flugtornister im Inventar (Schwebegurte mit katalytischen Rammjets versehen), Lebensmittelprüfgeräte, diätetische Additive in Behältern, Sanitätskästen, Luftsensoren und Luftfilter. Diese Burschen waren sich also ganz sicher, daß sie irgendwo landen würden.

Drei Spezies befanden sich an Bord des Schiffes – sogar vier, wenn die anderen ein männliches und weibliches Menschenwesen als zwei verschiedene Spezies betrachteten. Ob der Puppetier so etwas glaubte? (Konnten der Hinterste und Nessus nicht dem gleichen Geschlecht angehören? Warum brauchten denn die Puppetiers einen »Besitzpartner« – offenbar ein »dummes« Weibchen – und zwei Männer dazu, um ein Baby zu erzeugen?) Die Ringweltbewohner – wenn es die noch gab – konnten jedenfalls auf einen Blick erkennen, daß auch grundverschiedene Rassen friedlich miteinander auskommen konnten.

Und doch, für alle Fälle – die Taschenlampen-Laser und die Betäubungsstäbe konnten leicht als Waffen eingesetzt werden.

Sie starteten mit den reaktionslosen Schubmotoren, um das Eiland nicht zu verwüsten. Eine halbe Stunde später hatten sie schon das schwache Schwerkraftfeld der Puppetier-Rosette hinter sich gelassen. Erst dann kam es Louis zu Bewußtsein, daß sie außer Nessus und der Chiron-Projektion keinen einzigen Puppetier auf der Heimatwelt der Puppetiers zu Gesicht bekommen hatten . . .

Sie blieben eine Woche lang im Hyperraum und legten dabei etwas mehr als zwei Lichtjahre zurück. Als sie in den Einsteinraum zurückfielen, befanden sie sich bereits im System der umringten K9-Sonne.

Wieder beschlich Louis eine böse Vorahnung. Wenn man in Gedanken noch einmal das Inventar des Schiffes durchging, gab es zu viele Sachen an Bord, die man für eine kriegerische Auseinandersetzung verwenden konnte, obwohl sie ganz harmlos aussahen. Louis schlug deshalb vor, das Schiff *Lying Bastard* zu nennen. Teela und der Kzin hatten gegen den Namen nichts einzuwenden. Auch Nessus hielt sich wohlweislich zurück.

Ganz klar, daß die Puppetiers damit gerechnet hatten, dieses Schiff würde auf der Ringwelt landen!

VIII

Ringwelt

Die Puppetiers-Rosette hat sich mit einer Geschwindigkeit, die knapp unter der des Lichtes lag, auf galaktischem Nordkurs bewegt. Der Kzin war im Hyperraum auf galaktischen Südkurs geschwenkt mit dem Ergebnis, daß die *Liar,* als sie aus dem Blinden Flecken herausfiel, mit hoher Geschwindigkeit direkt in das Ringwelt-System hineinflog.

Die K9-Sonne war ein gleißender weißer Punkt. Auch die Sonne bot diesen Anblick, wenn man sie vom Rande ihres Planetensystems aus betrachtete.

Der Kzin drehte die großen Fusionsmotoren auf äußerste Kraft. Er fuhr die flachen Schubmotorscheiben aus den Flügelspitzen aus und fügte ihre Schubkraft zu dem Photonenantrieb, während er sie parallel zum Heck des Schiffes schwenkte. Die *Liar* steuerte das System an, als fliege eine Zwillingssonne durch den Raum, und bremste dabei mit fast zweihundert g.

Teela wußte das nicht, weil Louis ihr das nicht sagte. Er wollte sie nicht unnötig aufregen. Wenn die Schwerkraft in ihrer Kabine auch nur einen Moment zusammenbrach, würden sie alle so breitgequetscht wie eine Wanze unter einer Schuhsohle.

Selbst im Hyperraum hatte der Kzin es vorgezogen, mit durchsichtiger Rumpfzelle zu fliegen. Er wollte ein gutes Sichtfeld haben, und der Blinde Fleck schien ihn nicht zu irritieren. Deshalb war das Schiff auch jetzt noch durchsichtig. Nur die Schlafkabinen waren abgeschirmt.

Man mußte sich an den Anblick erst gewöhnen. Der Kzin schien auf seiner Couch im All zu schweben, umgeben von grün und orange leuchtenden Kontrollampen. Dann sah man die vom Neonlicht markierten Durchgänge und darum herum das All mit seinen Sternen. Das Universum schien zum Greifen nahe, die Sterne in schwarzem Eis eingefroren. Denn die Ringwelt lag jetzt achteraus, hinter den Schlafkabinen verborgen. Sie konnten also nicht beobachten, wie sie ihnen entgegenwuchs. In der Wohnkabine roch es nach Ozon und Puppetier-Ausdünstung.

Nessus, der sich eigentlich vor Angst hätte einrollen müssen, bei dem Getöse von zweihundert g in seinen Ohren, schien sich recht wohl zu fühlen auf seiner Couch neben dem Eßtisch.

»Sie kennen keine Hyperwellen«, sagte er. »Die Mathematik dieses Systems schließt Hyperwellen aus. Hyperwellen sind nur ein abstrakter Begriff, der für das ganze System des Überraums steht. Und die Architekten der Ringwelt kennen den Hyperdrive nicht.«

»Vielleicht haben sie inzwischen die Hyperwellen durch Zufall entdeckt«, sagte Teela.

»Nein, Teela. Wir können ja einmal auf den Hyperwellenbändern herumspionieren; aber ich bin überzeugt, wir werden nichts drauf entdecken.«

Der Kzin schaltete sich kurz darauf aus dem Kontrollraum in die Sprechanlage ein: »Die Hyperband-Streifen haben keine Signale aufgefangen. Ich garantiere dafür, daß die Architekten der Ringwelt sich mit keiner bekannten Methode der Hyperfrequenztechnik mit uns in Verbindung setzen wollten!«

Das Problem der Kommunikation war bei der ersten Kontaktaufnahme sehr wichtig. Solange sie sich den Architekten der Ringwelt nicht zu erkennen geben konnten, konnte man sie für Piraten oder Angreifer halten. Bisher deutete allerdings nichts darauf hin, daß man sie entdeckt hatte.

»Meine Empfänger sind alle empfangsbereit«, sagte der Kzin. »Wenn sie sich auf den elktromagnetischen Frequenzen mit uns verständigen wollen, merken wir das sofort.«

»Nicht unbedingt«, schränkte Louis ein.

»Mag sein. Viele Spezies haben das kalte Wasserstoffband dazu benützt, nach Intelligenzen zu suchen, die fremde Sternensysteme umkreisen.«

»Zum Beispiel die Kdatlynos. Die haben Ihre Flotte sofort entdeckt.«

»Trotzdem haben wir sie unterjocht«, erwiderte der Kzin hämisch.

Im interstellaren Empfang gibt es eine Menge Störungen durch die Sterne. Aber auf dem Einundzwanzigzentimeterband ist der Empfang sehr gut, weil die Störungen durch eine unendliche Zahl von kubischen Lichtjahren kalten interstellaren Wasserstoffes ausgesiebt wurden. Das war auch das Band, auf dem jede intelligente Spezies versuchen würde, sich mit einer fremden Rasse in Verbindung zu setzen. Unglücklicherweise machte der novaheiße Wasserstoff aus den Schubmotoren der *Liar* jeden Kontakt auf diesem Band unmöglich.

»Denken Sie daran«, sagte Nessus, »daß unser Orbit den Ring nicht überkreuzen darf!«

»Das haben Sie mir schon mindestens dreimal gesagt, Nessus. Mein Gedächtnis ist ausgezeichnet.«

»Wir dürfen den Einwohnern der Ringwelt nicht als drohende Gefahr erscheinen. Hoffentlich vergessen Sie das nicht!«

»Die Angst der Puppetiers«, erwiderte der Kzin höhnisch.

»Hört auf damit!« rief Louis. Diese dauernden Reibereien zwischen Nessus und dem Kzin gingen ihm auf die Nerven. Er zog sich in seine Kabine zum Schlafen zurück. Stunden vergingen. Die *Liar* flog auf die Ringwelt zu, ständig abbremsend, zwei Lichtspeere von der gleißenden Helligkeit und Hitze einer Nova vor sich her schickend.

Der Kzin suchte vergeblich nach einem gebündelten Lichtstrahl, irgendeinem Signal, daß die Ringwelt sie bereits entdeckt hatte. Besaßen diese fremden Wesen keine Kommunikations-Laser?

In der vergangenen Woche im Überraum hatte der Kzin seine Freizeit meistens in der Kabine der Menschen verbracht. Louis und Teela hingegen hatten eine Vorliebe für die Kabine des Kzin entwickelt. Ihnen gefielen die Holoprojektionen der orangegelben Dschungelwelt, die fremdartigen alten Burgen und die ständig wechselnden Gerüche. Ihre eigene Kabine war ziemlich eintönig dekoriert, zeigte nur Stadtlandschaften und Meeresfarmen, in denen genetisch gesteuerte Algenkulturen wucherten. Der Kzin fühlte sich in ihrer Kabine viel wohler als sie selbst.

Sie hatten sich sogar einmal vom Kzin zum Essen einladen lassen. Doch der Kzin hatte sein Fleisch verschlungen wie ein Wolf und sich darüber beklagt, daß die menschliche Nahrung wie angebrannter Kohl röche.

Die Zeit verging. Louis litt unter Teelas schlechter Laune. Doch sie war nicht gereizt, weil sie Angst hatte. Louis seufzte. Wahrscheinlich würde er Teela bei dieser Schwäche nie ertappen. Sie langweilte sich nur zu Tode.

An diesem Abend bekamen sie die Ringwelt durch die Kabinenfenster zum erstenmal zu Gesicht – eine kleine helle Sonne, die von einem dünnen blauen Faden umgeben war.

»Nessus«, murmelte Louis nachdenklich.

»Ja, Louis?«

»Was wissen die Puppetiers von dem Blinden Flecken, was den anderen unbekannt ist?« – »Ich verstehe Ihre Frage nicht.«

»Der Überraum jagt Ihnen eine panische Angst ein. Doch diese Fahrt durch den Raum auf einem novaheißen Lichtstrahl bringt Sie keinen Moment aus der Ruhe. Ihre Spezies hat die *Long Shot* gebaut. Sie muß also bessere Kenntnisse vom Überraum besitzen als wir.«

»Vielleicht.«

»Gehört das zu den sorgfältig gehüteten Geheimnissen Ihres Volkes?«

Teela und der Kzin hörten jetzt genau zu. Die Ohren des Kzin, die er in sein Kopffell einziehen konnte, breiteten sich aus wie zwei kleine rosa Schirme.

»Wir wissen, daß kein Teil von uns unsterblich ist«, erwiderte Nessus mit halblauter Stimme. »Verstehen Sie mich richtig. Ich will unsere Erkenntnis nicht auf Ihre Spezies ausdehnen, Louis. Dazu habe ich nicht das Recht. Aber in uns ist nichts Unsterbliches. Unsere Wissenschaftler haben es bewiesen. Wir fürchten uns vor dem Tod, weil wir wissen, daß der Tod endgültig ist.«

»Und?«

»Raumschiffe verschwinden im Blinden Flecken. Kein Puppetier würde sich im Hyperdrive einer Singularität nähern – trotzdem verschwanden unsere Schiffe in jenen längst vergangenen Tagen, als sie noch von Piloten gesteuert wurden. Ich habe blindes Vertrauen zu den Ingenieuren, die unsere *Liar* gebaut haben. Deshalb verlasse ich mich auch darauf, daß die Schwerkraft der Kabine nie aussetzen wird. Doch selbst unsere Ingenieure fürchten den Blinden Flecken . . .«

Später versammelten sie sich alle vor dem Bildschirm, während der Kzin die Einstellung vornahm. Er brachte die blaue Linie der konkaven Innenseite der Ringwelt ins Bild und drückte auf den Vergrößerungsknopf.

»Irgend etwas ist da am Rand«, murmelte Louis.

»Ja, konzentrieren Sie das Bild auf den Rand!« befahl Nessus. Er stand im Durchgang zum Kontrollraum, seine Köpfe über beide Schultern des Kzin gereckt.

Der Rand der Ringwelt breitete sich auf dem Bildschirm aus. Der Ring wölbte sich nach innen, der Sonne entgegen. Sie konnten seine schwarze, dem Weltraum zugekehrte Außenseite als Silhouette vor der lichtüberfluteten blauen Landschaft erkennen. Es war ein niedriger Wall – aber nur niedrig, sobald man ihn mit der gewaltigen Fläche des Ringes verglich.

»Wenn man den Radius des Ringes bedenkt, muß die Ringwand mindestens tausend Meilen hoch sein. Deswegen hält sich auch die Luft auf der Innenseite des Ringes.«

»Das funktioniert?« meinte Teela skeptisch.

»Theoretisch muß es hinhauen. Der Ring dreht sich so, daß er ungefähr ein g erzeugt. Im Verlauf von Tausenden von Jahren kann schon mal ein bißchen Luft über den Ring hinaussickern, aber diese Luft kann leicht wieder ersetzt werden. Wenn die Wesen dort unten diesen Ring künstlich erschaffen konnten, kennen sie eine billige Methode der Stoffumwandlung. Und noch viele andere Dinge, die uns unmöglich erscheinen.«

Der Kzin fing jetzt die andere Ringhälfte ein, die von ihrem Peilwinkel aus der Sonne gegenüberlag. Dort wölbte sich der Ring in das All hinaus. Helles Blau und helles Weiß glitten abwechselnd über den Bildschirm. Dazwischen lag die verzerrte Linie einer dunkelblauen Schattengrenze.

»Stellen Sie die äußerste Vergrößerung ein!« befahl Nessus.

Das Bild zeigte unregelmäßige Formen auf der Ringwand. Sie glichen behauenen oder ausgewaschenen Felsen.

»Berge!« rief Teela begeistert, »wie hübsch! Gebirge, die tausend Meilen hoch sind!«

»Weitere Einzelheiten können wir erst erkennen, wenn wir näher heran sind«, fauchte der Kzin.

»Wir müssen versuchen, Kontakt zu den Bewohnern aufzunehmen.« Der Puppetier bewegte nervös seine Köpfe. »Sind wir auf Wartestellung?«

Der Kzin fragte den Mastercomputer ab.

»Wir nähern uns der Sonne mit einer Geschwindigkeit von rund dreißig Meilen pro Sekunde. Ist das langsam genug?«

»Ja. Beginnen Sie mit der Sendung.«

Kein Laserlicht peilte die Liar an.

In den anderen elektromagnetischen Bereichen Kontakt aufzunehmen, war ziemlich schwierig. Dazu mußte man das ganze Spektrum abklappern: Radiowellen, Infrarot, Ultraviolett, Röntgenstrahlen. Das fing bei der Wärmemission der kalten Außenseite der Ringwelt an und hörte bei den Lichtquanten auf, die so energiereich waren, daß sie sogar in die Polarkette der Materie-Antimaterie eindringen konnten.

Das Einundzwanzigmeter-Band war leer. Auch alle Variationsmöglichkeiten dieser Frequenz wurden durchgespielt – mit Multiplikanden und Divisoren, weil das Wasserstoff-Absorptionsband sich als Frequenz geradezu aufdrängte.

Keine Reaktion.

Alle Sendeeinrichtungen auf dem Deltaflügel der Liar waren in Betrieb. Die Liar schickte pausenlos Radiobotschaften auf der Wasserstoff-Absorpionsfrequenz, auf allen elktromagnetischen Frequenzen, überschüttete die konkave Ringläche in den Raum, indem sie die Fusionsmotoren im Takt ein- und ausschaltete.

»Unser Autopilot wird es schon schaffen, ihre Signale zu entziffern«, meinte Nessus. »Wir müssen annehmen, daß ihre stationären Computer mindestens so leistungsfähig sind wie unsere.«

»Kann Ihr Computer auch totale Funkstille übersetzen?« fragte der Kzin giftig.

»Konzentrieren Sie Ihre Signale auf den Rand der Kunstwelt. Wenn die Wesen dort unten Raumhäfen besitzen, müssen sie auf dem Rand eingerichtet sein. Es wäre viel zu gefährlich, im Inneren der Hohlwelt mit einem Raumschiff zu landen.«

Der Kzin fauchte irgend etwas Abfälliges in der Heldensprache seiner Heimat. Doch Nessus ließ sich nicht aus der Ruhe bringen. Er spähte wachsam über die Schultern des Kzin, bewegte sich nicht von der Stelle.

»Ein Kompromiß zwischen einer Dyson-Kugel und einem natürlichen Planeten«, sagte Louis andächtig.

»Du hast zu viel in der Schiffsbibliothek herumgeschmökert«, murmelte Teela vorwurfsvoll. Sie langweilte sich immer noch zu Tode. »Wer ist das überhaupt, dieser Dyson?«

»Einer der alten Naturphilosophen zu Beginn des Atomzeitalters«, erwiderte Louis. »Er wies darauf hin, daß jede Zivilisation durch die Energiemenge begrenzt ist, die ihr zur Verfügung steht. Am einfachsten könne die menschliche Rasse alle erreichbare Energiemenge einfangen, indem sie eine Hohlkugel um die Sonne herumbaut und alle Sonnenstrahlen mit dieser Kugel einfängt.«

»Verrückt«, sagte Teela und kicherte.

»Wenn du einen Moment mit dem albernen Getue aufhören würdest, könntest selbst du die Konsequenzen von Dysons Vorschlag begreifen. Man schaffe eine Kugel mit dem Radius einer astronomischen Einheit. Man müßte natürlich alle Planeten im Innenraum der Kugel entfernen und diese als Baustoff für die Kugel verwenden. Damit könnten wir eine Kugelschale aus Chromstahl herstellen, die ein paar Meter dick ist. Dann stellen wir Schwerkraftgeneratoren auf der Schale auf und haben damit einen Lebensraum geschaffen, der milliardenfach größer ist als die Oberfläche der Erde. Eine Billion Menschen könnten darauf ihr ganzes Leben lang herumwandern, ohne einen ›Nachbarn‹ zu treffen. Selbstverständlich füllen wir die Kugelschale mit Erde auf und . . .«

». . . und müssen uns auf die Schwerkrafterzeuger verlassen, daß die Erde auch liegenbleibt. Was passiert, wenn einer dieser Generatoren versagt?«

»Nun . . . dann würden vielleicht eine Milliarde Menschen in die Sonne hineingerissen. Der entstehende Tornado wäre stark genug, die Erde aus ihrer Umlaufbahn herauszuziehen. Eine Rettungsmannschaft käme da gar nicht durch – nicht bei der Gewalt dieser Windhose . . .«

»Diese Teheorie von Dyson gefällt mir nicht!« sagte Teela entschieden.

»Immer mit der Ruhe. Sicher gibt es Mittel und Wege, einen Schwerkraftgenerator so betriebssicher zu konstruieren, daß so etwas . . .«

»Davon spreche ich nicht. Man könnte auf dieser Welt keine Sterne sehen«, sagte Teela nachdenklich.

Louis zuckte die Achseln. »Vielleicht haben die unbekannten Wesen dort unten deshalb auch nur einen Kompromiß zwischen einem natürlichen Planeten und einer Dyson-Kugel gewählt. Mit diesem Ring erhält man nur einen Bruchteil des möglichen Raumes und fängt auch nur einen Bruchteil der Sonnenenergie ein, die man mit einer Hohlkugel ergattern könnte. Dafür sehen die Wesen dort unten die Sterne und brauchen sich wegen der Schwerkrafterzeugung keine Sorgen zu machen.«

»Es ist zum Kotzen!« fauchte der Kzin plötzlich, »eine Unverschämtheit! Sie ignorieren uns! Sie zeigen uns einfach die kalte Schulter und fordern einen Angriff geradezu heraus!«

»Unmöglich«, widersprach Nessus. »Wenn wir keine Radiosignale auffangen, verwenden diese Wesen eben keine Radiofrequenzen.«

»Sie verwenden keine Laser, keine Radios, keine Hyperwellen. Was verwenden sie dann? Telepathie? Spiegel? Buschtrommeln?«

»Papageien vielleicht, die auf den Bergspitzen sitzen und sich die Nachrichten gegenseitig zukreischen«, meinte Louis spöttisch.

»Vier Stunden versuche ich jetzt bereits, mit der Ringwelt Kontakt aufzunehmen. Vier Stunden lang haben sie nicht mit einem einzigen Zeichen geantwortet! Meine Muskeln flattern, weil sie nicht trainiert werden! Mein Fell ist verfilzt, meine Augen flimmern, meine verdammte Kabine ist viel zu klein für mich! Mein Mikrowellen-Ofen arbeitet mit der falschen Temperatur! Mein Fleisch ist nie richtig zubereitet! Ich kann dieses verdammte Ding nicht reparieren! Louis, wenn Sie nicht Ihre verdammten Vorträge halten würden, müßte ich glatt aus der Haut fahren!«

Der Puppetier ignorierte den Wutausbruch.

»Kann es möglich sein, daß die Zivilisation auf der Ringwelt untergegangen ist?« meinte Nessus nachdenklich. »Wäre doch zu dumm von ihnen, diese Welt aufzugeben.«

»Vielleicht sind sie alle tot«, meinte der Kzin bissig. »Das wäre ebenso dumm. Uns zu ignorieren, ist ebenfalls dumm. Wir landen einfach und stellen fest, was dort auf dem Ring los ist.«

Nessus ließ einen schrillen Pfiff hören. »Wir wollen auf einer Welt landen, die vielleicht ihre Urbevölkerung ausgerottet hat? Sind Sie wahnsinnig?«

»Wie sollen wir sonst unseren Auftrag ausführen?« schnaubte der Dolmetscher.

»Er hat recht«, meinte Teela gelassen, »wir sind doch nicht hierhergekommen, um dauernd im Kreis herumzufliegen.«

»Ich verbiete eine Landung. Dolmetscher, setzen Sie Ihre Bemühungen fort, mit der Ringwelt Kontakt aufzunehmen!«

»Ich habe diese Bemühungen abgeschlossen«, erwiderte der Kzin mit funkelnden Augen.

»Fangen Sie noch einmal von vorne an!« schrillte der Puppetier.

»Das werde ich nicht tun!« tobte der Kzin.

Louis vermittelte. »Rege dich ab, haariger Sportsfreund. Nessus, er hat recht. Die Ringwelt hat uns nichts mitzuteilen. Sonst hätte sie das inzwischen längst getan.«

»Was sollen wir sonst tun?«

»In unserer Mission fortfahren. Wir geben den Bewohnern der Ringwelt noch eine Weile Bedenkzeit, was sie mit uns anfangen wollen.« Widerstrebend gab der Puppetier nach.

Sie trieben auf die Ringwelt zu.

Der Kzin hatte die *Liar* auf einen Kurs gebracht, der außen an der Ringwelt vorbeiführen mußte – eine Konzession an Nessus. Der Puppetier fürchtete, die hypothetischen Bewohner der Ringwelt würden es als eine Drohung auffassen, wenn der Kurs des Schiffes den von der Ringwelt umgrenzten Raum durchschnitt. Auch hatte er Angst, die fremden Wesen könnten die Fusionsantriebe der *Liar* als Waffen betrachten. So schob sich die *Liar* nur mit Schubdüsen vorwärts.

Mit dem bloßen Auge war nicht zu erkennen, daß sich das Schiff überhaupt noch bewegte. Es vergingen Stunden, bis der Ring seine Lage zu verändern schien. Langsam, viel zu langsam. Die Schwerkraft der Kabine war bis zu einer Schubkraft von dreißig eingestellt. Eine Bewegung nahm man in der Kabine nicht wahr. Die Zeit verstrich in einem Vakuum.

Schließlich war der Außenring in gleicher Höhe mit dem Schiff. Der Kzin brachte die *Liar* mit den Schubdüsen auf eine Kreisbahn um die Sonne. Dann steuerte er auf die Außenhülle der Ringwelt zu. Jetzt gab es wieder Bewegung.

Der Außenring der Kunstwelt wurde aus einer schwarzen Linie zu einer tausend Meilen hohen schwarzen Mauer. Fünfhundert Meilen entfernt raste diese Mauer mit dem höllischen Tempo von 770 Meilen pro Sekunde vor ihren Augen vorbei, versperrte in einem Bogenwinkel von neunzig Grad den Himmel. An ihren Rändern verschmolz die Ringwelt zu Fluchtpunkten der Unendlichkeit, und an jedem Fluchtpunkt schloß ein schmales hellblaues Band steil in den Raum hinauf.

Wenn man in den Fluchtpunkt starrte, schien es einem, als betrete man ein anderes Universum – ein Universum von wahrhaft geometrischer Ordnung mit geraden Linien und rechten Winkeln. Louis blickte fasziniert durch die Luke. War dieser Fluchtpunkt der Anfang oder der Untergang dieser Welt? Kam die schwarze Mauer aus diesem Punkt der Unendlichkeit oder versank sie dort wieder?

Aus diesem Punkt am Rande der Unendlichkeit schoß etwas auf sie zu!

Zuerst eine Kante, dann ein Sims, schließlich eine Reihe von aufrecht montierten Ringen. Die Ringe rasten heran – direkt auf den Nasensattel von Louis Wu gerichtet. Louis schloß entsetzt die Augen, schlug die Arme vor das Gesicht, um wenigstens den Kopf beim Zusammenprall einigermaßen zu schützen. Gleichzeitig hörte er ein ängstliches Wimmern hinter sich.

Jetzt mußte sie der Tod ereilen!

Als nichts geschah, öffnete Louis wieder vorsichtig die Augen. Die Ringe flogen jetzt über ihm in einem endlosen Strom vorbei, denn die *Liar* hatte inzwischen in knapp fünfzig Meilen Entfernung den unteren Rand der Ringwelt passiert.

Nessus war zu einer Kugel zusammengerollt. Teela hatte die Handflächen gegen die durchsichtige Zellenwand gepreßt und starrte gebannt hinaus in den Raum. Der Kzin stand gelassen an seiner Kontrollkonsole. Vielleicht konnte er mit den Augen die Entfernungen besser abschätzen als Louis.

Vielleicht tat er auch nur so. Das Wimmern konnte ebensogut aus der Richtung des Kontrollraumes gekommen sein.

Nessus zog vorsichtig wieder die Köpfe zwischen seinen Vorderbeinen hervor. Er betrachtete die aufrechten Ringe, die jetzt rasch kleiner wurden und sich zu einem geschlossenen geometrischen Gebilde zu vereinigen schienen.

»Wir müssen das näher untersuchen!« pfiff Nessus sofort. »Wir müssen die Geschwindigkeit der *Liar* mit dem Umlauf der Ringwelt abstimmen. Halten Sie uns mit einem g auf Position!«

Die Zentrifugalkraft ist eine Illusion, nichts anderes als ein sichtbarer Beweis des Trägheitsgesetzes. Nur die Zentripetalkraft ist Wirklichkeit – eine Kraft, die im rechten Winkel zum Geschwindigkeitssektor einer Masse wirkt. Die Masse widersetzt sich und will in ihrer gewohnten gradlinigen Bahn fortfahren.

Auf Grund ihrer Geschwindigkeit und nach dem Gesetz der Schwerkraft hätte die Ringwelt eigentlich auseinanderbrechen müssen. Aber ihre Reißfestigkeit und ihre in sich geschlossene Struktur verhinderten das. Die Ringwelt übte sozusagen ihre Zentrifugalkraft auf sich selbst aus. Doch die *Liar* mußte auch die Zentripetalkraft neutralisieren, wenn sie sich der Umlaufgeschwindigkeit der Ringwelt von 770 Meilen pro Sekunde anpassen wollte.

Der Kzin schaltete die Schubdüsen ein. Durch g im Gleichgewicht gehalten, schwebte die *Liar* über dem Randwall.

Da lag der Raumhafen: Ein schmales Sims – so schmal, daß er nur wie ein dünner Bleistiftstrich aussah, bis der Kzin die *Liar* noch weiter über den Randwall sonnenwärts treiben ließ. Der Sims wuchs ihnen entgegen, war plötzlich groß, riesengroß, so daß zwei riesige Raumschiffe, die auf dem Feld parkten, wie Fingerhüte auf einer großen Freiterrasse wirkten. Die Raumschiffe hatten Zylinderform mit abgeflachter Spitze. Sie waren nach dem gleichen Modellplan gebaut, der den Insassen der *Liar* jedoch nicht vertraut war. Aber eines konnte man deutlich erkennen: Es handelte sich um Fusions-Rammschiffe, die sich während des Fluges selbst auftankten, indem sie mit elektromagnetischen Schaufeln den interstellaren Wasserstoff einsammelten. Das eine Raumschiff war offensichtlich ausgeschlachtet worden. Seine Hülle war aufgerissen, die verwirrende Vielfalt der technischen Einrichtungen für das Auge des Beobachters freigelegt, der sich vom Vakuum her der Ringwelt näherte.

Am anderen, noch unversehrten Raumschiff konnte man die Fenster sehen, die im Oberteil der zylindrischen Raumschiffzelle eingelassen waren. Im schwachen Sternenlicht glitzerte das Raumschiff wie ein Kuchen, der mit Kristallzucker bestreut war. Man vermochte die Fenster gar nicht alle zu zählen. Es mußten Tausende sein. Daran konnte man ermessen, wie gigantisch dieses Raumschiff war.

Doch kein Licht brannte in diesem Schiff. Der ganze Raumhafen war in tiefe Dunkelheit getaucht. Vielleicht verwendeten die Wesen der Ringwelt ein Licht, das außerhalb der »Lichtbaren« Frequenz lag? Doch Louis Wu spürte instinktiv, daß dieser Raumhafen verlassen und tot war.

»Was sind das nur für komische Ringe?« fragte Teela flüsternd.

»Eine elektromagnetische Kanone«, murmelte Louis gedankenabwesend, »um die Raumschiffe in das All zu schießen.«

»Nein«, widersprach Nessus.

»Oh?«

»Die Kanone muß vielmehr errichtet worden sein, um die Raumschiffe einzuholen. Man kann sich sogar die Methode vorstellen, die angewendet wurde. Das Schiff geht zuerst einmal in den Orbit parallel zum Ringwall. Es muß dabei nicht einmal seine Geschwindigkeit mit der Rotation der Ringwelt abstimmen, sondern nur einen Abstand von fünfundzwanzig Meilen zum unteren Rand einhalten. Während der Ring rotiert, fangen die Spulen der elektromagnetischen Kanone das Schiff ein und beschleunigen es, bis das Schiff die gleiche Geschwindigkeit wie der Ring hat. Ich kann die Architekten der Ringwelt zu dieser Lösung nur beglückwünschen. Das Schiff braucht nie so dicht an den Planeten heranzumanövrieren, daß es Schaden leiden oder den Ring gefährden kann.«

»Man kann aber auch das elektromagnetische Spulensystem zum Start verwenden«, meinte Louis bedächtig.

»Tut man aber nicht. Schauen Sie sich mal die Anlage zu Ihrer Linken an!« flötete Nessus.

»Verdammt will ich sein!« flüsterte Louis Wu.

Die »Anlage« war nicht viel mehr als eine Falltüre, die groß genug war, um eines der riesigen Fusions-Rammschiffe aufzunehmen.

Louis fiel es wie Schuppen von den Augen. 770 Meilen pro Sekunden war die Reisegeschwindigkeit der Fusions-Rammschiffe. Die Startanlage für die Raumschiffe bestand nur aus einer Vorrichtung, die das Schiff in das Vakuum hinauskippte. Dann schaltete der Pilot sofort seinen Schaufel-Fusionsmotor ein und flog mit eigener Kraft weiter.

»Trotzdem scheint der Raumhafen außer Betrieb zu sein«, murmelte der Kzin.

»Keine Kraftanlagen in Tätigkeit?«

»Meine Instrumente verneinen das. Keine heißen Punktquellen, keine elektromagnetischen Felder. Was den Linearbeschleuniger anbelangt, so verbraucht er vielleicht weniger Energie, als unsere Geräte anzeigen können.«

»Was schlagen Sie vor?« fragte Nessus.

»Die Anlage ist vielleicht noch in betriebsbereitem Zustand. Das können wir leicht feststellen, indem wir uns in den Linearbeschleuniger einfädeln. Nessus rollte sich sofort zu einem Ball zusammen.

»Das haut nicht hin«, entgegnete Louis rasch. »Vielleicht braucht man ein Auslösesignal, um die Kanone zu induzieren. Dieses Signal kennen wir nicht. Wahrscheinlich spricht das Ding auch nur auf einen Metallrumpf an. Wenn wir versuchen, uns mit der gleichen Umlaufgeschwindigkeit der Ringwelt in die Kanone einzufädeln, rammen wir vielleicht eine der Spulen, und die *Liar* ist ein Wrack.«

»Ich habe solche Manöver schon unter kriegsmäßigen Bedingungen ausgeführt!« fauchte der Kzin.

»So? Und wie lange ist das schon her?« erwiderte Louis ironisch. »Nun – vielleicht zu lange. Nun gut, was schlagen Sie denn vor?«

»Die Unterseite der Ringweltwand!« sagte Louis entschlossen.

Sofort rollte sich Nessus wieder auseinander.

*

Sie schwebten unter dem Ringweltboden, mit der gleichen Geschwindigkeit wie der Artefakt und mit einem neutralisierenden Schub von 0,992 g. »Scheinwerfer auf!« befahl Nessus.

Die Scheinwerferkegel reichten fünfhundert Meilen weit. Aber wenn ihr Licht auch den Rücken des Ringwalles erfaßte, so wurde das Licht doch nicht wieder reflektiert. Die Scheinwerfer waren nur für Landungen eingerichtet.

»Haben Sie immer noch so blindes Vertrauen zu Ihren Ingenieuren, Nessus?« fauchte der Kzin am Kontrollpult.

»Sie müssen auch für diesen Fall vorgesorgt haben«, erwiderte Nessus mit pendelnden Köpfen.

»Gut – wenn Sie zustimmen, werde ich die Ringwelt mit Hilfe der Fusionsantriebe beleuchten.«

»Tun Sie es«, befahl der Puppetier.

Der Kzin verwendete dazu alle vier Motoren – die beiden größeren Motoren am Heck und die kleineren Motoren in Flugrichtung. Das vordere Paar, das nur als Notbremse und vielleicht als Waffe dienen sollte, zündete er mit ungedrosselter Düse. Der Wasserstoff floß zu rasch durch das Triebwerk und trat halb verbrannt wieder aus. Die Temperatur der Fusionskammer fiel, bis das Auspuffgas, das gewöhnlich heißer war als der Kern einer Nova, nur noch die Temperatur hatte, wie sie auf der Oberfläche eines kleinen gelben Zwergsternes herrschte. Licht schoß in zwei Lanzetten nach vorne und beleuchtete die schwarze Unterseite der Ringwelt.

Die Unterseite war keineswegs flach. Sie wellte sich, zeigte Beulen, Dellen, Schründe und Einbuchtungen.

»Ich dachte, die Außenhaut wäre ganz glatt«, flüsterte Teela ergriffen.

»Gehämmertes Material, skulpiert«, erwiderte Louis beeindruckt. »Ich gehe jede Wette ein, daß dort, wo wir eine Beule oder Ausbuchtung sehen, auf der Gegenseite ein See oder ein Meer zu finden ist. Eine Delle oder Einbuchtung markiert drüben einen Berg oder ein Gebirge.«

Die *Lying Bastard* glitt näher an die Außenhaut heran, befand sich jetzt schon fünfhundert Meilen weit unter dem Bauch der Ringwelt. Unregelmäßige Muster von Rillen, Beulen und Kerben glitten vorbei. Das Muster wirkte irgendwie angenehm, ästhetisch . . .

Viele Jahrhunderte lang sind Ausflugsboote von der Erde über den Mond geflogen. Die Landschaft des Mondes hatte Ähnlichkeit mit dem Relief der Außenhaut: Mulden und Krater, übergangsloser Wechsel von Schwarz und Weiß, Kegel und Zacken, auf der atmosphärelosen Oberfläche des Mondes mit mächtigen Scheinwerfern aus dem Dunkeln herausgeholt, wenn man die Nachtseite des Erdtrabanten überflog. Doch hier endete der Vergleich. Denn wie niedrig man auch über dem Mond dahinflog – man konnte immer den lunaren Horizont sehen, der sich in einer sanften Rundung scharf vom schwarzen Hintergrund des Alls abhob.

Doch hier gab es keine Kurven am Horizont der Ringwelt. Dieser Horizont war eine gerade Linie, als schwarzer Rand vor dem schwarzen All kaum zu erkennen. Wie konnte das der Kzin nur aushalten, so Stunde um Stunde unter der Wölbung der Ringwelt – eines Artefaktes – dahinzufliegen?

Louis erschauerte. Allmählich erfaßte er die gigantische Größe der Ringwelt. Es war ein unangenehmes Erlebnis – wie alle Lernprozesse.

Er wendete seine Augen von diesem schrecklichen Horizont ab und blickte auf die beleuchtete Fläche über ihnen.

»Alle Wasserflächen scheinen von der gleichen Größe zu sein«, sagte Nessus.

»Ich habe ein paar Seen entdeckt. Und dort – ja, das muß ein Fluß sein. Aber bisher bin ich noch auf keine großen Meere gestoßen.«

Seen gab es allerdings in Hülle und Fülle, wie Louis aus diesen vielen flachen Ausbuchtungen schloß. Sie waren natürlich nicht alle gleich groß, sondern nur regelmäßig verteilt, so daß keine Region ohne Wasser blieb. Und . . . flach. Alle Seen haben einen flachen Boden!« rief Louis betroffen.

»Stimmt«, bestätigte Nessus.

»Das bedeutet, daß alle Seen flach sind. Die Bewohner der Ringwelt sind keine Geschöpfe, die im Wasser wohnen. Sie verwenden nur die Wasseroberflächen. So wie wir auch.«

»Alle Seen haben auch geschlängelte Ränder«, sagte Teela.

»Buchten!«

»Also handelt es sich bei den Ringweltbewohnern um Wesen, die zwar auf dem Lande leben, aber die Seefahrt nicht fürchten. Sonst hätten sie nicht so viele Buchten angelegt, da sie keine Verwendung dafür hätten.« Nessus blickte Louis an. »Louis, diese Wesen scheinen Ihnen ähnlich zu sein. Die Kzinti hassen das Wasser, und meine Spezies fürchtet sich vor dem Ertrinken.«

Louis schwieg.

Man kann schon eine Menge von einer Welt erfahren, wenn man nur ihre Kehrseite betrachtet, dachte Louis. Ich werde eines Tages mal ein Buch darüber verfassen . . .

Und dann sah er plötzlich einen Höcker, aus dem eine Rippe oder eine Flosse herausschaute. Der Höcker mußte eine Fläche von mehreren hunderttausend Quadratmeilen umfassen.

Das war ein Ozean – der König aller Ozeane! Endlos glitt der Höcker unter ihnen vorbei. Und er war nicht glatt, sondern reich in sich gegeliedert – mit eigenen Tälern, Gräben, Beulen und Einstülpungen, die auf der Gegenseite als Inseln aus dem Wasser ragen mußten. Das Ganze sah aus wie eine topographische Karte des Pazifischen Ozeans.

»Sie wollten sich die Fauna und Flora des Meeres erhalten«,

sagte Teela. »Dazu brauchten sie einen Ozean. Und diese Flosse oder Rippe dient wohl dazu, die untersten Wasserschichten abzukühlen. Eine Kühlrippe sozusagen.«

Louis nickte ergriffen. Dieser Ozean war breit genug, um die ganze Erde darin aufzunehmen – nur seine Tiefe reichte nicht dazu aus. »Das genügt«, fauchte der Kzin heiser. »Wir müssen jetzt die Innenseite untersuchen!«

»Nein«, widersprach der Puppetier, »wir müssen zuerst Messungen vornehmen. Ist der Ring auch kreisrund? Eine geringere Abweichung genügt, um die Luft in den Raum hinausschwappen zu lassen!«

»Wir wissen doch, daß die Luft auf der Ringwelt vorhanden ist, Nessus!« mischte sich Louis Wu ein. »Die Verteilung des Wassers auf der inneren Oberfläche wird uns aufklären, wie weit der Ring von seiner Idealgestalt abweicht!«

Nessus gab sich geschlagen. »Nun gut. Sobald wir den Rand der unteren Ringwand erreichen, überfliegen wir die Innenseite.«

Man sah auch die winzigen Löcher der Meteoriteneinschläge. Es gab nicht viele davon; aber sie waren vorhanden. Vielleicht hatten die Architekten des Kunstplaneten doch nicht ihr ganzes Sonnensystem von Asteroiden befreien können. Aber nein – diese Meteore mußten von außen gekommen sein, aus dem All! Ein Krater glitt unter dem Fusionslicht vorbei. Louis entdeckte ein Glitzern am Boden des Kraters.

War das der nackte Ringweltboden? Der Ringboden war eine Substanz, die so dicht war, daß sie 40 Prozent der Neutrinos absorbierte. Diese Substanz mußte ungeheuer fest sein. Über der Haut breiteten sich Erde, Wasser, Meere, Flüsse und Städte aus. Darüber wieder lagerte die Atmosphäre. Und unter dem Ringboden, dem All zugekehrt, war ein schwammiges Material aufgetragen – eine Art von Schaumgummi, das der Abwehr von Meteoriten diente. Die meisten Meteorsteine würden wahrscheinlich in dem dicken, schaumigen Material verdampfen. Aber ein paar schlugen wohl manchmal durch und ließen einen Krater in der Außenhülle zurück.

Weit weg, schon fast hinter der sich unmerklich rundenden Grenzlinie, dah Louis ein Grübchen in der Außenhaut. Das mußte aber ein großer Meteor gewesen sein, dachte er. So groß, daß man den Krater auch aus dieser Entfernung im Sternenlicht erkennen konnte.

Er machte die anderen nicht auf dieses »Grübchen« aufmerksam. Seine Augen und sein Verstand hatten sich noch nicht an die Maße der Ringwelt gewöhnt . . .

IX

Schattenfelder

Gleißend ging die K9-Sonne hinter dem geraden schwarzen Rand des Ringes auf. Die Helligkeit schmerzte, bis der Kzin einen Polarisator herunterließ und Louis in die Sonnenscheibe blicken konnte. Er entdeckte einen scharfen Schatten, der vor der Sonnenscheibe vorbeiglitt. Ein dunkles Viereck.

»Wir müssen sehr vorsichtig sein«, warnte der Puppetier. »Wenn wir unsere Geschwindigkeit mit der Ringwelt abstimmen und über der inneren Ringfläche im Raum schweben, werden wir bestimmt angegriffen!«

Die Antwort des Kzin war ein gähnendes Fauchen. Seit Stunden stand er jetzt hinter der hufeisenförmigen Kontrollkonsole. »Mit was für einer Waffe wollen die Eingeborenen uns denn angreifen? Wir haben doch festgestellt, daß die Architekten dieser Ringwelt nicht mal eine Radiostation betreiben!«

Nessus bewegte unruhig die Köpfe.

»Wir wissen nicht, wie diese Wesen Nachrichten austauschen. Genausowenig wissen wir etwas über die Art ihrer Waffen. Sobald wir über ihrer bewohnten Planetenfläche auftauchen, werden sie das als Bedrohung ansehen. Sie werden alle Waffen gegen uns richten, die ihnen zur Verfügung stehen.«

Louis nickte zustimmend. Er war von Natur aus nicht sehr vorsichtig, und die Ringwelt reizte seine Neugierde aufs äußerste. Doch der Puppetier hatte in diesem Fall recht.

Wenn die *Liar* über der inneren Ringoberfläche schwebte, stellte sie so etwas wie einen Meteor dar. Einen ziemlich großen Meteor. Wenn sie in einer Kreisbahn flog, würde sie bei einem Aufprall auf die Atmosphäre mit einer Geschwindigkeit von mehreren hundert Meilen auf die Ringoberfläche zurasen. Falls die *Liar* aber schneller flog, als für einen stabilen Orbit nötig war, indem sie ihre Motoren einschaltete, würde das Schiff ebenfalls zu einer Gefahr. Denn wenn seine Triebwerke versagten, würde die »Zentrifugalkraft« es aus seiner Bahn hinaus und hinunter auf das bevölkerte Land werfen. Die Bewohner der Ringwelt würden die Gefahr von Meteoriten bestimmt nicht unterschätzen. Ein Loch im Ringboden genügte, und die ganze Atemluft dieser Welt entwich durch dieses Leck hinaus in das All.

Der Kzin wendete sich von seinem Steuerpult ab. Er begegnete dem Blick der Augen in den beiden nahe zusammenstehenden Köpfen. »Ihre Befehle?«

»Zuerst gehen wir in den Orbit.«

»Und dann?«

»Beschleunigen wir auf die Sonne zu. Wir können auch die bewohnte Seite der Ringwelt studieren, während wir von ihr wegfliegen. Unser wichtigstes Ziel sind jetzt die Schattenvierecke.«

»So eine Vorsichtsmaßnahme ist unnötig und beschämend. Wir haben nicht das geringste Interesse an diesen Sonnenblenden!« meinte der Kzin abfällig.

Verdammt, dachte Louis. Er war hungrig und müde und mußte sich immer wieder als Schiedsrichter für fremde Wesen hergeben. Wahrscheinlich war der Kzin durch die Anstrengungen so überreizt, daß er einen Streit geradezu herausforderte.

Der Puppetier erwiderte: »Wir haben ein sehr starkes Interesse an den Sonnenblenden. Sie fangen mehr Sonnenlicht ab als die ganze Ringweltfläche. Sie müssen also geradezu ideale thermoelektrische Generatoren für die Energieversorgung der Ringwelt darstellen.«

Der Kzin schnarrte irgend etwas Giftiges in der Heldensprache seiner Heimat. Seine Antwort auf interworld klang dagegen ausgesprochen versöhnlich: »Sie sind unvernünftig. Wir haben absolut kein Interesse daran, herauszufinden, wie diese Welt mit Energie versorgt wird. Wir landen, fangen uns einen Eingeborenen und fragen ihn nach seiner Energieversorgung.«

»Ich weigere mich, eine Landung in Betracht zu ziehen!« schrillte der Puppetier.

»Zweifeln Sie an meinen Fähigkeiten als Pilot dieses Schiffes?« meinte der Kzin drohend.

»Zweifeln Sie an meinen Fähigkeiten als Kommandant des Schiffes?« begehrte Nessus mit geblähten Lippen auf.

»Wenn Sie dieses Thema schon mal anschneiden . . .«

»Ich trage immer noch den Tasp bei mir, Dolmetscher der Kzinti! Ich verfüge über die *Long Shot* und ihren Hyperdrive-Shuntmotor! Ich bin immer noch der Hinterste an Bord dieses Schiffes. Das sollten Sie nicht vergessen . . .«

»Hört auf!« rief Louis scharf.

Sie drehten sich zu ihm um und starrten ihn an.

»Ihre Aufregung ist viel zu verfrüht«, sagte Louis müde. »Warum richten wir nicht unsere Teleskope auf diese Schattenvierecke? Auf diese Weise bekommen Sie wenigstens ein paar Daten, die Sie sich gegenseitig an die Köfpe werfen können! Das macht viel mehr Spaß.«

Nessus blickte sich selbst in die Augen. Der Kzin zog seine Krallen wieder ein.

»Wir sind alle am Ende – erschöpft, ungewaschen oder unbeleckt und hungrig. Wer kämpft schon gern mit einem leeren Magen? Ich werde mich jetzt eine Stunde lang unter die Schlafhaube legen. Ich schlage Ihnen vor, das gleiche zu tun.«

Teela war schockiert. »Du willst dir die innere Seite der Ringwelt nicht anschauen? Du . . .«

»Wunderbar. Du berichtest mir später, was du alles gesehen hast.« Louis drehte sich um, gähnte und ging in seine Schlafkabine.

*

Der Hunger weckte ihn. Er wählte sich rasch einen Imbiß zusammen und ging dann in die Wohnkabine hinüber.

»Was hat sich inzwischen getan?«

Teela antwortete ihm über den Rand des Leseschirms hinweg. »Du hast eine Menge veräumt! Slaver-Schiffe, Nebeldämonen, Raumdrachen, menschenfressende Sternensaaten! All diese Ungeheuer griffen uns gleichzeitig an. Der Kzin mußte die Biester mit seinen Krallen aus der Pilotenkanzel vertreiben! Das hättest du sehen sollen!«

»Nessus?«

Der Puppetier antwortete aus dem Kontrollraum. »Der Kzin und ich haben uns darauf geeinigt, bis zu den Sonnenblenden weiterzufliegen! Der Kzin schläft gerade. Wir werden bald wieder im freien Raum sein!«

»Gibt es etwas Neues?«

»Ja, eine Menge. Ich werde es Ihnen zeigen!«

Der Puppetier bediente die Bildschirmkontrollen. Er mußte also die Symbole der Kzinti genau beherrschen.

Das Bild auf dem Schirm glich der Erde, wenn man sie aus großer Höhe betrachtet: Berge, Seen, Täler, Flüsse und große, trockene Flächen, die Wüsten darstellen mußten, waren zu erkennen. »Sandwüsten?« sagte Louis mit gerunzelten Brauen.

»So scheint es, Louis«, erwiderte Nessus düster. »Der Kzin hat die Temperatur- und Feuchtigkeitsspektren aufgenommen. Die Beweise häufen sich, daß die Ringwelt in eine primitive Vorstufe der Zivilisation zurückgefallen ist. Das gilt mindestens für Teile dieses Kunstplaneten. Weshalb sollte man wohl auf einem Artefakten Wüsten anlegen? Außerdem entdeckten wir einen zweiten Ozean auf der gegenüberliegenden Seite der Ringwelt. Er hat die gleiche Größe wie der Ozean auf dieser Seite. Die Spektralanalyse bestätigte das Vorkommen von Salzen. Offenbar hielten es die Indenieure für nötig, die Wassermassen gegenseitig auszubalancieren.« Louis verspeiste schweigend sein Imbißgemisch.

»Ihre Anregung hat sich übrigens ausgezahlt«, fuhr Nessus fort. »Sie übertreffen uns an diplomatischem Geechick, Louis, obwohl der Kzin und ich auf diesem Gebiet Profis sind. Nachdem wir das Teleskop auf die Schattenblenden eingestellt hatten, erklärte der Kzin sich bereit, diese Blenden doch aus der Nähe zu studieren.«

»So? Und warum?«

»Wir entdeckten eine merkwürdige Eigenschaft dieser Sonnenblenden. Sie bewegen sich mit einer Geschwindigkeit, die erheblich größer ist, als wir für ihre stabile Umlaufbahn um die Sonne errechnet haben.« Louis hörte sofort zu kauen auf.

»Das ist kein Ding der Unmöglichkeit, Louis«, fügte der Puppetier hinzu. »Die Sonnenblenden können ja auch in stabilen elliptischen Bahnen die Sonne umlaufen, sie müssen nicht immer den gleichen Abstand zur Sonne einhalten.«

»Unsinn! Dann wären auch die Tage verschieden lang.«

»Wir dachten, das hätte man so eingerichtet, um Sommer und Winter voneinander zu trennen«, mischte sich jetzt Teela ein. »Im Winter sind die Nächte natürlich länger. Aber so ganz befriedigt mich das auch nicht.«

»Quatsch. Ein Jahr im Drei-Wochen-Rhythmus? Weshalb denn so etwas? Die Schattenblenden haben doch eine Umlaufzeit von knapp einem Monat!«

»Sicher, hier liegt ein echtes Problem vor«, flötete Nessus. »Die Abweichung war zu geringfügig, als daß meine Artgenossen sie bei ihrem kurzen Rendezvous mit der Ringwelt hätten entdecken können. Wo liegt die Ursache dieser Unregelmäßigkeit? Hat die Schwerkraft ein abnormes Gefälle? Nimmt sie plötzlich sprunghaft in der Nähe der Sonne zu und verlangt deshalb eine schnellere Umlaufzeit ihrer Satelliten, als ihr Abstand von der Sonne rechtfertigen würde? Fragen über Fragen. Deshalb müssen wir uns die Sonnenblenden mal etwas ganauer ansehen!«

*

Die Zeit verging. Man sah es an dem markanten rechteckigen Schatten, der sich vor die Sonne schob.

Der Kzin kam aus seiner Kabine, wechselte ein paar höfliche Worte mit seinen menschlichen Kollegen und löste dann Nessus im Kontrollraum ab.

Kurz darauf erschien der Puppetier im Durchgang. Nichts deutete auf einen Streit oder Unstimmigkeiten hin. Doch dann bemerkte Louis, daß der Puppetier sich vor dem mörderischen Blick des Tigerwesens in Sicherheit brachte. Der Kzin stand bereit zum tödlichen Sprung.

»Okay, okay«, seufzte Louis, »was gibt es denn nun schon wieder?«

»Dieser Pflanzenfresser«, fauchte der Kzin, »dieser schizophrene Anführer von hinten, hat während meiner Freiwache den Kurs so korrigiert, daß wir uns mit einem Minimum an Kraftstoffverbrauch an diese Schattendinger heranpirschen!

Auf dieser Flugbahn werden wir vier Monate brauchen, ehe wir den Gürtel der Sonnenblenden erreichen!« Der Dolmetscher fluchte in der Heldensprache seiner Heimat.

»Sie haben uns ja selbst auf diese Flugbahn manövriert«, wendete der Puppetier sanft ein.

Die Stimme des Kzin nahm an Fauchlauten zu. »Ich hatte diese Flugbahn gewählt, damit wir möglichst lange und eingehend die Innenseite der Ringwelt studieren konnten! Dann wollte ich direkt auf den Gürtel der Sonnenblenden zuhalten und so beschleunigen, daß wir in ein paar Stunden dort eintreffen!«

»Sie brauchen gar nicht so zu brüllen, Dolmetscher! Wenn wir direkt auf die Sonnenblenden zusteuern, muß unsere berechnete Umlaufbahn sich mit der Bahn der Ringwelt kreuzen. Das will ich vermeiden!«

»Er kann ja direkt auf die Sonne zielen«, meinte Teela.

Sie drehten sich alle zu ihr um.

»Wenn die Bewohner der Ringwelt Angst haben, daß wir ihnen auf den Kopf fallen«, erklärte Teela mit nachsichtigem Lächeln, »berechnen sie bestimmt gerade unsere Flugbahn. Wenn unser berechneter Kurs direkt auf die Sonne zielt, sind wir für die Ringwelt keine Gefahr. Verstehen Sie?«

»Das könnte hinhauen«, schnurrte der Kzin.

Der Puppetier schüttelte sich. »Sie sind ja der Pilot. Ich überlasse Ihnen den Kurs. Aber ich warne Sie . . .«

». . . ich habe nicht vor, mit diesem Schiff durch die Sonne zu fliegen, Nessus. Ich werde schon rechtzeitig abdrehen und unseren Kurs dem Gürtel der Sonnenblenden anpassen.« Der Kzin stampfte zurück in den Kontrollraum. Es ist gar nicht so leicht für einen Kzin, so geräuschvoll aufzutreten.

Der Kzin bremste jetzt die Geschwindigkeit des Schiffes ab, das bisher einen Parallelkurs zur Ringwelt gesteuert hatte. Sofort fiel das Schiff der Sonne entgegen. Der Kzin drehte dann die Schiffsnase direkt auf die Sonne zu und beschleunigte.

Die Ringwelt war ein blaues, breites Band, auf dem man weiße Wolkenfelder und -strudel erkennen konnte. Das Band schrumpfte jetzt sichtlich zusammen. Der Kzin hatte es eilig.

Louis wählte zwei Schalen Mokka und reichte eine davon Teela über den Tisch.

Er konnte den Ärger des Kzin gut verstehen. Die Ringwelt hatte ihn maßlos erschreckt. Er war davon überzeugt, daß er auf der Ringwelt landen mußte. Und er wollte das hinter sich bringen, solange er noch gute Nerven besaß.

Der Kzin tauchte im Durchgang des Kontrollraums auf. »Wir werden den Gürtel der Sonnenblenden in ungefähr vierzehn Stunden erreichen«, sagte er schnarrend. Er sah den Puppetier mit funkelnden Augen an. »Nessus, wir von der Ritterschaft des Patriarchats wurden von Jugend an zur Geduld erzogen! Doch Sie und Ihre Sippschaft von Pflanzenfressern besitzen die Geduld von einer Leiche!«

»Wir kommen vom Kurs ab«, sagte Louis plötzlich und erhob sich erschrocken von der Couch. Der Bug des Schiffes drehte sich wieder von der Sonne weg.

Nessus stieß einen schrillen Pfiff aus und machte einen Satz quer durch die Kabine. Er war noch mitten im Sprung, als die *Liar* aufflammte wie eine Blitzlichtbirne. Das Schiff bäumte sich auf . . .

Unterbrechung! – Stasisfeld! – Unterbrechung!

. . . das Schiff bäumte sich auf trotz der Schwerkraft in der Kabine. Louis hielt sich an einer Stuhllehne fest. Teela fiel mit einer unglaublichen Zielgenauigkeit auf ihre eigene Sicherheits-Couch. Der Puppetier war bereits zu einer Kugel zusammengerollt, als er gegen die Kabinenwand prallte. Alles war in ein gleißend violettes Licht getaucht. Die Dunkelheit hatte nur einen Moment gedauert, dann glühte alles ringsumher, als würden sie in einer Neonröhre durch das All fliegen.

Doch das Glühen war außerhalb der Schiffszelle und umgab den ganzen Rumpf.

Der Kzin mußte, nachdem er das Steuermanöver beendet hatte, dem Autopiloten den Kontrollraum überlassen haben. Und dann, überlegte Louis blitzschnell, hatte der Autopilot den Kurs des Kzin nachgerechnet und dabei die Sonne auf der Flugbahn geortet. Der Autopilot entschied, daß die Sonne ein gefährlicher Meteor auf Kollisionskurs war, und ergriff Maßnahmen, einem Zusammenstoß auszuweichen.

Die Kabinenschwerkraft erreichte wieder ihren Normalwert. Louis rappelte sich vom Boden auf. Er hatte sich zum Glück nicht verletzt. Das gleiche galt wohl auch für Teela. Sie stand bereits wieder an der Kabinenwand und starrte durch das violette Licht in den Raum hinaus.

»Die Hälfte meiner Kontrollichter ist ausgefallen«, klagte der Kzin.

»Und die Hälfte Ihrer Instrumente«, setzte Teela gemütlich hinzu. »Der Deltaflügel ist futsch.«

»Wie bitte?«

»Der Flügel ist verschwunden!«

Leider bestätigte sich das. Nicht nur der Flügel war weg, sondern auch alles, was am Flügel befestigt gewesen war: die Schubmotoren, die Fusionsantriebe, die Sendeanlagen, die Landeeinrichtung. Nur noch der kahle Rumpf war übriggeblieben. Von der *Liar* existierte jetzt nur noch die General-Products-Zelle und was unter ihrer Haut steckte.

»Man hat uns beschossen!« fauchte der Kzin. »Man beschießt uns noch immer! Wahrscheinlich mit Röntgen-Laser! Dieses Schiff befindet sich im Kriegszustand! Deshalb übernehme ich jetzt das Kommando!«

Nessus widersprach ihm nicht. Der Puppetier war immer noch zusammengerollt wie ein Igel. Louis kniete neben ihm nieder und tastete ihn vorsichtig ab.

»Die Allmächtigen wissen, daß ich kein Arzt für Fremdlinge bin. Ich kann aber keine Verletzungen entdecken«, murmelte Louis.

»Er ist nur zu Tode erschrocken«, meinte der Kzin verächtlich. »Er will sich jetzt in seinen eigenen Magen verkriechen. Wir werden ihn auf seiner Sicherheits-Couch festschnallen und in Ruhe lassen.«

Louis und der Dolmetscher banden den Puppetier auf dessen Couch fest und wickelten ihn in das Sicherheitsnetz.

»Wir haben es mit keiner friedliebenden Zivilisation zu tun«, fauchte der Kzin. »Ein Röntgen-Laser ist eindeutig eine Kriegswaffe. Hätten wir keinen unverletzbaren Rumpf, wären wir jetzt alle tot!«

In der Tat war von dem Raumschiff nichts mehr übriggeblieben als eine gläserne Nadel, die auf die Sonne zufiel.

»Das Slaver-Stasisfeld muß sich eingeschaltet haben. Keine Ahnung, wie lange wir in dem Feld ohne Bewußtsein waren!«

»Nur ein paar Sekunden«, murmelte Teela. »Dieses violette

Licht muß der Metalldampf sein, in den sich unser Flügel verwandelt hat.«

»Richtig. Er fluoresziert unter Laserbeschuß!« knurrte Louis.

»Idiotisch, daß unsere automatischen Systeme nur auf Defensive eingerichtet waren! Diese Puppetiers haben ja keine Ahnung von Angriffswaffen! Selbst unsere Fusionsmotoren waren auf den Flügel montiert! Der Gegner beschießt uns immer noch! Aber die sollen bald spüren, was es heißt, einen Kzin anzugreifen!«

»Sie wollen die Laser vernichten?«

Der Kzin merkte gar nicht, wie sarkastisch die Frage klang.

»Selbstverständlich!«

»Und womit?« explodierte Louis. »Wissen Sie, was nun noch geblieben ist? Der Hyperantrieb und die lebenserhaltenden Versorgungssysteme – das ist uns noch geblieben! Wir können nicht einmal mehr unseren Kurs mit einer Raketendüse korrigieren. Sie müssen größenwahnsinnig sein, wenn Sie glauben, mit diesem Ding noch Krieg führen zu können!«

»Das bildet sich der Feind ein! Er hat ja keine Ahnung . . .«

»Welcher Feind?«

». . . das hat er sich so gedacht! Er hat ja keine Ahnung, was es bedeutet, einen Kzin herauszufordern!« tobte der Tiger.

»Automatischer Laser, Sie Spinner! Ein Feind hätte doch sofort auf uns geschossen, sobald wir in die Reichweite seiner Waffen kamen!«

»Ich habe mich auch schon gewundert, was für komische Strategen diese Wesen hier sind«, wurde der Kzin plötzlich nachdenklich.

»Wieso Strategen! Das sind Röntgenstrahlen-Laser zur Abwehr von Meteoren! Sie sind darauf programmiert, alles aus dem Raum herauszuschießen, was den Ring treffen könnte. Sobald unsere vorausberechnete Umlaufbahn den Ring kreuzte, wurden die Laser ausgelöst – bumm!«

»Das ist . . . möglich.« Der Kzin schloß die Deckel über den ausgefallenen Instrumenten. »Trotzdem hoffe ich, daß Sie nicht recht haben.«

»Sicher. Dann könnten Sie wenigstens die Schuld auf andere abwälzen, nicht wahr, Dolmetscher?«

»Nein – ich hoffe nur, daß unser Kurs sich jetzt nicht mit der

Ringwelt schneidet. Unsere Geschwindigkeit ist ziemlich hoch. Wir würden damit über das System hinausfliegen und die lokale Singularität überwinden. Dann könnten wir unseren Hyperantrieb zünden und zu der Flotte der Puppetiers zurückkehren. Das gelingt aber nur, wenn wir den Ring verfehlen.«

»Sie hatten es verdammt eilig, nicht wahr?« erwiderte Louis, der seine Verbitterung noch nicht überwunden hatte.

»Auf jeden Fall fliegen wir nicht in die Sonne. Die Laser hätten das Feuer nicht eröffnet, wenn unser Kurs nicht an der Sonne vorbeiführen würde.«

»Die Laser sind noch eingeschaltet«, mischte sich Teela in ihren Wortwechsel ein. »Ich kann zwar bereits die Sterne hinter den Dampfwolken erkennen, aber es schimmert immer noch violett auf. Das bedeutet, daß wir noch auf die Ringwelt zufliegen.«

»Das bedeutet es, wenn die Laser automatisch ausgelöst werden«, fluchte Louis.

»Werden wir den Aufprall überleben?« fragte Teela mit unschuldigem Augenaufschlag.

»Da mußt du Nessus fragen. Seine Leute haben ja die *Liar* gebaut. Schau mal zu, ob du ihn auseinanderrollen kannst!«

Teela schob ihre Hand unter das Netz und kraulte den Puppetier. Das hatte sie von Louis gelernt, der den Puppetier ja schon öfters aus seiner depressiven Phase herauslocken mußte.

»Sie sind ein kleiner Feigling«, tadelte sie den Puppetier. »Und dumm dazu! Nun fahren Sie schon Ihre Köpfe aus und schauen Sie mich an! Ihnen entgeht ja der ganze Trubel!«

*

Zwölf Stunden später befand sich Nessus immer noch im Zustand der Katatonie. Teela war den Träumen nahe. »Wenn ich ihm gut zurede, rollt er sich nur noch fester zusammen.«

»Du erzählst ihm dauernd, daß er was versäumt! Nessus ist nicht erlebnishungrig. Laß ihn in Ruhe. Er wird sich schon melden, wenn wir ihn brauchen. Auf jeden Fall rollt er sich auf, wenn er sein Leben verteidigen muß. Inzwischen soll er meinetwegen seinen Bauchnabel bespiegeln.«

Teela drehte sich unschlüssig um. »Hast du auch Angst?«

»Ja.«

»Ich dachte es mir.« Sie ging in der Kabine auf und ab. »Warum hat dann der Kzin keine Angst?«

»Ich glaube, er leidet sogar unter panischer Angst. Erinnerst du dich noch, wie er agierte, als er die Welt der Puppetiers zum erstenmal sah? Er hat Angst, aber er will sich das auf gar keinen Fall anmerken lassen. Nicht, wenn Nessus dabei ist.«

»Das begreife ich nicht!« Teela schüttelte den Kopf. »Warum hat jeder von euch Angst? Und warum habe ich keine?«

Liebe und Mitleid stritten sich in Louis. Er versuchte, ihr das zu erklären: »Du bist ein Glückskind, verstehst du? Deshalb hat das Schicksal dich immer verschont. Aber wir fürchten das Schicksal. Das kannst du einfach nicht begreifen, weil du nicht weißt, was das ist – Schmerz, Schicksalsschläge.«

»Das ist verrückt! Ich habe doch PSI-Kräfte!«

»Nein. Glück hat mit PSI nichts zu tun. Glück ist eine statistische Größe, und du bist ein mathematischer Glückspilz. Aus dreiundvierzig Milliarden menschlicher Lebewesen war es ja schließlich keine Kunst, einen Glückspilz herauszufischen. Nessus suchte ganz methodisch danach, indem er die Nachkommen von Leuten durch einen Computer aussieben ließ, die in der Geburtsprämienlotterie gewonnen hatten. Das trifft für dich bereits in der dritten Generation zu. Und wenn Nessus in der dritten Generation von beständigen Glückspilzen nichts Passendes gefunden hätte, hätte er die Glückspilze in der zweiten Generation durchgekämmt. Zehn Millionen gibt es mindestens davon . . .«

»Oh – was suchte er denn nun wirklich?«

»Dich. Denn von den Tausenden, die in Frage kamen, hat er alle diejenigen eliminiert, die trotzdem irgendwann mal Pech im Leben hatten – einen gebrochenen Finger, eine Niete beim Rummel, einen verlorenen Prozeß. Du warst das Mädchen, das immer Glück gehabt hat. Bei dir fiel der Toast nie auf die mit Butter bestrichene Seite.«

»Ich mag keinen Toast.«

»Das war ja auch nur im übertragenen Sinn gemeint!«

»Wenn man es genau betrachtet, behauptetest du, daß ich für Nessus ein Fetisch bin. Ein Monstrum. Ein Amulett, das Glück bringen soll.«

»Das bist du eben nicht! Nessus glaubt nur, er habe mit dir eine neues Prinzip entdeckt. Was er wirklich entdeckt hat, ist ein Mädchen, das den Prinzipien der Wahrscheinlichkeitsrechnung unterworfen ist wie jeder andere Mensch auch. Mit einer Ausnahme – bei dir kommen die Nieten eben erst am Ende der Kurve.«

Teela ließ sich auf einen Sessel fallen. »Ich bin ein entzaubertes Amulett. Armer Nessus. Ich muß ihn schrecklich enttäuscht haben.«

»Das geschieht ihm recht«, meinte Louis hämisch.

*

Die Sonnenblenden waren schwärzer als Schwarz – ein Schwarz, wie man es bei kostspieligen Versuchen mit absoluten Dunkelkörpern erzielt. Eine Ecke schob sich in spitzem Winkel in das blaugemusterte Band der Ringwelt hinein. Wenn man diese Ecke sah, konnte man sich den Rest leicht ausmalen – ein schmales Rechteck von der Schwärze des Alls, das einen sofort stutzig machte, weil kern Stern darauf zu sehen war. Schon deckte dieses Schwarz einen beträchtlichen Teil des Himmels zu. Und dieses Schwarz wuchs und wuchs . . .

Louis trug Augengläser, die schwarze Flecken entwickelten, sobald zuviel Licht senkrecht auf die Gläser prallte. Die Polarisation in der Raumzelle reichte längst nicht mehr aus. Auch der Kzin, der im Kontrollraum noch kontrollierte, was von den Instrumenten übriggeblieben war, trug so eine Brille. Nessus hatte man zwei Einzellinsen mit Gewalt auf dessen zwei Köpten befestigt.

Louis sah die Sonne jetzt als eine große schwarze Scheibe mit einem flackernden Flammenring darum herum. Alles wurde so heiß in der Kabine, daß man es kaum anfassen konnte. Die Atemluft-Anlage heulte wie eine uralte Düse.

Teela öffnete die Kabinentür und schloß sie sofort wieder. Dann kam sie mit ihrer Brille wieder heraus.

Wo ließ die Klimaanlage nur ihre Hitze? Sie konnte sie nicht abblasen, also mußte sie die Hitze stauen. Irgendwo in ihrem System steckte jetzt ein Teil, das so heiß wurde wie ein Stern.

Nicht gerade beruhigend, diese Vorstellung, dachte Louis.

Das schwarze Viereck wuchs und wuchs. Die Sonne war jetzt von ihnen zwölf Millionen Meilen entfernt. Die Sonnenblende schien so breit wie die Sonne zu sein – fast eine Million Meilen hoch und zweieinhalb Millionen Meilen breit. Plötzlich – während ihnen zuerst die Blende ganz langsam entgegenwuchs – war die Dunkelheit total, verdeckte die Blende das halbe Universum.

Hinter dem Kabinenblock erstrahlte das Schiff in Weißglut. Die Atemluft-Anlage stieß ihre Hitze ab, solange sie Gelgenheit dazu hatte. Das Heulen brach jäh ab. In Louis' Ohren klingelte es nach. Der Kzin kam aus dem Kontrollraum. »Zu schade, daß der Kontrollschirm keine Teleskopaugen mehr hat. Er könnte uns so viele Fragen beantworten.«

»Zum Beispiel?« fragte Louis apathisch.

»Warum sich diese Sonnenblenden schneller bewegen, als es ihrer stabilen Umlaufbahn entspricht. Geben sie irgendwelche Energie zur Krafterzeugung auf der Ringwelt ab? Was hält sie immer der Sonne zugekehrt? Alle diese Fragen, denen der Pflanzenfresser so gern auf den Grund gehen möchte, könnte uns das Teleskop beantworten.«

»Werden wir in die Sonne hineinrasen?«

»Natürlich nicht, Louis. Wir werden hinter dieser Blende eine halbe Stunde lang in einer flachen Kurve fliegen, dann zwischen der nächsten Blende und der Sonne hindurchschießen. Falls die Hitze zu groß wird, können wir immer noch das Stasisfeld einschalten.«

Der absolut schwarze »Himmel« vor ihnen sagte Louis nichts. Das menschliche Auge kann mit reinem Schwarz nichts anfangen.

Dann schoß die Sonne wieder hinter der Blende hervor. Sofort kreischte die Luftanlage auf.

Louis suchte den Himmel nach der nächsten Blende ab.

Und dann schlug erneut der Blitz auf dem flügellosen Raumschiff ein.

Es sah wenigstens aus wie ein Blitz. Und er kam auch wie der Blitz aus heiterem Himmel. Ein schreckliches, blendendweißes Licht mit violettem Schimmer. Das Schiff machte einen Satz . . .
Unterbrechung! – Stasisfeld! – Unterbrechung!

. . . machte einen Satz, und das Licht war erloschen. Louis

griff mit zwei Fingern unter seine Brille und rieb sich die schmerzenden Augen. »Wer war das?« fragte Teela benommen.

Louis' Augen erholten sich langsam. Er sah, daß Nessus ein linsenbedecktes Auge vorsichtig aus dem zusammengerollten Lederbalg herausschob. Der Kzin machte sich an den Schränken zu schaffen. Teela starrte Louis an. Nein, auf etwas hinter seinem Rücken. Louis drehte sich um.

Die Sonne war eine große schwarze Scheibe mit einem gelbweißen Flammenkranz. Während der Unterbrechung im Stasisfeld war sie beträchtlich zusammengeschrumpft. Der Moment mußte Stunden gedauert haben, und das Kreischen der Luftanlage hatte sich in ein unangenehmes Pfeifen verwandelt.

Irgend etwas brannte da draußen.

Eine Fadenschlinge aus schwarzem, sehr dünnem Material, das ein violett-weißes Licht abstrahlte. Die Fadenschlinge schien kein Ende zu haben. Das »eine« Ende verlor sich in der schwarzen Scheibe, die die Sonne verdeckte. Das »andere« Ende verlief im Raum vor der *Liar*.

Und dieser Faden krümmte sich wie ein verwundeter Regenwurm.

»Wir scheinen mit irgend etwas zusammengestoßen zu sein«, sagte Nessus mit erstaunlicher Gelassenheit. »Dolmetscher, Sie müssen das Schiff verlassen und mal nach dem Rechten sehen. Ziehen Sie Ihren Raumanzug an!«

»Wir befinden uns im Kriegszustand«, fauchte der Kzin. »Ich befehlige jetzt das Schiff!«

»Großartig. Und was gedenken Sie jetzt zu tun?«

Der Kzin enthielt sich diesmal klugerweise der Antwort. Er zog sich den Anzug mit den vielen blasenartigen Ausbuchtungen und dem mächtigen Tornister an und machte eines der Flugräder startklar.

*

Auf dem Flugrad, das wie eine überdimensionale Hantel aussah und von Schubmotoren angetrieben wurde, schwebte der Kzin jetzt neben dem sich krümmenden Draht. Der geheimnisvolle Draht hatte sich inzwischen beträchtlich abgekühlt: aus dem violetten Weiß war ein orangefarbenes Licht geworden. Die anderen sahen zu, wie sich der Kzin aus dem Sitz seines Flugrades schwang und auf den heißen, sich krümmenden Draht zupaddelte.

Sie konnten den Kzin atmen hören. Einmal ließ er sogar ein erschrockenes Fauchen hören. Doch er sprach kein Wort über die Außenbordanlage. Eine halbe Stunde blieb er im freien Raum, bis der Draht kaum noch Licht abstrahlte.

Dann kam er wieder an Bord der *Liar*. Als er die Wohnkabine betrat, warteten die anderen stumm, bis er das Wort ergriff.

»Das Zeug war wirklich nicht dicker als ein Faden«, knurrte der Kzin.

»Da – sehen Sie sich das an!«

Das Tigerwesen hielt eine Zange hoch, deren Backen sauber vom Griffteil abgeschnitten worden waren. Die Schnittfläche glich einem polierten Spiegel.

»Als ich sah, wie dünn der Draht war, griff ich mit der Zange zu. Der Draht ging durch den Stahl hindurch wie durch Butter. Ich spürte nur ein leises Zucken!«

»Ein ausziehbares Schwert leistet dasselbe«, murmelte Louis.

»Aber ein ausziehbares Schwert ist ein Metalldraht, der von einem Slaver-Stasisfeld umgeben ist. Ein ausziehbares Schwert läßt sich nicht biegen. Dieser – Draht war ständig in Bewegung.«

»Dann ist es eben ein Material, das wir noch nicht kennen«, meinte Louis achselzuckend. »Ein Material, das jeden Stoff so glatt durchschneidet wie ein ausziehbares Schwert. Leicht, dünn, reißfest. Es bleibt sogar noch bei Temperaturen fest, wo andere natürliche Substanzen zu heißem Plasma werden. Etwas, was wir Menschen bestimmt nicht herstellen können. Etwas ganz Neues also.«

»Wo kommt das Zeug her?« fragte Teela.

»Denken Sie doch mal nach! Wir kreuzten gerade zwischen zwei Sonnenblenden hindurch, als wir gegen etwas prallten, was wir nicht sehen konnten. Später entdeckten wir einen dünnen Draht, der offenbar von unbegrenzter Länge ist. Es muß also der Draht gewesen sein, mit dem wir zusammengestoßen sind. Er war so heiß wie der Kern einer Sonne. Er behielt die Hitze bei, die bei unserem Aufprall erzeugt wurde. Dieser Draht muß zwischen den Sonnenblenden ausgespannt gewesen sein.«

»Aber warum?«

»Überlegen wir mal«, erwiderte der Kzin. »Die Architekten der Ringwelt verwendeten die Blenden dazu, einen Rhythmus von Tag und Nacht zu erzeugen. Um diesen Zweck zu erfüllen, mußten die Sonnenblenden mit der Breitseite immer der Sonne zugekehrt bleiben. Deshalb verbanden die Architekten der Ringwelt die schwarzen Rechtecke der Blenden mit dem Draht zu einer endlosen Kette. Dann versetzten sie die Kette in eine Kreisbewegung, die schneller war, als das für eine stabile Umlaufbahn um die Sonne nötig gewesen wäre. Durch die überschüssige Zentrifugalkraft bleibt der Draht immer straff gespannt, und die Sonnenblenden werden gezwungen, sich der Sonne zuzukehren.«

Louis nickte zustimmend. Zwanzig Schattenblenden, die gewissermaßen im Ringelreihen um die Sonne herumtanzten. Ein eigenartiges Bild. Und eine gigantische, wenn auch simple Lösung. Riesige Rechtecke, die mit fünf Millionen Meilen langen Drähten an den Ecken verbunden waren . . .

»Wir brauchen diesen Draht«, sagte Louis schnell. »Wir könnten wahre Wundertaten damit vollbringen!«

Der Kzin zuckte die Achseln. »Ich konnte ja nicht einmal ein Stück davon abschneiden. Wie sollte ich das Zeug dann an Bord hieven?«

Der Puppetier wechselte das Thema. »Wahrscheinlich sind wir durch die Kollision wieder auf anderen Kurs gebracht worden – auf einen Kollisionskurs mit der Ringwelt!«

Niemand widersprach ihm.

»Vielleicht fliegen wir aber auch in den Raum hinaus, sind jedoch von dem Draht so stark abgebremst worden, daß wir zu einem Satelliten dieser Sonne werden, ohne unseren Hyperdrive verwenden zu können«, klagte Nessus und sah Teela mit zwei beschlagenen Augenlinsen vorwurfsvoll an. »Teela, Ihr Glück hat uns im Stich gelassen.«

Teela zuckte die Achseln. »Ich habe nie behauptet, daß ich ein Maskottchen bin, das anderen Wesen Glück bringt.«

»Es war der Hinterste der das behauptete. Wenn er jetzt hier bei mir wäre, würde ich ihm gehörig die Meinung sagen – meinem arroganten Verlobten!« flötete Nessus verdrossen.

*

Das Abendessen wurde zu einem Ritual, als würde ihnen allen eine Henkersmahlzeit vorgesetzt. Teela trug ein langes schwarzes Kleid, so daß sich Louis wieder einmal schmerzhaft ihrer Schönheit und Jugend bewußt wurde.

Hinter ihrem Rücken wurde die Ringwelt langsam größer. Louis hatte keine Ahnung, welche Gedanken die beiden fremden Wesen bewegten. Doch als Teela sich umdrehte und das blaue Band im All betrachtete, bemerkte er, wie ihre Augen aufleuchteten. Sie ahnte es – sie würden auf der Ringwelt aufprallen.

Nachts umarmte er Teela mit einer Heftigkeit, die sie erschreckte. Doch dann fand sie Geschmack daran. »Erstaunlich, daß die Angst dich zu einem perfekten Liebhaber macht. Ich muß mir das merken!«

Er ging auf ihren Scherz nicht ein. »Ich denke nur daran, daß es das letzte Mal sein könnte.« Das letzte Mal mit ihr – mit jeder Frau, ergänzte er in Gedanken.

»Aber Louis, wir befinden uns doch in einem General-Products-Schiff!«

»Und wenn das Stasisfeld versagt? Dann überlebt zwar der Rumpf den Aufprall, doch wir sind zu Mus zerquetscht.«

»Hör auf, dir dauernd Sorgen zu machen.« Sie fuhr mit den Fingernägeln sanft an seiner Wirbelsäule entlang. Er zog sie fest an sich, damit sie sein Gesicht nicht sehen konnte . . .

*

Babyblau mit weißen Strichen – Dunkelblau ohne Einzelheiten: so spannte sich die Ringwelt über den Himmel. Zuerst zeigten nur die Wolkenformen Leben: Parlallele Streifen, Wirbel, Flokken, wollige Decken. Die Ringwelt schien zur Hälfte aus Wasser zu bestehen.

Nessus lag auf seiner Sicherheitscouch, angeschnallt, in

sich selbst zusammengerollt. Der Kzin, Teela und Louis Wu waren ebenfalls festgezurrt, beobachteten aber den Anflug auf die Ringwelt.

Ozeane, eine Gebirgskette, blaue, geschlängelte Linien der Flüsse.

Kein Lebenszeichen drang von unten herauf. Erst von tausend Meilen an abwärts kann man Merkmale von Zivilisation erkennen. Doch die Oberfläche raste unter ihnen hinweg, daß man keine Details erkennen konnte. Sie würden in einem unbekannten Territorium aufschlagen.

Sie schätzten die Geschwindigkeit des Schiffes auf zweihundert Meilen pro Sekunde. Diese Geschwindigkeit hätte genügt, sie sicher aus dem Sonnensystem hinauszutragen – hätte ihnen die Ringwelt nicht im Wege gestanden.

Das Land raste ihnen entgegen. Ein See taumelte von der Seite auf sie zu – geformt wie ein Salamander, kippte, war wieder weg. Plötzlich glühte die Landschaft in einem grellen, violetten Licht . . .

Unterbrechung! – Stasisfeld! – Unterbrechung!

X

Auf dem Ringboden

Ein violettes Blitzlicht – hundert Meilen Atmosphäre, zu einem sternenheißen Plasmakegel zusammengepreßt, schlugen mit voller Wucht auf die *Liar* ein.

Louis blinzelte – und sie waren gelandet.

Er hörte, wie Teela sich beklagte: »Verdammt – wir haben das alles versäumt!«

»Der Anblick gigantischer Ereignisse ist für uns Sterbliche gefährlich, schmerzlich und oft tödlich«, belehrte Nessus sie. »Danken Sie Ihrem Slaver-Stasisfeld, wenn nicht sogar Ihrem unzuverlässigen Glück, daß Sie noch am Leben sind.«

Louis nahm keinen Anteil an der Unterhaltung. Er war noch ganz benommen, und ihm drehte sich alles vor den Augen. Kein Wunder nach diesem jähen Übergang vom rasenden Fall zum Stillstand. Zudem hing die *Liar* im Winkel von fünfundfünfzig Grad mit der Nase nach unten. Da die Schwerkraft in der Kabine noch immer gut funktionierte, sah die Landschaft draußen aus wie ein Hut, der schief aufgesetzt war.

Der Himmel glich dem Mittagshimmel in der gemäßigten Zone der Erde. Die Landschaft verwirrte Louis ebenfalls: durchsichtig, schimmernd, eiskalt, rötlich-braune Rinnen in der Entfernung.

Louis löste sich aus dem Sicherheitsnetz und erhob sich von seiner Couch. Es war schwer, hier das Gleichgewicht zu finden. Denn sein Gleichgewichtssinn widersprach dem Augensinn, da der Rumpf der *Liar* nach »unten« zeigte. Langsam, immer langsam – die Gefahr war vorüber.

Er drehte sich um. Teela war bereits in der Luftschleuse. Sie trug keinen Raumanzug. Das innere Schleusenschott schloß sich bereits wieder.

»Teela, du verrückte Nudel!« brüllte Louis, »komm sofort zurück!«

Zu spät. Sie konnte ihn durch das hermetisch schließende Schott nicht hören. Louis sprang zu den Kabinenschränken.

Die Lufttester an den Flügelspitzen der *Liar* hatten sich zusammen mit den anderen Sensoren in Metalldampf aufgelöst. Louis mußte sich den Raumanzug anziehen und mit den eingebauten Sensoren im Brustteil feststellen, ob man die Luft der Ringwelt ohne Gefahr einatmen könnte.

Wenn nicht Tela schon vorher zusammenbrach und starb. Dann wußte er auch ohne die Anzeige seiner Sensoren im Raumanzug Bescheid.

Die Luftschleuse öffnete sich wieder. Automatisch schaltete sich in der Schleuse die Schwerkraft ab, und Teela Brown glitt mit dem Kopf zuerst in die Kabine hinein. Sie hielt sich noch am Griff neben der Schleuse fest, so daß sie auf ihrem Hintern landete statt auf ihrem Lockenkopf. Nun gut – sie lebte wenigstens noch.

Louis betrat jetzt mit geschlossenem Raumanzug die Luftschleuse. Er erinnerte sich noch rechtzeitig an die Schräglage des Schiffes, ehe die Schwerkraft der Kabine abschaltete. Er hielt sich einen Moment mit beiden Händen draußen fest und ließ sich dann fallen.

Seine Füße rutschten sofort unter ihm weg, als er landete.

Das graustichige, durchsichtige Material unter dem Schiff war schlüpfrig wie tauendes Eis. Louis versuchte mehrmals vergeblich, aufzustehen. Dann überprüfte er im Sitzen die Instrumente auf seiner Brust.

In seinem Helm hörte er die rauhe Stimme des Kzin: »Louis?«

»Ja?«

»Kann man die Luft atmen?«

»Ja. Nur etwas dünn. Entspricht der Bergluft von zirka einer Meile über dem Meeresspiegel auf der Erde!«

»Sollen wir herauskommen?«

»Klar. Aber bringen Sie ein Seil mit in die Schleuse und binden Sie es irgendwo fest. Sonst kommen wir nie mehr in das Schiff zurück! Der Boden hat so gut wie keinen Reibungswiderstand.«

Teela schien gar keine Schwierigkeit mit dem schlüpfrigen Untergrund zu haben. Sie stand mit untergeschlagenen Armen neben dem Schiff und wartete darauf, bis Louis endlich mit seiner Zappelei aufhörte und seinen Schutzhelm abnahm.

Er tat es, während er noch auf dem Boden saß. »Ich muß dir mal gründlich die Meinung sagen!« legte er los.

Er redete von der Unzuverlässigkeit einer Spektralanalyse, wenn man die Atmosphäre eines Planeten aus zwei Lichtjahren Entfernung testete. Er sprach von giftigen Spurenelementen in der Atmosphäre, von giftigen Metallen, eigenartigen Sporen, Staubteilchen, organischen Abfallstoffen, Katalysatoren, die eine Atemluft vergiften können und die man nur in einer Luftprobe entdecken kann. Er sprach von ihrer unverzeihlichen Dummheit.

Dann kam der Kzin aus der Luftschleuse, kletterte Pfote über Pfote an dem Tau herunter und stellte sich mit gewölbtem Rücken vorsichtig auf den Boden. Als letzter folgte der Puppetier, der sich mit den Zähnen am Tau herunterhantelte. Er stand noch am sichersten auf seinen drei Beinen.

Sie waren alle unter dem Rumpf der *Liar* versammelt und schauten sich stumm um.

*

Sie befanden sich in einer gewaltigen, flachen Rinne. Der Boden glich einer polierten Glasplatte. Die Ränder der Rinne bestanden aus schwarzer Lava, die sich vor Louis' Augen zu bewegen schien. Die Lava war wahrscheinlich noch heiß. Sie konnte nur von dem Aufprall der *Liar* erzeugt worden sein.

Die flache Lavarinne dehnte sich wie eine schnurgerade Riesenfurche bis zum Horizont aus.

Louis rappelte sich mühsam auf die Füße. Er allein schien von den vier Besatzungsmitgliedern Schwierigkeiten mit dem Gleichgewicht zu haben.

Der Kzin zog inzwischen seine Laserlampe aus dem Raumanzug und leuchtete auf einen Punkt vor seinen Füßen. Sie beobachteten den grünen Fleck auf der graustichigen Glasfläche. Das feste Material blieb fest, löste sich nicht explodierend in Rauch auf. Als der Kzin den Druckschalter wieder losließ, erlosch das Licht sofort wieder. Nicht der kleinste Kratzer war an der bestrahlten Stelle zu bemerken.

Der Kzin gab sein Urteil für sie alle ab: »Wir sind in einer Rinne, die unser Schiff bei der Landung in die Planetenoberfläche gepflügt hat. Erst das Material, das den Boden dieser Welt bildet, hat uns zum Stehen gebracht. Nessus, können Sie uns sagen, woraus dieses Material besteht?«

»Nein – das Material ist mir neu«, murmelte Nessus und beugte die Köpfe. »Es scheint keine Hitze zu absorbieren. Doch es ist weder eine Abwandlung unseres General-Products-Werkstoffes, noch scheint es sich um ein Slaver-Stasisfeld zu handeln.«

Louis interessierte sich im Augenblick nicht für die theoretische Frage, woraus die Haut der Ringwelt bestand. »Ich besteige den Lavahang, während ihr mir Rückendeckung gebt!« rief er. Er besaß als einziger einen Schutzanzug, der auch gegen Hitzestrahlung isoliert war.

»Ich komme mit!« rief Teela munter. Sie bewegte sich ohne Mühe und hakte sich bei Louis ein, damit er besser gehen konnte. Der Lavahang war ziemlich steil, wenn man auch gut Fuß fassen konnte. Louis hatte die ersten Meter des Hanges überwunden, als er merkte, daß Teela ihm nachkletterte. Er sagte nichts. Je schneller sie lernte, erst nachzudenken und dann zu handeln, um so besser für sie.

Sie mußte rechtzeitig lernen, wie man überlebt.

Sie hatten ungefähr zwölf Meter des Hanges zurückgelegt, als Teela leise aufschrie und von einem Fuß auf den anderen tanzte. Dann machte sie einen kleinen Luftsprung und kollerte wieder die Böschung hinunter. Wie ein Schlittschuh glitt sie unten über den eisglatten Boden der Kunstwelt. Dann rappelte sie sich langsam auf, stemmte die Hände in die Hüften und blickte wütend zu ihm hinauf.

Es hätte noch viel schlimmer kommen können, dachte Louis seufzend. Sie hätte sich die Hände bei der Rutschpartie über das glatte Ringbodenfundament verbrennen können. Sie hätte sich sogar den Hals brechen können. Trotzdem war es richtig gewesen, ihr diesen Denkzettel zu erteilen. Louis kletterte weiter, seine Gewissensbisse unterdrückend.

Der Graben, den die *Liar* in den Boden der Ringwelt gerissen hatte, war mehr als zwanzig Meter hoch. Oben dehnte sich eine riesige Ebene aus weißem Sand aus.

Sie waren in einer Wüste gelandet. Wohin Louis auch blickte – nirgends ein Anzeichen von Vegetation oder eine Wasserstelle. Glück im Unglück, dachte Louis mit zusammengekniffenen Augen. Ebensogut hätten sie in einer Großstadt landen und Wolkenkratzer umpflügen können. Oder mehrere Großstädte! Der Graben, den die *Liar* hinterlassen hatte, zog sich meilenweit durch die Wüste. Dann kam ein kurzer Sandstreifen und dahinter wieder eine Furche. Das Schiff hatte mehrmals auf dem Boden aufgesetzt, war mit riesigen, feurigen Sprüngen über den Boden getanzt, bis es endlich zur Ruhe kam. Die Spur ihre Landung wurde zu einer gestrichelten Linie – zu einer Tropfspur – zu winzigen Punkten . . . Louis folgte dieser Spur, bis er in die Unendlichkeit blickte.

Die Ringwelt hatte keinen Horizont. Keine Linie trennte das Land vom Himmel. Der Himmel und die Erde schienen an einem unendlich weit entfernten Punkt miteinander zu verschmelzen, wo Kontinente nur noch als Kleckse zu erkennen waren, die sich im Blau des Himmels auflösten. Der Fluchtpunkt hypnotisierte Louis. Nur mit Mühe konnte er den Blick davon abwenden.

Das erinnerte ihn an den Nebelabgrund des Berges Lookitthat (c.f. »Planet der Verlorenen«, Bastei-SF Band Nr. 5), wo ihn einmal fast Anwandlung übermannt hatte, sich in den Abgrund hinunterzustürzen.

Louis drehte sich wieder dem Graben zu, in dem die *Liar* zwischen den Lavawänden ruhte.

»Die Welt ist flach wie ein Brett!» rief er hinunter.

Die anderen blickten zu ihm hinauf.

»Wir haben eine riesige Furche in den Boden gezogen. Aber ich kann nichts Lebendiges entdecken. Wir hatten verdammtes Glück. Wo wir aufprallten, haben wir die Erde aufgerissen! Ich sehe eine Menge Krater von sekundären Meteoriten links und rechts von unserer Gleitspur.«

Er drehte sich um. »In der anderen Richtung . . .« Er verstummte.

»Louis?«

»Das ist der – du meine Güte!«

»Louis!«

Er hatte viel zu leise gesprochen. »Ein Berg!« brüllte er jetzt. »So einen riesigen Berg habe ich in meinem Leben noch nicht gesehen! Wartet nur, bis ihr ihn sehen könnt! Die Architekten der Ringwelt hatten wahrscheinlich ein riesiges Denkmal auf ihrer Welt errichten wollen – einen Berg! Er ist viel zu groß für einen praktischen Zweck! Man kann weder Kaffee noch Bäume darauf pflanzen! Es ist einfach hinreißend, großartig!«

Louis konnte den Blick von dem Berg nicht losreißen. Er gehörte nicht zu einer Gebirgskette, sondern ragte wie ein riesiger Vulkankegel in den Himmel hinauf. Ein Pseudovulkan – denn unter der Oberfläche der Ringwelt gab es kein Magma, das aus dem Boden hätte austreten können. Der Fuß des Berges wurde von Nebelschwaden verhüllt. Doch die höheren Regionen konnte man deutlich in der dünner werdenden Atmosphäre erkennen, und der Gipfel war offenbar mit Schnee bedeckt. Er glitzerte, allerdings nicht in makellosem Weiß. Ewiger Schnee, mit Staub durchsetzt, dachte Louis.

Doch die Ränder des Gipfels waren durchscheinend und klar wie Kristall. Lag der Berggipfel vielleicht schon über der Atmosphäre? Ein echter Berg von dieser gigantischen Größe würde unter seinem eigenen Gewicht zusammenbrechen. Doch dieser Berg mußte ja innen hohl sein, konnte nur aus dem Fundament der Ringwelt herausgeformt worden sein.

»Mir werden die Baumeister der Ringwelt immer sympathischer«, sagte Louis Wu zu sich selbst. Auf einem Planeten, den man auf Bestellung anfertigt, hatte so ein Berg eigentlich keine logische Daseinsberechtigung. Doch jede Welt sollte mindestens einen Berg haben, den man nicht besteigen kann.

*

Unter der gekrümmten Außenhaut des Schiffes warteten die anderen auf Louis. Die Fragen prasselten nur so auf ihn ein. »Haben Sie Anzeichen einer Zivilisation erkennen können?«

»Nein.«

Er mußte alles, was er gesehen hatte, genau beschreiben. Man einigte sich auf neue Begriffe für die geographische Richtungsanzeige auf dieser Kunstwelt. *Spinwärts* war dort, wo der schnurgerade Lavagraben hinzeigte, den die *Liar* in den Boden gepflügt hatte. Machte man kehrt und blickte man in die andere Richtung, wo der Berg aufragte, hatte man sich nach *Antispinwärts* gedreht. *Steuerbord* und *backbord* bedeuteten rechts und links von einem Beobachter, der nach *Spinwärts* blickte.

»Konnten Sie einen der Ränder des Ringwalles auf Backbord oder Steuerbord erkennen?«

»Nein. Ich begreife das nicht. Man hätte sie sehen müssen.«

»Bedauerlich«, flötete Nessus.

»Unbegreiflich. Man kann Tausende von Meilen weit sehen, wenn man dort oben steht!«

»Nicht unbegreiflich, nur bedauerlich. Konnten Sie außer der Wüste und dem Berg nichts erkennen?«

»Nein. Nur etwas Blaues in unendlich weiter Ferne auf Backbord. Vielleicht ein Meer. Vielleicht auch nur der optische Eindruck einer mit bloßem Auge nicht mehr erfaßbaren Entfernung.«

»Keine Gebäude!«

»Nein.«

»Kondensstreifen am Himmel? Gerade Linien, die Autobahnen markierten?«

»Nichts.«

»Anzeichen von Zivilisation?«

»Ich sagte schon – nein! Vielleicht haben sich die zehn

Billionen Einwohner dieser Welt im letzten Monat in eine echte Dyson-Hohlkugel zurückgezogen!«

»Louis, wir müssen auf eine Zivilisation stoßen!«

»Das weiß ich auch«, meinte Louis achselzuckend.

Selbstverständlich mußten sie die Ringwelt wieder verlassen. Aber sie allein konnten die *Liar* nicht in den Raum hinausschießen. Unzivilisierte Barbaren würden ihnen in diesem Fall auch nicht helfen können, gleichgültig, wie freundlich oder zahlreich sie waren.

»In einer Hinsicht haben wir wenigstens Glück«, sagte Louis Wu nachdenklich. »Wir brauchen die *Liar* nicht umzurüsten oder zu reparieren. Wenn wir die *Liar* über den Rand der Ringwelt schieben, werden wir durch den Drall aus dem Schwerefeld dieses Systems hinausgeschleudert und können dann unseren Hyperdrive einschalten.«

»Aber zuerst brauchen wir Helfer, die uns hinaus auf den Rand der Ringwelt befördern.«

»Oder wir zwingen jemand, uns zu helfen«, fauchte der Kzin.

»Warum steht ihr hier alle herum und quatscht?« explodierte Teela. Sie hatte bis jetzt geduldig zugehört, bis die anderen ihr Stroh zu Ende gedroschen hatten. »Wir müssen von hier weg, nicht wahr? Also holt die Flugräder aus dem Schiff und macht euch auf die Socken! Ihr könnt unterwegs immer noch so viel palavern, wie ihr wollt!«

»Ich verlasse das Schiff nur sehr ungern«, murmelte der Puppetier.

»Ungern! Wollen Sie hier vielleicht auf Hilfe warten? Hat jemand auf dieser Welt irgendein Interesse daran, was mit uns geschieht? Hat einer unsere Radiosignale beantwortet? Louis berichtete uns, daß wir in einer Wüste gestrandet sind. Wie lange sollen wir hier denn noch herumsitzen?«

Sie begriff nicht, daß Nessus sich erst in eine manische Phase hochschaukeln mußte, ehe er seine Angst überwinden konnte. Sie hat nicht einen Funken Geduld, dachte Louis.

»Natürlich werden wir nicht hier herumsitzen und warten«, erwiderte der Puppetier heftig. »Ich stelle nur fest, daß ich nicht gern von hier fortgehe. Außerdem müssen wir uns entscheiden, wohin wir uns wenden wollen. Wir müssen auch unsere

Ausrüstung sorgfältig auswählen. Wir können nicht alles mitnehmen!«

»Wir fliegen zum Rand der Ringmauer, die uns am nächsten liegt!« rief Teela.

»Sie hat recht«, sagte Louis. »Wenn es hier eine Zivilisation gibt, muß sie auf der Ringmauer sein. Aber in welche Richtung sollen wir uns bewegen? Ich hätte die aufsteigende Mauer von dort oben aus sehen müssen.«

»Stimmt nicht«, widersprach Nessus.

»Sie waren doch nicht dort oben, verdammt noch mal! Sie können unendlich weit sehen – Tausende von Meilen! Nur . . .«

». . . die Ringwelt mißt fast eine Million UN-Meilen von Rand zu Rand«, unterbrach ihn der Puppetier gelassen.

»Stimmt. Mir fiel es eben auch wieder ein«, sagte Louis Wu. Er senkte den Kopf. »Der Maßstab bringt mich vollkommen durcheinander. Meine Augen müssen sich erst an diese gigantischen Entfernungen gewöhnen!«

»Das ist nur eine Frage der Anpassung«, tröstete ihn der Puppetier.

»Mag sein. Aber ich bin skeptisch. Vielleicht ist mein Gehirn nicht groß genug für diese riesigen Maße. Ich habe immer noch den Ring vor Augen, als wir ihn vom All aus beobachteten. Nichts als ein schmales blaues Band. Ein Lamettafaden.« Louis erschauerte bei diesem Gedanken.

Wenn jede der beiden Mauerschalen tausend Meilen hoch war – wie nahe mußte dann Louis an sie heranfliegen, um den Rand sehen zu können? Louis überschlug in Gedanken die Möglichkeiten. Wenn er in einer mit Wasserdunst geschwängerten, staubhaltigen, erdähnlichen Atmosphäre ungefähr tausend Meilen weit sehen konnte und das Vakuum in ungefähr vierzig Meilen Höhe begann . . . Dann mußte die nächste Ringmauerkante mindestens fünfundzwanzigtausend Meilen entfernt sein.

Falls man auf der Erde so weit flog, kehrte man zu seinem Ausgangspunkt zurück. Doch der nächste Ringmauerrand konnte noch viel weiter weg liegen. Er hatte nur die Mindestentfernung berechnet.

»Wir können die *Liar* nicht hinter unseren Flugrädern herschleppen«, meldete sich jetzt der Kzin zu Wort. »Falls wir unterwegs angegriffen werden, müßten wir die Verbindungstaue kappen. Es ist besser, wenn wir das Schiff hier in der Nähe eines markanten Geländepunktes zurücklassen.«

»Wer spricht von Abschleppen, Kzin?«

»Ein tüchtiger Ritter denkt an alles. Vielleicht müssen wir das Raumschiff abschleppen, falls wir auf dieser Ringwelt keine Helfer finden können.«

»Wir werden Helfer finden«, flötete Nessus.

»Er hat wahrscheinlich recht«, murmelte Louis. »Die Raumhäfen liegen auf dem Rand des Ringwalles. Wenn die Zivilisation auf dieser konkaven Ringinnenfläche in das Steinzeitalter zurückgefallen ist und sich die Kultur neu entwickelt, dann nur dort, wo die Raumschiffe aus dem All zurückkehren. Das ist eine logische Konsequenz.«

»Das ist eine wilde Spekulation!« widersprach der Kzin.

»Spekulation ist auch logisch.«

»Nun – ich bin geneigt, Ihnen zuzustimmen. Auch wenn die großen Geheimnisse der Ringwelt lägst in der Vergangenheit begraben sind, blieben doch Maschinen im Raumhafen zurück, die wir vielleicht wieder in Betrieb setzen können.«

»Teela hatte recht. Wir sollten lieber an die Arbeit gehen und später spekulieren.«

Es folgten ein paar Stunden Plackerei. Die Besatzung suchte aus dem Geräteteil des Schiffes alles zusammen, was sie brauchen konnten. Sie sortierten die Werkzeuge und hievten schwere Güter mit Seilwinden aus der Luftschleuse des Raumschiffes. Die Gewichtsverlagerung machte ihnen zu schaffen; aber zum Glück war die Ausrüstung, die sie ausluden, kein zerbrechliches Glas.

Teela wich Louis Wu aus. Sie zog einen Schmollmund, als Louis sie fragte, was für eine Laus ihr über die Leber gelaufen sei.

»Gut, dann will *ich* es dir sagen«, meinte Louis mit dünnem Lächeln. »Als du ohne Raumanzug durch die Luftschleuse gestolpert bist, habe ich dich vor den Folgen deines Leichtsinns gewarnt. Knapp eine Viertelstunde später kletterst du einen Abhang aus heißer Lava hinauf – mit nackten Zehen und Pantoffeln!«

»Du wolltest doch, daß ich mir die Sohlen verbrenne!«

»Das stimmt. Schau mich nicht so entgeistert an! Wir brauchen dich, Teela – lebendig, nicht tot! Du mußt lernen, vorsichtig zu sein. Bisher fehlte dir jeder Begriff, was Vorsicht überhaupt ist! Du wirst dich an eine verbrannte Fußsohle viel besser erinnern als an meinen Vortrag. Dein Schmollen beweist das.«

»Du brauchst mich! Daß ich nicht lache! Du weißt, weshalb mich Nessus mitgenommen hat – als sein Maskottchen!«

»Schön – vielleicht bist du nicht das allerbeste Maskottchen. Deshalb mußt du aber nicht so ein verbiestertes Gesicht machen. Lächle mal wieder zur Abwechslung. Wir brauchen dich. Ich brauche dich zum Glücklichsein. Oder weil ich sonst Nessus vergewaltigen müßte. Wir brauchen dich für die schwere Arbeit, damit wir uns in der Sonne aalen können. Und wir brauchen dich, weil du geistreiche Vorschläge machst.«

Sie zwang sich zu einem Lächeln. Doch dann brach dieses Lächeln kläglich in sich zusammen. Teela weinte an Louis' Schulter. Er strich ihr über das Haar. Es war die erste schmerzliche Erfahrung ihres Lebens.

Sie schluchzte, den Kopf an das Material seines Druckanzuges gepreßt. »Woher konnte ich denn wissen, daß das schwarze Zeug mich verbrennen wird!«

»Das Universum ist pervers. Das All ist feindselig.«

»Es hat *weh getan!*«

»Der Fels hat dich angegriffen. Du mußt lernen, paradox zu denken – paranoid. Denke so wie Nessus!«

»Ich kann nicht. Ich weiß nicht, wie er denkt! Ich verstehe ihn überhaupt nicht!« Sie blickte ihn mit tränennassem Gesicht an. »Ich verstehe *dich* nicht!«

Er strich mit den Daumen an ihren Schulterblättern entlang, dann an der Wirbelsäule hinunter. »Hör zu, Teela«, sagte er sanft. »Wenn ich jetzt sage, daß das Universum mein Feind ist – würdest du mich dann für verrückt halten?« Sie nickte heftig.

»Das Universum ist mein Feind«, sagte Louis Wu leise. »Das Universum haßt mich und bekämpft mich. Das Universum nimmt keine Rücksicht auf einen zweihundert Jahre alten Mann. Wie entwickelt sich eine Spezies? Durch die Evolution, nicht wahr? Die Evolution hat den Kzin mit einem vorzüglichen Gleichgewichtssinn und einem Sehvermögen für die Nacht ausgestattet. Die Evolution schenkte dem Puppetier den Fluchtreflex, der Gefahr sofort den Rücken zuzudrehen. Die Evolution schaltet den Sex beim Menschen ab, wenn er fünfzig oder sechzig Jahre alt wird. Dann ist es Schluß mit der Evolution des Menschen. Die Evolution interessiert sich nicht mehr für einen Organismus, der zu alt für die Fortpflanzung ist. Kannst du mir folgen?«

»Ja – du bist zu alt für die Fortpflanzung«, spottete sie mit Tränen in den Augen.

»Richtig. Vor ein paar Jahrhunderten knackten ein paar Biologen die Gene des Jakobskreuzkrautes und produzierten daraus ein Lebenselixier. Als Folge dieser Pioniertat bin ich jetzt zweihundert Jahre alt und immer noch gesund. Aber ich bin nicht gesund, weil das Universum mich liebt. Nein, das Universum haßt mich. Es hat schon oft versucht, mich umzubringen. Ich wünschte, ich könnte dir meine Narben zeigen.«

»Weil du zu alt bist, dich fortzupflanzen!«

»Weil du nicht weißt, wie man sich selbst schützt, Mädchen! Wir befinden uns auf unbekanntem Territorium. Wir kennen die Gesetze nicht, die auf diesem Planeten herrschen. Wir wissen nicht, was auf uns zukommt. Wenn du noch einmal probierst, mit bloßen Füßen auf heißer Lava spazierenzugehen, wirst du dir schlimmere Wunden holen als nur eine verbrannte Sohle! Sei vorsichtig! Verstehst du mich?«

»Nein«, rief Teela leidenschaftlich, »nein!«

Teela wusch sich in der Kabine das Gesicht, und dann trugen sie gemeinsam das Flugrad in die Luftschleuse. Eine halbe Stunde lang hatten die beiden Fremdlinge sich nicht mehr um die Menschen gekümmert. Ahnten die beiden, daß sie rein menschliche Probleme bewältigen mußten?

Zwischen zwei gewaltigen Schollen aus schwarzer Lava dehnte sich eine Furche aus eisglattem, schmutziggrauem Stoff spinwärts, bis sie sich in der Unendlichkeit verlor. Im Vordergrund lag eine riesige gläserne Kathodenröhre mit der Nase nach unten. Unter der gekrümmten Außenhaut waren Maschinen und Geräte aufgestapelt, und daneben warteten vier winzige Gestalten, die sich unendlich verloren vorkamen.

»Wie steht es mit dem Trinkwasser?« fragte Louis. »Müssen

wir einen Wasservorrat mitnehmen? Ich habe weit und breit keine Süßwasserquelle entdecken können.«

»Nein.« Nessus öffnete die Heckpartie seines Flugrades und deutete auf den Wassertank mit dem Kühlextraktor, der der Luft Kondenswasser entzog.

Diese »Flugräder« waren wahre Wunderwerke eines raumsparenden Flugzeugmodelles. Abgesehen von den individuell geformten Sätteln in der Verstrebung waren diese Dinger alle gleich gebaut. Zwei Kugeln, die knapp einen Meter fünfzig maßen, waren mit einem Gestänge verbunden, in dem sich der Sattel für den Piloten befand. Im hinteren Teil des Flugrades befanden sich der Gepäckraum und zusätzliche Halterungen zum Anschnallen sperriger Ausrüstung. Das ganze Ding ruhte auf vier Stüzten, die man während des Fluges hochklappen konnte.

Das Flugrad des Puppetiers hatte einen Liegesattel, eine Stützverkleidung für seinen Rumpf und drei Aushöhlungen für seine drei Beine. Nessus mußte sich ja mit dem Bauch auf den Sattel legen und das Fahrzeug mit den Zähnen steuern.

Die Flugräder, die für Louis und Teela bestimmt waren, besaßen gepolsterte Kontursessel mit Kopfstützen und automatisch verstellbarer Sitzfläche. Wie bei Nessus und dem Kzin waren diese »Sättel« im Gestänge eingebaut, das die zwei Kugeln wie eine Hantel miteinander verband. Der Sattel für den Kzin war erheblich größer und besaß keine Kopfstütze. Außer den Fußrasten waren auch noch Halterungen links und rechts vom Sattel befestigt.

Waren das Halteösen für Waffen?

»Wir müssen alles mitnehmen, was sich als Waffe verwenden läßt«, fauchte der Kzin, während er ruhelos zwischen den gestapelten Ausrüstungsgegenständen hin und her schlich.

»Wir haben doch gar keine Waffen mitgebracht«, widersprach Nessus ihm. »Wir wollten unsere friedlichen Absichten beweisen. Deswegen wurden erst gar keine Waffen eingepackt.«

»So? Und was ist das?« Der Kzin deutete auf einen Stapel, den er für sich ausgesucht hatte.

»Alles Werkzeuge.« Nessus deutete mit beiden Köpfen. »Das sind Taschenlampen-Laser mit variablen Lichtbündeln. Nachts kann man damit auf große Entfernung sehen, weil man mit diesem Stellring den Lichtstrahl hauchfein bündeln kann. Man muß natürlich vorsichtig sein, daß man keine Löcher in Gegenstände oder Lebewesen hineinbrennt, denn man kann die Strahlen parallel richten und ihnen hohe Energie verleihen.

Diese Duellpistolen dienen dazu, Auseinandersetzungen zu schlichten, die zwischen den Besatzungsmitgliedern auftreten könnten. Sie entladen sich zehn Sekunden lang. Man darf diesen Sicherheitsknopf unter gar keinen Umständen berühren, weil sie sonst . . .«

». . . weil sie sonst eine Stunde lang feuern, nicht wahr? Es handelt sich hier um ein Modell von Jinx.«

». . . richtig, Louis. Und das dort ist ein Grabwerkzeug. Sie kennen doch die Grabwerkzeuge aus der Slaver-Stasisbox . . .«

Er meinte natürlich einen Slaver-Zerstäuber, dachte Louis. Der Zerstäuber konnte tatsächlich als Grabwerkzeug verwendet werden. Wo sein dünner Strahl auftraf, wurde die negative Ladung des Elektrons vorübergehend neutralisiert. Ein fester Stoff wurde plötzlich positiv aufgeladen und löste sich an dieser Stelle in einen Nebel einatomigen Staubes auf.

»Das Ding läßt sich als Waffe nicht gebrauchen«, fauchte der Kzin. »Wir haben es gründlich studiert. Es arbeitet zu langsam, als daß man es gegen einen Gegner einsetzen könnte.«

»Ganz recht. Ein harmloses Werkzeug, wie ich bereits sagte. Dieses Werkzeug . . .«

Im Mund des Puppetiers sah es wie eine doppelläufige Schrotflinte aus. Nur der Griff war fremdartig, nach typischen Modellprinzipien der Puppetiers entworfen. Er sah aus wie Quecksilber, das im Begriff ist, von einer Form in die andere hinüberzufließen.

». . . sieht genauso aus wie ein Slaver-Zerstäuber. Nur unterdrückt hier ein Strahl die positive Ladung im Proton. Man muß sich davor hüten, beide Strahlen zugleich einzuschalten, da die beiden Strahlen parallel gerichtet und räumlich voneinander getrennt sind.«

»Ah, ich verstehe«, schnurrte der Kzin, »wenn die beiden Strahlen gleichzeitig nebeneinander aufprallen, entsteht ein Strom.«

»Richtig.«

»Meinen Sie, diese ›Ersatzwaffen‹ reichen aus? Wir wissen nicht, was uns alles begegnen wird!«

»Ich glaube, sie reichen«, murmelte Louis Wu. »Schließlich ist das kein Planet, der von der Natur geschaffen wurde. Und Tiere, die bei den Ringweltbewohnern nicht beliebt waren, wurden erst gar nicht importiert. Wir werden hier bestimmt keine Tiger antreffen und keine Moskitos.«

»Vielleicht hatten die Baumeister der Ringwelt Tiger ganz gern«, warf Teela ein.

Trotz des spöttischen Untertons konnte sie recht haben. Was wußten sie schon von der Physiologie der Ringwelt? Nur, daß die Baumeister dieses Planeten ursprünglich von einer Wasserwelt kamen, die um einen K9-Stern rotierte.

»Ich glaube, wir haben die Bewohner dieser Welt mehr zu fürchten als ihre Lieblingstiere«, prophezeite der Kzin. »Deswegen müssen wir auch alles mitnehmen, was sich als Waffe gebrauchen läßt. Ich schlage vor, daß ich zum Führer dieser Expedition ernannt werde, bis wir diese Kunstwelt wieder verlassen!«

»Ich besitze den Tasp!« rief Nessus sofort.

»Ich erwähnte schon einmal, daß ich kein schlechtes Gedächtnis habe, Nessus. Ich betrachte Ihren Tasp als absolutes Veto. Ich würde es an Ihrer Stelle nicht zu oft einlegen.« Der Kzin ragte über ihnen wie ein Turm auf – eine halbe Tonne geballter Kraft, mit orangefarbenem Fell überzogen, mit nadelscharfen Zähnen und Krallen. »Wir sitzen alle im gleichen Boot. Denken Sie nur an unsere Lage. Man hat uns angegriffen. Unser Schiff ist zur Hälfte zerstört. Wir müssen unbekanntes Territorium überfliegen, ohne zu ahnen, wohin uns die Reise führt. Die Macht der Baumeister dieser Welt war einmal unvorstellbar groß. Sind die Bewohner dieses Planeten immer noch so machtvollkommen wie Götter? Oder haben sie heute nichts Besseres mehr aufzuweisen als Speere und Pfeile mit Knochenspitzen?«

Der Kzin schüttelte die mächtigen Pranken.

»Vielleicht verfügen sie über Konversionsstrahlen, über Verwandlungsgeräte, mit dem sie –« der Kzin blickte sich um und schüttelte sich »– diesen unglaublichen Artefakten gebaut haben!«

»Ich besitze den Tasp«, flötete Nessus zum zweitenmal. »Ich führe die Expedition!«

»Sind Sie bisher mit dem Ergebnis Ihrer Expedition zufrieden?« fragte der Kzin spöttisch. »Ich will Sie nicht beleidigen. Aber Sie müssen mir das Kommando übertragen. Von uns vieren bin ich der einzige, der militärisch ausgebildet ist.«

»Schieben wir die Entscheidung vorläufig auf«, schlug Teela vor. »Vielleicht müssen wir gar nicht kämpfen.«

»Richtig«, stimmte Louis ihr zu. Ein Kzin als Anführer war nicht ganz nach seinem Geschmack.

»Nun gut. Aber wir müssen die Waffen mitnehmen!«

Sie nickten schweigend und beluden die Flugräder.

*

Sie mußten noch andere Geräte einladen, nicht nur Waffen. Campingausrüstung, Geräte zum Testen und Aufbereiten von Nahrungsmitteln, Ampullen mit Vitaminen und anderen Additiven, tragbare Luftfilter . . .

Dazu gehörten auch Fernmeldegeräte, die ein Mensch oder ein Kzin oder ein Puppetier um den Hals tragen konnte. Sie waren ziemlich sperrig und unbequem.

»Weshalb nehmen wir denn diese Dinger mit?« erkundigte sich Louis. Denn der Puppetier hatte ihnen bereits die Sprechanlage in ihren Flugrädern erklärt.

»Eigentlich waren sie dafür vorgesehen; mit dem Autopilot der *Liar* Verbindung aufzunehmen, damit wir im Notfall das Raumschiff nachholen konnten.«

»Und wozu brauchen wir sie jetzt?«

»Als Übersetzer, Louis. Wenn wir vernunftbegabten Wesen begegnen, was wahrscheinlich ist, brauchen wir den Autopilot als Dolmetscher für uns.«

»Aha.«

Als sie mit dem Beladen fertig waren, blieb immer noch eine Menge Ausrüstung im Rumpf der *Liar* zurück, doch sie war nutzlos: Anzüge für den freien Fall im Vakuum; die Druckanzüge, Ersatzteile für Maschinen, die das Verteidigungssystem der Ringwelt in Dampf verwandelt hatten. Sie hatten auch nur die Luftfilter eingepackt, weil sie nicht schwerer und sperriger waren als Taschentücher, auch wenn sie sie eigentlich gar nicht benötigten.

Louis war müde zum Umfallen. Er stieg aus dem Flugrad, blickte sich um und fragte sich, ob er etwas vergessen habe. Er sah, daß Teela senkrecht hinauf in den Himmel starrte, und sogar durch den trüben Nebel der Erschöpfung bemerkte er ihr Entsetzen.

»Es ist nicht gerecht«, murmelte sie, *»es ist immer noch Mittag!«*

»Keine Panik. Hier gibt . . .«

»Louis! Wir haben sechs Stunden ununterbrochen gearbeitet! Ich weiß das! Wie kann es jetzt immer noch Mittag sein?«

»Mach dir deswegen keine Sorge. Die Sonne geht nicht unter, hast du das vergessen?«

»Sie geht nicht unter?« Ihre Hysterie endete so abrupt, wie sie begonnen hatte. »Oh! Natürlich geht sie nicht unter.«

»Wir müssen uns nur daran gewöhnen. Schau noch einmal hinauf; schiebt sich da nicht ein viereckiger Schatten vor die Sonne?«

Tatsächlich sah die Sonne jetzt aus, als würde sie an einer Seite angeknabbert. Dann, während sie zusahen, schob sich der Schatten immer weiter vor die Sonne.

»Wir sollten gleich starten«, sagte der Kzin. »Wäre nicht ratsam, im Dunkeln auf dem Boden zu bleiben.«

XI

Die Himmelsarche

Vier Flugräder flogen in einer Rautenformation durch das verblassende Tageslicht. Der bloßgelegte Ringweltboden blieb unter ihnen zurück.

Nessus hatte ihnen erklärt, wie man die Kopplungsschaltung bediente. Jedes Flugrad war jetzt mit Louis Wus Steuerpult zusammengeschaltet. Louis war jetzt der Pilot für die ganze Formation. Er lenkte sein Flugzeug mit den Fußpedalen und dem Steuerknüppel.

Vier durchsichtige Miniaturköpfe schwebten wie Geister

über Louis' Instrumentenbrett: eine hübsche schwarzhaarige Sirene; ein reißender Tiger mit funklenden Augen, die dauernd nach Gefahren auszuschauen schienen, und zwei einäugige Pythonschlangen. Die Konferenzschaltung funktionierte tadellos.

Als die Flugräder sich über die schwarzen Lavahänge erhoben, achtete Louis auf die Reaktionen seiner Kollegen.

Teela reagierte zuerst. Sie blickte die Furche entlang und dann waagrecht nach vorne, wo sie den Horizont erwartete. Doch hier gab es keinen Horizont – nur unbegrenzte Weite. Ihre Augen wurden groß und größer. »Oh, Louis!« hauchte sie seufzend.

»Das ist ja ein gewaltiger Berg!« lautete der Kommentar des Kzin.

Nessus sagte gar nichts. Seine Köpfe tanzten nervös auf und ab und spähten in die Runde.

Die Dunkelheit brach rasch herein. Ein schwarzes Viereck glitt plötzlich über den riesigen Berg und schob sich vor die Sonne. Bald blieb nur noch ein goldener Splitter von ihr übrig. Und dann erschien ein Wunder am Himmel.

Ein gigantischer Bogen wuchs in die Nacht hinauf. Während die Dunkelheit die Erde und den Himmel verhüllte, erschien die Ringwelt in ihrer ganzen Paracht über ihnen am Firmament.

Ein gigantisches Riesenrad, hellblau und dunkel gestreift, mit weißen Wolkenfetzen betupft. Die Basis dieses Triumphbogens stieg als breiter Pfeiler in den Himmel, verjüngte sich jedoch rasch, während er sich senkrecht in den Himmel hinaufschwang. Im Zenit war er nur noch als blau-weiß punktierte Linie zu erkennen. Der Schlußstein dieses gigantischen Bogens fehlte, weil hier der schwarze Ring der Sonnenblenden den Artefakten verdeckte.

Die Flugräder stiegen rasch und lautlos in den Himmel hinauf. Die Schalltasche am Bug diente gleichzeitig als Geräuschisolation. Louis konnte nicht einmal das Säuseln des Windes hören. Um so mehr erschrak er, als er einen melodischen Schrei hörte.

Das klang, als explodiere eine Orgel.

Louis hielt sich die Ohren zu. Er war so benommen, daß er nicht gleich begriff, was vorging. Er schaltete einen Kanal der

Konferenzschaltung ab. Nessus' Pythonköpfe verblaßten wie ein Gespenst beim Anbruch des Morgens. Aus dem Schrei (ein Kirchenchor, der bei lebendigem Leib verbrannte?) wurde ein leises Nebengeräusch, das durch den Kanal des Kzin und den Lautsprecher von Teelas Flugrad zu ihm übertragen wurde.

»Warum hat er denn geschrien?« fragte Teela verwundert.

»Panik. Es wird eine Weile dauern, bis er sich daran gewöhnt hat.«

»Gewöhnt woran?«

»Ich übernehme das Kommando!« dröhnte es aus dem Kanal des Kzin. »Der Pflanzenfresser ist nicht mehr in der Lage, irgendwelche Entscheidungen zu treffen! Aus der Expedition ist ein militärisches Unternehmen geworden. Deshalb übernehme ich das Kommando!«

Einen Moment lang überlegte sich Louis die einzig mögliche Alternative. Er mußte das Kommando für sich selbst beanspruchen. Aber wer mochte sich schon mit einem Kzin streiten? Außerdem würde der Kzin wahrscheinlich einen besseren Führer abgeben als er. Inzwischen waren die Flugräder eine halbe Meile hoch über der Wüste. Himmel und Erde waren schwarz. Der leuchtende Triumphbogen der Ringwelt war von Sternen eingesäumt.

Kein Wunder, daß Nessus diesen Anblick nicht ertragen konnte. Schließlich war dieser Bogen in den Himmel *gebaut* worden. Man durfte das nicht einen Moment vergessen.

Der Puppetier dachte zu realistisch. Vielleicht bemerkte er auch die Schönheit dieser Welt. Doch er konnte den Gedanken nicht verdrängen, daß sie auf einem Artefakten gestrandet waren, der viel größer war, als alle Welten des früheren Puppetier-Imperiums zusammengenommen.

Kein Wunder, daß der Puppetier Angst hatte!

»Ich glaube, ich kann den Rand der Ringwelt sehen!« fauchte der Kzin. Louis löste den Blick nach Steuerbord und Backbord. Das Herz wurde ihm schwer.

Links zeichnete sich der Rand des Ringwalles als eine kaum noch wahrnehmbare blauschwarze Linie auf blauschwarzem Hintergrund ab. Louis blickte ehrfürchtig hinüber. Die Basis der Mauer konnte man nur ahnen. Er sah nur den oberen Rand des Walles, und als Louis länger hinüberstarrte, verschwand auch er. Vielleicht hatte sich dort auch nur ein Gebirge am Nachthimmel abgezeichnet.

Auf der anderen Seite, auf Steuerbord, zeigte sich die gleiche schwarzblaue Linie. Nun – beide Ringhälften waren ja identisch, schienen auch gleichweit entfernt zu sein. Das bedeutete also, daß die *Liar* ungefähr auf der Mittelachse zwischen den beiden Ringwallhälften aufgeprallt sein mußte. Das bedeutete weiterhin, daß beide Mauerkronen eine halbe Million Meilen von ihnen entfernt waren.

Louis schluckte. »Dolmetscher, was halten Sie davon?«

»Ich meine, daß der Wall auf Backbord ein wenig höher ist!«

»Okay.« Louis drehte den Knüppel nach links. Die anderen Flugräder folgten automatisch.

Louis schaltete wieder den Monitor auf das Flugrad von Nessus ein. Der Puppetier klammerte sich mit allen drei Beinen auf seinem Sattel fest. Seine Köpfe hatte er unter dem Sattel in seiner Mähne versteckt. Er flog blind durch die Nacht.

»Sind Sie sicher, Dolmetscher?« fragte Teela.

»Natürlich«, erwiderte der Kzin. »Die Wand auf Backbord ist sichtbar höher!«

Louis mußte im stillen lächeln. Er war zwar nie militärisch ausgebildet worden, hatte aber trotzdem Kriegserfahrung. Vor vielen Jahren hatte ihn eine Revolution auf »Wunderland« überrascht. Drei Monate lang hatte er dort als Partisan gekämpft, ehe ihn ein Schiff aufnahm und zur Erde zurückbrachte.

Es gehörte zu den Eigenschaften eines guten Offiziers, daß er rasch Entscheidungen traf. Wenn die Entscheidung auch noch richtig war, um so besser für die Befehlsempfänger . . .

*

Die Rinne im Lavagraben blieb zurück, legte sich als silbernes Band quer zu ihrem Kurs. Der Ringbogen über ihnen leuchtete viel heller als der Mond auf der Erde. Aber Mondlicht reicht in der Regel nicht aus, das Land so hell zu erleuchten, daß man Einzelheiten vom Flugzeug aus erkennen kann.

Die Lufträder beschleunigten stetig. Knapp unter der Schallgrenze schlug ein sausendes Geräusch durch, wurde zu einem

Brausen und erstarb dann plötzlich wieder. Die Schalltasche legte sich jetzt keilförmig um das Flugrad, und wieder herrschte absolute Stille.

Kurz darauf erreichte die Formation ihre Reisegeschwindigkeit. Louis machte es sich auf seinem Sattel bequem. Wahrscheinlich mußte er einen ganzen Monat in diesem Ding verbringen. Louis tat gut daran, sich rechtzeitig dieser Lage anzupassen.

Er probierte die Systeme durch und versuchte, seine Hand in die Schalltasche hineinzuschieben. Diese »Tasche« war ein Kraftfeld, ein Netzwerk aus Kraftvektoren, das die Luftströmung um den Raum herumleiten sollte, in dem das Luftrad schwebte. Sie fühlte sich an wie ein extrem steifer Wind, der von allen Seiten auf das Luftfahrzeug zuströmte. Das Flugzeug befand sich in einer Schuzthülle aus Windströmungen.

Diese Hülle war offenbar idiotensicher.

Er probierte das aus, indem er ein Taschentuch fallen ließ. Das Tuch blieb vibrierend in der Lufttasche hängen. Louis wollte jede Wette eingehen, daß er bei einem Sturz vom Sattel in dieser Lufttasche aufgefangen wurde und in aller Ruhe in sein Flugzeug zurückklettern konnte.

Allerdings war es gar nicht so einfach, aus dem Sattel zu fallen.

Typisch, dachte Louis. Auf so etwas konnten nur die Puppetiers kommen.

Aus der Trinkanalge kam destilliertes Wasser. Die Küchenautomatik lieferte ihm rötlich-braune gepreßte Fladen. Sechsmal hintereinander wählte er eine Nahrungskombination. Sechsmal wurde ihm eine andere Speise vorgesetzt. Alle schmeckten hervorragend. Wenigstens die Mahlzeiten würden ihm etwas Abwechslung bieten.

Aber wenn sie die Automatik nicht unterwegs mit frischen Pflanzen und Wasser auftankten, würde ihm bald die Nahrung ausgehen.

Nessus regte sich auf dem Schirm der Konferenzschaltung. Zuerst schob sich ein Kopf über den Rand des Sattels, dann kam auch der zweite zum Vorschein. Er bediente mit dem Mund einen Schalter und flötete dann: »Louis, können wir uns mal unter vier Augen unterhalten?«

Der Kzin und Teela dösten auf ihren Miniaturschirmen vor sich hin. Louis koppelte sie aus dem System und sagte: »Immer zu.«

»Was ist inzwischen geschehen?«

»Haben Sie nicht mitgehört?«

»Meine Ohren befinden sich in meinen Köpfen. Mein Gehör war blockiert.«

»Wie fühlen Sie sich jetzt?«

»Vielleicht verfalle ich wieder in Katatonie. Ich bin sehr einsam, Louis.«

»Mir geht es nicht viel besser. Nun – in den letzten drei Stunden haben wir ungefähr zweitausendzweihundert Meilen zurückgelegt. Mit Reisekabinen hätten wir das schneller geschafft. Oder mit euren Gehscheiben.«

»Unsere Ingenieure konnten uns leider keine Scheiben mitgeben.« Die beiden Puppetier-Köpfe schauten sich selbst ins Auge. Louis hatte diese Geste bei Nessus schon öfters beobachtet. Lachte der Puppetier vielleicht über sich selbst? Besaß ein wahnsinniger Puppetier überhaupt Humor?

»Wir bewegen uns nach Backbord«, fuhr Louis fort. »Der Dolmetscher meinte, daß auf Backbord die Ringmauer näher sei. Ich bin der Meinung, wir hätten das mit einer Münze genausogut entscheiden können, welche Ringmauer uns näher ist. Aber der Dolmetscher ist jetzt der Boß. Er übernahm das Kommando, als Sie in den depressiven Untergrund gingen.«

»Eine unglückliche Entscheidung!« klagte der Puppetier. »Sein Flugrad ist jetzt nicht mehr in der Reichweite meines Tasps.«

»Warum wollen Sie ihm denn das Kommando nicht überlassen?«

»Schaden kann es jedenfalls nicht«, meinte der Puppetier düster. »Ich kann unser Schicksal ja doch nicht verbessern, ob ich nun führe oder nicht.«

»Genau«, stimmte Louis zu. »Rufen Sie den Kzin an und teilen Sie ihm mit, daß Sie ihm die Stellung des Hintersten abtreten!«

Louis schaltete sich ebenfalls in das System ein, um den Wortwechsel mitzuhören. Aber außer ein paar Zischlauten in der Heldensprache des Kzin war nichts zu hören.

»Ich muß mich bei Ihnen entschuldigen«, setzte Nessus ihr Gespräch unter vier Augen fort. »Meine Dummheit hat uns nichts als Katastrophen eingebracht.«

»Machen Sie sich nur keine Vorwürfe«, tröstete ihn Louis. »Sie sind in Ihrer depressiven Phase. Das ist alles.«

»Ich bin ein intelligentes Wesen und kann die Wahrheit vertragen. Ich habe mich in Teela Brown schrecklich geirrt.«

»Mag sein – aber das war nicht Ihr Fehler!«

»Doch, Louis Wu. Ich hätte mir nämlich überlegen sollen, weshalb ich außer Teela Brown keinen Glückskandidaten finden konnte.«

»So?«

»Die anderen hatten eben *Glück!«*

Louis pfiff leise durch die Zähne. Aber im stillen mußte er lachen. Das war ja eine ganz neue Theorie, die Nessus da entwickelte.

»Sie hatten das Glück, sich gar nicht erst auf unser Unternehmen einlassen zu müssen. Diese Geburtsprämienlotterie hat nämlich tatsächlich eine vererbbare Glücksveranlagung herangezüchtet. Nur lief mir leider eine Niete über den Weg. Deswegen muß ich mich bei Ihnen entschuldigen, Louis. Ich habe die echten Glückskinder nicht antreffen können, weil sie eben das Glück hatten, mir nicht zu begegnen.«

»Ach, legen Sie sich doch lieber wieder schlafen.«

»Ich muß mich auch bei Teela entschuldigen.«

»Blödsinn. Das war meine Schuld. Ich hätte Teela ja zurückhalten können.«

»Wirklich?«

»Hm – vielleicht auch nicht. Ich weiß es nicht. Pennen Sie lieber! Schlafen Sie Ihre Depression aus!«

»Ich kann nicht schlafen.«

»Dann übernehmen Sie das Steuer, und ich schlafe.«

Ehe Louis die Augen schloß, wunderte er sich noch, wie sanft und exakt das Flugrad flog. Der Puppetier war ein exzellenter Pilot.

*

Louis erwachte mit Tagesanbruch.

Er war nicht daran gewöhnt, unter Schwerkraftbelastung zu schlafen. Und noch nie in seinem Leben hatte er im Sitzen schlafen müssen. Stöhnend rieb er sich die verklebten Augen und blickte um sich.

Die Schatten waren so eigenartig, und das Licht sah so komisch aus. Louis blickte nach oben und sah, wie sich eine Ecke der Sonne hinter einem schwarzen Brett hervorschob. Seine Reflexe arbeiteten schneller als sein Gehirn.

Zu seiner Linken war noch tiefe Nacht – endlose Schwärze ohne Horizont. Darüber wölbte sich ein dunkelblauer Himmel. Der Triumphbogen der Ringwelt leuchtete immer noch schwach.

Rechts von ihm – spinwärts – war heller Tag.

Auf der Ringwelt war auch die Dämmerung anders als auf anderen Welten.

Die Wüste blieb links und rechts in einer scharfgezeichneten Wellenlinie zurück. Hinter den Flugrädern schimmerte jetzt fahlweißer Sand. Der Berg über der Wüste verdeckte immer noch ein gewaltiges Stück des Himmels. In Flugrichtung tauchten Flüsse und Seen auf, dazwischen grünblaue Flecken, Streifen und Tupfer.

Die Flugräder hatten exakt ihre Formation eingehalten, ein weit auseinandergezogenes Rautenmuster. Louis flog an der Spitze. Seiner Erinnerung nach mußten der Kzin und Nessus die beiden Rautenspitzen spinwärts und antispinwärts einnehmen. Teela bildete die Nachhut. Am Berg über der Wüste hing ein grauer Faden wie ein verstaubtes Spinngewebe.

»Sind Sie wach, Louis?« flötete der Puppetier.

»Guten Morgen, Nessus. Haben Sie die ganze Nacht über den Piloten gespielt?«

»Vor ein paar Stunden trat ich das Steuer an den Kzin ab. Sie müssen doch bemerkt haben, daß wir bereits mehr als siebentausend Meilen zurückgelegt haben!«

»Natürlich.« Was sagte ihm schon diese Zahl. Auf jeden Fall war das nur ein Bruchteil der Strecke, die sie noch zurücklegen mußten. Das Gefühl für Entfernungen – oder das Staunen darüber – war ihm als Erdenbürger, der sich an das Netz von

Reisekabinen von Kindheit an gewöhnt hatte, vollkommen verlorengegangen.

»Schauen Sie mal hinter sich«, forderte er den Puppetier auf. »Sehen Sie diesen schmutzigen Kondensfaden? Was mag das sein?«

»Der stammt sicher noch von unserer Meteoriten-Landung. Dabei haben wir Sand und andere Mineralien verdampft. Das Zeug kondensierte in großer Höhe wieder und braucht nun seine Zeit, sich auf der Planetenoberfläche niederzuschlagen.«

»Ich hatte eher an Sandstürme gedacht . . . Verdammt weite Schlittentour, wenn man diesen Streifen betrachtet. Muß ein paar tausend Meilen lang sein, wenn man überlegt, wie lange wir bereits geflogen sind.«

Der Himmel und die Erde glichen zwei unendlich breiten Glasplatten, dachte Louis, die man aufeinandergepreßt hatte. Und die Menschen glichen Mikroben, die zwischen diesen Platten hin und her krochen . . .

»Unser Luftdruck hat zugenommen!«

Louis wendete den Blick wieder vom Fluchtpunkt ab. »Was haben Sie gesagt?«

»Schauen Sie mal auf Ihren Druckmesser. Wir müssen uns mindestens zwei Meilen über unserer augenblicklichen Flughöhe befunden haben, als wir landeten.«

Louis wählte sich eine Ration Kompaktnahrung zum Frühstück. »Ist der Luftdruck denn so wichtig?« fragte er kauend.

»In einer unbekannten Umgebung muß man auf alles achten. Das kleinste Detail kann von entscheidender Bedeutung sein. Zum Beispiel ist der Berg, den wir als markanten Orientierungspunkt gewählt haben, viel größer, als wir ursprünglich angenommen hatten. Und was halten Sie von diesem silberglänzenden Punkt auf unserer Kurslinie?«

»Wo?«

»Fast außerhalb des Gesichtsfeldes, Louis – am gedachten Horizont!«

Louis entdeckte den Punkt, den Nessus ihm angedeutet hatte. Das war ein helles Blinken, sah wie eine Spiegelung aus.«

»Reflektiertes Sonnenlicht!« rief Louis. »Vielleicht eine Stadt aus Glas?«

»Unmöglich.«

Louis grinste. »Auf jeden Fall muß es so groß sein wie eine Stadt aus Glas. Ein Riesenteleskop.«

»Dann ist es bestimmt längst außer Betrieb!«

»Warum?«

»Wir wissen bereits aus einigen Anzeichen, daß diese Zivilisation in die Barbarei zurückgefallen ist. Wie hätten sonst so öde Wüstengebiete entstehen können?«

»Die Ringwelt ist größer, als wir ursprünglich annahmen. Hier ist Platz für viele Kulturen – für primitive Wilde und hochentwickelte, dekadente Wesen.«

»Eine Zivilisation breitet sich immer aus, Louis.«

»Zugegeben . . .«

Dieser Spiegeleffekt würde sich schon noch enträtseln lassen, dachte Louis, er lag ja auf ihrem Kurs. Im Augenblick hatte er andere Sorgen. In diesem Flugzeug gab es nicht mal einen Zapfhahn für einen heißen Kaffee.

Louis lutschte an seinem letzten Frühstücksriegel, als zwei grüne Lichter an seinem Armaturenbrett aufleuchteten. Er runzelte die Stirn, bis ihm wieder einfiel, daß er am vergangenen Abend Teela und den Kzin aus der Konferenzschaltung geworfen hatte. Er tastete die beiden wieder ein.

»Guten Morgen«, fauchte der Kzin. »Haben Sie die Dämmerung genossen, Louis? Ein erhebender Anblick!«

»Ich habe sie genossen. Guten Morgen, Teela!«

Teela gab keine Antwort.

Louis beugte sich über den Kontrollschirm. Teela war fasziniert, entrückt, als habe sie ihr Nirwana bereits erreicht.

»Nessus, haben Sie vielleicht Ihren Tasp an meinem Mädchen ausprobiert?« knurrte Louis.

»Aber, Louis, weshalb sollte ich denn das tun!«

»Wie lange ist sie schon in diesem Zustand?«

»In welchem Zustand?« fragte jetzt der Kzin. »Sie war in der letzten Zeit nicht sehr gesprächig, wenn Sie das meinen, Louis.«

»Betrachten Sie doch mal ihr Gesicht, Dolmetscher!«

Teelas Blick war in die Unendlichkeit gerichtet. Sie schien vollkommen gelöst, vollkommen glücklich zu sein.

»Ihr scheint es nicht schlecht zu gehen«, fauchte der Kzin.

»Selbstverständlich kenne ich mich mit den Feinheiten der menschlichen Mimik nicht aus, aber . . .«

». . . landen Sie uns irgendwo, Kzin! Sie hat die Plateau-Krankheit.«

»Was ist das?«

»Landen Sie!«

Louis bekam ein flaues Gefühl im Magen, als sie ungefähr eine Meile senkrecht nach unten fielen. Dann schaltete der Kzin wieder die Schubdüsen ein. Louis beobachtete Teela auf dem Kontrollschirm. Ihr Gesichtsausdruck veränderte sich nicht. Er blieb so verklärt und heiter wie zuvor. Ihre Mundwinkel zogen sich leicht nach oben. Verdammt, wie war das nur mit dem Trancezustand der Hypnose? Er hatte doch im Verlauf von zweihundert Jahren eine Menge darüber gelesen . . .

Grüne und braune Muster entpuppten sich jetzt als ein von Wäldern gesäumtes Flußtal. Der Wald glich einem Dschungel, einem Stück unberührter Natur, wie man es auf Kolonialplaneten anzutreffen pflegt.

»Versuchen Sie, uns in dem Tal abzusetzen! Sie darf den Horizont nicht mehr sehen. Schalten Sie mich und Teela aus dem Autopiloten aus! Ich werde sie mit der Handsteuerung nach unten bringen.«

Die Rombenformation der Flugräder löste sich auf. Der Kzin lenkte auf das Flußtal zu. Die anderen folgten in einer Reihe.

Sie verloren immer noch stetig an Höhe, als sie den Fluß überflogen. Der Kzin drehte spinwärts, um dem Flußlauf zu folgen. Inzwischen krochen sie nur noch über den Baumwipfeln dahin. Der Kzin suchte nach einer Stelle am Ufer, wo man zwischen den Bäumen bequem landen konnte.

»Diese Pflanzen erinnern mich an die Flora auf der Erde«, murmelte Louis zerstreut. Die Fremdlinge gaben zustimmende Laute von sich.

Der Fluß machte eine Biegung.

Die Eingeborenen standen dort, wo der Fluß sich im Knick staute. Sie fischten mit einem Netz. Als die Flugräder in Sicht kamen, blickten die Eingeborenen hinauf zu den Baumwipfeln. Einen Moment standen sie ganz starr da und ließen ihr Netz los, während sie mit offenen Mündern hinauf in den Himmel starrten.

Louis, der Kzin und Nessus – alle reagierten prompt und auf die gleiche Weise. Sie zogen sofort ihre Steuerknüppel an. Die Eingeborenen schrumpften zu winzigen Punkten zusammen. Aus dem Fluß wurde ein silberner Faden. Der üppig-grüne Urwald verwandelte sich in einen verwachsenen grünen Punkt.

»Schalten Sie wieder auf Autopilot!« befahl der Kzin mit unmißverständlicher Kommandostimme. »Ich werde Sie zu einem anderen Landeplatz bringen!«

Er muß in dieser Kommandosprache gedrillt worden sein, überlegte Louis – in einer Kommandosprache, die nur für Menschen bestimmt war. Eigenartig, was man als Dolmetscher bei der Botschaft der Kzinti alles lernen mußte!

Teela hatte offensichtich von dem Vorfall nichts bemerkt.

»Nun?« meinte Louis.

»Das waren Menschen!« fauchte der Kzin.

»Also habe ich mich doch nicht getäuscht. Ich dachte schon, ich leide an Halluzinationen. Fragt sich nur, wie diese Menschen hierhergekommen sind!«

Keiner der beiden fremden Wesen wagte, sich dazu zu äußern.

XII

Die Faust Gottes

Sie landeten in einem Talkessel, der von niedrigen, bewaldeten Hügeln eingeschlossen war. Das Gras, das hier wuchs, sah zwar etwas anders aus als auf der Erde; aber es war grün und bildete überall dort einen dichten Teppich, wo man das auch von irdischem Gras erwartete. Es gab Humus und Felsblöcke, Büsche und Unterholz mit grünen Blättern und Ästen, die sich fast genauso gabelten wie auf der Erde.

Wie gesagt, die Vegetation war fast *unheimlich* erdähnlich. Die Instrumente in den Flugrädern zeigten an, daß sogar die Molekularstruktur der Pflanzen dem der irdischen Flora entsprach.

Sie entdeckten einen Busch, der sich vorzüglich als Zaunhecke geeignet hätte. Die Pflanze hatte einen holzigen Stengel, der in einem Winkel von 45 Grad aus dem Boden wuchs. Hier machte der Stengel einen Knick, entwickelte einen Blätterkranz, wuchs dann wieder in einem Winkel von 45 Grad nach unten, senkte ein paar Wurzeln in den Bogen, machte erneut einen Knick von 45 Grad . . . Louis hatte eine ähnliche Pflanze auf dem Planeten Gummidgy gesehen. Doch hier bestand dieser organische Gitterzaun aus rindigem Holz und saftigen grünen Blättern, wie es der irdischen Flora entsprach. Louis taufte dieses Gewächs Ellenbogenpflanze.

Nessus trabte inzwischen im Unterholz herum und sammelte Insekten und Pflanzen, um sie später in dem kleinen Labor seines Flugrades zu untersuchen. Er trug immer noch seinen Raumanzug – ein durchsichtiger Ballon mit drei Stiefeln und zwei verstärkten Handschuh/Mundstücken. Nichts konnte diese Barriere durchdringen – kein Raubtier, kein Insekt, keine Pilzsporen und kein Virusmolekül.

Teela saß auf ihrem Sattelsessel, die schlanken Hände auf die Instrumentenkonsole gelegt. Die Mundwinkel bogen sich leicht nach oben. Sie schmiegte sich an die Steuersäule entspannt und doch gesammelt, als sitze sie für ein Gemälde Modell. Ihre grünen Augen blickten durch Louis Wu hindurch.

»Ich verstehe das nicht«, sagte der Kzin. »Was fehlt ihr eigentlich? Sie schläft nicht, und doch scheint sie merkwürdig entrückt!«

»Autobahn-Hypnose«, murmelte Louis Wu. »Sie wird von selbst wieder daraus erwachen.«

»Dann ist sie also nicht in Gefahr?«

»Jetzt nicht mehr. Ich hatte Angst, sie würde aus ihrem Flugrad fallen oder etwas Verrücktes mit ihrem Steuerknüppel anstellen. Aber auf dem Boden ist sie sicher.«

»Aber weshalb scheint sie uns gar nicht zu bemerken?« meinte der Kzin. Louis versuchte, dem Kzin dieses Phänomen zu erklären.

Ein Mensch kann seine Seele verlieren, wenn er in einem Ein-Mann-Schiff durch den Asteroidengürtel steuert. Oft merkt er erst viel zu spät, daß sein Körper ganz automatisch die Kontrolle übernommen hatte, während sein Geist in Fernen weilte, an die er sich nicht mehr erinnern kann. Man nennt das den *entrückten Blick.* Er ist gefährlich. Nicht immer kehrt die Seele des Piloten in die Gegenwart zurück.

Auf der Hochebene des Berges Lookitthat (cfr: »Planet der Verlorenen«, Bastei-SF-Band 5), stehen die Menschen oft an der leeren Kante und blicken in die »Ewigkeit«. Der Berg ist nur vierzig Meilen hoch. Doch das menschliche Auge entdeckt die Ewigkeit im wallenden Nebel, der den Fuß des Berges für immer verhüllt. Die Leere der weißen, immer bewegten Nebel, kann die Seele des Menschen verhexen. Starr und entrückt steht er dann da am Rande der Ewigkeit, bis jemand ihn von der leeren Kante zurückreißt. *Plateau-Trance* nennt man dort diese Erscheinung.

Und hier begegnete Louis einer neuen Erscheinung. Der Horizont der Ringwelt hatte Teela verhext.

»Es handelt sich um Selbsthypnose«, erklärte Louis. Er blickte dem Mädchen in die Augen. Es bewegte sich unruhig. »Ich könnte sie wahrscheinlich aus diesem Zustand lösen. Aber weshalb sollte ich das riskieren? Lassen wir sie schlafen.«

»Ich verstehe nicht, was Hypnose ist«, sagte der Kzin kopfschüttelnd. »Ich weiß zwar, daß es so etwas gibt. Aber ich begreife dieses Phänomen nicht.«

»Das wundert mich nicht«, entgegnete Louis. »Kzinti würden sich kaum für eine Hypnose eignen. Das gleiche gilt wahrscheinlich auch für die Puppetiers.«

Nessus hatte inzwischen seinen Streifzug durch das Unterholz abgebrochen und sich zu ihnen gesellt.

»Wir wissen, daß in den Menschen eine Veranlagung steckt, Entscheidungen auszuweichen«, flötete der Puppetier hochmütig. »Etwas in ihm verlangt danach, daß ihm ein anderer befiehlt, was er tun soll. Ein Mensch, der sich leicht hypnotisieren läßt, ist gutgläubig und kann sich gut konzentrieren. Die Hypnose beginnt mit einem Akt der Unterwerfung unter den Willen des Hypnotiseurs.«

»Aber was ist das – Hypnose?«

»Eine suggerierte Zwangsvorstellung.«

»Aber weshalb unterwirft ein Mensch sich einer Zwangsvorstellung?« fauchte der Kzin.

Darauf wußte Nessus keine Antwort.

»Weil er dem Hypnotiseur vertraut«, erklärte Louis.

Der Kzin schüttelte nur den Kopf und wendete sich ab. »Dieses Vertrauen zu einem anderen Wesen ist doch Irrsinn! Ich begreife das nicht. Sie, Louis?«

»Nicht ganz«, räumte Louis ein.

»Ihre Antwort ist mir sehr sympathisch, Louis«, flötete der Puppetier und schaute sich einen Moment selbst ins Auge. »Ich könnte keinem Wesen trauen, das Unsinn begreifen kann.«

»Vielleicht verstehen Sie mehr von den Pflanzen der Ringwelt als von Hypnose«, sagte Louis lächelnd.

»Erdähnlich, wie ich Ihnen schon sagte, Louis. Aber ein paar Arten scheinen höher spezialisiert zu sein, als man das erwarten sollte.«

»Höher entwickelt?«

»Vielleicht. Entscheidend ist nur, ob die Pflanzen und Insekten auf dieser Welt uns gefährlich werden können.«

»Was auch im umgekehrten Sinn gilt, nicht wahr?«

»Auch das. Ein paar Pflanzen habe ich entdeckt, die ich essen kann. Ein paar andere sind für Sie als Nahrungsmittel geeignet, Louis. Sie müssen sie natürlich erst untersuchen, ob sie genießbar und für Menschen nicht giftig sind. Doch unsere Küchenautomatik kann alles verwerten, was grün ist.«

»Verhungern müssen wir also nicht«, meinte Louis und blickte dem Tigerwesen nach.

Der Kzin hatte sich ein paar Meter von den beiden entfernt auf dem Boden ausgestreckt. Louis und der Kzin tauschten einen verständnisinnigen Blick. Dann grinste der Dolmetscher, erhob sich, machte einen Buckel und verschwand mit einem mächtigen Satz im Gebüsch.

Teela saß immer noch auf ihrem Sattel, als würde sie durch den Himmel der Ringwelt fliegen. Plötzlich entschleierten sich ihre Augen. Sie schüttelte benommen den Kopf. »Louis, wie kommen wir denn hierher?« fragte sie staunend. – »Wir sind gelandet, ganz einfach.«

»Hilf mir herunter!« Sie streckte die Arme aus wie ein Kind, das von einem Karussel heruntergehoben werden will. Louis faßte sie um die Taille und hob sie von dem Gestell des Flugrades herunter. Die Berührung ihres Körpers löste einen angenehmen Nervenkitzel in seinen Lenden aus.

»Ich muß am Steuerknüppel eingeschlafen sein! Ich weiß nur

noch, daß wir mindestens eine Meile über dem Boden dahinflogen!«

»Hüte dich von jetzt an vor dem Horizont!« sagte Louis ernst.

Sie lachte und warf den Kopf in den Nacken. »Und ihr hattet alle Angst um mich? Es tut mir ja so leid, Louis! Wo steckt denn der Kzin?«

»Er jagt sich einen Hasen«, murmelte Louis. »Warum schlagen wir uns nicht auch in die Büsche? Oder sollen wir einen kleinen Spaziergang im Wald machen?«

»Eine gute Idee.« Ihre Blicke trafen sich. Beide hatten sie den gleichen Gedanken. Louis holte eine Decke aus dem Gepäckraum des Flugrades. »Gehen wir!«

»Ihr seid eine erstaunliche Spezies!« flötete der Puppetier boshaft hinter ihnen her. »Keine intelligente Lebensform paart sich so oft wie ihr Menschen. Geht schon, aber seid vorsichtig, wenn ihr euch auf den Boden setzt! Hier gibt es gefährliche Lebewesen, die wir noch nicht kennen!«

*

Teela stand nackt auf der Decke und streckte sich in der Mittagssonne. »Oh, ist das herrlich! Weißt du eigentlich, daß ich dich noch nie bei Licht ohne Kleider gesehen habe?«

»Ich dich auch nicht. Aber du siehst verdammt gut aus. Makellos, herrlich gewachsen. Keine Narben wie ich. Komm, ich zeige dir etwas.« Er deutete mit der Hand auf seine haarlose Brust. »Verdammt . . .«

»Ich sehe keine Narbe!«

»Sie ist weg. Das sind die Nachteile des Lebenselixiers. Keine Erinnerungen. Die Narben verschwinden.« Seine Stimme verlor sich, während er mit den Fingerspitzen eine Linie quer über den Brustkorb zog.

»Hier hat mir mal so ein Ungeheuer mit seiner Klebezunge einen Streifen Haut herausgerissen – eine Hautbahn von der Schulter bis zum Bauchnabel. Das Ungeheuer beschloß, zuerst dieses Stück Haut zu verzehren, ehe es mich mit einem zweiten Zungenschlag in zwei Teile zerlegte. Zum Glück war meine Haut ein tödliches Gift für ihn. Es rollte sich kreischend zusammen und verendete. Die Narbe müßte so breit sein wie meine Hand. Doch jetzt – nicht der Hauch von einer Narbe!«

»Armer Louis. Leider kann ich auch nicht mit einer Narbe aufwarten!«

»Du bist auch erst zwanzig!«

»Ja.«

»Hm – wie glatt deine Haut ist.«

»Noch andere Erinnerungen, die inzwischen überwachsen sind?«

»Oh – nur eine falsche Bewegung mit einem Laser . . .« Louis legte ihre Hand auf seine Taille. Dann rollte er sich auf den Rücken, und Teela setzte sich mit gespreizten Beinen auf ihn. Sie sahen sich an. Der Gluthauch der wachsenden Erregung webte einen Strahlenkranz um ihr Haar . . .

Etwas von der Größe eines Hasen schoß aus dem Gebüsch, hoppelte über Louis' Brust und verschwand wieder im Unterholz. Einen Augenblick später sprang der Kzin aus dem Gebüsch heraus.

»Ich bitte vielmals um Entschuldigung«, fauchte er und verschwand ebenfalls im Wald, dem Hasen hart auf der Spur.

*

Als sie sich später wieder alle bei den Flugrädern trafen, leckte sich der Kzin genüßlich das rotgefleckte Fell um den Mund. »Zum erstenmal in meinem Leben habe ich mir mein Essen selbst gejagt – mit eigenen Zähnen und Klauen.«

Trotzdem befolgte er den Rat des Puppetiers und nahm eine Allergiepille ein.

»Wir sollten uns endlich mal über die Eingeborenen unterhalten«, meinte Nessus.

»Eingeborene?« wiederholte Teela mit großen Augen. Louis berichtete ihr in wenigen Worten von dem ersten Kontakt mit intelligenten Wesen.

»Aber warum habt ihr abgedreht?« fragte sie verwundert. »Sie hätten euch nichts tun können! Und hatten diese Wesen wirklich menschliche Gesalt?«

»Ich kann es eigentlich selbst nicht begreifen«, meinte Louis nachdenklich. »Menschen – so weit von unserem Universum entfernt? Ein Ding der Unmöglichkeit.«

»Trotzdem besteht kein Zweifel, daß es Menschen waren«, fauchte der Kzin. »Vielleicht unterscheiden sie sich in Einzelheiten von Ihnen, Louis. Trotzdem bleiben es Menschen.«

»Weshalb sind Sie sich Ihrer Sache so sicher, Dolmetscher?«

»Ich rieche sie, Louis. Ihr Geruch stieg mir in die Nase, als wir die Schalltasche abstellten. Sie können sich auf meine Nase verlassen, Louis.«

Louis ließ das gelten. Die Kzinti waren schließlich Fleischfresser, die sich früher ihre Beute selbst gejagt hatten. »Eine parallele Evolution?« meinte er zweifelnd. – »Unsinn«, flötete Nessus.

»Wir vergeuden nur unsere Zeit«, fauchte der Dolmetscher. »Das Problem ist nicht, wie die Menschen hierherkamen. Das Problem ist, wie wir mit ihnen in Verbindung treten sollen. Denn jeder Kontakt mit den Einwohnern ist immer ein erster Kontakt.«

Er hatte recht, überlegte Louis. Die Flugräder bewegten sich schneller, als die Nachrichten der Einheimischen sich auf der Ringwelt ausbreiten konnten.

Der Kzin unterbrach Louis' Gedankengang: »Wir sollten uns auf die Verhaltensweise primitiver Menschenstämme einstellen. Was wissen Sie davon, Louis?«

»Ich habe ein bißchen Anthropologie studiert«, antwortete Louis.

»Schön, dann machen Sie den Wortführer für uns. Hoffen wir nur, daß Ihr Autopilot sich auch als passabler Dolmetscher bewährt. Die nächsten menschlichen Wesen, denen wir begegnen, sprechen wir an.«

Sie hatten kaum ihre alte Flughöhe wieder erreicht, als die bewaldeten Hügel in eine Ebene übergingen, die mit einem geometrischen Muster bebauter Felder überzogen war. Ein paar Sekunden später entdeckte Teela eine Stadt.

Sie glich dem Städtebild, das auf der Erde vor ein paar Jahrhunderten typisch war. Gebäude mit wenigen Stockwerken, dicht aneinandergedrängt, in endlosen Zeilen miteinander verbunden. Ein paar schlanke, schmale Türme, die aus der Häusermasse herausragten. Die Türme waren mit spiralförmigen Fahrrampen für Bodenfahrzeuge versehen. Das war *kein* typisches Merkmal einer irdischen Stadt. Die Städte der Erde aus vergleichbarer historischen Zeit hatten in der Regel Landeflächen für Hubschrauber.

»Vielleicht brauchen wir jetzt gar nicht mehr weiterzusuchen«, meinte der Kzin mit einem leisen Schnurren in der Stimme.

»Ich wette, daß die Stadt unbewohnt ist!« erwiderte Louis skeptisch.

Er sollte mit seiner Vermutung recht haben. Als sie den Stadtrand überflogen, wurde das klar.

Früher, als diese Stadt ihre Blützeit erlebte, mußte sie von geradezu überwältigender Schönheit gewesen sein. Besonders ein Merkmal würde auch heute noch den Neid jedes Architekten im zivilisierten Universum erwecken: Viele Gebäude waren gar nicht im Boden verankert gewesen. Man hatte sie freischwebend in der Luft »aufgehängt« und mit Rampen oder Aufzugtürmen mit den Nachbarhäusern oder dem Boden verbunden. Befreit von der Schwerkraft, befreit von Beschränkungen, die einem Architekten normalerweise durch die Umgebung oder die Bodenbeschaffenheit eines Grundstücks auferlegt werden, konnten sich diese schwebenden Traumschlösser stilistisch frei entfalten. Offenbar hatte man sie in den verschiedensten Größen und Formen gebaut.

Doch jetzt waren diese fliegenden Häuser längst zu Ruinen geworden. Sie waren abgestürzt und hatten die auf dem Boden errichteten Häuser unter sich begraben. Man sah nur noch die Skelettfinger der Aufzugtürme zwischen verbogenen Trägern, zerknickten Rampen, Schutthalden und geborstenen Mauern.

Der Anblick stimmte Louis nachdenklich. Waren die Einheimischen tatsächlich Abkömmlinge von Menschen? Die irdischen Architekten wären nie auf die Idee gekommen, fliegende Häuser zu errichten.

Sie mußten zuerst an die Sicherheit der Bewohner denken, und dann verbat sich so ein Gebäude von selbst.

»Sie müssen alle zugleich abgestürzt sein«, meldete sich die Stimme des Puppetiers im Kopfhelm. »Kein Hinweis, daß man versuchte, die Stadt neu aufzubauen oder zu reparieren! Offenbar ist die Energieversorgung ausgefallen. Dolmetscher, würden die Kzinti so etwas Verrücktes bauen?«

»Wir scheuen die Höhe. Die Menschen ließen sich schon eher zu so einer Wohnung überreden, wenn sie nicht so sehr an ihrem Leben hingen!« fauchte der Kzin höhnisch.

»Ja, das ist es!« rief Louis. »Das ist die Lösung! Die Bewohner kannten das Lebenselixier noch nicht!«

»Ja, deswegen war der Sicherheitsfaktor auch nicht so wichtig. Schließlich hatten sie nicht ein langes Leben zu verteidigen wie Ihre Artgenossen heute, Louis«, flötete der Puppetier nachdenklich. »Ein etwas unheimlicher Gedanke, glauben Sie nicht, Louis? Wenn ihnen ihr Leben nicht so wichtig war, wie man erwarten sollte, dann haben sie auch keinen Respekt vor unserem Leben!«

»Sie sehen doch überall nur Gespenster!« antwortete Louis abfällig.

»Wir werden ja bald wissen, ob ich recht habe. Sehen Sie dort das letzte hohe Gebäude mit den zerbrochenen Fenstern, Dolmetscher?«

Sie hatten das Haus bereits überflogen, während Nessus das Gebäude beschrieb. Louis, der inzwischen wieder für die ganze Formation steuerte, schwenkte in eine enge Kurve, um sich das Gebäude noch einmal anzuschauen.

»Sehen Sie es, Dolmetscher? Aus den Fenstern quillt Rauch!«

*

Das Gebäude glich einer gedrechselten und kunstvoll verzierten Säule. Es war zwanzig Stockwerke hoch, und seine Fenster ähnelten geschwärzten Bullaugen. Die meisten Bullaugen in den unteren Stockwerken waren verhängt oder mit Läden verrammelt. Die wenigen, die sich noch ins Freie öffneten, dienten jetzt als Rauchabzug.

Der Wohnturm ragte aus einem Ruinenfeld ein- und zweistöckiger Häuser heraus. Irgendein tonnenförmiger Baukörper mußte früher hier abgestürzt sein und hatte dabei eine ganze Zeile von kleinen Häusern plattgewalzt. Doch ehe er den Turm erreichen konnte, war er in einer Schutthalde zerschellt.

Die Rückseite des Wohnturmes fiel offenbar mit der ehemaligen Stadtgrenze zusammen. Denn dahinter dehnten sich nur bestellte Felder aus. Menschenähnliche Gestalten liefen auf die Stadt zu, als die Flugräder zur Landung ansetzten.

Viele Häuser, die Louis noch für intakt gehalten hatte, entpuppten sich jetzt, aus der Nähe betrachtet, ebenfalls als Ruinen. Der Zusammenbruch der Energieversorgung mußte schon vor sehr langer Zeit erfolgt sein. Nach dieser Katastrophe, die man mit einem Erdbeben vergleichen konnte, hatten offenbar plündernde Einwohner das Zerstörungswerk fortgesetzt. Wind und Wetter, Bakterien und Schimmelpilze, chemische Zersetzung – alles hatte hier am Verfall mitgearbeitet. Und noch etwas – der Müll.

Die Stadtbewohner hatten nach dem Versagen der Energieversorgung ihre Stadt nicht wiederaufgebaut. Sie waren aber auch nicht ausgezogen. Sie hatten in den Ruinen weitergelebt. Und der Müll und der Abfall hatten sich zwischen den Ruinen angesammelt.

Speisereste, leere Schachteln, abgenagte Knochen, Kohlstrünke oder Karottenkraut. Louis schüttelte den Kopf. Auch zerbrochene Töpfe und rostende Werkzeuge lagen herum. Das alles hatte sich zu Müllhalden angesammelt, weil die Bewohner der Runinen zu faul oder zu beschäftigt waren, sich um die Müllabfuhr zu kümmern. Diese Müllhalden wachsen zusammen, werden von ihrem eigenen Gewicht zusammengepreßt, verwittern, bilden Schichten und Lagen, an denen schließlich Generationen gearbeitet haben.

Louis spähte hinunter. Der ursprüngliche Eingang zu diesem Wohnturm lag längst unter der Erde begraben. Der Erdboden reichte jetzt schon bis zum zweiten Stockwerk hinauf. Die Flugräder landeten auf einer lehmigen Fläche, unter der ein Parkplatz begraben sein mußte. Fünf menschenähnliche Wesen schritten in feierlicher Würde durch ein Terrassenfenster ins Freie.

Auf dem Fenstersims und dem Mauervorsprung waren menschenähnliche Schädel befestigt. Louis zählte an die vierzig Schädel, die hier offenbar als Schmuck dienten wie auf der Erde die Blumentöpfe.

Die fünf Gestalten schritten auf die Flugräder zu. Sie waren sich noch nicht schlüssig, wer von ihnen der Anführer sein sollte. Sie sahen wie Menschen aus, ließen sich aber mit keiner auf der Erde lebenden Rasse vergleichen.

Alle fünf waren mindestens einen Kopf kleiner als Louis Wu, und ihre Hautfarbe – wo man die Haut überhaupt sehen konnte – war fast geisterhaft blaß im Vergleich zu Teelas nordisch hellem und Louis' gelblichem Teint. Der Leib war ungewöhnlich gedrungen, und die Beine verhältnismäßig lang. Auch die Finger wirkten unnatürlich schlank und spitz an den langen Armen, die sie alle vor der Brust verschränkt hatten. Doch am ungewöhnlichsten war der dichte Haarwuchs dieser Wesen.

Die fünf Würdenträger hatten die gleiche aschblonde Haarfarbe. Bart und Haupthaar waren ungeschnitten, wucherten ungepflegt auf den Köpfen und Gesichtern. Eigentlich sah man von dem Gesicht nur die Augen. »Himmmel, was für haarige Männer!« flüsterte Teela.

»Bleiben Sie in Ihren Flugzeugen!« befahl der Kzin mit halblauter Stimme. »Wir steigen erst ab, wenn sie ganz nahe herangekommen sind. Hoffentlich hält jeder seine Sprechscheibe bereit!«

Louis trug die Sprechscheibe am linken Handgelenk. Diese Sprechscheiben waren auf die Frequenz des Autopiloten an Bord der *Liar* eingestellt, und der Autopilot mußte ihnen mit seinem Elektronengehirn als Dolmetscher dienen. Allerdings konnte er das nur, wenn er die Sprache der Einheimischen zuerst einmal speicherte und sie analysierte. Aber wenn man die vielen blanken Schädelknochen an den Fenstern sah . . .

Immer mehr Einheimische strömten jetzt auf dem Parkplatz zusammen. Die meisten hielten am Rande des Platzes an und bildeten eine Art Halbkreis um die Flugräder. Wenn sich Menschen versammeln, hört man meistens Stimmengewirr, Rufe, oder erregten Wortwechsel. Doch hier blieb die Menge unnatürlich still.

Offenbar zwang die Menge der Zuschauer jetzt die Würdenträger zu einer Entscheidung.

Die fünf waren nicht gleich groß. Doch es waren alle schlanke, hagere, fast ausgemergelte Gestalten. Nur einer schien gut entwickelte Muskeln zu besitzen. Sie waren in verblichene braune Umhänge gekleidet. Einer hatte irgendein verwaschenes rosa Muster am Saum.

Der hagerste der Würdenträger, der fast bis zum Skelett abgemagert war, ergriff das Wort. Auf seinem Handrücken war ein Vogel mit blauer Farbe auftätowiert.

Dann folgte eine kurze Ansprache des tätowierten Würdenträgers. Ein Glück, dachte Louis, daß der Autopilot jetzt genügend Worte auswerten konnte, um ihm dann eine verständliche Übersetzung zu übermitteln. Louis antwortete.

Dann war der tätowierte Bursche wieder an der Reihe. Seine vier Begleiter bewahrten würdevolles Schweigen. Die Menge folgte ihrem Beispiel.

Endlich lieferten die Sprechscheiben zusammenhängende Worte und Sätze. Offenbar war das Elektronengehirn inzwischen in der Lage, den authentischen Text richtig übersetzt vom Band abfahren zu lassen.

Louis überlegte sich später, daß das Schweigen der Menge ihn hätte warnen sollen. Doch die Haltung dieser menschenartigen Wesen verwirrte ihn. Die Menge stand im Halbkreis versammelt, und die vier Würdenträger hatten sich nebeneinander aufgebaut.

Der Mann mit der tätowierten Hand deutete nach Steuerbord. »Wir nennen diesen Berg die Faust Gottes. – Weshalb? – Nun, weshalb sollten wir ihn nicht so nennen, Baumeister?«

Der hagere Wortführer hatte wohl den riesigen Berg gemeint, der sich jetzt hinter einem dichten Dunstschleier verborgen hielt. Louis hörte aufmerksam zu und speicherte die Angaben in seinem Gedächtnis, die ihm das Elektronengehirn der *Liar* lieferte. Allmählich zeichnete sich das Bild einer Dorfgemeinde ab, die in den Ruinen einer einstmals mächtigen Stadt hauste . . .

»Zugegeben, Zignamuclickclick ist nicht mehr so groß, wie es einmal gewesen ist. Doch unsere Wohnungen sind immer noch besser als das, was wir mit unseren Werkzeugen bauen könnten. Mag auch das Dach fehlen, so hält doch der Boden der Dachgeschosse bei einem Platzregen unsere Wohnungen trokken. Nachts brauchen wir in den Zimmern nicht zu frieren, und wenn ein Krieg ausbricht, läßt sich so ein Turm leicht verteidigen. Das Material brennt nicht so leicht!

Deswegen kehren wir an jedem Abend wieder zu unseren Wohnungen hier am Stadtrand zurück, obwohl wir tagsüber nur daußen auf den Feldern arbeiten, Baumeister. Warum sollen wir uns Hütten errichten, wenn die alten Häuser uns viel bessere Unterkünfte bieten?«

Zwei schrecklich anzusehende fremde Wesen und zwei bartlose Menschen von fast riesenhaftem Wuchs, die auf dem Rücken von Metallvögeln durch die Luft reisten und unverständliches Zeug von sich gaben, das dann aus runden Scheiben an ihren Handgelenken in verständlichen Worten zu ihnen sprach. Kein Wunder, daß die Eingeborenen sie für die Baumeister dieses Planeten hielten! Louis versuchte erst gar nicht, diesen Irrtum richtigzustellen. Eine Erklärung, woher sie kamen und was sie hier suchten, hätte Tage gedauert. Die Crew war hier gelandet, um zu lernen, nicht um die Eingeborenen zu belehren.

»Dieser Turm, o Baumeister, ist der Sitz unserer Regierung. Wir herrschen hier über mehr als tausend Leute. Könnten wir uns einen besseren Palast bauen? Unmöglich, Baumeister. Wir haben die oberen Stockwerke mit Geröll gefüllt, damit sie besser die Wärme speichern. Und wenn wir angegriffen werden, verwenden wir die Steine als Wurfgeschosse, die wir auf unsere Feinde herunterprasseln lassen. Nur die Angst vor der schwindelnden Höhe hat uns anfangs Schwierigkeiten gemacht.

Trotzdem sehnen wir die Tage der großen Wunder herbei, als unsere Stadt noch von tausend mal tausend Leuten bewohnt war und die Häuser über der Erde schwebten! Wir hoffen, daß Ihr Euch dazu entscheidet, uns diese große Zeit zurückzugeben. Es steht geschrieben, daß in den Tagen der großen Wunder unsere ganze Welt geschaffen wurde. Vielleicht seid Ihr so gnädig, uns zu verraten, ob diese Kunde auf Wahrheit beruht!«

»Es stimmt«, erwiderte Louis vage.

»Werden diese herrlichen Zeiten wiederkehren?«

Louis gab eine unverbindliche Antwort, die den Anführer der Eingeborenen zu enttäuschen schien. Louis spürte das instinktiv. Denn er konnte ja das Mienenspiel des Eingeborenen unter dem struppigen Bart nicht erkennen. Die Gesten gaben ihm ebenfalls keine Hinweise, weil sie eine ganz andere Bedeutung zu haben schienen als auf der Erde. Er blickte in die sanften braunen Augen des Wortführers. Doch aus den Augen läßt sich viel weniger herauslesen, als man gemeinhin behauptet.

Die Stimme des Fremden klang feierlich-getragen, als zitiere er aus einem Epos oder einem Gedicht. Der Autopilot übersetzte Louis' Worte auf ähnlich feierliche Weise. Louis hörte auch die Übersetzungen aus den anderen Sprechscheiben – das leise Flöten im Flugrad des Puppetiers und das gedämpfte Fauchen vom Steuerpult des Kzin. Louis stellte jetzt selbst Fragen.

»Nein, Baumeister, wir sind kein kriegerisches Volk. Wir kämpfen nur, wenn es sein muß. Ihr fragt nach den Schädeln, Baumeister? Man findet sie überall unter dem Schutt der Stadt. Seit dem Zusammenbruch der fliegenden Türme liegen sie dort, so lautet die Sage. Wir benützen sie als Schmuck. Und ihrer Bedeutung wegen.« Feierlich hob der Sprecher jetzt den Arm und drehte Louis den Handrücken zu, auf dem der Vogel auftätowiert war.

Alle in der Nähe versammelten Leute stießen einen lauten Ruf aus.

Verdammt, dieser Ruf wurde von dem Autopiloten nicht übersetzt! Zum erstenmal hatte sich jetzt auch die Menge eingemischt.

Das war ein wichtiger Augenblick. Das spürte Louis ganz deutlich. Nur wußte Louis nicht, was ihm hierbei entgangen war. Er hatte leider auch keine Zeit, darüber nachzudenken.

»Vollbringt ein Wunder«, sagte jetzt der Wortführer. »Wir zweifeln nicht an Eurer Macht, Baumeister. Aber vielleicht kommt Ihr nie mehr in unser Lager. Wir wollen ein Zeichen, das wir unseren Kindern überliefern können!«

Louis überlegte rasch. Die fliegenden »Vögel« würden diesen Leuten nicht zum zweitenmal imponieren. Sollte er ihnen eine »heilige Speise« geben? Doch selbst die Menschen hatten verschiedene Speisesitten, und was dem einen als Leckerbissen galt, erregte bei anderen wieder Ekel. Man brauchte nur an Käse oder geröstete Heuschrecken zu denken. Nein, keine Speisung. Der Laser vielleicht?

Als Louis in den Gepäckraum seines Flugrades griff, schob sich ein neues Schattenviereck an die Sonne heran.

Louis stellte zuerst die Blende klein und den Energiezufluß

auf normale Leuchtkraft. Dann ließ er den Lichtkegel über die Gesichter der Würdenträger und der versammelten Menge wandern. Wenn sie davon beeindruckt waren, zeigten sie es nicht.

In seiner Enttäuschung richtete Louis die Lampe schräg in den Himmel und zielte auf ein Gebilde, das wie ein surrealistischer Wasserspeier aussah. Er stellte die Blende auf groß und die Lichtstärke auf äußerste Kraft. Der Wasserspeier ließ heißes Metall aus seinem Bauchnabel tropfen.

Louis wartete auf den Applaus.

»Ihr kämpft mit dem Lichtstrahl«, sagte der Mann mit der tätowierten Hand. »Das ist streng verboten!«

Die Menge stieß wieder einen unverständlichen Ruf aus und verfiel dann in drohendes Schweigen.

»Das wußten wir nicht«, erwiderte Louis verwirrt. »Wir bitten um Entschuldigung.«

»Ihr habt das nicht gewußt? Wie kommt das? Habt Ihr denn nicht selbst den Bogen am Himmel errichtet zum Zeichen des Bundes mit den Menschen?«

Louis begriff endlich. Er mußte sich mächtig beherrschen, sonst hätte er laut aufgelacht.

Im gleichen Augenblick schlug ihn der haarige Wortführer mit der Faust auf die Nase.

*

Der Schlag war nicht sehr kräftig und ungeschickt geführt, aber er tat weh.

Louis war an Schmerzen nicht mehr gewöhnt. Die meisten seiner Zeitgenossen hatten in ihrem langen Leben höchstens mal einen Zeh oder einen Finger eingeklemmt. Jeder hatte Betäubungsmittel gegen Schmerzen bei sich, und ärztliche Hilfe stand in jeder Wohnung zur Verfügung. Wenn man sich beim Skifahren ein Bein brach, heilte es schon in Sekunden, und die Erinnerung an den Schmerz wurde als unerwünschtes Trauma aus dem Unterbewußtsein verdrängt. Waffenloses Kampftraining war auf der Erde verboten. Jiu-Jitsu, Judo, Karate und Boxen waren für Louis Wu nur leere Begriffe. Louis Wu war kein Feigling. Doch für den Kampf Mann gegen Mann war er nicht vorbereitet. Dem Tod sah er fuchtlos ins Auge. Aber der physische Schmerz war für ihn immer wieder eine unangenehme Überraschung.

Louis schrie auf und ließ seine Laser-Lampe fallen.

Die Zuhörer stürmten jetzt alle auf einmal den Platz. Zweihundert haarige Einheimische verwandelten sich in blutdürstige Dämonen. Die Lage verschlechterte sich rapide.

Der hagere Wortführer hielt Louis Wu mit beiden Armen fest. Louis riß sich mit einem Ruck los. Er sprang in den Sattel seines Flugrades und wollte schon durchstarten, als die Vernunft wieder Oberhand gewann.

Die anderen Flugräder waren ja mit seinem Schaltpult zusammengekoppelt. Wenn Louis jetzt einen Alarmstart durchführte, schossen auch die anderen drei Flugzeuge senkrecht in die Luft – mit oder ohne Passagiere. Louis blickte sich rasch um.

Teela Brown schwebte bereits mit ihrem Flugrad ein paar Meter über dem Kampfplatz. Eine steile Falte hatte sich auf ihrer Stirn gebildet. Sie dachte gar nicht daran, daß sie Louis zu Hilfe kommen konnte.

Der Kzin kämpfte wie ein Berserker. Er hatte bereits ein halbes Dutzend Einheimischer niedergemetzelt. Während Louis zu ihm hinüberblickte, spaltete der Kzin gerade einem Eingeborenen mit der Laser-Stablampe den Schädel.

Die haarigen Menschen bedrängten Louis jetzt von allen Seiten. Unzählige Hände mit langen, krallenartigen Fingern versuchten, ihn aus dem Sattel zu reißen. Erst in letzter Sekunde fiel Louis die Schalltasche wieder ein. Er drückte auf den entsprechenden Knopf, und die haarigen Männer schrien, während sie über den Parkplatz geschwemmt wurden.

Einer der Angreifer saß Louis immer noch auf dem Rücken. Louis schüttelte ihn ab, schaltete die Schalltasche kurz ab und wieder an, so daß auch dieser Mann quer über den Platz gewirbelt wurde. Dann hielt Louis nach Nessus Ausschau.

Nessus versuchte verzweifelt, den Sattel seines Flugrades zu erreichen. Doch ein haariger Mann verstellte ihm den Weg. Er schwang irgendeine Eisenstange über dem Kopf und zielte damit auf den Gehirnhöcker des Puppetiers.

Nessus pendelte zur Seite. Blitzschnell wirbelte er auf den

Vorderhufen herum und drehte dem Angreifer den Rücken zu.

Der Fluchtreflex des Puppetiers bedeutete Tod für den Nessus – wenn Louis oder der Kzin den Mann mit der Eisenstange nicht im letzten Moment niederschossen. Louis öffnete den Mund zu einem Warnschrei, während der Puppetier seine Drehung beendete.

Louis blieb der Mund offenstehen, aber kein Laut kam heraus. Der Puppetier vollendete eine Kreisbewegung von dreihunderundsechzig Grad. Niemand versuchte mehr, ihn aufzuhalten, während er in sein Flugrad stieg. Sein Hinterfuß hinterließ eine blutige Spur auf dem gestampften Lehm.

Der Einheimische, der sich Nessus in den Weg gestellt hatte, lag mit aufgeschlitztem Oberkörper auf dem Boden. Eine Blutlache breitete sich unter der Leiche aus.

Gleich darauf schwebte Nessus wieder in der Luft. Louis startete ebenfalls. Aus drei Meter Höhe rief er dem Kzin zu, dessen haarige Pfoten bis zu den Ellenbogen hinauf rot gefärbt waren: »Hören Sie auf! Jeder weitere Widerstand ist unnötig!«

Der Kzin fauchte mit entblößten Zähnen: »Muß man denn immer einen Grund zum Kämpfen haben?«

»Was Sie da machen, ist Mord! Die haarigen Kerle können uns nichts mehr anhaben!«

»Vielleicht verwenden sie ihren Laser gegen uns!«

»Unmöglich! Er ist tabu für sie!«

»Das hat dieser Halunke in dem gestickten Umhang gesagt! Glauben Sie ihm etwa?« schrie der Kzin.

»Ja!«

Der Kzin zögerte. Dann sprang er mit einem eleganten Satz in den Sattel seines Flugrades und schob seine Waffe in den Geräteständer. Louis seufzte erleichtert auf, als der Kzin startete. »Wie kommen die Halunken zu so einem Tabu? Hat hier vielleicht ein Krieg mit Energiewaffen stattgefunden?« fauchte der Kzin.

»Möglich. Aber ich denke eher an Banditen, die mit der letzten Laserkanone der Ringwelt plündernd und raubend durchs Land zogen.« Unten wogte eine wütende Menge am Stadtrand von Zignamuclickclick, während die vier Flugräder auf Höhe gingen. Louis übergab dem Kzin das Steuer und verarztete seine verletzte Nase.

XIII

Sternensamen

»Sie hätten sich eigentlich hinknien müssen«, klagte Louis auf seinem Sattel laut. »Deswegen kapierte ich es nicht. Und das Elektronengehirn wählte immer das falsche Wort. ›Baumeister‹ Es hätte ›Gott‹ übersetzen müssen.«

»Gott?« fauchte der Kzin und entblößte die Reißzähne auf dem Monitor.

»Natürlich! Sie haben die Architekten der Ringwelt zu Göttern erhoben. Ich hätte schon bei der andächtigen Stille stutzig werden müssen. Verdammt – keiner außer dem Priester machte ein Geräusch. Sie lauschten, als hörten sie eine uralte Litanei. Nur gab ich leider immer die falschen Antworten.«

»Sie haben aus ihrer Welt eine Religion gemacht! Unglaublich! Trotzdem hättest du nicht kichern dürfen«, meinte Teela mit strengem Gesicht. »Bei uns dürfen die Touristen auch nicht in den Kirchen lachen!«

Sie flogen jetzt unter dem verblassenden Streifen der Mittagssonne dahin. Die Ringwelt stieg wieder als leuchtendes blaues Band in den Abendhimmel.

Ein sausendes Geräusch durchbrach die Schallfalte. Sie flogen jetzt mit Überschallgeschwindigkeit dahin. Zignamuclick-click schmolz rasch hinter ihnen zu einem dunklen Fleck zusammen. Die Stadt würde nie an den Dämonen Rache nehmen können.

»Die Ringwelt sieht wirklich wie ein Triumphbogen aus!« meinte Teela vorwurfsvoll. »Natürlich hätte ich nicht lachen dürfen, Teela. Wir können unsere Fehler in der Stadt zurücklassen. Sie werden uns nie mehr einholen.«

»Wir müssen unsere Fehler immer mit uns herumschleppen«, fauchte der Kzin.

»Ausgerechnet Sie sagen das«, meinte Louis verwundert und betastete seine Nase. Sie war so gefühllos wie ein Stück Holz.

»Nessus?« rief Louis.

»Ja, Louis?«

»Mir ist vorhin bei dem Getümmel etwas aufgefallen. Sie

behaupten doch nur, daß Sie wahnsinnig sind, weil Sie nicht so feige wie Ihre Artgenossen sind. Habe ich recht?«

»Sie sind sehr taktvoll, Louis. Die Art, wie Sie sich ausdrükken . . .«

»Im Ernst, Nessus! Ich glaube, daß die Puppetiers ihre Veranlagung falsch deuten. Ein Puppetier dreht vermutlich immer der Gefahr den Rücken zu, um zu fliehen. Ist das richtig?«

»Jawohl, Louis.«

»Falsch! Ein Puppetier dreht sich immer instinktiv von der Gefahr weg. Dadurch wird sein hinteres Bein kampfbereit. Der Huf Ihres Hinterbeines ist eine tödliche Waffe, Nessus!«

Louis sah die Szene wieder ganz deutlich vor sich: Der Einheimische hatte die Stange erhoben. Blitzschnell hatte sich der Puppetier auf den beiden Vorderhufen gedreht und mit dem Hinterhuf ausgeschlagen. Gleichzeitig hatten die beiden Köpfe, rückwärts gerichtet, ein Dreieck mit dem Ziel gebildet, damit der Huf genauer die richtige Stelle traf. Mit einem Tritt hatte er dem Angreifer die Rippen aufgeknackt und das Herz aus dem Körper gerissen.

»Ich konnte doch nicht wegrennen«, klagte der Puppetier, »sonst hätte ich mein Flugrad verloren! Das wäre zu gefährlich gewesen.«

»Aber Sie haben ja gar nicht überlegt!« widersprach Louis. »Sie reagierten ganz instinktiv, als Sie Ihrem Gegner den Rükken zudrehten: Sie machten kehrt und keilten aus. Ein Puppetier mit gesundem Puppetier-Verstand macht kehrt, um zu kämpfen, nicht um fortzulaufen. Sie sind also gar nicht so verrückt, wie Sie behaupten!«

»Sie täuschen sich, Louis! Die meisten Puppetiers laufen vor einer Gefahr davon.«

»Aber . . .«

»Die Mehrheit ist immer geistig gesund, Louis!«

Natürlich – was konnte man auch von Herdetieren anderes erwarten! Louis gab es auf. Er legte den Kopf in den Nacken und starrte in den Himmel hinauf, während der goldene Rand der Sonne hinter der Blende verschwand. Im Zenit zeigte sich ein Ring von schwarzen Rechtecken. Das Rechteck, das jetzt den Mantel der Nacht über die Landschaft breitete, hatte perlfarbene Ränder. Darüber wölbte sich das gigantische leuchtende Riesenrad der Ringwelt, gesäumt von den Sternen des Alls. Wieder versuchte Louis, sich die Größe der Ringwelt vorzustellen. Man fertige eine Merkatorprojektion von der Erde an, klebe daraus eine viereckige, flache Reliefkarte zusammen, stelle sich den Äquator vor – dann hätte man die Erde in natürlicher Größe um sich ausgebreitet. Wenn man jetzt vierzig solcher Karten anfertigte und sie nebeneinanderlegte, bis sie die Ringwelt in ihrer ganzen Breite ausfüllten . . .

Verdammt, was bedeutete schon die Größe der Erde auf disem Kunstplaneten! Die Meere, die Louis als Beulen in der Außenfläche der Ringwelt bestaunt hatte, waren so riesig, daß auch die größte Welt im menschlichen Universum bequem darin Platz gefunden hätte. Man konnte sogar die Welt als Merkatorprojektion auf so einem Meer ausbreiten, und es blieb immer noch so viel Platz am Rande, daß man mit einem Schiff tagelang reisen mußte, um das Ufer zu erreichen.

»Ich hätte nicht lachen dürfen«, sagte Louis zerknirscht.

Er hatte auch noch immer den gellenden Schrei im Ohr, als Nessus die strahlende Größe der Ringwelt zum erstenmal erblickte.

»Was soll's, dachte Louis. Immerhin ließ er seinen Fehler mit einer Geschwindigkeit von zwölfhundert Meilen pro Stunde hinter sich.

*

Die Dämmerung brach herein. Die Linie, die den Tag von der Nacht trennt, wird Terminator genannt. Den Terminator der Erde kann man vom Mond aus sehen. Auch aus einer Umlaufbahn um die Erde kann man den Terminator beobachten. Doch auf der Oberfläche der Erde ist diese Linie nicht zu erkennen.

Die geraden Linien, die auf dem Bogen der Ringwelt die hellen Vierecke von den dunkelblauen Schatten trennen, waren alle Terminatoren – Grenzen zwischen Tag und Nacht.

Von spinwärts her flog der Terminator auf die Schwadron der Flugräder zu. Die Tag-und-Nacht-Scheide spannte sich vom Boden bis in den Himmel, von der Unendlichkeit auf Backbord bis zu der Unendlichkeit auf Steuerbord. Sie kam auf sie zu wie das sichtbar gewordene Schicksal – eine leuchtende Mauer, der man nicht ausweichen konnte.

Die Mauer erreichte sie. Die Korona im Zentit wurde heller, wuchs zu einem gleißenden Punkt, als die Schattenblende zurückwich. Louis blickte in die Nacht zu seiner Linken und in den Tag zu seiner Rechten, während der Terminator-Schatten über eine endlose Ebene wanderte. Was für eine denkwürdige Dämmerung, dachte Louis, eigens für den Touristen Louis Wu in Szene gesetzt!

In unendlicher Entfernung auf Steuerbord, über dem Dunstschleier der Ringwelt, zeichneten sich jetzt die Umrisse eines Berggipfels scharf im Licht des neuen Tages ab.

Die *Faust* Gottes!

Was für ein Name, dachte Louis. Er ließ die beiden Worte leise über die Zunge rollen.

Ihm taten alle Glieder nach diesem langen Nachtflug weh. Die Nase war immer noch gefühllos, und das Frühstücksbrikett schmeckte nach künstlicher Nahrung. Es gab noch immer keinen heißen Kaffee.

Doch dafür bekam Wu, der Tourist, ein königliches Schauspiel geboten.

Seine Gedanken wanderten. Er dachte an den Kampfreflex des Puppetiers. Noch nie war jemand vor ihm auf den Gedanken gekommen, daß der Fluchtreflex dieses Wesens gleichzeitig ein Kampfreflex war.

Und er dachte an den Sternsamen-Köder, den die Puppetiers vor Tausenden von Jahren erfunden hatten. Das waren elektromagnetische Wellen, in bestimmten Rhythmen ausgesandt, um diese dummen Dinger anzulocken. Was für ein origineller Gedanke – eine Falle für Sternsamen. Bisher hatte noch kein Puppetier von diesem Köder gesprochen. Erst Nessus hatte diesen Köder zum erstenmal erwähnt.

Wußten denn die Puppetiers auch, daß die Schiffe der Außenseiter immer den Schwärmen der Sternensamen folgten?

Wußte er das?

Nessus hatte sich aus der Konferenzschaltung ausgeschaltet. Wahrscheinlich schlief er noch. Louis drückte die Ruftaste, damit Nessus das grüne Licht auf seinem Armaturenbrett sah, sobald er aufwachte.

Die Sternensamen waren primitive Wesen ohne Verstand, die im galaktischen Kern umherschwammen. Sie ernährten sich von dem dünn verteilten Wasserstoff im interstellaren Raum und bewegten sich mit Hilfe eines Photonensegels, das sie wie einen riesigen Fallschirm aufspannen konnten. Ein Schwarm Sternensamen, der seinen Laichzug machte, flog in der Regel vom galaktischen Kern bis hinaus in den intergalaktischen Graben. Wenn der Schwarm dort gelaicht hatte, schwamm er wieder zurück zum Kern. Die ausgeschlüpften Sternensamen mußten den Weg in das Land ihrer Eltern selbst finden. Sie richteten sich nach den Photonenwinden und strebten dem warmen, wasserstoffreichen Kern der Galaxis zu.

Wo Schwärme der Sternensamen durch das All zogen, waren auch die Außenseiter nicht weit.

Warum folgten die Schiffe der Außenseiter immer den Schwärmen der Sternensamen? Eine blödsinnige Frage, dachte Louis, ohne jede praktische Bedeutung.

Augenblick mal! Vielleicht war diese Frage gar nicht so dumm!

Als der erste kzintisch- menschliche Krieg seinen Höhepunkt erreichte, hatte ein Schwarm von Sternensamen plötzlich einen Knick nach links statt nach rechts gemacht. Das Außenseiterschiff, das diesem Schwarm folgte, passierte dabei den Stern Prokyon und verkaufte den Menschen, die den Planeten (»Paradise«, cfr: »Planet der Verlorenen«, Bastei-SF, Band 5) kolonisiert hatten, den Hyperdrive-Shuntmotor.

Das Schiff der Außenseiter hätte sich ebensogut in das Imperium der Kzinti verirren können, wenn der Schwarm einen anderen Bogen eingeschlagen hätte!

Hatten nicht die Puppetiers ungefähr um diese Zeit herum das Verhalten der Kzinti genau studiert?

Louis setzte sich kerzengerade im Sattel auf.

Hatten sie nun oder hatten sie nicht? Natürlich hatten sie! Nessus hatte das doch erst neulich erwähnt! Die Puppetiers hatten sich überlegt, ob sie die Kzinti auf eine gefahrlose Art und Weise ausrotten konnten!

Doch dann hatte der Krieg zwischen den Kzinti und den Menschen ihr Problem gelöst. Ein Außenseiterschiff war in das Imperium der Menschen eingedrungen und hatte den Kolonisten auf dem Berg Lookitthat einen Hyperdrive-Antrieb verkauft, während eine Armada der Kzinti von der anderen Seite her in das menschliche Universum eindrang. Sobald die Kampfschiffe der Menschen mit dem Hyperdrive-Shuntmotor ausgerüstet waren, stellten die Kzinti keine Bedrohung für die Menschen oder die Puppetiers mehr dar.

»Wenn der Dolmetscher das erfährt!« dachte Louis laut, entsetzt bei der Vorstellung, was dann passieren konnte.

»Sie haben die Fortpflanzung fremder Rassen manipuliert«, flüsterte Louis erregt. »Sie haben *uns* dazu mißbraucht, für *sie* die Auswahl der Eltern vorzunehmen, deren Veranlagungen sich fortpflanzen sollten! Sie haben unseren Krieg dazu mißbraucht . . . *uns!*«

»Ganz richtig«, fauchte der Kzin grimmig durch den Lautsprecher.

Einen Augenblick glaubte Louis, er sei einer Halluzination zum Opfer gefallen. Doch dann erblickte er das durchsichtige Miniaturbild des Kzin auf seinem Armaturenbrett. Louis hatte die Konferenzschaltung nicht unterbrochen.

»Verdammt, Sie haben alles mitgehört!« rief Louis erbleichend.

»Nicht meine Schuld, Louis. Ich hatte vergessen, für die Nacht abzuschalten.«

»Oh!« Louis erinnerte sich wieder an das scharfe Gehör dieses jagenden Fleischfressers. Er erinnerte sich, daß das Lächeln der Kzinti nur dazu dient, die Reißzähne vor dem Kampf zu entblößen.

»Sie haben etwas von Manipulation gefaselt!« sagte der Kzin lächelnd.

»Ich hatte nur . . .« stammelte Louis.

»Die Puppetiers hetzten unsere beiden Spezies aufeinander, um die Expansion der Kzinti einzudämmen! Sie verwendeten dafür ihren Sternensamen-Köder, Louis! Sie lockten ein Außenseiter-Handelsschiff in das menschliche Universum, damit die Menschen einen Hyperdrive-Shuntmotor zugespielt bekamen! Nur so gelang es euch Menschen, mein Volk zu besiegen. Und so etwas nennen Sie manipulierte Zuchtwahl?«

»Hören Sie, Dolmetscher, ich habe nur so in Gedanken vor mich hingeblödelt . . .«

»Wir haben beide den gleichen Gedankengang verfolgt! Ist das nicht merkwürdig, Louis?« fauchte der Kzin.

»Hm.«

»Ich überlegte mir bereits, ob ich diese Schweinerei gleich zur Sprache bringen oder damit warten sollte, bis unsere Mission auf der Ringwelt beendet ist. Jetzt, da Sie ebenfalls die Wahrheit mit logischer Konsequenz entdeckt haben, bleibt mir keine andere Wahl, als . . . Nessus!«

»Aber . . .« Louis schloß den Mund wieder. Er hätte sich sowieso gegen den Sirenenton nicht durchsetzen können, der jetzt in seinen Ohren dröhnte. Der Kzin hatte auf den Alarmknopf gedrückt.

Die Sirene war ein wahnsinniger, mechanischer Schrei, der schmerzlich in die Ohren schnitt. Nessus erschien über seinem Instrumentenbrett und rief: »Ja! Ja?«

»Sie haben sich in unseren Krieg zum Vorteil unseres Feindes eingemischt!« donnerte der Kzin. »Dieser Akt stellt eine Kriegserklärung gegen das Patriarchat dar!«

Teela hatte sich erst beim letzten Satz eingeschaltet. Louis schüttelte warnend den Kopf, als Teela ihn auf dem Miniaturschirm bestürzt ansah.

Die beiden Köpfe des Puppetiers pendelten wie zwei Pythonschlangen hin und her. Die Stimme von Nessus klang ganz dünn und ausdruckslos. »Wovon sprechen Sie eigentlich?«

»Vom ersten Krieg mit der Menschheit! Und von Sternensamen-Fallen! Und vom Hyperdrive-Shuntmotor der Außenseiter!«

Der eine Dreieckskopf tauchte sofort unter das Armaturenbrett. Louis beobachtete die Steuerbewegung auf dem Bildschirm. Ein Flugrad trennte sich von der Formation. Nessus hatte auf Handsteuerung umgeschaltet.

Louis zuckte nur die Achseln. Die Schwadron war weit auseinandergezogen, die beiden anderen Flugräder nur winzige Silberkugeln am Himmel. Wenn die beiden auf dem Boden zusammengeprallt wären, hätte es vielleicht schwere Verletzungen gegeben. Doch was konnte hier oben in der Luft schon viel passieren? Bestimmt entwickelte Nessus' Maschine eine höhere Geschwindigkeit als das Flugrad des Kzin. Louis wollte jede Wette eingehen, daß die sprichwörtliche Vorsicht der Puppetiers auch in diesem Punkt vorgebaut hatte. Nessus mußte sich darauf verlassen können, daß er im Ernstfall dem Kzin entkommen konnte.

Doch der Puppetier floh gar nicht. Er zog nur weite Kreise um das Flugrad des Kzin.

»Ich will Sie nicht umbringen«, fauchte der Kzin. »Aber wenn Sie mich in der Luft angreifen, möchte ich Sie darauf aufmerksam machen, daß die Reichweite ihres Tasps lächerlich ist im Vergleich zu meiner Slaver-Doppelflinte! Wau-o-wau-o-wau.«

Der Killerschrei der Kzinti dröhnte Louis in den Ohren. Er saß starr wie ein gelähmter Frosch auf dem Sattel, während ein Silberpfeil über den Himmel davonschoß.

»Ich habe nicht vor, Sie umzubringen«, hörte Louis wieder das Fauchen des Kzin. Das Tigerwesen hatte sich schon etwas beruhigt. »Aber ich verlange einen Antwort von Ihnen, Nessus! Wir wissen, daß Ihre Rasse die Schwärme der Sternensamen lenken kann!«

»Stimmt«, erwiderte Nessus. Sein Flugrad entfernte sich mit Höchstgeschwindigkeit nach Backbord. Die Gelassenheit auf den beiden Gesichtern des Puppetiers bestand nur in Louis' Einbildung, weil er die Mimik in dem Gesicht von Nessus nicht deuten konnte.

Auf jeden Fall flog Nessus um sein Leben, während der Kzin immer noch seine Position in der fliegenden Raute einhielt. »Ich verlange eine Antwort, Nessus!« fauchte er zum wiederholten Male. »Sie haben richtig vermutet«, erwiderte der Puppetier auf der Konferenzschaltung. »Zuerst wollten wir die gefährlichen, fleischfressenden Raubtiere der Kzinti auf eine gefahrlose Art und Weise ausrotten. Doch dann stellten wir fest, daß Ihre Rasse wertvolle Veranlagungen besaß, die uns nützlich sein konnten. Deshalb leiteten wir Maßnahmen ein, die Kzinti genetisch weiterzuentwickeln, bis sie sich auch mit fremden Rassen vertragen konnten. Wir hatten mit unseren Experimenten Erfolg. Unsere Methoden waren zwar indirekt, dafür aber auch gefahrlos.«

»Nessus, das ist eine Unverschämtheit!«

»Sehr richtig!« mischte sich Louis Wu jetzt ein. Ihm war nicht entgangen, daß die beiden Fremdlinge noch auf interworld miteinander verhandelten. Sie wollten, daß die Menschen alles mithören konnten. Das gehörte sich auch so. Sie hatten bei diesem Experiment viele Federn lassen müssen.

»Sie haben uns als Werkzeuge mißbraucht, Nessus«, klagte Louis. »Sie haben uns genauso gründlich getäuscht wie die Kzinti!«

»Jedoch nur zum Schaden meiner Rasse, wie Sie zugeben müssen«, warf der Dolmetscher ein.

»Viele Menschen wurden in den Kriegen mit den Kzinti getötet!«

»Louis, laß Nessus endlich in Ruhe!« mischte sich Teela Brown als letzte in das Gespräch ein. »Beim Kosmos – wären die Puppetiers nicht gewesen, müßten wir jetzt bei den Kzinti als Sklaven und Fleischlieferanten unser Dasein fristen. Die Puppetiers haben die Kzinti daran gehindert, die Zivilisation zu vernichten!«

Der Kzin lächelte mit entblößten Fangzähnen. »Wir haben auch eine Zivilisation! Vergessen Sie das nicht, Mensch!«

Der Puppetier war nur noch das Geisterbild einer einäugigen Pythonschlange. Mit dem anderen Mund steuerte Nessus sein Flugzeug.

»Die Puppetiers haben uns als Werkzeuge mißbraucht«, klagte Louis Wu. »Sie mißbrauchten uns, um die Kzinti in ihrem Sinne genetisch zu entwickeln!«

»Hat das nicht prächtig hingehauen?« meinte Teela naiv.

Das Fauchen des Kzin war jetzt nicht mehr mißzuverstehen. Er lächelte nicht. Der Tiger war in einer mörderischen Laune.

»Es hat funktioniert!« wiederholte Teela stur. »Sie sind zu einer friedliebenden Rasse geworden, Dolmetscher! Sie kommen sogar mit uns Menschen . . .«

». . . halte den Mund, Mensch!«

». . . und anderen gleichberechtigten Rassen aus«, beendete Teela gönnerhaft den Satz.

Der Kzin hielt plötzlich die Slaver-Doppelflinte auf den Kontrollschirm gerichtet, damit Teela die drohende Geste sehen konnte. Sie schwieg sofort.

»Es hätte uns ebenso treffen können«, rief Louis, um die Streithähne abzulenken. »Wir hätten auch als Versuchskaninchen herhalten können . . . verdammt!« Louis biß sich auf die Lippen.

Sie starrten ihn jetzt alle auf den Kontrollschirmen an.

»Teela«, flüsterte Louis entgeistert, »sie haben dich ebenfalls . . .«

Nessus' Pythonkopf wurde starr. Nur Teela zuckte unruhig, als Louis sie auf dem Monitor angaffte. »Louis, was hast du denn auf einmal! Louis!«

»Entschuldigung, mir ist nur gerade etwas eingefallen, Liebling – Nessus, stehen Sie mir Rede und Antwort! Wie war das mit den Zeugungs-Bestimmungen?«

»Louis, bist du verrückt geworden?« rief Teela.

»Moment mal«, fauchte der Kzin, »die Fruchtbarkeitsbestimmungen auf der Erde! Louis, es dämmert mir ebenfalls! Hallo, Nessus?«

»Ja?« antwortete der Puppetier kleinlaut.

Das Flugrad von Nessus war jetzt nur noch ein Stecknadelkopf am Backbordhimmel. Das Flugzeug verschmolz fast mit einem hellen Punkt in Kursrichtung, der aber mindestens noch einen Erddurchmesser von ihrem Geschwader entfernt war. Der Schlangenkopf mit den losen, gummiartigen Lippen sah so lächerlich aus, so harmlos, als könne er niemandem etwas antun.

»Sie haben die Geburtenkontrolle auf der Erde manipuliert!« donnerte Louis.

»Stimmt.«

»Warum?«

»Wir lieben die Menschen. Wir vertrauen den Menschen. Wir haben uns zu unserem Vorteil mit den Menschen verbündet. Es kann uns nur nützen, wenn wir die Menschen fördern, da sie ganz bestimmt noch vor uns die kleine Magellansche Wolke erreichen werden.«

»Großartig. Sie lieben uns also. Und?«

»Wir wollten Sie genetisch verbessern. Aber was konnten wir schon am Menschen veredeln? Nicht seine Intelligenz, Louis, Intelligenz ist nicht seine große Stärke. Auch nicht sein Selbsterhaltungstrieb, seine Zähigkeit oder seine kämpferischen Instinkte. Auf diesen Gebieten werden die Menschen immer mittelmäßig bleiben.«

»Und so beschlossen Sie, uns glücklich zu machen«, sagte Louis und brach in ein Gelächter aus.

Teela begriff in diesem Augenblick. Ihre Augen wurden immer größer, ihr Gesicht immer bleicher. Sie wollte etwas sagen, brachte aber nur ein schrilles Krächzen heraus.

»Richtig«, erwiderte Nessus, »aber hören Sie endlich auf zu lachen, Louis! Unser Entschluß hatte viel für sich. Ihre Spezies hatte in der Vergangenheit unglaubliches Glück gehabt. In Ihrer Geschichte reihen sich die Epochen aneinander, in denen Ihre Rasse gerade noch einmal mit einem blauen Auge davongekommen ist. Denken Sie doch nur an Ihre Atombomben, an die Verseuchung mit Industrieabfallen, an Ihre gefährlichen Asteroidengürtel! Denken Sie an die Launen Ihrer Sonne und an die Kernexplosion Ihrer Galaxis, die Sie nur durch einen Zufall entdeckt haben. Louis, warum lachen Sie eigentlich immer noch?«

Louis lachte, weil er Teela noch vor sich auf dem Bildschirm hatte. Sie war rot bis unter die Haarwurzeln. Am liebsten wäre sie unter das Armaturenbrett gekrochen. Schließlich läßt sich ein schönes Mädchen nicht gern mit einer Stute vergleichen, das man nur mit einem Mann verheiratet, weil eine fremde Rasse ihn als Zuchthengst ausgesucht hat.

»Deshalb manipulierten wir die Zeugungsbestimmungen der Erde. Das war überraschend einfach. Unser Rückzug aus dem menschlichen Universum hatte einen Zusammenbruch der Aktienkurse zur Folge. Dabei gingen auch ein paar Ausschußmitglieder bankrott, die in der Geburtenkontrollbehörde saßen. Wir bestachen diese Leute. Das war zwar sehr teuer; aber auch sehr erfolgreich. So gelang es uns, die Geburtenprämienlotterie auf der Erde einzuführen. Wir hofften, damit eine Gattung von besonders talentierten Glückskindern auf der Erde heranzuzüchten.«

»Ungeheuer!« schrie Teela, »Sie Ungeheuer!«

Der Kzin hatte inzwischen seine Waffe wieder weggesteckt.

»Sie haben sich nicht beschwert, als Sie hörten, daß die Puppetiers *meine* Rasse genetisch manipuliert haben«, fauchte er höhnisch. »Man wollte zahme Tiger aus uns machen. Dabei rottete man die reißenden Tiger aus und ließ die vorsichtigen Kzinti überleben. Sie haben diese Manipulation sogar begrüßt! Warum regen Sie sich also jetzt auf?«

Teela heulte vor Wut und schaltete sich einfach aus der Konferenz aus.

»Sie wollten zahme Tiger aus den Kzinti machen«, wiederholte der Dolmetscher. »Wenn Sie glauben, daß Ihnen das gelungen ist, Nessus, können Sie sich ruhig wieder unserem Verband anschließen!«

Der Puppetier gab keine Antwort. Sein Flugrad war so klein geworden, daß man es mit dem bloßen Auge nicht mehr sehen konnte.

»Sie wollen also nicht in unsere Mitte zurückkehren, Nessus? Wie soll ich Sie jetzt vor den Gefahren dieses unbekannten Planeten schützen? Aber ich kann Sie gut verstehen, Nessus«, fuhr der Kzin fort und zeigte dabei seine nadelscharfen Krallen. »Ihr Versuch, einen besonderen Glückspilz bei den Menschen heranzuzüchten, ist ja ebenfalls kläglich gescheitert.«

»Nein«, widersprach Nessus jetzt auf dem Bildschirm, »unser Experiment ist gelungen! Wir haben echte menschliche Glückspilze herangezüchtet. Aber ich konnte sie nicht für diese unglückselige Expedition verpflichten! Sie hatten eben das unverschämte Glück, mir immer rechtzeitig ausweichen zu können.«

»Sie haben sich als Gott bei unseren Völkern aufgespielt! Versuchen Sie ja nicht, wieder in unseren Verband einzuscheren!«

Das Bild des Kzin erlosch.

»Louis, der Kzin hat mich abgeschaltet«, flötete Nessus erbost. »Wenn ich ihm etwas mitteilen muß, müssen Sie es ihm weitersagen!«

»Großartig!« erwiderte Louis grimmig und schaltete den Puppetier ebenfalls ab . . .

*

Ein paar Stunden später überflog die Crew eine Wasserfläche von der Größe des Mittelmeeres. Louis tauchte nach unten, und die Formation der Flugräder folgte seinem Manöver. Die anderen waren also noch mit Louis' Schaltung zusammengekoppelt, wenn auch alle beleidigt schwiegen und keiner mehr mit dem anderen reden wollte.

Die Meeresküste war eine einzige Stadt. Abgesehen von den Dockanlagen bot sich hier das gleiche traurige Bild wie in Zignamuclickclick. Louis brauste dicht über den Dächern dahin. Nichts regte sich. Die Häuser waren verlassen. Schuttberge türmten sich kilometerhoch.

Danach stieg das Land stetig an, bis es Louis in den Ohren knackte und der Luftdruckmesser ständig fiel. Aus dem grünen Land wurde braunes Buschwerk, dann eine Hochlandsteppe und schließlich nackter Fels.

Ein Faltengebirge, mindestens fünfhundert Meilen lang, ragte vor den Flugzeugen auf. Der Wind hatte die Gipfel blankgefegt, den Humus, die Steine und alles organische Leben in alle Richtungen verstreut. Nichts war übriggeblieben als ein Gerippe aus dem grauen, durchsichtigen, scheußlichen Ringwelt-Bodenmaterial.

Was für eine Nachlässigkeit! Die Baumeister der Ringwelt hätten so etwas nie geduldet. Folglich mußte die Zivilisation dieser Welt schon vor langer Zeit untergegangen sein. Der Verfallsprozeß mußte an so einer Stelle begonnen haben – an einem öden, verlassenen Ort, wo kein Mensch hinkam . . .

Weit vor der fliegenden Formation der Flugräder entdeckte Louis einen besonders hellen Fleck in der Landschaft. Seiner Schätzung nach war er noch rund fünfzigtausend Meilen entfernt – ein heller Fleck von der Größe Australiens.

War dort der Boden der Ringwelt ebenfalls bloßgelegt? Breitete sich dort eine riesige kahle Fläche aus grauem, glasigen Material unter der Sonne aus? War auch dort die fruchtbare Erde zu Staub zerfallen und von den Winden weggetragen worden? Das setzte allerdings voraus, daß der Wasserhaushalt auf diesem Kontinent durcheinandergeraten war. Der Zusammenbruch der Energieversorgung mußte dann der Schlußstein des Verfalls gewesen sein.

Wie lange hatte der Prozeß gedauert? Zehntausend Jahre vielleicht?

»Verdammt, ich wünschte, ich könnte mit jemand darüber Gedanken austauschen«, fluchte Louis und starrte auf die öde Gebirgslandschaft hinunter.

Morgen und Nachmittag waren auf dieser Welt identisch. Es

gab keine aufsteigende oder absteigende Sonne. Sie flogen nach Backbord in einer eingefrorenen Zeit.

Es war bereits Stunden her, daß er Teela signalisiert hatte, er wolle mit ihr sprechen. Etwas später hatte er dem Kzin ein grünes Licht gegeben. Sie hatten beide die Lichter auf ihren Armaturenbrettern ignoriert. Deshalb übersah Louis auch jetzt das grüne Signal auf seinem Kontrollschirm.

»Genug von diesem Blödsinn«, knurrte er plötzlich und schaltete die Sprechanlage ein.

Vielstimmige Orgelmusik überflutete Louis, ehe Nessus ihn auf dem Bildschirm bemerkte. Sofort verstummten die Orgelbässe, und die Stimme des Puppetiers flötete auf interworld: »Wir müssen dafür sorgen, daß die Expedition zusammenbleibt!« Die beiden Köpfe pendelten hin und her. »Haben Sie dazu irgendeinen Vorschlag, Louis?«

»Ja. Es ist nicht höflich, ein Gespräch in der Mitte anzufangen.«

»Entschuldigung, Louis. Wie ist es Ihnen inzwischen ergangen?«

»Ich fühlte mich einsam, und ich bin gereizt. Das ist allein Ihre Schuld, Nessus. Niemand will mehr mit mir reden.«

»Kann ich Ihnen in irgendeiner Weise behilflich sein, Louis?«

»Vielleicht. Hatten Sie direkt oder indirekt selbst etwas mit der Manipulation unserer Geburtenkontrolle zu tun, Nessus?«

»Ich habe das Projekt geleitet.«

»Oh, verdammt. Ist Ihnen eigentlich bewußt, was Sie Teela Brown damit angetan haben?«

»Sie hätten Sie nicht auslachen sollen, Louis!«

»Großartig! Sie haben Teelas Stolz verletzt, und ich soll nun . . .«

». . . wenn sie schon wüßten, daß Teelas Ego so empfindlich reagiert, warum haben Sie dann das Thema überhaupt angeschnitten, Louis?«

Louis stöhnte leise. Dieser Puppetier war ein hochmütiges Biest, aber er hatte recht.

»Haben Sie sich einen Ausweg überlegt, wie man die Expedition wieder zusammenbringen kann, ohne Blut zu vergießen?«

»Ja«, erwiderte Louis und schaltete sofort ab.

Manchmal war es klüger, eine Lösung für sich zu behalten.

Das hatte der Puppetier ihm doch eben beibringen wollen, nicht wahr?

Unter dem Flugrad von Louis wurde jetzt ein riesiges, von vielen kleinen Flüssen durchzogenes Mündungsgebiet sichtbar. Doch das Flußbett des Stromes, der sich früher hier ins Meer ergossen hatte, war ausgetrocknet. Die Winde mußten seine Quellen verschüttet haben.

Louis schwebte tief hinunter. Diese verschlungenen, sich windenden Mündungsflüsse waren in das Ringwelt-Fundament hineingestanzt worden. Die Baumeister des Artefaktes hatten es nicht den Flüssen überlassen, sich ihren eigenen Weg zu suchen. Sie hatten richtig und weise gehandelt. Die Erdschicht auf dieser Welt war nicht sehr dick.

Doch diese leeren, künstlich eingestanzten Flußläufe sahen jetzt aus wie graue Würmer. Louis verzog angewidert den Mund und stieg mit dem Flugrad wieder senkrecht in den Himmel hinauf.

XIV

Zwischenspiel mit Sonnenblumen

Sie flogen wieder auf ein Gebirge zu.

Louis hatte die anderen Flugzeuge schon fast aus seinem Bewußtsein verdrängt. Die bewegungslose Sonne war eine psychologische Falle. Die Zeit wurde zusammengedrängt oder auseinandergerzogen. Oder stand sie überhaupt still? Louis wußte das nicht anzugeben.

Er fühlte sich wie im Urlaub. Wenn man über diese endlosen, sich dauernd verändernden Weiten dahinflog, unterschied sich das nicht sehr vom Raumflug durch das unbekannte All jenseits der erforschten Sterne. Louis Wu hielt Zwiesprache mit dem Universum, und das Universum war ein Spielzeug für Louis Wu. Und die wichtigste Frage in diesem Universum lautete im Augenblick: Ist Louis Wu immer noch mit sich selbst zufrieden?

Es wirkte wie ein Schock, als das orangefarbene Geischt des Kzin plötzlich auf dem Kontrollschirm aufleuchtete.

»Sie müssen müde sein«, sagte der Kzin höflich. »Soll ich jetzt für Sie das Steuer übernehmen?«

»Ich möchte eigentlich lieber landen. Meine Glieder sind ganz steif geworden.«

»Dann landen Sie doch! Sie sind doch der Pilot!«

»Aber ich will Ihnen meine Gesellschaft nicht aufdrängen«, erwiderte Louis. Das war keine leere Höflichkeitsfloskel. Er fühlte sich tatsächlich in Urlaubsstimmung. Und sein Sabbat schloß die Gesellschaft fremder Wesen aus.

»Meinen Sie, daß Teela Ihnen aus dem Weg gehen will?« erwiderte der Kzin. »Vielleicht haben Sie recht. Sie hat nicht einmal mit mir gesprochen, obwohl ich doch ihre Schande teile!«

»Sie nehmen sich das Ganze viel zu sehr zu Herzen, Dolmetscher«, erwiderte Louis verbindlich.

»Nein, dieser Pflanzenfresser hat mich zutiefst verletzt.«

»Das liegt doch alles schon so weit zurück! Nun schalten Sie doch nicht gleich wieder ab, Dolmetscher! Haben Sie sich die Gegend genau angesehen?«

»Ja.«

»Haben Sie auch die verödeten Landstriche bemerkt?«

»Ja. An vielen Stellen ist die Erosion schon bis zum Boden der Ringwelt vorgedrungen. Irgend etwas muß schon vor langer Zeit den Windhaushalt des Planeten schrecklich durcheinandergebracht haben. So eine Erosion tritt nicht über Nacht ein – selbst nicht auf so einem flachen Planeten wie der Ringwelt.«

»Richtig!«

»Louis – wie konnte es geschehen, daß eine Zivilisation von dieser Größe und Macht zusammenbrach?«

»Ich weiß es nicht«, erwiderte Louis und beobachtete den Monitor. »Selbst wir können da nur raten. Denn so eine hohe technische Entwicklung haben nicht einmal die Puppetiers bisher erreicht. Wie wollen wir dann wissen, welche Katastrophe diesen Planeten wieder auf die primitive Stufe der Ackerbauer und Jäger zurückgeworfen hat?«

»Wir müssen die Eingeborenen aushorchen«, fauchte der Kzin. »Diese haarigen Wesen werden bestimmt nicht unsere *Liar* von der Stelle bewegen. Wir müssen ein paar Leute finden, die uns helfen können.«

Louis nickte zustimmend. »Ich habe mir einen Trick ausgedacht, wie wir mit den Eingeborenen so oft verhandeln können, wie wir nur wollen.«

»Wei heißt dieser Trick?«

»Lachen wir erst einmal, damit ich Ihnen das in aller Ruhe auseinandersetzen kann.«

Die Berge bildeten ein hohes Hindernis – einen gigantischen Zinnenkranz, der sich auf ihrem Kurs querstellte. Perlmuttschimmer spielte um die Gipfel und füllte die Pässe dazwischen. Louis konnte diese Erscheinung jetzt unschwer deuten: Der Wind, der sich heulend durch diesen Gebirgskamm preßte, hatte im Lauf der Zeit Steine und Erde abgetragen, die Felsen bis auf das graue, durchsichtige Bodenmaterial abgeschliffen.

Louis steuerte die kleine Luftflotte hinunter zu den sanften Hügeln des Vorgebirges. Ein Fluß ergoß sich aus dem Hochgebirge und verschwand in den Wäldern, die sich wie ein grüner Pelz über den Hügeln ausspannten.

»Was hast du denn jetzt wieder vor?« fragte Teela auf der Frequenz ihrer Konferenzschaltung.

»Ich lande. Ich brauche dringend eine Ruhepause. Aber schalte nicht gleich wieder ab. Ich will mich für den Vorfall entschuldigen und . . .« Teelas Leitung war bereits wieder tot.

Louis seufzte. Die Lage war nicht ganz hoffnungslos. Jede Frau wird neugierig, wenn man ihr eine Entschuldigung anbietet.

*

»Mir kam die Idee, als wir uns mit Nessus stritten, weil seine Rasse sich göttliche Gewalt anmaßte und mit unseren genetischen Möglichkeiten herumspielte«, sagte Louis, auf seinen Sattel gelehnt. Leider hatte er nur den orangefarbenen Kzin als Zuhörer. Teela war nach der Landung von ihrem Flugrad gestiegen, hatte ihm einen zornigen Blick zugeworfen und war im Wald verschwunden. Der Kzin nickte, daß seine zottelige Mähne die ausgespannten Ohren verdeckte.

»Solange wir fliegen, sind wir auf dieser Welt relativ sicher«, fuhr Louis fort. »Wir könnten in einem Zug bis zum Rand der Ringmauer fliegen. Wir können auch Zwischenlandungen einlegen, wo der Boden bis zum Fundament der Ringwelt abgetragen ist. Dort kann sich kein Leben halten – keine gefährlichen Raubtiere und keine tödlichen Bakterien.

Doch das bringt uns nicht viel ein. Wir sind auf die Hilfe der Eingeborenen angewiesen, wenn wir mit der *Liar* diese Welt wieder verlassen wollen. Irgend jemand muß ja die *Liar* mindestens vierhunderttausend Meilen quer über das Land bis zur Ringmauer transportieren. Ich sehe keine andere Möglichkeit, unser Raumschiff zurück in das All zu befördern.«

»Komm endlich zur Sache, Louis. Ich muß mir die Pfoten vertreten.«

»Wenn wir die Ringwelt verlassen, sollte diese Welt für uns kein ungelöstes Rätsel mehr sein.«

»Richtig.«

»Nur einem Gott antwortet man bereitwillig, wenn er fragt. Warum sollen wir also nicht als Götter auftreten?«

Der Dolmetscher sah Louis fragend an. Eigenartig, wie nahe sie sich inzwischen gekommen waren. Auch in ihrer Anrede.

»Meinst du das so wörtlich, wie du es sagst?«

»Natürlich! Wir verfügen zwar nicht über die Macht der Ringwelt-Architekten, doch unsere technischen Hilfsmittel sind so eindrucksvoll, daß die Eingeborenen uns für Götter halten. Ich sehe den Baumeistern der Ringwelt anscheinend sehr ähnlich. Dir übertrage ich die Rolle des Kriegsgottes.«

»Vielen Dank!«

»Teela und ich sind deine Meßgehilfen. Nessus eignet sich ausgezeichnet als Dämon, den wir eingefangen haben.«

Der Kzin fuhr nachdenklich seine Krallen aus und ein. »Nicht übel. Nur hat sich Nessus inzwischen verkrümelt. Ich bezweifle, daß er zu uns zurückkehren wird.«

»Aber wir brauchen ihn dringend für unsere Göttersammlung!«

»Tut mir leid, Louis!«

»Dolmetscher, du mußt dich doch nur bei ihm entschuldigen!«

»Kommt gar nicht in Frage«, fauchte der Kzin. Louis wußte, daß der Kzin jetzt längst abgeschaltet hätte, wenn die Unterredung im Flugzeug stattgefunden hätte. Deswegen hatte er auch auf einer Landung bestanden.

»Die Idee ist viel zu gut, um sie deiner Unversöhnlichkeit zu opfern! Du würdest einen großartigen Gott abgeben, Dolmetscher. Vom menschlichen Standpunkt aus betrachtet bist du sogar ein idealer Rachegott.«

»Und weshalb brauchen wir Nessus zu unserem Spiel?«

»Als Gegenpol. Wer an Gott zweifelt, wird vom Rachegott in Stücke gerissen und verzehrt. Das ist die Strafe. Doch die Gläubigen müssen auch belohnt werden. Dazu brauchen wir die Wollustgeißel des Puppetiers.«

»Die – was bitte?«

»Den Tasp!«

»Ah – so! Können wir denn nicht ohne Tasp auskommen?«

»Nein. Die Menschen kennen meistens nichts Besseres als den Sex. Doch ein Gott muß mehr leisten als Sex. Denke nur an die Ekstase, die der Tasp in deinem Gehirn erzeugt hat! Dabei gibt es keine unangenehmen Folgen, keine Abschlaffung, keinen Kater! Es gibt nichts Besseres als den Tasp.«

»Diese Moralauffassung behagt mir gar nicht. Obgleich meine Anbeter nur Menschen sind, möchte ich sie trotzdem nicht mit dem Tasp knechten. Es wäre barmherziger, sie zu töten. Glaube mir das, Louis.« Der Kzin entblößte die Zähne. »Außerdem funktiniert der Tasp nur bei uns Kzinti.«

»Ich glaube, du täuschst dich«, murmelte Louis.

»Louis, dieser Tasp wurde extra für mein Hirn konstruiert! Ich habe das zu spüren bekommen. In einem Punkt hast du allerdings recht. Der Tasp ist ein religiöses Erlebnis – ein süßes diabolisches Erlebnis!«

»Mag sein. Trotzdem glaube ich, Nessus gut zu kennen. Entweder wirkt der Tasp auf uns beide, oder er trägt eine zweite Wollustgeißel bei sich, mit dem er auch uns Menschen bei der Stange halten kann.«

»Das sind reine Spekulationen.«

»Sollen wir Nessus fragen?«

»Aha – du spielst auf meine Neugierde an. Du willst mich auf deinen Kurs festlegen, Louis. Vielleicht findet der Puppetier den Weg auch allein zum Rand der Ringwelt. Soll er doch!«

Und ehe Louis darauf antworten konnte, machte der Kzin einen Satz in das Ellenbogen-Gehölz hinein . . .

*

Eine Welt war für Teela Brown zusammengebrochen. Sie schluchzte herzerbärmlich und löste sich in einer Orgie von Selbstmitleid auf.

Sie hatte einen wunderschönen Platz für ihre Trauer gefunden.

Das üppige Grün der Baumwipfel schirmte sie vor der Sonne ab. Hier unten wuchs das Unterholz nur spärlich. Sie ging im Schatten über den weichen Boden und genoß die feierliche Melancholie des Waldes.

Gerade, senkrechte Felswände schlossen einen klaren, tiefen Weiher ein. Ein Wasserfall hielt die Felswände feucht. Das Tosen des Wasserfalles übertönte ihr Schluchzen. Es schien, als weinte die Natur mit ihr. Louis Wu bemerkte sie nicht.

Da sie auf einer fremden Welt gestrandet waren, wagte es auch Teela Brown nicht, ohne ihr Erste-Hilfe-Kästchen in die Wildnis vorzudringen. Das Kästchen war an ihrem Gürtel befestigt und sendete ein Erkennungssignal aus. Louis folgte diesem Signal und stand jetzt vor Teelas Kleidern, die sie am Ufer des Weihers zu einem kleinen Häufchen aufgeschichtet hatte.

Sie saß, halb ins Wasser getaucht, hinter dem Wasserfall. Sie hatte den Kopf geneigt, und das schwarze Haar verdeckte wie ein Vorhang ihr Gesicht.

Es hatte keinen Sinn, so lange zu warten, bis sie zu ihm kam. Louis zog sich aus und legte seine Kleider neben Teelas Bündel. Es war ziemlich kühl. Louis erschauerte, biß die Zähne zusammen und stürzte sich in das klare Wasser.

Bei seinen Urlaubsausflügen war Louis immer auf zivilisierten Kolonialwelten der Menschen gelandet. Dort badete man nur in temperiertem Wasser und überlegte sich nicht erst, ob man sich bei einem Bad einen Herzschlag holen konnte.

Dieser Weiher füllte sich mit dem Schmelzwasser der Gletscher. Louis hätte am liebsten aufgeschrien; aber sein Kopf war unter Wasser.

Er kam wieder nach oben, keuchte vor Kälte und schnappte nach Luft.

Dann hatte er den ersten Schreck überwunden. Teela blickte zu ihm hinüber. Er schwamm auf sie zu.

Er hätte schreien müssen, um sich verständlich zu machen.

Kosenamen und gestammelte Worte der Entschuldigung waren bei diesem Lärm fehl am Platz. Aber er konnte sie berühren.

Sie wich ihm nicht aus. Sie versteckte ihr Gesischt nur wieder hinter ihren Haaren.

Er schwamm wieder von ihr fort. Seine Muskeln waren verkrampft von dem langen Flug. Achtzehn Stunden lang hatte er im Sattel stillstitzen müssen. Jetzt, nachdem der Körper sich an die Kälte gewöhnt hatte, war es herrlich im Wasser. Er berührte zärtlich Teelas Arm und deutete auf das Ufer. Diesmal nickte sie zustimmend und folgte ihm.

Sie lagen am Ufer, wärmten sich gegenseitig und deckten sich mit den wärmeregulierenden Kombinationsanzügen zu. Ihre ausgekühlten Körper nahmen die Hitze, die von den Wärmeregulatoren ausgestrahlt wurde, begierig auf.

»Es tut mir leid, daß ich gelacht habe«, sagte Louis.

Sie nickte nur, nahm seine Entschuldigung an, ohne ihm zu verzeihen.

»Es war auch zu komisch, wenn man sich vorstellte, daß die Feiglinge des Universums, die Puppetiers, Menschen und Kzinti züchteten wie eine Herde Zuchtrinder. Sie müssen sich doch klar gewesen sein, wie gefährlich das für sie sein konnte.« Er redete zuviel; aber er mußte sich unbedingt rechtfertigen. »Wenn die Kzinti ihnen auf die Schliche gekommen wären – du meine Güte! Immerhin – gar keine schlechte Idee, vernünftige Kzinti zu züchten. Ich kenne die Geschichte der Kriege zwischen Menschen und Kzinti. Grausameres kann man sich kaum vorstellen. Die Vorfahren des Dolmetschers hätten Zignamuclickclick dem Erdboden gleichgemacht. Doch der Dolmetscher beherrschte sich noch rechtzeitig.«

»Hältst du es für einen Fehler, daß ich gezeugt worden bin?«

»Verdammt noch mal, ich will dich nicht beleidigen! Ich finde es nur komisch, wenn Puppetiers menschliche Glückspilze züchten. Deswegen mußte ich lachen.«

»Erwartest du, daß ich mich selbst auslache?«

»Nein, das ginge zu weit.«

»Aha!«

Teela war ihm also nicht mehr böse. Sie suchte Trost bei ihm. Die Wärme des Kombinationsanzuges tat ihr gut. Es tat ihr wohl, in seinen Armen zu liegen. Louis streichelte ihren Rücken.

»Ich möchte, daß die Expeditionsmitglieder wieder zusammenkommen und sich vertragen«, sagte er leise. Er fühlte, wie sie wieder steif wurde. »Du bist nicht damit einverstanden, nicht wahr?«

»Nein.«

»Nessus . . .«

»Ich hasse ihn, ich hasse ihn! Er hat meine Vorfahren verkuppelt wie – wie Bullen und Kühe!« Sie entspannte sich wieder ein bißchen. »Aber der Dolmetscher wird ihn herunterschießen wie eine Tontaube, wenn er es wagen sollte, sich wieder bei uns anzubiedern!«

»Aber wenn ich den Dolmetscher dazu überreden könnte, Nessus zu verzeihen?«

»Warum?«

»Nessus ist noch immer der Eigentümer der *Long Shot.* Und die *Long Shot* ist die einzige Möglichkeit für die menschliche Rasse, sich auf die Magellanschen Wolken zu retten, ohne jahrhundertelang durch das All irren zu müssen. Wir verlieren die *Long Shot,* wenn wir die Ringwelt wieder ohne Nessus verlassen.«

»Wie geschmacklos, mir das als Entschuldigung anzubieten, Louis!«

»Aber das liegt doch schon so lange zurück! Kannst du denn überhaupt nicht vergessen und verzeihen?«

Sie rollte von ihm weg ins Wasser. Er folgte ihr. Als er wieder an die Oberfläche kam, saß Teela an ihrem früheren Platz unter dem Wasserfall.

Sie lächelte ihm plötzlich aufmunternd zu. Du wechselst deine Meinung verdammt rasch, dachte Louis.

»Reizend von dir, wie du mir sagst, daß ich den Mund halten soll!« rief er. Sie hatte ihn nicht verstanden. Sie griff nach ihm und lachte.

»Warum sollten wir uns wegen so einer dummen Sache überhaupt streiten!« brüllte er.

Das Wasser war kalt, schrecklich kalt. Nur Teela konnte ihn hier wärmen. Sie knieten auf einem Felsen im flachen Wasser und hielten sich fest.

Sie liebten sich. Es war ein köstliches Wechselbad von Warm und Kalt. Der Liebesakt löste keine Probleme. Doch man konnte seine Probleme wenigstens eine Weile lang vergessen.

Anschließend gingen sie wieder durch den Wald zurück zu ihren Flugrädern, immer noch fröstelnd trotz der geheizten Schutzanzüge. Louis sprach kein Wort. Er glaubte, wieder eine neue Eigenschaft an Teela Brown entdeckt zu haben. Sie konnte nicht endgültig nein sagen. Sie berechnete nicht die Wirkung ihrer Ablehnung wie das andere Frauen konnten, wenn sie einen Mann auf launige, verletzende oder gar tödliche Art zurechtwiesen. Teela Brown hatte auch in ihrem Privatleben noch keine Niederlage erlitten. Die Gesellschaft hatte sie noch nie verletzt. Sie verschenkte sich. Sie wußte nicht, daß sie auch einen Mann beherrschen konnte, wenn sie sich ihm versagte.

Und Louis hätte sie bis zum Jüngsten Tag schikanieren können, ohne daß sie ein Abwehrmittel dagegen gewußt hätte. Sie hätte ihn bestimmt nicht durchschaut, sondern nur mit Haß darauf reagiert. Und deswegen schwieg er lieber still.

Er wollte sie nicht verletzen.

Sie hielten sich an den Händen, rieben die Finger zärtlich aneinander.

»Nun gut«, sagte sie plötzlich, »du kannst Nessus wieder zurückholen, wenn der Kzin damit einverstanden ist.«

»Vielen Dank«, murmelte Louis.

»Es ist nur wegen der *Long Shot,* sagte sie. »Außerdem kannst du den Kzin ja doch nicht umstimmen.«

*

Während Louis und Teela ihre Mahlzeiten aus der Automatik wählten, kam auch der Kzin mit einem Sprung wieder aus dem Wald heraus. Diesmal war das Fell um seinen Mund herum sauber. Schweigend wählte er sich ebenfalls ein Menu aus dem Küchencomputer. Der Würfel, der aus dem Schlitz kam, sah aus wie noch warme, frische Leber. Wahrscheinlich waren dem mächtigen Jäger der Kzinti diesmal die Hasen zu schnell gewesen.

Der Himmel war immer noch mit einer dicken grauen Wolkenschicht bedeckt, als sie wieder starteten. Louis bemühte sich, den Kzin umzustimmen, sobald sie in der Luft waren. Der Dolmetscher blickte ihn auf dem Kontrollschirm an und fragte: »Warum setzt du dich so sehr für den Puppetier ein?«

Eine gute Frage, dachte Louis. Kam es daher, daß Louis Wu den Puppetier gerne mochte? Oder fremde Rassen überhaupt? Ein Puppetier war eben ganz anders als er. Verschiedenartigkeit war notwendig. Ein Mann in Louis Wus Jahren hätte sich zu Tode gelangweilt, wenn es nur Menschen im Universum gegeben hätte.

»Ich komme auf dieser Welt schon alleine zurecht«, fauchte der Kzin. »Ich kann mich auf meine Augen, meine Nase und meine Ohren verlassen.«

»Großartig. Aber du brauchst die *Long Shot.*«

»Das ist nicht fair! Die *Long Shot* kommt unseren beiden Rassen zugute.«

»Haarspalterei! Obwohl der Profit dir nicht allein gehört, verkaufst du auch noch deine Ehre für Geld.«

»Meine Ehre ist nicht gefährdet«, erwiderte Louis.

»Ich glaube doch«, fauchte der Kzin und schaltete ab.

»Ein bequemes kleines Knöpfchen«, sagte Teela anzüglich. »Ich wußte doch gleich, daß du ihn nicht herumkriegst.«

»*Noch* nicht«, knurrte Louis.

*

Hinter den Bergen breitete sich eine endlose Decke aus dichten grauen Wolken aus. Die Flugräder flogen über der Wolkenschicht im Licht der Sonne, rissen das Wolkenfeld auf, pflügten es auf wie eine schäumende Bugwelle. Weit vorne, am Rande des Sichtfeldes, wo der Horizont in die Ewigkeit überzugehen schien, ragte etwas aus der Wolkendecke heraus – wie ein Stecknadelkopf aus einer Steppdecke.

Der Kzin brach die Funkstille. »Ich sehe ein Riff in der Wolkenbank! Es liegt auf unserem Kurs etwas nach spinwärts.«

»Ich sehe es.«

»Siehst du auch das Licht, das durch die Wolken schimmert? Der Boden scheint die Sonneneinstrahlung sehr stark zu reflektieren!«

Richtig, die aufgewirbelte Wolkengischt hatte eine hellrote Färbung. »Vielleicht überfliegen wir wieder ein Gebiet, wo das Fundament der Ringwelt bloßgelegt ist. Es müßte sich hier um die größte Erosionsfläche handeln, die uns bisher begegnet ist!« rief Louis.

»Ich werde mir das mal genauer ansehen!«

»Von mir aus!« erwiderte Louis.

Er beobachtete, wie das Flugrad des Kzin in einer scharfen Kurve nach spinwärts abdrehte. Bei der Geschwindigkeit von Mach 2 würde der Kzin nicht viel sehen können – nur einen hellen Fleck, der unter ihm vorbeihuschte.

Schon war sein silberglänzendes Flugrad in die Wolken eingetaucht. Ein schrecklicher, klagender Laut drang plötzlich aus dem Lautsprecher. Das Gesicht des Kzin schien in Flammen zu stehen. Er hatte die Augen geschlossen. Er schrie mit weit aufgerissenem Rachen.

Dann wurde das Bild wieder dunkel. Der Kzin hatte die Lichtzone durchflogen. Jetzt schlug er einen Arm vor das Gesicht. Das Fell, das seinen Körper bedeckte, qualmte. Nur ein verkohlter, kümmerlicher schwarzer Rest war davon übriggeblieben.

Unter der Wolkendecke zeichnete sich ein heller, kreisrunder Fleck ab, als würde das Flugrad des Kzin von einem Scheinwerfer verfolgt.

»Dolmetscher der Kzinti!« hörte Louis Teelas Stimme im Lautsprecher. »Können Sie noch etwas sehen?«

Der Kzin auf dem Kontrollschirm nahm seine Hand wieder vom Gesicht. Das orangefarbene Fell war nur in einem breiten Streifen quer über den Augen unversehrt geblieben. Sonst war sein Gesicht kohlschwarz verbrannt. Der Kzin schloß und öffnete die Augen ein paarmal. »Ich bin blind!« fauchte er.

»Ja, aber können Sie denn nichts mehr sehen?«

Wie absurd diese Frage! Als habe der Kzin sich nur falsch ausgedrückt. Louis hatte keine Zeit, diesem Widerspruch zwischen Anteilnahme und Logik nachzugrübeln.

»Dolmetscher!« rief Louis, »überlassen Sie mir das Steuer! Schalten Sie auf Kopplungssystem um! Wir müssen irgenwo Deckung suchen!«

Der Sprecher fummelte an seinen Armaturen herum. »Erledigt, Louis. Aber wo sollen wir uns verstecken?« Der Schmerz entstellte seine Stimme. »Wir fliegen zurück in die Berge!«

»Nein«, widersprach der Kzin. »Wir würden dabei zu viel Zeit verlieren, Louis. Ich weiß genau, was mich angegriffen hat. Wenn ich recht habe, habt ihr beiden nichts zu befürchten, solange ihr über den Wolken bleibt!«

»Wieso?«

»Da – schau es dir selbst an, Louis!«

»Okay – aber du mußt zuerst verarztet werden!«

»Richtig. Suche uns einen sicheren Landeplatz aus. Gehe dort hinunter, wo die Wolkenschicht am dicksten ist!«

Je weiter Louis durch die Wolkendecke nach unten stieß, um so heller wurde es. Es war, als strahle ihn eine Sonne von unten an.

Welliges Hügelland dehnte sich unter den schiefergrauen Wolken. Trotz des gleißenden Lichtes erkannte Louis mit einem Blick, daß hier kein graues, durchsichtiges Ringboden-Material das Sonnenlicht spiegelte. Hier gab es reichlich Humus und Vegetation.

Louis ging noch tiefer, geblendet von diesem mörderischen Licht.

Nur eine einzige Pflanze wuchs hier – eine einzige Gattung in unzähligen Exemplaren. Sie waren gleichmäßig über das Land verteilt – ein Lichtermeer, so weit das Auge reichte. Jeder Stengel trug nur eine Blüte, und jede Blüte pendelte sich wie eine Radarantenne auf Louis ein, während er mit seinem Flugrad zur Landung ansetzte.

Louis schwebte an einer Stelle nieder, wo eine einzelne Pflanze als Vorhut ihrer Gattung in einer Kuhle wuchs.

Die Blüte saß auf einem dicken, ungefähr dreißig Zentimeter hohen Stengel. Die Blüte, von der Größe eines Männerkopfes, war auf der Rückseite mit fleischigen Adern und Sehnen durchwachsen. Ihre Innenseite glich einem glattpolierten Hohlspiegel. Und auf dem Griffel in der Blüte saß ein dunkelgrüner Stempel.

Die Pflanze beobachtete Louis mißtrauisch, überschüttete ihn mit ihrem gleißenden Licht. Er wußte, daß die Pflanze ihn töten wollte. Doch die Wolkendecke über ihm schirmte so viel Sonne ab, daß das reflektierte Licht nicht ausreichte, ihn ernsthaft zu verwunden. Wenigstens nicht das Licht einer einzigen Pflanze.

»Du hattest recht«, sprach Louis hastig in das Mikrophon seines Raumanzuges. »Slaver-Sonnenblumen! Wenn die Wolkendecke nicht dichtgehalten hätte, wären wir tot gewesen, sobald wir das Gebirge überflogen hätten!«

»Gibt es irgendwo eine Höhle, wo wir uns vor den Sonnenblumen verstecken können?« fragte der Kzin jammernd.

»Sieht nicht so aus. Das Land ist zu flach dazu. Allerdings gibt es hier so viele Bodenwellen, daß die Biester uns nicht unter konzentriertes Feuer nehmen können!«

Teela kreiste noch über den Wolken. »Wir müssen landen, Louis!« drängte sie. »Der Dolmetscher sieht nicht gut aus.«

»Dann riskieren wir es eben. Kommt runter, ihr beiden! Ihr habt ja meine Ortung. Wir können nur hoffen und beten, daß die Wolken nicht aufreißen!«

»In Ordnung!«

Louis wagte sich inzwischen zu ein paar anderen Pflanzen nieder, robbte im toten Winkel. Der Boden war grau, zu Asche verbrannt. Nichts regte sich zwischen den dicken Stengeln. Keine andere Pflanzengattung wuchs hier mehr. Kein Käfer, kein Vogel, nichts Lebendiges bewegte sich am Himmel über dem Sonnenblumenfeld. Nicht einmal ein Schimmelpilz konnte Louis an den dicken Stengeln entdecken. Wenn eine Krankheit eine Sonnenblume schwächte, wurde sie von ihren Artgenossen sofort verbrannt.

Diese Spiegelblüten waren eine schreckliche Waffe. Der Zweck des Hohlspiegels bestand darin, das Sonnenlicht aufzu fangen und auf den grünen photosynthetischen Knoten im Brennpunkt der Blüte zu reflektieren. Doch die Blüte konnte die Sonnenstrahlen auch gegen einen Gegner richten, gegen ein pflanzenfressendes Tier oder ein Insekt. Diese Sonnenblume verbrannte alles, was sie als Feind betrachtete. Und für eine Pflanze, die von der Photosynthese lebt, ist jedes Leben feindlich, das ihr vor die Blüte kommt. Sie düngt ihre Wurzeln mit ihren Feinden.

Louis robbte vorsichtig wieder in die Mulde zurück. Wie waren diese verdammten Pflanzen nur hierhergekommen? fragte er sich. Diese Sonnenblumen verdrängten alle Pflanzen, die ihnen nicht gewachsen waren. Sie konnten also nicht zur ursprünglichen Flora der Ringwelt gehören.

Die Baumeister dieser Welt mußten die Pflanzen von einem anderen Sternensystem importiert haben. Vielleicht von »Silvereyes«, das zu den Kolonialwelten der Menschen gehörte. Diese Biester eigneten sich nur als Zierpflanze in abgeschirmten Räumen. Oder in einem Garten, aus dem sie nicht herauskamen.

»Irgendeinem Idioten muß ein Sonnenblumensamen ausgekommen sein«, sagte Louis wütend zu sich selbst. Und jetzt breitete sich ein Meer von Sonnenblumen hinter dem Hügel aus.

Wenn die Sonnenblumen sich weiter so ungehindert vermehren konnten, würden sie eines Tages die Ringwelt beherrschen.

Doch bis dahin konnte noch viel Zeit vergehen. Die Ringwelt hatte unendlich viel Platz. Platz für Engel und Ungeheuer . . .

XV

Das Traumschloß

Die beiden landenden Flugräder schreckten Louis aus seinen Gedanken. Der Kzin stieg ächzend von seinem Sattel. »Louis, nimm den Slaver-Zerstäuber aus meinem Gerätständer und hebe einen Schutzgraben aus. Teela wird mich inzwischen verbinden.«

»In Ordnung!« Louis schüttelte sich. Wenn die Wolkendecke aufriß, würden die Blumen ihnen Löcher in die Haut brennen. Sie mußten sich bis zum Einbruch der Nacht eingegraben haben.

Louis drängte sich an dem Kzin vorbei und trat an das Flugzeug des Dolmetschers. Übelkeit stieg in Louis auf. Wundwasser sickerte durch die ölige Asche, in die sich das Tigerfell des Kzin verwandelt hatte. Darunter war das Fleisch hellrot aufgebrochen. Der Gestank, den der Kzin um sich verbreitete, war unbeschreiblich.

Louis nahm das Grabwerkzeug vom Sattel des Kzin – das

doppelläufige Gewehr mit dem Schaft, der wie eine zerschmolzene Weihnachtskerze aussah. Wenn der Kzin ihm befohlen hätte, die Sonnenblumen mit einer Laser-Lampe niederzubrennen – beim Kosmos, er hätte es getan! So benommen war er, daß er sich glatt selbst im Duell mit einer Sonnenblume umgebracht hätte.

Louis entfernte sich rasch mit dem Grabwerkzeug. Er schämte sich, weil er schwach wurde. Teela wußte nicht, was Schmerzen überhaupt bedeuten. Sie konnte dem Kzin viel besser helfen als er.

Louis legte das Gewehr an. Er richtete es im Winkel von dreißig Grad auf den Boden. Zum Schutz gegen den Staub trug er seinen Atemhelm.

Louis hatte Zeit, drückte nur immer einen Lauf ab. Der Graben wuchs so schnell, daß die Augen kaum folgen konnten. Im Nu hüllte ihn eine dichte Staubwolke ein. Ein Miniatur-Orkan entstand an der Stelle, wo der Bohrstrahl auf den Boden aufprallte.

Unter dem Strahl verwandelten sich die Elektronen zu neutralen Teilchen. Die Atomkerne stießen sich gegenseitig an, und Steine und Sand zerbarsten zu einer Wolke aus ionoatomarem Staub. Louis war heilfroh, daß er den Atemhelm aufgesetzt hatte.

Nach wenigen Minuten war der Graben bereits so tief geworden, daß er bequem die drei Wesen und ihre Flugzeuge aufnehmen konnte.

Teela sprühte inzwischen den Kzin mit einem Mittel ein, das die schwarz verbrannte Haut mit einem weißen Schaum zudeckte. Der Kzin hielt ganz still – ein nackter Tiger mit rotvioletten Adern und einem Streifen unverbrannten Felles auf dem Hintern und vor den Augen. Louis lächelte düster, als der Kzin den Kopf hob und plötzlich herumtanzte wie ein Bär. »Ich kann sehen, Louis! Ich kann wieder sehen!« fauchte er jubelnd.

»Danke dem Kosmos dafür«, brummte Louis und grub weiter.

Doch kaum war der Kzin wieder einigermaßen auf dem Damm, begann er schon wieder zu nörgeln: »Dieser Pflanzenfresser hat eine von unseren geheimen militärischen Arzneikisten in mein Flugzeug gepackt. Möchte nur wissen, wie sich dieser Halunke das Zeug beschaffen konnte. Durch Bestechung wahrscheinlich!«

Vielleicht hatte er recht, dachte Louis. Er wußte, daß die Kzinti nur das Beste vom Besten für ihr Militär verwendeten.

»Das erinnert mich an etwas«, murmelte Louis, warf die Flinte weg und ging zu seinem Flugrad. Er drückte auf die Ruftaste. Die beiden Schlangenköpfe zeigten sich sofort auf dem kleinen Kontrollschirm.

»Ich weiß schon, wo Sie stecken!« sagte Louis grimmig.

»Großartig«, antwortete der Puppetier, »wo bin ich denn?«

»Sie spielen wieder den ›Hintersten‹ Nessus! Sobald Sie außer Sicht waren, schlugen Sie einen weiten Bogen und klemmten sich an den Schwanz unserer Formation! Die anderen wissen es nur noch nicht. Sie können sich nicht in die Gehirnwindungen eines Puppetiers hineindenken.«

»Hatten Sie denn erwartet, ein Puppetier macht den Kundschafter für andere Leute?« flötete der Puppetier höhnisch.

»Schön. Vielleicht hat die Vorsicht Ihnen diesmal das Leben gerettet.« Er erzählte dem Puppetier von den Sonnenblumen. Dann schilderte er Nessus aufführlich die Verbrennnungen des Tigerwesens, bis die beiden Köpfe des Puppetiers blitzartig unter dem Armaturenbrett verschwanden.

Geschieht ihm recht, dachte Louis. Aber lange würde Nessus sich nicht in seine depressive Phase zurückziehen. Sein eigenes Leben war ihm viel zu kostbar.

*

Bis zur Dunkelheit dauerte es noch zehn Stunden. Die drei gestrandeten Wesen nützten die Zwangspause im Schutzgraben zum Schlafen aus.

Den Kzin mußten sie erst mit einem Betäubungsspray behandeln, sonst hätte er vor lauter Schmerzen keine Ruhe gefunden.

»Jetzt sieht er eher aus wie ein Eisbär«, murmelte Teela, die den schlafenden Kzin betrachtete. Der weiße Schaum war zu einer festen Masse eingetrocknet.

Louis schlief unruhig. Einmal, als die Sonne durchbrach, hätte er sich fast aufgesetzt. Er duckte sich gerade noch im letzten Augenblick. Sonst hätte ihm die Sonnenblume in der Kühle das Gehirn im Schädel geröstet.

Als sich endlich die Schattenblende vor die Sonne schob, weckte Louis seine beiden Schützlinge.

Louis flog unter den Wolken weiter. Sie durften die Sonnenblumen um kreinen Preis aus den Augen lassen. Wenn die Dämmerung hereinbrach, ehe sie das Ende des Sonnenblumenfeldes erreicht hatten, mußten sie sich noch einmal einen Schutzgraben unter der Erde bauen.

Eine Stunde lang flogen sie über ein endloses Meer von schimmernden Hohlspiegeln dahin. Dann erreichten sie ein Waldgebiet, dessen Rand von verkohlten Holzstämmen markiert wurde. Hier hatten sich die Sonnenblumen noch nicht richtig eingenistet. Selbst das Gras behauptete sich an manchen Stellen.

Dann blieben auch die letzten Sonnenblumen zurück.

Louis übergab das Steuer an Teela und fiel in einen totenähnlichen Schlaf.

Louis schlief, als habe Teela ihn aus Versehen auch mit dem Betäubungspulver eingesprüht. Es war immer noch dunkel, als er endlich erwachte. Vor ihm schimmerte ein Licht in der Nacht. Zuerst dachte Louis, ein Leuchtkäfer habe sich in der Schalltasche verfangen. Doch als das Ding nicht zur Seite weichen wollte, alarmierte er den Kzin mit der Sprechanlage.

Das Licht wuchs und hob sich jetzt deutlich von der dunklen Landschaft der Ringwelt ab. Vielleicht handelte es sich um reflektiertes Sonnenlicht. Doch die Sonnenblumen lagen bereits weiter hinter ihnen.

Was konnte das nur sein? Ein Haus? Doch woher wollten die Eingeborenen den Strom für die Beleuchtung hernehmen? Außerdem wäre ein beleuchtetes Haus nur ein Funken gewesen, der in einer Zehntelsekunde vorüberzuckt. Immerhin entwickelten ihre Flugzeuge eine Geschwindigkeit, mit der man den nordamerikanischen Kontinent auf der Erde in zweieinhalb Stunden überquert hätte.

Das Licht trieb auf Steuerbord an Louis vorüber. Der Kzin hatte sich noch nicht gemeldet.

Louis scherte mit seinem Flugrad aus der Formation aus. Er

flog gefährlich nahe in dieses beleuchtete Etwas heran und stellte seinen Scheinwerfer an. Der Kzin meldete sich jetzt auf dem Monitor. »Ja, Louis, ich sehe es auch! Schauen wir uns das merkwürdige Ding mal genauer an!«

Sie umkreisten es im Dunkeln, wie kleine, neugierige Fische eine versinkende Bierflasche umkreisen. Das war keine Flasche, sondern ein zehnstöckiges Gebäude, was dort in der Luft schwebte. Und dieses phantastische Haus funkelte nur so von Lichtern wie das Armaturenbrett eines vorsintflutlichen Raumschiffes.

Ein gewaltiges Aussichtsfenster bildete Seitenwand und Decke zugleich. Dahinter öffnete sich ein Raum, so groß wie ein Operhaus. Ein Labyrinth von Tischen umgab eine Tribüne oder Plattform. Mindestens fünfzehn Meter freier Raum trennte den Boden von der gläsernen Decke. Nichts verstellte diesen freien Raum außer einer Skulptur aus feingezogenem Draht.

Immer wieder wurde Louis überrascht von der verschwenderischen Fülle und Weite des Raumes auf der Ringwelt. Auf der Erde galt es als Verbrechen, wenn man ein Flugzeug ohne Autopiloten flog. Eine abstürzende Maschine gefährdete immer Menschenleben, ganz gleich, wo sie herunterfiel. Doch hier gab es Tausende von Quadratmeilen, die unbewohnt waren, fliegende Wolkenkratzer und Raum für einen Gast, der fünfzehn Meter groß sein konnte.

Der Scheinwerferkegel des Flugrades glitt über das Weichbild einer neuen Stadt.

Der Kzin stürzte sich auf das Häusermeer hinunter wie ein Habicht auf seine Beute. Im Licht des blauen Triumphbogens orientierte er sich kurz und ging dann wieder auf normale Flughöhe. »Nichts Neues!« knurrte er. Die Stadtanlage unterschied sich offenbar in keiner Weise von jener in Zignamuclickclick.

»Wir können die Stadt erkunden, wenn es Tag wird«, fauchte der Dolmetscher. »Konzentrieren wir uns auf diese fliegende Festung. Möglich, daß dieses Schloß schon seit dem Zusammenbruch der Zivilisation unbewohnt durch die Gegend schwebt.«

»Es muß über eine private Kraftanalge verfügen«, meinte Louis nachdenklich. »Warum ausgerechnet dieses Gebäude?

Bisher hatten nur Städte ihre eigene Energieversorgung. Und die funktionierte ja längst nicht mehr.«

Teela war mit ihrem Flugzeug unter dem fliegenden Haus hindurchgeflogen. »Louis, das mußt du dir ansehen!« meldete sich ihre atemlose Stimme im Bordfunk.

Sie folgten ihr. Louis erschauerte, als er daran dachte, was für eine gigantische Masse jetzt dicht über seinem Kopf schwebte.

Auch das »Fundament« dieses fliegenden Schlosses bestand nur aus Fenstern. Und das Gebäude war kaum zu einer Landung geeignet, denn die Unterseite war nicht flach, sondern bestand aus Rampen und Ausbuchtungen. Was hielt nur diese gewaltige Masse aus Metall, Beton und Glas in der Luft?

Teela schwebte vor einem durchsichtigen Swimming-pool, der wie eine Kanzel aus der Unterseite des Gebäudes herausragte. Das Becken war geformt wie eine Badewanne und hell erleuchtet. Dieses Schwimmbecken grenzte an einen Wohnraum oder eine Halle. Man konnte das durch die dicken Glaswände nur sehr schwer ausmachen.

Kein Wasser befand sich mehr im Swimming-pool. Auf dem Boden des Beckens lag ein großes Skelett – das Skelett von einem Bandersnatcher.

»Die haben sich ja verdammt große Schoßtiere gehalten«, murmelte Louis.

»Ist das nicht ein Bandersnatcher vom Planeten Jinx?« fragte Teela. »Mein Onkel war Jäger. Ich erinnere mich, daß er sich sein Jagdzimmer in dem Skelett eines Bandersnatchers eingerichtet hatte.«

»Bandersnatcher gibt es auf vielen Planeten«, murmelte Louis zerstreut. »Sie werden auch als Schlachttiere gehalten. Mich würde es nicht wundern, wenn sie in der ganzen Milchstraße verbreitet sind. Ich frage mich nur, weshalb die Architekten der Ringwelt sie hierhergebracht haben!«

»Vielleicht gefielen ihnen diese Tiere so gut«, erwiderte Teela naiv.

»Dann litten sie aber an Geschmacksverirrung«, sagte Louis. Immerhin gleicht ein Bandersnatcher der Kreuzung aus einem Riesenwal und einem Schaufelbagger.

Auf jeden Fall mußten sich die Architekten der Ringwelt trotz ihrer rückständigen Raumschiffe ihre Tierwelt aus verschiedenen Sonnensystemen zusammengesucht haben.

Sie umkreisten noch einmal das fliegende Schloß und suchten nach einem Eingang. Fenster gab es massenweise – viereckkige, achteckige, Bullaugen oder einfache Glasziegel in den Wänden und Böden. Doch alle Fenster waren verriegelt und verrammelt. Sie entdeckten auch ein Dock für Flugzeuge mit einer großen Rampe, die offenbar wie eine Ziehbrücke funktionierte. Leider war diese Rampe eingezogen und sprach auf keinen Signalimpuls an. Eine Art spiralförmiger Rolltreppe hing wie eine gigantische Bettfeder unter dem Schloß. Sie führte ebenfalls zu einer verschlossenen Tür und mußte sich gewaltsam aus irgendeiner Verankerung gelöst haben, denn die Stufen waren zerbrochen, und die Seitenwände des gewundenen Treppenhauses waren teilweise eingedrückt.

»Da können wir lange suchen!« rief Teela ungeduldig. Ich werde ein Fenster rammen!«

Louis traute Teela jede Tollheit zu. »Untersteh dich!« knurrte er. »Dolmetscher, brich mal mit deinem Slaver-Gewehr ein Fenster auf!«

Der Kzin richtete das Gerät mit dem doppelten Lauf auf das große Aussichtsfenster. Zwei Strahlen schossen heraus, bauten dort, wo sie aufprallten, ein Spannungsfeld zwischen zwei entgegengesetzten Ladungen auf.

Ein Blitz zuckte auf, Louis schloß geblendet die Augen. Der Donner der Entladung durchschlug sogar die schützende Schalltasche. Glassplitter regneten auf ihn herab wie ein Hagelschauer.

»Du mußtest natürlich beide Läufe abdrücken!« beschwerte Louis sich bei dem Tigerwesen.

»Das ist gar keine üble Waffe», fauchte der Kzin zurück. »Sie wird uns noch hoffentlich gute Dienste leisten, wenn wir in einer Klemme stecken.«

»Hauptsache, du spielst nicht mit dem Ding herum, wenn wir zufällig deinen Kurs kreuzen«, knurrte Louis. Teela schwebte bereits durch das zerschossene Fenster in den riesigen Saal hinein. Die beiden anderen folgten ihr.

*

Louis fühlte sich großartig, als er aufwachte. Er lag auf einer weichen Unterlage auf seinem rechten Arm. Der Arm war eingeschlafen. Louis rollte sich auf den Rücken und öffnete die Augen. Er befand sich in einem breiten Bett und blickte zu einer hohen weißen Decke hinauf. Nur unter der rechten untersten Rippe spürte er noch etwas Hartes. Das war Teelas linker Fuß.

Ja, jetzt konnte er sich wieder erinnern. Sie waren bei der Durchsuchung des fliegenden Schlosses auf dieses Bett gestoßen. Es war so groß wie ein Minigolfplatz. Und das Schlafzimmer hätte in einem antiken Schloß auf der Erde das ganze Erdgeschoß für sich beschlagnahmt.

Louis gähnte. An Wunder hatte er sich inzwischen gewöhnt. Und dieses Luftschloß war in der Tat ein echtes Schloß – nicht nur eine mit viel Plüsch und kitschigem Protz hochgetrimmte Luxusherberge. Ein Speisesaal mit einer riesigen, fünfzehn Meter hohen Fensterfront war schon beeindruckend genug. Die Sessel für die minderen Chargen umgaben einen ringförmigen großen Tisch, der auf einer Plattform montiert war. Und in der Mitte dieses Tisches befand sich ein Thron, den Teela natürlich sofort ausprobiert hatte. Sie stellte fest, daß man mit diesem Thron fast bis zur Decke hinauffahren konnte. Außerdem entdeckte Teela, daß mit diesem Thronsessel ein Verstärker gekoppelt war. Er gab der Stimme des Throninhabers erst die richtige majestätische Tonfülle. Der Thronsessel ließ sich drehen. Gleichzeitig drehte sich auch die Drahtskulptur an der Decke.

Diese Skulptur war ein Meisterwerk der Aussparung. Auf den ersten Blick mochte man sie für ein abstraktes Kunstwerk halten. Doch sobald dieses Drahtgebilde sich drehte, entpuppte es sich als ein realistisches Porträt.

Die Skulptur stellte den Kopf eines haarlosen Mannes dar.

War das ein Porträt nach dem Modell eines Einheimischen angefertigt? Rasierten die Bewohner dieser Stadt sich nicht nur das Gesicht, sondern auch die Köpfe? Oder sahen sie hier das Abbild einer Rasse, die außerhalb der Ringwelt lebte? Eines war sicher: Es handelte sich eindeutig um ein menschliches Gesicht. Um ein sehr männliches Gesicht sogar – sympathisch, willensstark und überlegen.

Louis wälzte sich auf dem Bett herum und rief sich das

Gesicht wieder ins Gedächtnis zurück. Dem Künstler war es gelungen, dem Gesicht die Würde und Autorität eines Herrschers einzuprägen.

Demnach mußte dieses Schloß früher einmal als Regierungssitz gedient haben. Alle Indizien deuteten darauf hin – der Bankettsaal, der Thron, die einzigartigen Fenster, die Lichter und natürlich auch die Tatsache, daß dieses Gebäude immer noch in der Luft schwebte und mit einem eigenen Kraftwerk ausgestattet war.

Sie hatten einen Steifzug durch das Schloß unternommen. Alle Räume waren prächtig dekoriert, die Treppenhäuser Meisterleistungen der Architektur und Bildhauerkunst. Aber die Treppen bewegten sich nicht. Nirgends gab es Fahrstühle, Rolltreppen oder gleitende Gehsteige. Auch keine Antigrav-Schäfte waren in diesem Schloß eingebaut worden. Vielleicht wurden die Treppen durch einen Mechanismus bewegt, der inzwischen ausgefallen war.

Deswegen wanderten sie bei ihrer Besichtigungstour auch immer treppab, um sich das leidige Treppensteigen zu ersparen. Und so waren sie schließlich im Parterre des Schlosses im Schlafzimmer gelandet.

Das riesige Bett übte natürlich sofort eine unwiderstehliche Anziehungskraft auf Teela und Louis aus. Tagelang hatten sie in unbequemer Stellung in den Sätteln ihrer Flugzeuge schlafen müssen. Sie hatten sich geliebt, wo sich zufällig eine Möglichkeit dafür fand. Hier würde ihnen eine wahrhaft königliche Gelegenheit dafür geboten. Deshalb hatten sich die beiden rasch in das Schlafzimmer zurückgezogen und ließen den Dolmetscher im Schloß allein weiterforschen.

Louis stützte sich auf beide Ellenbogen. Die Gefühllosigkeit wich allmählich aus dem rechten Arm. Er war einfach nicht daran gewöhnt, in einem gewöhnlichen Bett mit Schwerkraft zu schlafen.

Die Wand vor ihm war durchsichtig und öffnete sich auf das gläserne Schwimmbecken, in dem das Skelett des Bandersnatcher lag und ihn mit leeren Augenhöhlen anglotzte. Die Seitenwand neben ihm war ebenfalls durchsichtig und gab den Blick auf die Stadt frei. Sie lag mindestens dreihundert Meter unter ihm.

Louis wälzte sich dreißigmal um seine Achse, bis er den Bettrand erreichte. Der Boden war mit einem Teppich bedeckt, dessen dichter goldfarbener Flor ihn unangenehm an die Bärte der Eingeborenen von Zignamuclickclick erinnerte. Louis wanderte zur Seitenwand und blickte hinaus.

Irgend etwas trübte sein Gesichtsfeld. Er nahm nicht bewußt auf, was das war. Es erinnerte ihn irgendwie an ein Flackern auf der Drei-D-Scheibe seines Fernsehgerätes auf der Erde. Er rieb sich die Augen und starrte hinunter auf die Stadt.

Unter einem weißen, wolkenlosen Himmel breitete sich ein graues Häusermeer aus. Viele Gebäude hatten Wolkenkratzerformat, und ein Dutzend davon erreichte sogar mit ihren Dächern die Unterkante des fliegenden Schlosses. Auch hier mußte es einmal viele fliegende Häuser gegeben haben. Man sah das an den Lücken, die von den abstürzenden Gebäuden in die Silhouette der Stadt gerissen worden waren. Überall türmten sich die Schutthalden der gestürzten Giganten.

Demnach schien nur dieses eine Gebäude über eine eigene Kraftanlage zu verfügen. Louis kam sich vor wie ein Sultan, der nach einer Harems-Orgie verchlafen auf seine Untertanen hinunterschaut, die wie Ameisen vor ihm im Staub kriechen.

»So ein Haus ist zweifellos eine Brutstätte des Größenwahnsinns«, überlegte Louis laut. Wieder lenkte eine Trübung seinen Anblick ab. Da schwebte doch etwas vor der Fensterwand – Draht!

Ein Draht hatte sich an einer Mauerverzierung verfangen. Doch da kam noch mehr Draht vom Himmel herunter. Ein Draht, der jetzt in zwei Bahnen von einem Kranzgesims hinunter auf die Stadt fiel. Dieser Draht mußte vorhin schon seine Sicht getrübt haben. Louis lag nackt auf dem Teppich vor der Fensterwand und schaute dem Draht zu, der wie ein endloser Faden vom Himmel auf die Erde herunterfiel. Das war hübsch anzusehen – wie Spinnenfäden am Sommerhimmel. Zum erstenmal, seit die Laserkanonen die *Liar* unter Beschuß genommen hatten, fühlte er sich wieder sicher und geborgen.

Der Draht nahm kein Ende, ringelte sich in einer endlosen Schleife auf den Kunstplaneten herunter. Er war so fein, daß man sich anstrengen mußte, ihn nicht aus den Augen zu verlieren.

Plötzlich wurde Louis wieder ganz nüchtern, als er erkannte, um was für einen Draht es sich handelte. Sonnenblendendraht! Er hatte sie bis hierher in diese Stadt verfolgt!

*

Louis mußte fünf Treppen steigen, ehe er ein Frühstück bekam.

Er hatte eigentlich gar nicht erwartet, einen betriebsbereite Küche in diesem Luftschloß vorzufinden. Eigentlich suchte er den Weg zurück in den Speisesaal und landete statt dessen in der Küche.

Die Küche bestätigte eine Theorie, die er sich bereits in der Nacht vorher bei der ersten Besichtigungstour überlegt hatte. Zu einem König oder Autokraten gehört ein großer Stab von Helfershelfern. Die Küche war dementsprechend eingerichtet. Hier mußte früher eine halbe Kompanie von Küchenchefs an der Arbeit gewesen sein, jeder mit seinem eigenen Stab – mit Hilfsköchen, Abschmeckern, Vorkostern, Dienern zum Servieren und Tellerwäschern.

Louis endeckte Vitrinen, in denen früher frische Früchte und Nahrungsmittel gelagert worden waren. Jetzt waren davon nur noch Staub und ein paar Obstkerne übriggeblieben. In einem Kühlraum lagen noch ein paar Skelette, säuberlich der Länge nach durchtrennt. Die Kühlaggregate arbeiteten nicht mehr. Nur bei einem Eisschrank in der Ecke der Küche lief der Motor noch. Vielleicht waren die Lebensmittel im Gefrierfach sogar genießbar; aber Louis wollte keine Vergiftung riskieren.

Aus den Wasserhähnen lief kein Wasser.

Es gab hier auch keine Konserven.

Und noch etwas vermißte Louis. Küchenmaschinen. Außer Kühlaggregaten gab es hier weder Maschinen noch elektronische Einrichtungen. An den Öfen fehlten die Temperaturregler und die automatischen Schalter. Nicht mal ein Toaströster war vorhanden. Dafür waren über Öfen Fäden ausgespannt, an denen ein paar vertrocknete Schoten hingen. Getrocknete Gewürzpflanzen? Undenkbar, daß den Köchen des Regierungschefs nicht einmal Behälter zur Verfügung standen, in denen sie frische Gewürze aufbewahren konnten!

Louis blickte sich noch einmal nachdenklich um. Erst jetzt dämmerte ihm die Wahrheit.

Dieser Raum war ursprünglich gar keine Küche gewesen.

Was dann? Eine Vorratskammer? Oder ein Aufenthaltsraum? Höchstwahrscheinlich ein Salon, der zur Erholung der Bewohner des Hauses oder des Regierungsstabes diente. Denn eine Wand war erst nachträglich weiß übertüncht worden. Offenbar war hier früher der Bildschirm für die Drei-D-Anlage gewesen. Und die Eindrücke im Boden deuteten darauf hin, daß hier einmal viele Sessel und Tische in Reihen gestanden hatten.

Wahrscheinlich hatte eines Tages das Drei-D-Gerät seinen Geist aufgegeben. Da niemand wußte, wie man es repariert, hatte man die Schirmwand einfach weiß übermalt. Als dann die automatische Küche streikte, hatten an Stelle der Computer wieder lebendige Köche das Kommando übernommen und den Raum in eine primitive, mit der Hand betriebene Küche verwandelt. Solche Kücheneinrichtungen waren damals wohl schon überall im Gebrauch, weil keiner mehr die elektronischen Küchengeräte reparieren konnte. Die Nahrungsmittel für die Küche mußten von da an mit Flugzeugen angeliefert werden.

Und als schließlich auch die Flugzeuge ausfielen?

Louis fröstelte es. Er verließ rasch die Küche und suchte die einzige Nahrungsmittelquelle, die in diesem Schloß noch funktionierte. Er aß einen Riegel Preßnahrung, frisch gekocht von dem Küchenautomaten in seinem Flugrad.

Louis suchte gerade die letzten Krümel zusammen, als der Kzin in den Bankettsaal kam. Er sah nicht mehr aus wie ein Nachtgespenst. Das Gesundheitsspray hatte seinen Zweck erfüllt und war von seinem Körper abgefallen. Jetzt zeigte sich der Dolmetscher in einem schimmernden orangefarbenen Flaum, durch den die rosige, gesunde Haut hindurchschimmerte, durchzogen von einem Netz violetter Adern.

»Komm mit!« fauchte der Kzin aufgeregt, »ich habe ein Kartenzimmer entdeckt!«

XVI

Der Kartenraum

Das Kartenzimmer befand sich in der mächtigen Kuppel auf dem Dach des Schlosses, wie das seiner Bedeutung zukam. Louis war ganz außer Atem, als er hinter dem Kzin die Treppen hinaufstürmte. Der Dolmetscher machte nur ganz gemächliche Schritte. Doch bei seiner Tigergröße konnte er mit einem Satz zehn Stufen auf einmal nehmen.

Louis erreichte erst den obersten Treppenabsatz, als der Kzin schon längst hinter der Doppeltür verschwunden war.

Sekunden später lehnte sich Louis erschöpft gegen den Türpfosten. Er wurde sofort wieder munter, als er das zwanzig Zentimeter breite Band vor sich in Hüfthöhe über dem Boden schweben sah.

Louis blinzelte. Das war ein riesiger Reifen, der in dem kreisrunden Saal schwebte. Louis schätzte seinen Durchmesser auf vierzig Meter.

An den blauen, rechteckigen Mustern an der Innenseite des Reifens erkannte Louis sofort, daß es sich hier um ein Modell der Ringwelt handeln mußte.

Schweigend nahm Louis die Einzelheiten in sich auf.

Im Mittelpunkt dieses Kartenmodells stand ein Projektionsschirm, der sich offenbar um seine Achse drehen ließ. Hoch oben an der Kuppelwand entdeckte Louis zehn sich drehende Weltkugeln. Sie waren verschieden groß und drehten sich gemessen mit unterschiedlicher Geschwindigkeit um ihre Achsen. Doch diese Globen hatten eines gemeinsam. Sie zeigten die typische Färbung eines erdähnlichen Planeten: Dunkelblau mit weißen Wolkenfeldern, als habe man sie mit Schlagsahne bespritzt. Unter jedem Globus befand sich eine Kegelschrift-Projektion.

»Ich habe die ganze Nacht in diesem Raum verbracht und gearbeitet«, knurrte der Kzin. »Ich will dir etwas zeigen, was dich bestimmt interessieren wird.«

Er winkte Louis von der Mitte des Ringes aus zu. Louis bückte sich, um unter dem Ring hindurchzukriechen. Doch mitten in der Bewegung hielt er inne. Der drahtige Mann mit der Adlernase, der unten über dem Bankettsaal schwebte, würde nie den Nacken gebeugt haben – nicht einmal hier in seiner Befehlszentrale. Louis ging also aufrecht auf den Ring zu und durch den schwebenden Kreis hindurch. Der Ring war eine Holoprojektion.

Louis stellte sich neben den Kzin, der sich ächzend über eines der Schaltpulte beugte, die den Projektionsschirm in der Mitte einschlossen. Die Bedienungsknöpfe waren ungewöhnlich groß und offenbar aus massivem Silber gefertigt. Jeder Knopf stellte den Kopf irgendeines Tieres dar, und die Pulte waren mit Zierleisten und Mustern dekoriert. Symptome von Dekadenz, dachte Louis, ehe er die Anglage genauer studierte.

Der Schirm in der Mitte leuchtete auf. Louis wähnte sich wieder im Raumschiff, als er an der Sichtluke stand und die Ringwelt von den Sonnenblenden aus beobachtete.

»Ich hatte das Bild schon einmal eingestellt«, schnarrte der Kzin und berührte einen Knopf. »Wenn ich mich recht erinnere, muß es dieser gewesen sein . . .« Das Bild dehnte sich so rasend schnell aus, daß Louis unwillkürlich nach einem Hebel tastete, der ihm als Bremse dienen konnte.

»Ich möchte dir den oberen Rand der Ringmauer zeigen!«

Der Kzin bediente einen andern Knopf, ein Monster mit aufgesperrtem Rachen. Das Bild kippte, schoß davon. Dann blickte Louis über den Rand der Ringwelt.

Irgendwo mußten sich Teleskope befinden, die ihnen diese Projektionen vermittelten. Vielleicht waren sie auf den Sonnenblenden angebracht.

Louis schaute jetzt auf einen tausend Meilen hohen Berg hinunter. Das Bild wuchs, zeigte immer mehr Einzelheiten, während der Kzin die Feinabstimmung bediente. Louis staunte, wie dieses realistische Bild, das jede Einzelheit bis auf die Größe naturgetreu wiedergab, mit einem scharfgestochenen Rand in die Schwärze des Alls überging.

Doch dann erkannte er, daß sich noch etwas über den Gipfeln des Randgebirges befand.

Er sah zwar nur ein paar helle Punkte, aber er wußte sofort, was sie darstellten. »Ein Linearbeschleuniger!«

»Ganz recht«, fauchte der Kzin. »Da diese Welt nicht über Reisekabinen verfügt, war das die einzige Möglichkeit, um die gigantischen Entfernungen zu überwinden. Der Linearbeschleuniger muß das wichtigste Transportsystem dieser künstlich geschaffenen Welt gewesen sein.«

»Aber dieses Transportsystem liegt doch über tausend Meilen hoch. Wie haben sie den Beschleuniger erreicht? Mit Fahrstühlen?«

»Aufzugsschächte – richtig!« Der Kzin deutete auf den Projektionsschirm. »Ich habe sie in regelmäßigen Abständen über die ganze Ringmauer verteilt gefunden. Hier ist einer!« Aus den weißen Punkten war ein silberner Faden geworden. Dieser Faden setzte sich aus winzigen Schlaufen zusammen, die in regelmäßigen Abständen aufeinanderfolgten. Jede Schlaufe versteckte sich hinter einem Berggipfel und war mit einer schlanken Röhre, die man auf der Projektion kaum erkennen konnte, mit irgendeiner Station verbunden, die sich unter der Wolkenschicht der Ringwelt-Atmosphäre versteckte.

»Die elektromagnetischen Spulen drängen sich besonders dicht um die Aufzugsschächte zusammen. Sonst stehen sie bis zu einer Million Meilen auseinander. Wahrscheinlich dienten diese Induktionsschleifen dazu, Flugwagen in Gang zu setzen, abzubremsen und auf Kurs zu halten. Anfangs wurde wohl der Flugwagen auf eine feste Umlaufbahn gebracht, wobei er sich mit einer Geschwindigkeit von etwa 770 Meilen pro Sekunde auf dem Ring entlangbewegte. Bei einem Aufzugsschacht konnte er dann wieder abgebremst und aufgefangen werden.«

»Das würde aber bedeuten, daß ein Reisender bis zu zehn Tage unterwegs war, wenn er seinen Bestimmungsort erreichen wollte. Die Zeit der Beschleunigung und Verzögerung habe ich dabei gar nicht mitberechnet!«

»Was heißt das schon. Braucht ihr nicht auf der Erde mindestens sechzig Tage, wenn ihr ›Silvereyes‹ den erdfernsten Kolonialplaneten, mit euren Raumschiffen erreichen wollt? Und ihr benötigt sogar die vierfache Zeit, wenn ihr euer Universum in seiner ganzen Länge durchfliegen wollt!«

Damit hatte er natürlich recht. Dabei war die Oberfläche der Ringwelt größer als das den Menschen bekannte Universum, soweit es die Oberfläche der besiedelten Welten anlangte. Louis wechselte deshalb das Thema: »Hast du feststellen können, ob der Linearbeschleuniger noch verwendet wird?«

»Diese Frage ist gegenstandslos. Ich werde dir gleich zeigen, warum.« Die Projektion floß ineinander, weitete sich wieder aus, glitt auf einen anderen Sektor hinüber, in dem Nacht herrschte.

»Beleuchtete Städte!« Louis schluckte. »Dem Himmel sei Dank – noch ist nicht alle Zivilisation auf dieser Welt erloschen!«

»Leider muß ich dich da enttäuschen. Vielleicht dauert es eine Weile, bis ich die richtige Einstellung finde . . . Ah, da haben wir sie schon!«

Das Schloß – offensichtlich die fliegende Festung, in der sie sich gerade aufhielten – schwebte majestätisch über einem Lichtermeer. Beleuchtete Fenster, Neonlichter, lange Lichtbänder, die offensichtlich von den Scheinwerfern der Flugwagen stammten, vermischten sich mit den strahlend erleuchteten fliegenden Häusern. Es war ein wunderbarer und enttäuschender Anblick zugleich.

»Filme – zum Teufel –, wir betrachten hier alte Filme! Und ich glaubte, das wäre eine Live-Übertragung!« Einen Moment lang hatte Louis die wilde Hoffnung erfüllt, daß ihre Suche zu Ende war und sie endlich lebendige, intakte Großstädte auf der Landkarte entdeckt hätten. Doch diese Filme mußten uralt sein – viele, viele Kulturperioden alt.

»Ich fiel derselben Illusion heute nacht zum Opfer«, schnarrte der Kzin leise, »bis ich nirgends den Lavagraben entdecken konnte, den unser Raumschiff in die Oberfläche der Ringwelt gepflügt hatte. Doch dann, als mir unser Luftschloß vor die Augen kam, kam ich schnell auf den Boden der Tatsachen zurück. Und nun schau dir das an!«

Der Kzin schwenkte den Sucher nach Backbord. Das Land zerfloß auf dem Schirm, verlor seine plastischen Konturen. Dann schienen sie über einem schwarzen Ozean zu schweben.

»Das liegt zwischen uns und dem Rand des Ringwalles – ein Meer, das den größten Ozean der Erde um ein Mehrfaches übertrifft. Schon allein diese Bucht dort ist größer als unser größter Ozean.«

»Also noch ein Hindernis«, murmelte Louis enttäuscht. »Können wir es überwinden?«

»Vielleicht. Doch ich habe noch weitere Überraschungen für

dich, Louis!« Der Kzin hatte schon wieder die Pfote am Schalter, um die Kontinente hinter dem großen Meer einzufangen. Doch Louis hielt dessen Hand fest. Seine Augen gingen zwischen der Projektion des Ozeans und den zehn Welten, die an der Kuppelwand rotierten, hin und her. »Siehst du die Inseln im Meer, Dolmetscher?«

»Ich verstehe nicht, was du meinst, Louis!«

»Vergleiche die konischen Projektionen der zehn Planeten an der Wand – sie sind ein wenig verzerrt – mit den zehn Inseln im Meer. Sie haben ihre zehn Planeten, die sie aufgeben mußten, hier im Meer als Inseln nachgebildet!«

»Das scheint mir ein makabrer Scherz zu sein, Louis.«

»Nein, eine Art von Heimattreue. Wehmütige Erinnerungen an die Muttererde. Für die Architekten der Ringwelt hatte das noch Gewicht. Drei Generationen später betrachtete man das vielleicht nur noch als einen Scherz. So geht es jeder Tradition, die ihren Inhalt verliert.«

»Eine typische Erscheinung menschlicher Sentimentaltität«, fauchte der Kzin. »Louis, glaubst du, daß die Menschen uns Kzinti verstehen?« Louis schüttelte den Kopf und lächelte.

»Gut«, meinte der Kzin, »dann wechseln wir mal das Thema und das Bild. Ich habe in der vergangenen Nacht vor allem die Raumhäfen der Ringwelt betrachtet.« Er drehte an den grotesken Knöpfen.

Sie standen im Zentrum der Ringwelt und blickten durch ein Fenster in die Vergangenheit dieser gigantischen Zivilisation.

Auf dem Sims der Ringmauer, die der ewigen Nacht des Alls zugekehrt war, landete gerade ein Raumschiff im elektromagnetischen Pufferfeld. Tausend Bullaugen im Rumpf des zylinderförmigen Schiffes funkelten im hellen Licht. Die Magnetfelder schillerten in Pastellfarben, damit die Bedienungsmannschaft sie visuell bedienen konnte.

»Ich habe den Film zu einer endlosen Schleife verbunden«, sagte der Kzin. »Und ihn immer wieder ablaufen lassen. Unglaublich, die Passagiere schienen direkt durch die Ringmauer hindurchzugehen, als finde eine Art von Osmose statt!«

»Mag sein«, murmelte Louis. Er war schrecklich deprimiert.

»Ich habe auch ein Schiff beim Start beobachtet», fuhr der Kzin fort. »Sie verwenden dazu nicht den Linearbeschleuniger, sondern nur diese ringförmigen Schächte, um das Schiff in das Vakuum hinausplumpsen zu lassen. Es war genauso, wie es der Pflanzenfresser vermutet hatte. Louis, hörst du überhaupt zu?«

»Tut mir leid«, erwiderte Louis mit trüber Stimme. »Mir wird ganz schlecht, wenn ich an die Entfernung bis dahin denke. Noch rund siebenhunderttausend Meilen – du meine Güte!«

»Vielleicht können wir diesen elektromagnetischen Lift auf dem Dach der Ringwelt benützen, Louis.«

Louis schüttelte den Kopf, während er immer noch auf das Bild des Raumhafens starrte. »Nichts zu machen. Wahrscheinlich ist das System längst verrottet. Zivilisation hat immer die Tendenz, sich auszudehnen. Das Gegenteil ist eingetreten. Also ist auch das Transportsystem zusammengebrochen. Außerdem sehe ich keinen Aufzugschacht in der Nähe.«

»Da hast du allerdings recht«, bestätigte der Kzin. »Ich habe auf den Bildern auch keinen Schacht in der Nähe entdecken können.«

Auf dem Bildschirm war das Raumschiff jetzt gelandet. Schwebende Laster zogen eine Art von Blasebalg zu der Luftschleuse des Schiffes. Der Balg wurde an das Raumschiff angeschlossen, und die Passagiere verließen durch den Balg das Schiff.

»Sollen wir uns ein anderes Ziel aussuchen?«

Louis winkte müde ab. »Sinnlos. Der Raumhafen ist immer noch unsere beste Chance.«

»Tatsächlich?«

»Die Ringwelt ist zwar ein riesiger Artefakt, aber trotzdem eine Kolonie von zehn anderen Planeten. Auf einer Kolonialwelt entwickelt sich die Zivilisation immer um den Raumhafen herum.«

»Aber die Architekten der Ringwelt haben ihre Heimatplaneten doch längst aufgegeben!« widersprach der Kzin.

»Das ist eine Vermutung von uns. Können denn nicht Raumschiffe auch heute noch hier eintreffen, Dolmetscher? Raumschiffe von den verlassenen Mutterplaneten? Aus längst vergangenen Jahrhunderten? Denke daran, daß die Schaufel-Fusionsschiffe langsamer als das Licht fliegen, also der Relativität und Zeitdilation unterworfen sind!«

»Du hoffst also, auf einen alten Skipper zu stoßen«, erwiderte Louis müde, »der den Wilden die Grundbegriffe der Raumfahrt beizubringen versucht, die sie längst vergessen haben.«

Der Kzin blickte den Menschen mitleidig an. »Gut. Depressive Phase, wie? Was kann ich dir zum Abschluß noch aus der Mottenkiste zeigen?«

»Hm – wie weit sind wir eigentlich geflogen, seit wir die *Liar* verlassen haben?«

»Ich sagte dir schon, ich konnte unseren Landungsgraben nicht entdecken.«

»Dafür aber die Faust Gottes, nicht wahr?«

»Nein.«

»Den riesigen Berg, an dessen Flanke wir fast zerschellten! Den mußt du doch auf dem Film entdeckt haben!«

»Nein!«

»Das gefällt mir nicht, Dolmetscher! Kann es sein, daß wir vom Kurs abgewichen sind? Wenn du von diesem Schloß aus stur nach Steuerbord gehst, müßtest du unbedingt . . .«

». . . zum drittenmal – nein!« fiel ihm der Kzin ins Wort. »Ich habe auch blinde Flecke auf dem Film entdeckt. Vielleicht handelt es sich dabei um verbotene Zonen . . .«

Plötzlich wirbelte das Tigerwesen herum, seine Ohren wie Fächer aufgestellt. Dann ließ es sich lautlos auf allen vieren nieder und sprang.

Louis zuckte zusammen. Jetzt hatte er das Geräusch ebenfalls gehört . . .

*

Bisher hatten sich alle mechanischen Vorgänge in diesem Luftschloß mit bemerkenswert niedriger Phonzahl abgewickelt. Doch jetzt hörte man ein häßliches, tiefes Brummen hinter der Doppeltüre.

Der Kzin bewegte sich schon an der Wand entlang auf die Geräuschquelle zu. Louis zückte seine Laser-Taschenlampe und folgte den krallenbewehrten Pfoten des Dolmetschers.

Wie immer war der Kzin ihm um drei Sprünge voraus. Er lauerte bewegungslos auf dem obersten Treppenabsatz. Louis spähte ihm über die behaarte Schulter.

Teela glitt die Treppe herauf. Sie winkte ihnen übermütig zu. »Die Dinger bewegen sich nur von unten nach oben«, sagte sie. »Und die Treppe zwischen dem sechsten und siebten Stockwerk streikt in beiden Richtungen!«

Louis starrte seine Geliebte an. »Wie hast du denn das geschafft?«

»Ganz einfach. Ich packte das Geländer und schob den Arm vor. Wenn man das Geländer nicht losläßt, bewegt sich die Treppe nach oben. Ich habe das auch nur durch einen Zufall entdeckt.«

»Tatsächlich!« meinte Louis ironisch. »Ich bin die Treppe heute morgen hinauf- und hinuntergeklettert – vom Parterre bis zum zehnten Stockwerk. Nichts rührte sich. Wie viele Treppen bist du denn gestiegen, ehe sich der verdammte Apparat in Bewegung setzte?«

»Überhaupt keine«, sagte Teela und gähnte. »Ich hatte Hunger, wollte mir ein Frühstück machen, stolperte auf der ersten Stufe und hielt mich am Geländer fest. Und dann ging alles wie von selbst . . .«

»Richtig. Typisch für dich, mein Liebling.«

Teela machte ein beleidigtes Gesicht. »Es ist doch nicht meine Schuld, wenn du so viele Stufen hinaufgeklettert bist!«

»Aber nein doch. Hast du bereits gefrühstückt?«

Teela schüttelte den Kopf. »Ich hatte keine Zeit dazu. Ich mußte doch die Leute beobachten, die sich auf dem Marktplatz unter unserem Schloß versammeln.«

Der Kzin ließ seine rosa Ohren spielen. »Markplatz, sagten Sie? Direkt unter uns?«

»Ja. Den ganzen Morgen über strömen dort Eingeborene aus allen Richtungen zusammen. Müssen jetzt schon ein paar hundert Leute unter uns versammelt sein.« Teela lächelte geschmeichelt. »Und sie stimmen dauernd neue Lieder an!«

*

In den eleganten, breiten Korridoren des Schlosses befanden sich in regelmäßigen Abständen Nischen und Erker, die mit Teppichen, Tischen und Sofas ausgestattet waren, so daß man dort vertrauliche Gespräche führen oder einen Imbiß einnehmen konnte. So eine Nische befand sich auch im Tiefparterre des Schlosses über einem Aussichtsfenster, das sich im rechten Winkel bis zur Mitte des Korridorbodens fortsetzte.

Louis war wieder außer Atem von dem langen Weg nach unten. Die Eßtische faszinierten ihn zunächst mehr als die Vorgänge unten in der Stadt. Die Tischplatte war ein Fries mit Rillen und Einbuchtungen. Sie glichen Menütellern, auf denen man Suppe, Braten und Nachspeise auf einmal servieren konnte, indem man sie auf die verschiedenen Fächer verteilte. Jahrhundertelang mußten hier die Einheimischen direkt vom Tisch gegessen haben, denn das harte weiße Material der Tischplatte war fleckig und schillerte an manchen Stellen in allen Farben.

»Nicht sehr hygienisch«, sagte Louis nachdenklich. »Wahrscheinlich wurden die Tische nach dem Essen einfach mit heißem Wasser abgespritzt.«

»Was hatte das schon zu bedeuten?« meinte Teela großzügig. »Die Architekten der Ringwelt verbannten Fliegen, Moskitos und Wölfe von ihrem Kunstplaneten. Das gleiche galt bestimmt für gefährliche Bakterien!«

Louis blickte sie düster an. »Sie könnten aber Bakterien eingeschleppt haben. Von ihren zehn Kolonialwelten. Außerdem brauchten sie Bakterien für ihre Verdauung. Und wenn so ein Bakterienstamm einmal entartet, zu einem gefährlichen Erreger wird . . .« Seine Stimme brach ab. Er malte sich in seiner Phantasie die Folgen seiner Theorie aus. Dann gab es keine Immunität mehr auf dieser Welt. Der Körper konnte der verheerenden Wirkung der Bakterien nichts mehr entgegensetzen.

War die Ringwelt dem Angriff feindlicher Bakterien erlegen? Jede Zivilisation muß sich ihre Widerstandskraft gegen Krankheiten bewahren. Sonst ist sie eines Tages zum Untergang verurteilt!

Der Kzin kniete in der Nische und deutete nach unten: »Sie blicken zu uns herauf!« fauchte er.

Louis schaute auf die Stadt hinunter. Mindestens tausend Einheimische waren da unten versammelt. Sie drehten ihnen das Gesicht zu.

»Sie können doch nicht wissen, daß wir hier sind!« rief Louis.

»Vielleicht ist heute ein Feiertag«, meinte der Kzin achselzukkend.

»Vielleicht haben sie auch ein Zeichen vom Himmel bekommen – das zum Beispiel!« meinte Teela und deutete auf die feinen Drahtschlingen, die immer noch vom Himmel regneten.

»Hm«, meinte der Kzin nachdenklich, »wie lange hält dieser Metallregen denn schon an?«

»Seit Stunden«, antwortete Louis. »Mir ist das Zeug sofort aufgefallen, als ich aufwachte. Die *Liar* muß den Draht mitgeschleppt haben. Sie hat diese Stadt bei der Landung überflogen. Kein Wunder also, daß es jetzt Draht regnet – einen Draht, der sechs Millionen Meilen lang sein kann. Die Einheimischen werden den Drahtregen als göttliches Zeichen betrachten. Wahrscheinlich verehren sie das Schloß schon seit Jahrhunderten. Es ist das einzige Gebäude, das sich noch schwerelos in der Luft halten kann.«

»Und wenn heute noch die Architekten der Ringwelt in Fleisch und Blut unter ihnen erscheinen, wäre das der logische Schlußpunkt dieses Wunders«, meinte das Tigerwesen nachdenklich. »Louis sollen wir uns wirklich mal als Götter versuchen?«

Teela blickte den Kzin an und lachte, daß ihr die Tränen kamen. Louis zuckte erschrocken zusammen.

Ein zwei Meter fünfzig großer Tiger mit Reißzähnen, einem Rattenschwanz, rosaroter Babyhaut und einem knallig orange farbenen Gänsedaunen-Fell – so etwas konnte man bestimmt keinem intelligenten Menschen als Gott anbieten. Louis konnte Teela gut verstehen, wenn er auch ahnte, wie empfindlich der Kzin auf diesen Heiterkeitsausbruch reagieren würde.

Der Kzin fuhr die Krallen aus und packte Louis an der Schulter. »Louis, ich verlange eine Erklärung!« fauchte er.

Louis machte eine Grimasse. »Mit einem ordentlichen Fell auf den Rippen würdest du einen ziemlich guten Kriegsgott abgeben«, erwiderte er und warf Teela einen warnenden Blick zu. »Aber mit diesem Babyflaum? Ehrlich, Dolmetscher, ich würde an deiner Stelle lieber mit deiner göttlichen Offenbarung warten, bis dir das Fell wieder nachgewachsen ist!«

»Aber wenn ich ein paar Gläubige mit bloßen Händen zerreiße, kapieren sie rasch, was für ein Gott in mir steckt!«

»Unsinn, Dolmetscher. Sie werden sich verkriechen und darum beten, daß dein Zorn sich abkühlt. Das hilft uns nicht weiter. Wir brauchen jetzt einen gütigen Nessus, mit seinem Tasp wäre er genau richtig.«

»Aber der Puppetier ist nicht erreichbar. Er scheidet aus!«

»Wenn Nessus jetzt . . .«

»Er scheidet aus, habe ich gesagt!«

Louis zuckte die Achseln. »Nun gut, dann fliege ich eben allein hinunter. Teela, du läßt dir inzwischen das Kartenzimmer vom Dolmetscher zeigen. Wir bleiben mit unseren elektronischen Scheiben in Verbindung. Wenn es Ärger gibt, kommt ihr mir sofort zu Hilfe. – Dolmetscher, ich brauche deinen Laser!«

Der Kzin knurrte zwar unwillig, überließ Louis dann aber doch seine Laser-Lampe. Immerhin hatte er ja noch die Slaver-Doppelflinte.

*

Die Menge mußte ihn sofort erblickt haben. Er hörte das überraschte Murmeln der Leute, als er mit seinem Flugrad nach unten schwebte. Dann setzte der Gesang wieder ein.

Es war ein getragener, mehrstimmiger Choral. Er klang atonal. Wahrscheinlich verwendeten sie die Zwölf-Ton-Skala für ihre Kirchenmusik. Jedenfalls hörte sich der Choral feierlich an.

Der Marktplatz hatte riesige Ausmaße. Die tausend Gemeindemitglieder verloren sich fast auf dieser Fläche. In der Mitte des Platzes stand ein Mann auf einem Sockel und dirigierte den Gesang mit beiden Armen. Hier gab es keine Lautsprecher oder elektronischen Verstärker mehr. Louis Wu wußte eine Originalaufführung durchaus zu schätzen. Auf der Erde wurde einem so etwas sehr selten geboten – auf keinen Fall ohne elektronische Verbesserung.

Die Qualität des Chores war erstaunlich gut. Louis wurde von dem Gesang angesteckt und versuchte, mitzusummen.

»So etwas tut ein Gott nicht«, knurrte er dann und peilte die Mitte des Platzes an.

Der Sockel in der Mitte des Platzes mußte früher mal ein Standbild getragen haben. Man sah es an den menschenähnlichen Fußabdrücken auf dem Podest – jeder gut über einen Meter lang –, wo früher die Statue einzementiert worden war. Jetzt war der Sockel von einem dreieckigen Altar besetzt. Ein Mann stand davor und schwang beide Arme in die Luft.

Louis sah, wie der Kopf dieses Mannes rosa aufleuchtete. Das mußte eine zeremonielle Kopfbedeckung sein, dachte Louis, während er auf dem Sockel landete. Im gleichen Augenblick drehte sich der Leiter des Kirchenchores um. Louis hätte in diesem Augenblick fast eine Bruchlandung hingelegt.

Der Mann hatte einen kahlgeschorenen Kopf. Eigenartig, dieser rosige Kahlschädel in einer Schar von bärtigen Gesichtern, in denen man nur die Augen sehen konnte. Der Chorleiter streckte die Hand aus. Der Gesang brach mitten im Takt ab. Dann starrte der Mann (ein Priester?) Louis Wu schweigend an.

Er war genauso groß wie Louis Wu, also ungewöhnlich groß für einen Eingeborenen. Die Haut seines Schädels und Gesichtes war hell, fast durchsichtig, wie bei einem Albino auf dem Kolonialplaneten Paradise. Er mußte sich erst vor ein paar Stunden das Gesicht mit einem stumpfen Rasiermesser rasiert haben; man sah hier und dort einen grauen Bartstoppel.

Er öffnete den Mund, und die Translatorscheibe übersetzte mit einem vorwurfsvollen Unterton: »Endlich seid ihr wiedergekommen!«

»Ich wußte nicht, daß wir erwartet wurden«, antwortete Louis wahrheitsgemäß. Er besaß nicht genügend Selbstvertrauen, ganz allein den Gott zu spielen. Und die Erfahrung eines langen Lebens warnte ihn vor einer handfesten Lüge, die manchmal verheerende Folgen haben konnte.

»Ihr habt Haare auf dem Kopf«, fuhr der Priester fort. »Mir scheint, daß Euer Blut nicht ganz rein ist, verehrungswürdiger Baumeister!«

Das war also das Haar in der Suppe! Die reinrassigen Baumeister waren kahlköpfige Leute gewesen. Deswegen mußten die Einheimischen, die als Statthalter der göttlichen Baumeister das Erbe verwalteten, sich auch alle Haar vom Kopf herunterkratzen. Oder hatten die Baumeister vielleicht Enthaarungsmittel verwendet, weil ihnen das Kämmen lästig fiel? Auf jeden Fall hatte der Priester eine starke Ähnlichkeit mit dem Drahtporträt in der Bankethalle.

»Mein Blut geht Sie nichts an«, sagte Louis und schob damit dieses Problem elegant zur Seite. »Wir sind auf dem Weg zum Rand der Ringmauer. Können Sie mir sagen, ob wir hier auf dem richtigen Kurs sind?«

Der Priester war von dieser Frage offensichtlich total verwirrt. »Ihr bittet mich um Auskunft – Ihr, ein Baumeister dieser Welt?«

»Ich bin kein Baumeister«, antwortete Louis, die Hand auf dem Schalter der Schalltasche.

Doch der Priester hatte seine Überraschung noch nicht überwunden. »Warum habt Ihr dann ein kahles Gesicht? Ihr beherrscht das Fliegen. Habt Ihr dieses Geheimnis vom Himmel gestohlen? Und was sucht Ihr hier überhaupt? Wollt Ihr mir vielleicht meine Gemeinde wegnehmen?«

Diese letzte Frage schien sehr wichtig zu sein. »Wir sind nur unterwegs zum Rand der Ringmauer«, beschwichtigte Louis den Priester. »Wir wollen wirklich nur eine Auskunft haben.«

»Ihre Antwort ist im Himmel!«

»Nehmen Sie mich jetzt nur nicht auf den Arm«, erwiderte Louis gereizt.

»Aber Sie kommen doch direkt von dort! Ich habe es mit meinen eigenen Augen gesehen!«

»Ach, Sie sprechen von dem fliegenden Haus da oben! Ja, wir haben es besichtigt. Aber es hat uns nicht viel gesagt. Eine dumme Frage – waren die Baumeister dieser Welt wirklich kahl auf dem Kopf?«

»Ich habe mich das auch schon oft gefragt«, gestand der Priester. »Manchmal neige ich zu der Ansicht, daß sie sich auch jeden Tag rasieren mußten wie ich. Ihre Haut scheint tatsächlich haarlos zu sein.«

»Ich verwende ein Enthaarungsmittel.« Louis blickte sich kritisch auf dem Marktplatz um und musterte die Menge, die ihm ehrfürchtig ihre Löwenzahngesichter zuwandte. »Was glauben diese Leute? Sie scheinen nicht von Zweifeln geplagt wie Sie!«

»Sie sehen, daß wir als Gleichberechtigte verhandeln – in der Sprache der Baumeister. Ich bitte Sie, in dieser Sprache fortzufahren.« Das sagte der Priester wie ein Verschwörer, der es mit einem Standesbruder nicht verderben will.

»Das vergrößert wohl Ihr Prestige bei Ihrer Gemeinde, wie?« murmelte Louis. Der Priester hatte tatsächlich Angst gehabt, er würde ihm seine Gemeinde oder Pfründe wegnehmen. Jeder Priester würde wohl Existenzangst bekommen, wenn sein Gott zum Leben erwacht und das Kommando übernehmen will. »Können diese Leute uns denn nicht verstehen?« fragte Louis.

»Ein Wort unter zehn vielleicht.«

Louis bedauerte jetzt, daß ihm die Translatorscheibe alle Arbeit abnahm. Die Übersetzung war simultan, so daß er nicht nachprüfen konnte, ob sich die Aussprache des Priesters von dem Dialekt des Stammeshäuptlings in Zignamuclickclick unterschied. Aus der Verschiedenheit der Dialekte hätte er vielleicht schließen können, wie lange der Zusammenbruch der Ringwelt-Zivilisation bereits zurücklag.

»Wie kam dieses fliegende Haus zu dem Namen ›Himmel‹?« fragte Louis. »Können Sie mir das sagen?«

»Die Legenden sprechen von Zrillir«, antwortete der Priester feierlich. »Er herrschte über alle Länder unter dem Himmel. Auf diesem Sockel stand sein Standbild in Lebensgröße. Die Länder versorgten den Himmel mit allen Leckerbissen, die unsere Erde hervorbringt. Ich könnte sie Ihnen namentlich aufzeichnen, weil wir sie alle auswendig lernen. Doch heutzutage findet man sie nur noch selten auf unserer Welt. Soll ich sie trotzdem nennen?«

»Nein, danke. Was geschah dann im Himmel?«

Der Priester fuhr jetzt in einer Art Rezitativ fort, als habe er diese Geschichte schon tausendmal vorgetragen: »Der Himmel wurde geschaffen, als die Baumeister auch die Welt und den Bogen bauten. Wer den Himmel beherrschte, rigierte die Welt vom einen Ende zum anderen. Auch Zrillir herrschte viele hundert Jahre lang im Himmel über diese Welt und warf das Sonnenfeuer auf uns herab, wenn er ungnädig war. Doch eines Tages ging das Gerücht, Zrillir könne keine Sonnenfeuer mehr auf seine Untertanen hinabschleudern. Deswegen gehorchten ihm die Leute auch nicht mehr. Sie verweigerten ihm die Leckerbissen und rissen sein Standbild vom Sockel. Zrillirs Engel warfen aus Rache Steine vom Himmel. Doch das konnte seine Untertanen nicht erschüttern. Sie wichen den Steinen aus und lachten.

Und eines Tages wagten es die Leute sogar, den Himmel mit der Himmelsleiter zu stürmen. Da ließ Zrillir die Leiter umwerfen, und seine Engel evakuierten den Himmel in ihren fliegenden Wagen.

Später bereuten wir es, daß wir Zrillir nicht mehr zum Herrscher hatten. Denn der Himmel war immer bedeckt, und die Ernten mißlangen. Seither haben wir gebetet, daß Zrillir zu uns zurückkehren möge . . .«

»Glauben Sie wirklich an diese Legende? Oder halten Sie das Ganze für ein Märchen?«

»Ich hätte diese Geschichte noch bis heute früh für ein Märchen gehalten, wenn ich Ihr Flugzeug nicht gesehen hätte. Sie haben mir einen fürchterlichen Schrecken eingejagt, Baumeister. Vielleicht will Zrillir tatsächlich in sein Schloß zurückkehren und schickt einen Halbgott voraus, um die Welt von falschen Priestern zu säubern.«

»Ich könnte mir auch eine Glatze scheren. Würde Ihnen das weiterhelfen?«

»Nein. Stellen Sie Ihre Fragen. Lassen wir Zrillir einmal beiseite.«

»Berichten Sie mir vom Zusammenbruch der Ringwelt-Zivilisation. Was wissen Sie davon?«

Der Priester schrak sichtlich zusammen. »Davon weiß ich nichts. Bricht denn die Zivilisation zusammen?«

Louis seufzte und wendete sich jetzt dem Altar zu. Der Unterbau bestand aus schwarzem Holz. Die Oberfläche des Altars war eine geschnitzte Reliefkarte mit Hügeln, Flüssen und einem großen See. Von vorne betrachtet, glich das Relief einer auseinandergeschnittenen Röhre. Über den Schmalseiten des Reliefs spannte sich ein ringförmiger vergoldeter Bogen. Vom Zenit des Bogens hing eine goldene Kugel an einem Faden herab.

»Ist unsere Zivilisation in Gefahr?« wiederholte der Priester ängstlich. »Dieser Sonnendraht, Ihre Ankunft – ist das ein böses Omen? Fällt die Sonne auf uns herunter?«

»Das bezweifle ich sehr. Sprechen Sie von dem Draht, der schon den ganzen Morgen über auf die Stadt herabregnet?«

»Ja. In unserer religiösen Überlieferung heißt es, daß die Sonne an einem starken Faden im Himmelsbogen aufgehängt ist. Dieser Draht ist tatsächlich erstaunlich fest«, sagte der Priester. »Wir haben das zu spüren bekommen. Ein Mädchen meiner Gemeinde versuchte, den Draht aufzuheben und zu entwirren. Aber sie hat sich dabei zwei Finger abgeschnitten.«

Louis winkte ab. »Nichts fällt vom Himmel«, sagte er gelassen. Nicht einmal die Sonnenblenden, dachte er bei sich. Auch wenn man die Drähte zwischen ihnen kappte, würden die schwarzen Scheiben nicht vom Himmel fallen, weil sie dann eine stabile Kreisbahn um die Sonne einnehmen würden – so oder so.

Dann fragte er: »Was wissen Sie von dem Transportsystem auf dem Ringwall?«

Der Priester blickte Louis erschrocken an. »Würden Sie bitte Ihre Frage wiederholen?« sagte er verstört.

Louis spürte im gleichen Moment, daß jetzt etwas schiefgegangen war. Irgend etwas Drohendes kündigte sich an, irgendeine Katastrophe. Trotzdem wiederholte er seine Frage.

Der Priester entgegnete bestürzt: »Ihr Ding, das zu mir redet, sprach plötzlich dazwischen. Es sagte etwas von einem Verbot!«

Und diesmal hörte Louis es selbst. Der Translator sprach in einem ganz anderen Tonfall, ohne daß Louis ihn daran hindern oder abschalten konnte.

»›Sie verwenden eine verbotene Frequenz, die für den Dienstgebrauch vorbehalten ist . . .!‹

»Wir sollten unser Gespräch jetzt beenden«, murmelte der Priester. »Sie haben etwas Uraltes, Böses geweckt!«

». . . Sie verstoßen gegen die Verordnung Nummer zwölf und behindern unsere Wartungsaufgaben . . .!‹

»Rufen Sie Ihre Geister zurück!« rief der Priester. Was er sonst noch sagte, wurde nicht mehr übersetzt.

Die Sprechscheibe wurde plötzliich glühend heiß in Louis' Hand. Louis warf sie so rasch weg, wie er konnte. Als die Scheibe auf dem Pflaster des Marktplatzes aufschlug, war sie so hell wie eine Sonne. Louis sah noch, wie der Priester ihm ernst und gemessen zunickte. Dann zog Louis seinen Steuerknüppel an und schwebte wieder hinauf zum Himmmel. Er biß die Zähne zusammen vor Schmerzen . . .

XVII

Das Auge des Sturms

Die Flugräder gingen auf Kurs nach Backbord, nachdem sie das Haus des Himmels wieder verlassen hatten. Stahlgrauer Dunst lag über der Kunstwelt. In dieser Gegend schien offenbar nur selten die Sonne.

Louis drückte auf drei Knöpfe auf seinem Armaturenbrett, um das Flugrad in der inzwischen erreichten Höhe zu blockieren. Er mußte verdammt aufpassen, was er tat. Seine rechte Hand war fast gefühllos, und er konnte sie unter der Spray-Haut nur schwer bewegen. Aber es hätte noch schlimmer kommen können, überlegte Louis und betrachtete andächtig die Blasen an den Fingerspitzen.

Das Gesicht des Kzin erschien über dem Instrumentenbrett, »Louis, sollten wir nicht über der Wolkendecke fliegen?«

»Vielleicht entginge uns da oben etwas!«

»Aber wir haben doch Karten von der Ringwelt mitgenommen!«

»Auf diesen Karten sind zum Beispiel die Slaver-Sonnenblumenfelder nicht eingezeichnet!«

»Okay«, gab der Kzin nach und schaltete wieder ab.

Der Dolmetscher und Teela hatten die Zeit gut genützt, während Louis unten auf dem Marktplatz mit dem Priester verhandelte. Sie hatten Karten von der geplanten Flugroute bis zum Rand der Ringmauer angefertigt.

Louis dachte darüber nach, wie sich jemand in seine Sendefrequenz eindrängen konnte. Weshalb hatte man die Frequenz für die Behörden reserviert? Wie lange lag das schon zurück? Louis vermutete, daß eine Maschine dahintersteckte, die jetzt auf eigene Faust ihre sinnlosen Befehle erteilte. Auch die Laserkanone gegen die Meteoriten war ja automatisch ausgelöst worden. Wahrscheinlich arbeitete diese Maschine in Intervallen, schaltete sich regelmäßig ein und aus.

Auch die Sprechscheibe des Kzin war weißglühend geworden. Er hatte sich jetzt bereits zum zweitenmal verbrannt.

Louis blickte auf die gezeichnete Karte. Darauf waren die Großstädte als gelbe Punkte eingetragen. Wenn noch Hoffnung bestand, daß die Zivilisation der Ringwelt-Baumeister sich in Resten erhalten hatte, dann mußten sie diese Enklaven in den Großstädten suchen. Deshalb wollten sie mit ihren Flugrädern jede Stadt so tief überfliegen, daß man Lichter oder Rauch mit dem bloßen Auge entdecken konnte.

Das Kontrollicht unter dem Schirm des Puppetiers brannnte. Wahrscheinlich leuchtete es schon seit der vergangenen Nacht. Louis drückte auf den Knopf.

Die gesträubte braune Mähne des Puppetiers bewegte sich im Rhythmus von Nessus' Atemzügen. Zuerst glaubte Louis, der Puppetier befinde sich wieder im drepressiven Zyklus. Doch dann kam auch ein dreieckiger Kopf zum Vorschein.

»Guten Tag, Louis. Was gibt es bei Ihnen Neues?«

»Wir haben ein fliegendes Schloß entdeckt«, erwiderte Louis ein bißchen mürrisch. Er berichtete dem Puppetier von den Vorfällen der letzten zwölf Stunden. »Sagen Sie, Nessus, arbeitet Ihre Sprechscheibe noch?«

»Nein, Louis. Vor einer Stunde wurde sie plötzlich weißglühend. Hätte ich gewußt, was vorgeht, wäre ich bestimmt in Katatonie verfallen.«

»Nun, auch unsere Sprechscheiben sind verbrannt. Wissen Sie, was wir jetzt tun müssen? Die Sprache der Ringwelt pauken!«

»Da haben Sie leider recht.«

Dann philosophierte Louis noch über seine Bakterientheorie, die seiner Meinung nach den Untergang der Zivilisation auf dieser Welt verschuldet haben konnte.

»Gar nicht so abwegig«, meinte der Puppetier gönnerhaft, da er sich auf die Intelligenz seiner Rasse ja besonders viel einbildete. »Sobald diese Baumeister einmal das Geheimnis der Stoffumwandlung vergaßen, konnten sie sich nie mehr erholen.«

»So? Weshalb denn nicht?«

»Blicken Sie sich doch einmal um, Louis!«

Er sah Hügel und Gebirge, eine Stadt in der Ferne und ein Gewitter, das sich vor ihnen zusammenbraute. Er sah die durchgescheuerten Bodenschichten und das häßliche Grau des Ringwelt-Fundaments.

»Wo Sie auch auf der Ringwelt landen – was finden Sie, wenn Sie die Erde aufwühlen?« fragte Nessus.

»Erde, was sonst?«

»Und darunter?«

»Noch mehr Erde. Oder Sand und Geröll. Schließlich das graue Material, aus dem die Form dieser Welt künstlich geschaffen wurde!« Jetzt sah er plötzlich diese Landschaft in einem ganz anderen Licht. Der Unterschied zwischen einem echten Planeten und dieser Kunstwelt war – der Unterschied zwischen einem lebendigen menschlichen Antlitz und einer leeren Gummimaske.

Wenn Sie auf einer natürlichen Welt nachgraben, werden Sie immer auf irgendein Metall stoßen, Louis. Hier finden Sie nur zehn Meter Erde oder Sand und dann das Fundament. Dieses Material kann nicht verhüttet werden. Stößt man durch das Ringweltfundament hindurch, zapt man ein Vakuum an. Das wäre eine böse Überraschung nach einer ehrlichen, harten Arbeit.«

»Da haben Sie recht«, murmelte Louis.

»Die Baumeister, die dieses gewaltige Werk geschaffen haben, müssen das Geheimnis der billigen Materieumwandlung gekannt haben. Anders wäre dieses Werk unerklärlich. Aber wenn ihre Nachkommen das Rezept und die Mittel für diese Transmutation verloren haben – was geschieht dann? Sie sind nicht darauf vorbereitet. Sie haben keine Vorräte an Metallerzen angelegt. Es gibt keine nennenswerten Metallvorräte im Boden. Das ganze Metall dieser Welt steckt in seinen Maschinen, seinen Werkzeugen und im Rost. Selbst die Raumfahrt, soweit sie diese Zivilisation entwickelt hatte, konnte dieser Welt nicht aus ihrem Dilemma helfen. Kein anderes Sternensystem liegt nahe genug, daß die Raumfahrer es erreichen und dort Erze abbauen konnten. Die Zivilisation mußte verfallen. Eine Wiederaufertehung war ausgeschlossen.«

»Wann haben Sie sich denn das alles in Ihren Köpfen ausgedacht, Nessus?«

»Schon ganz am Anfang. Ich habe es nicht erwähnt, weil es uns nicht direkt berührte.«

Was für eine schreckliche Falle stellte diese Welt für intelligente Wesen dar, dachte Louis schaudernd. Er blickte nach vorn und bemerkte nur am Rande, daß Nessus' Köpfe wieder verschwunden waren. Die Gewitterfront war näher gerückt.

Mit der Schallfalte konnte man wohl das Schlimmste abwehren. Totzdem sollte er die Front lieber überfliegen, dachte Louis und zog den Steuerknüppel an sich.

Das Universum hüllte sich in einen grauen Dunst. Sie waren jetzt mitten zwischen den Wolken. In langen Streifen glitt das weiße Naß von den Schallfalten ab. Dann schossen die Flugzeuge hinaus ins Sonnenlicht.

Vom unendlich fernen Horizont der Ringwelt blickte Louis Wu über den Wolken ein riesiges blaues Auge an.

Wäre Gottes Haupt so groß gewesen wie der Mond der Mutter Erde, hätte dieses Auge genau die richtige Größe gehabt.

*

Louis brauchte eine Sekunde, um zu begreifen, was er dort über der Wolkendecke sah.

Durch das Rauschen in seinen Ohren hörte er jemand schreien.

Bin ich tot? fragte Louis sich benommen.

Ist das Nessus, der dort schreit? Aber er hatte doch längst die Verbindung zu Nessus unterbrochen!

Es war Teela – Teela, die sich noch nie in ihrem Leben vor irgend etwas gefürchtet hatte. Teela bedeckte ihr Gesicht mit beiden Händen. Sie versteckte sich vor dem starren Blick aus dem riesigen blauen Auge.

Das Auge lag direkt auf ihrem Kurs. Es schien sie hypnotisch anzuziehen.

Es war höchste Zeit für Louis Wu, sich für einen Schöpfer zu entscheiden. Wenn er überhaupt an einen Schöpfer glaubte, heißt das. Das Auge war blau und weiß. Eine dunkelbraune Pupille mit einer weißen Augenbraue. Und es schien zum Himmel selbst zu gehören.

»Louis«, schrie Teela, »nun untermimm doch etwas!«

Das kann nicht wahr sein, dachte Louis. Seine Kehle schien aus solidem Eis zu bestehen. Sein Verstand glich einer Maus, die zwischen den Maschen ihres Käfigs einen Ausweg sucht. Das Universum ist groß, aber manche Dinge sind auch im Universum unmöglich! »Louis!«

Louis fand endlich seine Stimme wieder. »Dolmetscher – he, Dolmetscher! Was siehst du?«

Der Kzin brauchte eine Weile, bis er antwortete. Seine Stimme klang eigenartig verzerrt: »Ich sehe ein riesiges menschliches Auge direkt auf unserem Kurs.«

»Menschliches Auge?«

»Ja. Siehst du es auch?«

Das Wort »menschlich« erlöste Louis aus seinem Bann. Er hätte dieses Beiwort nie gebraucht. *Menschliches Auge.* Wenn dieses Auge eine übernatürliche Erscheinung gewesen wäre, hätte der Kzin es als Kzinti-Auge gesehen. Oder überhaupt nicht.

»Dann ist das also eine natürliche Erscheinung«, murmelte Louis. Es gibt keine andere Erklärung dafür. Aber warum zog ihn das Auge an.

»Moment mal«, sagte Louis Wu. Er stieß den Steuerknüppel nach rechts. Die ganze Formation flog eine scharfe Rechtskurve.

»Das ist nicht unser Kurs!« meldete sich der Kzin sofort. »Louis, bring uns zurück auf Backbord, oder unterstelle die Luftflotte meinem Kommando!«

»Du denkst doch wohl nicht daran, *durch* dieses Ding zu fliegen – oder?«

»Es ist viel zu groß. Wir können es nicht umgehen!«

»Kzin, das ist nicht wahr. Wir können um seine Flanken herumfliegen. Das wäre eine Stunde Umweg. Warum sollten wir unser Leben und unser Material gefährden?«

»Wenn du zu feige bist, fliege ich allein durch dieses Auge hindurch! Du kannst ja mit Teela inzwischen um das Auge herumfliegen. Wir treffen uns später wieder!«

»Warum?« fragte Louis mit etwas belegter Stimme. »Glaubst du denn, daß dieses – dieses Wolkengebilde eine Herausforderung für deine Männlichkeit darstellt?«

»Für meine was? Louis meine Fähigkeit, mich fortzupflanzen, wird nicht herausgefordert! Nur meine Courage.«

»Aber weshalb denn?« fragte Louis verzweifelt.

»In den dunklen Tagen unserer Geschichte, nach dem vierten Krieg gegen die Menschheit, begründete ein wahnsinniger Kdapt-Priester eine neue Religion. Er wurde vom Patriarchen in einem Duell selbst hingerichtet. Doch seine ketzerische Religion hat sich im Untergrund bis heute behauptet. Die Kdapt-Priester glauben daran, daß der Schöpfer-Gott den Menschen nach seinem Ebenbild geschaffen hat.«

»Den Menschen? Der Kdapt-Priester war doch ein Kzin, nicht wahr?«

»Ja. Aber ihr habt immer gewonnen, Louis! Seit dreihundert Jahren und in vier Kriegen habt ihr immer gewonnen. Die Kdapt-Priester trugen menschliche Gesichtsmasken, wenn sie beteten. Sie hofften, sie konnten den Schöpfer so lange damit täuschen, bis wir wenigstens einen Krieg für uns entschieden hatten.«

»Und als du jetzt das Auge über dem Horizont gesehen hast, glaubtest du, den Gott der Menschen . . .« – »Ja.«

»Du meine Güte! Du hast wirklich Courage!«

»Immerhin ist meine Theorie besser als deine!« rief der Kzin. »Eine zufällige Wolkenbildung! Louis, ich hätte besseres von dir erwartet!«

»Gut, dann streiche das Wort ›zufällig‹ Vielleicht haben die Baumeister der Ringwelt dieses Auge zu ihrem eigenen Vergnügen geschaffen. Als eine Art von Wegweiser vielleicht.«

»Wegweiser? Wohin weist es denn?«

»Keine Ahnung. Zu einer Kathedrale oder zu einem Vergnügungspark. Oder das Auge ist eine Werbung für die optische Industrie. Wer weiß? Die Baumeister dieser Welt hatten genügend Platz, um sich so einen Gag leisten zu können.«

Jetzt schaltete sich Teela in das Gespräch ein. Ihre Stimme klang wieder ganz normal. »Ich hatte zuerst schreckliche Angst vor diesem Auge. So wie Sie, Dolmetscher. Doch jetzt folge ich Ihnen. Wir fliegen gemeinsam durch das Auge!«

»In Ordnung, Teela!«

»Wenn das Auge blinzelt, bleibt nicht mehr viel von uns übrig!«

»Ich werde Nessus anrufen«, knurrte Louis. »Die Vernunft ist immer bei der Mehrheit.«

»Verdammt – er muß das Auge doch längst durchflogen haben! Oder hat er es umgangen?«

Louis lachte laut auf. Damit befreite er sich von dem letzten Rest der Angst, die ihn noch in ihren Krallen gehalten hatte.

»Du glaubst doch nicht etwa, daß Nessus für uns den Kundschafter macht, oder?«

»Wieso?«

»Nessus ist ein Puppetier. Er schlug einen großen Bogen und klemmte sich hinter unsere Formation. Sein Steuersystem ist an deines gekoppelt, Dolmetscher, damit du ihn nicht einholen kannst.«

»Du hast eine bemerkenswerte Fähigkeit, wie ein Feigling zu denken, Louis.«

»Reibe mir das nicht dauernd unter die Nase. Kzin! Wir befinden uns auf einer fremden Welt. Wir müssen uns auf das Wissen und die Erfahrung aller Besatzungsmitglieder stützen, um uns erfolgreich behaupten zu können.«

»Dann frag diesen Feigling um Rat, wenn du seelisch so eng mit ihm verwandt bist. Ich fliege auf jeden Fall durch das Auge!«

*

Auf dem Kontrollschirm war wieder einmal nur die gesträubte Mähne des Puppetiers zu sehen.

»Nessus!« rief Louis, »Nessus, melden Sie sich doch!«

Der Puppetier zuckte zusammen. Dann zeigte sich ein dreieckiger Kopf über dem Instrumentenbrett.

»Endlich! Ich dachte schon, ich müßte die Sirene benützen.«

»Besteht irgendeine Gefahr?« Die Pythonköpfe zuckten unruhig auf dem Schirm hin und her.

Louis konnte den starren Blick des blauen Auges nicht länger ertragen. Er drehte das Gesicht zur Seite. »So kann man es auch nennen, Nessus! Unsere beiden anderen Besatzungsmitglieder wollen Selbstmord begehen. Ich glaube nicht, daß wir das zulassen dürfen!«

»Das verstehe ich nicht, Louis.«

»Sehen Sie das Ding dort vor uns – die Erscheinung in der Form eines menschlichen Auges?«

»Ich sehe es«, antwortete der Puppetier.

»Haben Sie eine Ahnung, was das sein könnte?«

»Es muß ein Sturmauge sein. Sie haben sich doch inzwischen längst überlegt, daß es auf dieser Welt keine Wirbelstürme gegen kann!«

»Tatsächlich?« Louis hatte sich das natürlich nicht überlegt.

»Die Spiralform eines Orkans entsteht aus dem Unterschied der Geschwindigkeit zweier Luftmassen, die sich auf verschiedenen Breiten bewegen. Ein Planet ist in der Regel eine rotierende Kugel. Wenn sich also zwei Luftmassen aufeinander zu bewegen, um ein Vakuum auszufüllen – die eine vom Süden die andere von Norden kommend –, gleiten sie mit der ihnen noch verbleibenden Geschwindigkeit aneinander vorbei. Dabei entsteht ein Luftstrudel.«

»Ich *weiß,* wie Orkane entstehen!«

»Dann sollten Sie auch wissen, daß alle Luftmassen auf der Ringwelt die gleiche Geschwindigkeit haben müßten. Es kann nie einen Wirbeleffekt geben, da die Luftmassen gleichmäßig beschleunigt und in eine Richtung gelenkt werden.«

»Dann gäbe es hier überhaupt keine Stürme!«

»Das ist nicht richtig, Louis. Heiße Luft steigt, kalte Luft fällt. Doch diese Wechselwirkung könnte sich nie zu einem Orkan steigern, wie er dort vor uns zu toben scheint.«

»Sehr richtig.«

»Was hat der Kzin schon wieder vor?« bohrte Nessus.

»Er möchte durch das Sturmauge fliegen. Teela will ihn bei diesem verdammten Unternehmen begleiten.«

Der Puppetier flötete einen so reinen und schönen Ton wie das Licht eines Rubinlasers. »Das ist gefährlich. Zwar schützt sie die Schalltasche vor einem gewöhnlichen Sturm. Doch das da vorn ist kein gewöhnlicher Sturm . . .«

»Vielleicht ist es ein künstliches Gebilde!«

»Hm – ein künstliches Ventilationssystem? Das da – ah, jetzt habe ich es, Louis!« – »Was ist es?«

»Wir müssen einen Abfluß annehmen, Louis – ein Gebiet, wo die Luft im Auge des Sturmes einfach verschwindet. Selbstverständlich strömt immer neue Luft nach, da im Abfluß ein Vakuum entsteht. Die Luftmassen drängen also von spinwärts und antispinwärts heran . . .«

». . . und von Steuerbord und Backbord.«

»Diese beiden Richtungen können wir außer acht lassen, Louis«, sagte der Puppetier energisch. »Doch die Luft, die von spinwärts kommt, ist etwas leichter als die Massen, die sich aus anderen Richtungen dort zusammendrängen. Deshalb steigt sie nach oben. Die Luft aus der entgegengesetzten Richtung, von antispinwärts, bildet einen leichten Stau. Sie ist etwas schwerer und sackt nach unten. Die schwere Luft bildet das untere Lid des Auges, die Luft von spinwärts das obere Augenlid. So entsteht ein Wirbeleffekt. Die Sturmachse selbst steht auf dieser Welt waagrecht, während sie auf einem natürlichen Planeten senkrecht stehen würde.«

»Eine einfache Begründung, doch die optische Wirkung ist gewaltig!«

»Auch die mechanische Wirkung dieses Sturmes ist gewaltig. Nichts kann diesen Sturm abstellen oder mildern. Vielleicht hält er schon seit Jahrtausenden an.«

»Vielleicht«, wiederholte Louis zerstreut.

Louis starrte auf das Auge, das von schwarzen und weißen Wolken gesäumt wurde. Wieder drang die Stimme des Puppetiers in sein Bewußtsein: »Der Sturm läßt nur noch ein Problem unbeantwortet. Warum verschwindet die Luft im Zentrum des Auges? Wohin fließt sie ab?«

»Vielleicht in eine automatische Pumpenanlage!«

»Das glaube ich nicht, Louis. Diese Luftbewegung ist nicht geplant!« – »So?«

»Wir haben so viele Stellen gesehen, wo der Wind den Boden bis auf das Fundament abgetragen hat. Diese Erosion war von den Baumeistern dieser Welt bestimmt nicht beabsichtigt. Und die Landschaftsverwüstungen häufen sich, je näher wir an diesen Orkan herankommen. Das Sturmauge hat den Wetterhaushalt böse durcheinandergebracht, Louis. Auf einer Fläche, die viel größer ist als Ihre Erde, Louis, stimmt seit Jahrtausenden das Wetter nicht mehr.«

»Der Wind trägt hier Steine und Erde ab, verdüstert den Himmel und – Teufel!« Louis pfiff leise durch die Zähne. »Jetzt begreife ich! Im Mittelpunkt des Sturmes muß ein Meteor ein Leck in das Fundament der Ringwelt gebohrt haben!«

»Richtig. Sie begreifen wohl, was das bedeutet. Es gibt also doch ein Mittel, um den Werkstoff der Ringwelt zu zerstören.«

»Aber nicht die Mittel, die uns zur Verfügung stehen, Nessus!«

»Mag sein. Trotzdem müssen wir feststellen, ob dort ein Leck im Dundament vorhanden ist.«

Die logische, leidenschaftliche Analyse dieser Naturerscheinung hatte sich beruhigend auf Louis Wu ausgewirkt. Er blickte jetzt furchtlos in das Auge des Sturmes. »Ist es gefährlich, durch die Pupille des Sturmes zu fliegen?«

»Keineswegs, Louis. Dort ist die Luft still und rein wie in einem relativen Vakuum.«

»Okay. Ich gebe den anderen Bescheid. Wir werden alle durch das Auge des Sturmes fliegen!«

Es war Louis, als fiele er in das Auge Gottes hinein.

Der optische Effekt war überwältigend, ha, geradezu entsetzlich. Sie flogen in einen schwarzen Korridor, der von Blitzen erhellt wurde. Die Blitze zuckten ununterbrochen – vor ihnen, hinter ihnen und auf allen Seiten. Um sie herum war die Luft kristallklar. Doch dahinter brodelten schwarze Wolkenmassen mit unvorstellbarer Geschwindigkeit.

»Der Pflanzenfresser hatte recht!« donnerte die Stimme des Kzin aus dem Lautsprecher der Bordanlage. »Das ist nur ein ganz gewöhnlicher Sturm!«

»Er war der einzige von uns, der beim Anblick dieses Auges die Ruhe bewahrte. Ich glaube, die Puppetiers sind nicht abergläubisch!« schrie Louis Wu zurück.

»Ich sehe etwas vor uns!« rief Teela.

Louis blickte in die angegebene Richtung. Er sah eine Beule im Fundament der Ringwelt. Louis grinste schief und legte die Hände auf den Steuerknüppel. Über dieser Beule mußte ein unglaublicher Sog herrschen. Doch Louis war lange nicht mehr so konzentriert und vorsichtig wie beim Einfädeln in das Sturmauge. Was konnte hier schon passieren, wenn selbst der Puppetier dieses Abenteuer für harmlos hielt?

Wolken und Blitze brodelten um sie herum, je näher sie dem Leck im Boden der Ringwelt kamen.

Sie bremsten und schwebten über dem Loch in der Ringwand. Die Motoren der Flugräder kämpften gegen den Sog an. Trotz der Schalltaschen hörten sie das rasende Heulen des Sturmes. Louis blickte hinunter in einen Trichter, der sich wie rasend drehte. Zweifellos floß die Luft durch diesen Trichter ab; aber ob sie hier nur mit hoher Geschwindigkeit abgesaugt wurde oder in das Vakuum des Alls versickerte, ließ sich nicht ausmachen.

Louis wußte auch nicht, wo Teela mit ihrem Flugrad schwebte. Sie war zu weit von ihm entfernt, und die flackernden Blitze blendeten ihn dauernd. Er sah einen kleinen schwarzen Punkt in dem Trichter verschwinden, dachte sich aber nichts weiter dabei, bis er Teelas Schrei hörte.

Er sah Teelas Gesicht auf dem Bildschirm. Sie starrte nach unten, und ihr Gesicht schien vor Schreck versteinert zu sein.

»Was ist denn los?« rief Louis.

Er konnte ihre Antwort kaum verstehen: ». . . es hat mich erwischt!« Louis blickte nach unten.

Der Trichter war glasklar zwischen seinen schwingenden Wänden. Er wurde in einem geisterhaften Licht erleuchtet – nicht durch die Blitze, sondern durch den Kathodenstrahlen-Effekt der Spannungsunterschiede in einem fast perfekten Vakuum. Und in diesem Trichter strudelte ein schimmernder Punkt. Vielleicht war der Punkt ein Flugrad. Aber wer war so verrückt, mit einem Flugzeug in einen Strudel hineinzutauchen, um sich ein Loch im Weltraumreifen anzusehen?

Louis wurde es ganz übel. Er konnte nichts unternehmen – überhaupt nichts! Keiner konnte das. Er schloß die Augen.

Als er sie wieder öffnete, blickte ihn Teela auf dem Monitor an. Das Blut lief ihr aus der Nase. Sie war starr vor Entsetzen. Doch dann verschwand die Panik wieder aus ihrem Blick. Eine geisterhafte Blässe breitete sich auf ihrem Gesicht aus. Sie stand dicht vor einer Ohnmacht. Litt sie an Sauerstoffmangel? Die Schalltasche würde die Lufthülle ihres Flugzeuges vor dem Vakuum schützen. Aber sie mußte die Tasche erst richtig einstellen.

Mit verschleiertem Blick schien sie Louis Wu anzubetteln: Nun tue doch endlich etwas!« Dann fiel sie nach vorn auf ihr Schaltpult.

Louis hatte die Zähne in die Unterlippe geschlagen. Er blickte hinunter in den rasenden Strudel, der in violettem Licht erstrahlte. Das sah aus wie der Wasserwirbel einer gigantischen Badewanne, wenn man den Stöpsel aus dem Abfluß zieht. Er sah den trudelnden Punkt, der Teelas Flugzeug sein mußte – und sah, wie er plötzlich vorwärts schoß und in den brodelnden Wolkenmassen am Rand des Trichters verschwand.

Sekunden später erblickte er Kondensstreifen weit vor sich,

schon ein beträchtliches Stück vom Sturmauge entfernt. Ein Pfeil flog dort dem »Horizont« entgegen. Louis zweifelte keinen Moment, daß dieser Pfeil Teelas Flugrad war.

»Was ist passiert?« fauchte der Kzin.

Louis schüttelte nur stumm den Kopf. Sein Verstand schien kurzgeschaltet, die Gedanken liefen sinnlos im Kreise.

Teelas Kopf lag immer noch auf dem Instrumentenbrett. Im Monitor sah man nur ihre schwarzen Haare. Sie war bewußtlos und raste in einem steuerlosen Flugzeug mit fast dreifacher Schallgeschwindigkeit durch den Himmel der Ringwelt. Jemand mußte etwas unternehmen!

»Sie war so gut wie zum Tode verurteilt, Louis«, fauchte der Kzin. »Hat Nessus denn eingegriffen?«

»Ungmöglich! Ich glaube eher – nein, das ist unmöglich.«

»Ich habe dasselbe gesehen wie du, Louis!« rief der Kzin.

»Gut, dann hast du es also auch gesehen. Sie fiel in Ohnmacht. Ihr Kopf prallte auf das Schaltpult, und ihr Flugzeug schoß aus dem Strudel heraus wie eine Rakete. Sie legte mit der Stirn den richtigen Hebel um!«

»Unmöglich!«

»Doch«, erwiderte Louis müde. Am liebsten hätte er jetzt geschlafen, um sich von seinen wirbelnden Gedanken zu erlösen. »Bei ihr gilt nicht mehr das Gesetz der Wahrscheinlichkeit. Wenn ihr Glück nicht beständig wäre, hätte Nessus sie nie gefunden und für dieses Abenteuer angeworben. Sie wäre auf der Erde zurückgeblieben!«

Die Blitze flochten einen feurigen Kranz um sie herum. Der Kondensstreifen von Teelas Flugzeug zeichnete ihren Kurs am Himmel vor. Doch vom Flugrad selbst war nichts mehr zu sehen.

»Louis – wir wären nie auf der Ringwelt notgelandet, wenn ihr Glück Bestand hätte!«

»Ich weiß nicht, Dolmetscher. Dieses Rätsel hat noch keine Lösung. Vielleicht werden wir auch hier bald klarer sehen.«

»Vielleicht solltest du dir lieber den Kopf zerbrechen, wie du Teela retten kannst!«

»Wahrscheinlich haben wir uns beide in Teela getäuscht, Louis«, flötete der Puppetier.

»So?«

»Sie hat die Notschubdüse eingeschaltet. Ihre Stirn reichte nicht aus, um die richtigen Hebel gleichzeitig zu bedienen. Zuerst mußte sie dazu die Drosselsperre lösen.« Nessus zeigte Louis, wo sich der Schlitz der Drosselsperre befand.

Louis lächelte bitter. »Vermutlich hat sie aus purer Neugierde ihren Finger dort hineingesteckt. Aber was können wir jetzt tun, um sie zurückzuholen?«

»Wenn sie aufwacht, soll sie sich bei mir melden«, erwiderte der Puppetier gelassen. »Ich kann ihr zeigen, wie sie das Flugrad wieder auf Normalschub zurückstellen kann.«

»Und bis dahin können wir nichts unternehmen?«

»Das ist richtig. Möglicherweise kann die Schubdüse durchbrennen. Aber die automatische Steuerung verhindert einen Zusammenstoß mit Hindernissen. Momentan fliegt sie uns mit Mach 4 davon. Sie kann höchstens aus Sauerstoffmangel einen Gehirnschlag erleiden. Doch ich halte das einfach für unwahrscheinlich. Das Mädchen hat zuviel Glück, als daß ihr so etwas passieren könnte . . .«

XVIII

Das Glück von Teela Brown

Es war stockdunkel, als die drei Flugräder aus der Pupille des Wirbelsturmes herausflogen. Von den Sternen war nichts zu sehen. Nur wenn die Wolkendecke aufriß, konnte man das schwache blaue Licht des Ringbogens erkennen.

»Ich habe lange über Sie nachgedacht«, meldete sich Kzin auf der Konferenzschaltung. »Nessus, Sie können wieder in unsere Formation einscheren, wenn Sie das gern möchten.«

»Ich möchte«, erwiderte der Puppetier.

»Sie müssen allerdings begreifen, daß ich das Verbrechen nicht vergessen kann, das Ihre Rasse meinen Artgenossen angetan hat. Aber wir sind auf Ihre Kombinationsgabe angewiesen. Sie haben große Umsicht beweisen.«

»Vielen Dank, Dolmetscher«, flötete der Puppetier. »Ich respektiere Ihre Einstellung.«

Louis nahm diesen Triumph der Intelligenz über den Rassenhaß nur am Rande wahr. Er suchte den Horizont nach dem Kondensstreifen von Teelas Flugzeug ab. Doch er mußte sich längst aufgelöst haben. Nichts war mehr davon zu sehen.

Das Glück von Teela Brown beschäftigte jetzt diese drei so verschiedenartigen Wesen, die hier auf der Ringwelt gestrandet waren.

»Ich glaube nicht an Zauberei. Ebensowenig glaube ich daran, daß man Glück züchten kann.«

»Du wirst dich an diesen Gedanken gewöhnen müssen, Dolmetscher!« meinte Louis Wu. »Ich hätte es längst kapiert, wenn ich nicht so skeptisch gewesen wäre. Es sind die kleinen Wesenszüge ihres Charakters, die Zählen. Nicht die Tatsache, daß sie jeder Katastrophe immer mit knapper Not entrinnt.«

»Louis, du verzapftst Unsinn!«

»Nein. Sie ist nie in ihrem Leben verletzt worden!«

»Woher willst du das wissen, Louis?«

»Ich weiß es. Schließlich sind wir beide zu intim, als daß sie Geheimnisse vor mir hätte. Sie kennt keine Schmerzen, nur Freude und Glück. Erinnerst du dich noch daran, als dir die Sonnenblumen das Fell vom Leib brannten? Sie fragte dich, ob du noch sehen könntest. Sie konnte einfach nicht begreifen, daß das Schicksal dir das Augenlicht geraubt haben könnte. Und dann die Episode auf dem Lavahang. Sie versuchte, mit bloßen Füßen über glühendheißes Gestein zu klettern.«

»Sie ist eben nicht sehr intelligent, Louis.«

»Sie ist intelligent, verdammt noch mal! Sie weiß nur nicht, was Schmerz ist. Als sie sich die Fußsohlen verbrannte, lief sie über die eisglatte Bodenplatte der Ringwelt und stürzte nicht ein einziges Mal!« Louis seufzte tief. »Beobachte sie doch nur einmal, wenn sie geht. So etwas Ungeschicktes ist mir selten begegnet. Es sieht so aus, als würde sie jeden Moment stürzen. Doch sie stürzt nicht, stößt sich nicht, reißt nichts um. Sie läßt nichts fallen und zerbricht nichts. Sie hat nicht aus böser Erfahrung lernen müssen, wie man sich vorsichtig bewegt.«

»Solche Kleinigkeiten fallen natürlich nur einem Menschen auf«, fauchte der Kzin. »Ich muß mich auf deine Aussage verlassen. Trotzdem – Glück als Erbanlage? Das will mir nicht in den Kopf.«

»Mir schon. Ich beuge mich den Tatsachen.«

»Trotzdem haben wir nicht viel Nutzen von Teelas Glück«, klagte Nessus. »Wenn ich eure Bandagen und Brandwunden sehe, habe ich den Eindruck, daß Teelas Glück nur sie selbst schützt. Was haben Sie denn, Louis? Sie sehen so verstört aus!«

Louis gab keine Antwort. Teela hatte auch nie in der Liebe eine Enttäuschung erlebt. Wenn man sich mit ihr über Wunden oder Seelenschmerzen unterhalten wollte, schaltete sie ab. Ebensogut hätte man einem blinden Mädchen Farben beschreiben können.

War das wirklich Glück und nicht ein seelisches Manko? Die Männer, die sie begehrt hatte, kamen freiwillig zu ihr. Und wenn sie eine Affäre satt hatte, trennte sich der Mann auch wieder freiwillig von ihr. Sie war eine Frau – ja; aber mit eigenartigen Talenten und Vorzügen, die sie fast unmenschlich machten. Eigenartig, daß er so eine Frau liebte. Ganz eigenartig. Und wenn sie ihn nicht geliebt hätte, wäre es eben . . .

Teelas Kontrollschirm leuchtete auf. Zuerst nur ein leerer Blick, Verwirrung, die zur Panik entartete. Dann ein Schrei . . .

»Immer mit der Ruhe«, sagte Louis beschwörend. »Ganz ruhig bleiben und entspannen. Du bist jetzt in Sicherheit!«

»Aber . . .«

»Wir sind längst aus dem Sturm heraus. Drehe dich um. Umdrehen, habe ich gesagt!«

Sie drehte sich um. Einen langen Augenblick lang sah Louis nur ihr gelocktes schwarzes Haar. Als sie sich wieder dem Armaturenbrett zuwandte, hatte sie sich schon viel besser in der Gewalt.

»Nessus«, befahl Louis Wu, »geben Sie ihr die nötigen Anweisungen!«

»Verstanden«, flötete der Puppetier. »Teela, Sie sind über eine halbe Stunde mit mehr als Mach 4 über diese Welt gebraust. Um Ihr Flugzeug wieder auf normale Reisegeschwindigkeit zu drosseln, müssen Sie einen Finger in den Schlitz mit der grünen Umrandung stecken – gut, sehr gut. – Mein Indikator verrät mir, daß Sie im Kreis geflogen sind. Sie müssen zuerst einmal auf Antispinwärts drehen . . .«

»Wo ist denn Antispinwärts?«

»Drehen Sie nach links ab, bis Sie auf den Bogen der Ringwelt zufliegen.«

»Ich kann aber den Bogen nicht sehen. Ich muß erst die Wolken durchstoßen!« Teelas Stimme klang jetzt ganz gefaßt.

Und vor ein paar Sekunden hatte sie noch so viel Angst gehabt wie noch nie in ihrem Leben!

Hatte sie in ihrem Leben überhaupt schon einmal Angst gehabt?

Louis schüttelte den Kopf.

Das Land lag wie ein schwarzes Tuch unter ihnen. Nur das Sturmauge schimmerte blau in ihrem Rücken vor dem Triumphbogen der Ringwelt.

Teelas Gesicht sah ihn aus dem Kontrollschirm vorwurfsvoll an.

»Louis, bist du verrückt geworden?« fragte sie.

»Verrückt? Ich glaube nicht, Teela.«

»Schüttle nur nicht so unschuldig mit dem Kopf, Louis Wu! Ich hätte tot sein können. Regt dich das überhaupt nicht auf?«

Sie riskiert ihr Leben, dachte Louis, und beschwert sich bei mir, daß ich mich nicht darüber ärgere. Jeder andere Mensch mit so einer Veranlagung würde den einundzwanzigsten Geburtstag nicht erleben!

»Ich rege mich nicht auf«, erwiderte Louis laut. Nein – ihn bedrängte jetzt ein anderes Gefühl.

Habe ich Angst vor Teela Brown?

Ein silberner Pfeil schoß in ihre Formation hinein und setzte sich zwischen Louis Wus Flugzeug und den silbernen Punkt spinwärts. »Willkommen in der Heimat!« rief Louis.

»Danke, Louis«, erwiderte Nessus. Er mußte mit der Zusatzdüse geflogen sein, um sie so rasch einholen zu können. Der Kzin hatte den Puppetier erst vor zehn Minuten »begnadigt«.

Die beiden Augen in den Köpfen des Puppetiers schienen Louis lächelnd zuzublinzeln. »Ich fühle mich jetzt in Ihrer Gesellschat viel sicherer, Louis. Das Glück von Teela Brown beschützt uns.«

»Das glaube ich nicht«, erwiderte Louis. »Die Arroganz Ihrer Rasse ist unglaublich, Nessus. Menschliche Glückskinder heranzuzüchten erinnert mich an den Hochmut des Satans. Kennen Sie den Satan, Nessus?«

»Ich habe von ihm gelesen, Louis.«

»Sie sind ein Snob, Nessus. Aber Ihre Dummheit ist noch größer als Ihre Arroganz und Ihr Snobismus. Sie sind so naiv zu glauben, daß alles, was für Teela Brown gut ist, auch für Sie gut sein muß.«

»Das ist doch eine logische Konsequenz!« stotterte der Puppetier. »Wenn man mit Teela Brown in einem Raumschiff zusammensitzt, würde ein Riß in der Zellenwand für uns beide Unglück bedeuten. Oder etwa nicht?«

»Das ist richtig. Aber nehmen wir einmal an, Sie überfliegen einen Planeten, auf dem Sie nicht landen wollen, den sich Teela aber als Reiseziel ausgesucht hat. Ein Ausfall Ihres Antriebes zwingt Sie zur Landung. Das wäre zwar ein Glück für Teela Brown, aber Pech für Sie, nicht wahr?«

»Unsinn, Louis! Warum sollte sich Teela Brown die Ringwelt als Reiseziel wählen, wenn sie gar keine Ahnung von der Existenz dieser Welt hatte, ehe sie mit mir zusammentraf!«

»Vielleicht wollte sie hierherreisen, ohne es zu wissen, Nessus? Dann wäre die Verkettung der glücklichen Umstände für Teela Brown lückenlos, Nessus! Es war ihr Glück, daß Sie sie fanden. Ihr Glück, daß alle anderen Kandidaten Ihnen aus dem Weg gingen. Ihr Glück, daß wir hier strandeten. Erinnern Sie sich noch, daß wir uns stritten, wer die Expedition anführen sollte? Nun wissen Sie es, wer die Expedition *führt!*«

»Aber wohin und weshalb?« flötete Nessus erschrocken.

»Das weiß ich doch selbst nicht, Nessus«, erwiderte Louis und zog ein spöttisches Gesicht.

»Sie beunruhigen mich, Louis!« flötete der Puppetier mit pendelnden Köpfen. »Was gibt es denn hier auf der Ringwelt, was Teela Brown reizen könnte? Soweit ich diese Welt überschauen kann, lauern hier nur Gefahren: Unberechenbare Stürme, schlecht programmierte Maschinen, tödliche Sonnenblumenfelder, feindselige Eingeborene. Alles bedroht nur unser Leben, nichts fördert unser Glück!«

»Richtig!« antwortete Louis mit Hohn in der Stimme. »Das gehört ebenfalls zum Ergebnis Ihrer Glückskind-Züchtung! Gefahren existieren nicht für Teela Brown, wohl aber für uns.

Wenn wir unsere Zukunft auf der Ringwelt vorausberechnen wollen, müssen wir diese Möglichkeit mit einkalkulieren!«

Der Puppetier öffnete und schloß ein paarmal seine beiden Münder und stieß dann einen schrillen Schrei aus.

Verdammt, dachte Louis, in eine depressive Phase habe ich ihn wirklich nicht treiben wollen.

*

Statt der beiden Köpfe des Puppetiers leuchtete jetzt Teelas Gesicht auf dem Kontrollschirm auf. »Ich versuchte, eurem Gespräch zu folgen, Liebling«, sagte sie schmeichelnd, »habe aber nur die Hälfte mitbekommen. Was ist denn jetzt wieder mit Nessus los?«

»Ich habe den Mund zu voll genommen und ihn in eine depressive Phase gescheucht! Wie sollen wir dich jetzt wiederfinden, Teela!«

»Kannst du mir nicht verraten, wo ich bin?«

»Nur Nessus ist im Besitz eines Ortungsgerätes. Wahrscheinlich hatte er gute Gründe dafür. Er hat uns ja auch nicht verraten, daß unsere Flugräder mit einem Zusatzaggregat für Notfälle ausgerüstet sind. Er wollte sicher sein, daß er dem Kzin davonfliegen konnte, wenn es für ihn kritisch wurde.«

»Ihr beide habt euch doch gestritten, weshalb ich hierherkommen wollte, Louis. Ich wollte doch gar nicht hierher, Liebling. Ich habe dich doch nur *begleitet,* weil ich dich liebe!«

»Schon gut«, meinte Louis müde und winkte ab. Sie liebte ihn doch nur ihres eigenen Glückes wegen. Wenn sie das auch nicht ahnte. Und heute morgen hatte er noch geglaubt, sie liebte ihn um seinetwillen.

»Ich fliege jetzt über eine Stadt«, wechselte Teela plötzlich das Thema. »Ich sehe ein paar Lichter. Hier muß sich ein Kraftwerk befinden, das immer noch in Betrieb ist. Vielleicht kann der Dolmetscher die Stadt auf seiner Karte finden!«

»Lohnt es sich, die Stadt zu besichtigen?«

»Ich sagte dir doch schon, hier brennen *Lichter!* Vielleicht gibt es in dieser Stadt noch . . .« In diesem Augenblick riß die Stimme ab. Einfach so – ohne Knacken, ohne Vorwarnung.

Louis starrte auf den leeren Schirm über seinem Armaturenbrett.

»Nessus!«

Keine Antwort. Louis drückte auf die Sirene. Nessus' Köpfe schossen hoch wie eine Schlangenfamilie in einem brennenden Zoo. Verzweifelt versuchte Nessus, seine Hälse auseinanderzuwickeln. Auf dem Schirm sah er aus wie ein lebendiges Fragezeichen. »Louis? Was ist denn jetzt schon wieder!«

»Teela ist etwas zugestoßen!«

»Großartig!« erwiderte Nessus und tauchte wieder unter seinen Sattel. Louis schaltete die Sirene dreimal aus und ein. Wieder kamen die verschlungenen Schlangen zum Vorschein. »Wenn wir nicht sofort feststellen, was Teela zugestoßen ist, werde ich Sie umbringen!« donnerte Louis.

»Vorsicht!« zischelte der Puppetier. »Ich habe den Tasp! Und dieser Tasp wirkt nicht nur auf Tierwesen, sondern auch auf Menschen.«

»Glauben Sie, Ihr Tasp wird mich daran hindern, Ihnen Ihre beiden Hälse umzudrehen?«

»Jawohl, Louis, das glaube ich!«

»Um was wetten wir, daß ich recht behalte?«

»Hm«, meinte der Puppetier, »wenn ich Teela rette, ist das ein kleineres Risiko, als mit Ihnen um mein Leben zu wetten. Ich vergaß beinahe, daß Teela Ihre Sexualpartnerin ist.« Der Puppetier blickte auf sein Instrumentenbrett. »Aber auf meinem Orter ist sie nicht mehr registriert. Ich kann Ihnen also nicht sagen, wo sie steckt.«

»Bedeutet das, daß Teelas Flugzeug beschädigt ist?«

»Ja, das bedeutet es«, erwiderte Nessus kopfnickend. »Es muß erheblich beschädigt sein. Der Sender ist neben einem Raketentriebwerk eingebaut. Vielleicht kam sie in die Nähe einer Maschine, die schon unsere Sprechscheiben auf dem Gewissen hat.«

»Können Sie wenigstens sagen, wo sie abgeblieben ist, ehe unser Gespräch abbrach, Nessus!« drängte Louis.

»Zehn Grad spinwärts von Backbord. Die Entfernung kann ich Ihnen nicht angeben, aber wir können sie an Hand der Durchschnittsgeschwindigkeit ihres Flugzeuges ungefähr berechnen . . .«

»Also, worauf warten wir noch!«

Sie flogen zehn Grad spinwärts von Backbord. Zwei Stunden lang war weit und breit kein Licht zu sehen, und Louis fürchtete schon, sie hätten sich verirrt.

Doch dann – dreitausendfünfhundert Meilen vom Auge des Orkans entfernt – endete der von Kzin auf seiner Karte gezogene Vektor in einem Seehafen. Die Hafenstadt lag an einer Bucht, die so groß war wie der Atlantische Ozean auf der Erde. Weiter konnte Teela unmöglich geflogen sein. Diese Hafenstadt war ihre letzte Chance . . .

Und plötzlich sahen sie auch hinter einer Hügelkette Lichter auftauchen.

»Aufschließen!« flüsterte Louis heiser. Er wußte nicht, weshalb er flüsterte; aber der Kzin hatte sein Kommando bereits befolgt. Sie schwebten über dem Hügelkamm und erkundeten das Terrain.

Terrain war übertrieben. Es war besiedeltes Land, eine Riesenstadt. Wohin man auch blickte, sah man nur ein Meer von Häusern unter dem bläulichen Licht der Ringwelt. Sie drängten sich aneinander wie Bienenkörbe, in die man Fensterlöcher hineingebohrt hatte. Spiralförmige Gehsteige trennten die mächtigen Häuserblocks. Endlose Reihen von bienenstockartigen Häusern dehnten sich unter ihnen aus. Und dahinter Silhouetten von Wolkenkratzern und fliegenden Hochhäusern.

»Das ist eine ganz andere Stadt«, flüsterte Louis. »Die Architektur hier hat nicht die geringste Ähnlichkeit mit Zignamuclickclick. Als wären wir plötzich auf einer anderen Welt . . .«

»Wolkenkratzer«, murmelte der Kzin. »Weshalb so hohe Häuser, wenn auf der Ringwelt Platz in Hülle und Fülle ist?«

»Vielleicht wollten sie beweisen, daß sie so etwas auch bauen können«, flüsterte Louis. »Nein, das ist idiotisch. Wer die Ringwelt bauen kann, für den ist ein Wolkenkratzer ein Kinderspiel. Vielleicht wurden die Wokenkratzer erst später gebaut, als die Zivilisation schon im Verfall war.«

Die Lichter waren hell erleuchtete Fensterreihen in einem Dutzend fliegender Häuser. Sie funkelten vom Parterre bis zum Dach wie gigantische Weihnachtsbäume und drängten sich zu einer Gruppe zusammen. Louis vermutete, daß es sich um die Gebäude der Stadtverwaltung handeln mußte.

Und noch etwas war bemerkenswert: Ein kleiner Vorortbezirk spinwärts vom Gemeindezentrum schimmerte in einem trüben Orangeweiß.

*

Auf der Ringterrasse eines bienenstockartigen Hauses saßen die drei um die Landkarte des Dolmetschers herum.

Der Kzin hatte darauf bestanden, daß die Flugräder im Haus untergebracht werden sollten. Aus Sicherheitsgründen. Das Flugrad des Kzin spendete ihnen Licht. Als Louis die Karte auf einen Tisch legen wollte, zerfiel dieser zu Staub. Der Schmutz lag in einer zentimeterdicken Schicht auf dem Boden. Auch die Farbe von den gerundeten Wänden war längst abgebröckelt und hatte sich als blauer Niederschlag über den Fußboden verteilt.

»Als die dreidimensionalen Filmkarten aufgenommen wurden, war diese Metropole hier eine der größten Städte auf der Ringwelt«, fauchte der Kzin. Seine Krallen krochen über die Kartenskizze. »Ursprünglich war diese Stadt wie ein Halbmond entlang der Küste angelegt. Als das fliegende Gebäude, das den Namen ›Himmel‹ trägt als Regierungssitz eingerichtet wurde, war diese Stadt zu einer gigantischen Metropole angewachsen. Mag sein, daß diese Metropole viele Geheimnisse birgt – technische Geheimnisse, die uns unangenehm überraschen können.«

Ohne Metall kann sich eine kranke Zivilisation nicht mehr erholen«, flötete der Puppetier. »Inzwischen müssen die Einheimischen auf eine primitive Steinzeitklutur zurückgreifen, auf Waffen aus Knochenspitzen und Kleidern aus Wolle.«

»Aber wir haben doch alle die Lichter in der Stadt gesehen!«

»Verstreute Reste, die über eigene Kraftanlagen verfügen. Mit der Zeit werden auch diese Lichter erlöschen«, meinte Nessus düster und zuversichtlich zugleich. »Vielleicht gibt es hier trotzdem einen isolierten Ansatz zu einer neuen Technologie. Dann müssen wir uns mit den Leuten in Verbindung setzen, die diesen Neuansatz wagten. Aber nur unter Bedingungen, die *wir* diktieren.«

»Vielleicht haben diese Leute bereits unsere Radiofrequenzen geortet!«

»Nein, Dolmetscher, das glaube ich nicht. Unsere Sendefrequenzen können nicht gestört oder unterdrückt werden.«

Louis hatte immer nur den gleichen Gedanken: Vielleicht liegt sie irgendwo und kann sich nicht mehr bewegen. Sie wartet darauf, daß wir sie retten!

»Wir müssen annehmen, daß Teelas Glückssträhne eine vorübergehende Unterbrechung erfahren hat«, flötete der Puppetier sarkastisch. »Dieser Annahme zufolge kann Teela Brown nicht verletzt sein.«

»Wie bitte?« rief Louis erschrocken. Der Puppetier schien seine Gedanken erraten oder gelesen zu haben.

»Ein Versager in ihrem Flugzeug hat logischerweise ihren Tod zur Folge. Wurde sie aber nicht auf der Stelle getötet, muß sie gerettet worden sein, sobald ihr Glück wieder die Kontrolle übernahm.«

»Das ist lächerlich!« protestierte Louis. »Sie können doch nicht erwarten, daß eine seelische Veranlagung logischen Gesetzen folgt!«

»Meine Logik ist absolut zuverlässig, Louis«, widersprach der Puppetier. »Ich behaupte, daß Teela nicht sofort gerettet werden muß. Wenn sie noch lebt, können wir ihre Rettung bis morgen früh verschieben.«

»Wie können wir sie denn retten, wenn wir nicht wissen, wo sie steckt?«

»Wenn ihr Glück anhält, ist sie in sicheren Händen. Wir müssen nur nach ihren Helfern suchen.«

»Sie wird uns Lichtsignale geben«, murmelte der Kzin. »Ich habe mir überlegt, daß die Scheinwerfer an ihrem Flugzeug noch funktionieren müssen. Du behauptest doch, daß Teela intelligent ist, Louis!«

»Das stimmt.«

»Dann läßt sie ihre Scheinwerfer brennen«, fuhr der Kzin fort. »Sie besitzt keinen Instinkt für die Gefahr. Sie läßt die Lichter brennen, ohne Rücksicht darauf, daß sie auch noch andere Wesen anlocken könnten. Sie vertraut darauf, daß *wir* sie finden. Und wenn ihre Scheinwerfer außer Betrieb sind, nimmt sie die Laserlampe und entzündet ein Signalfeuer.«

»Zuerst müssen wir die Stadt bei Tageslicht erforschen«, knurrte Nessus. »Wir werden morgen abend nach Teela suchen.«

»Verdammt – Sie wollen Teela dreißig Stunden irgendwo hilflos liegenlassen? Sie sind schon ein kaltblütiger Egoist! Das Licht, das wir vorhin gesehen haben, kann ein brennendes Gebäude sein, in dem Teela eingeschlossen ist!«

»Richtig«, sagte der Kzin und streckte sich, »wir müssen dieser Lichterquelle auf den Grund gehen!«

»Ich bin der *Hinterste* in dieser Expedition. Ich verfüge, daß ein Nachtflug über einer Stadt, deren Gefahren wir nicht kennen, ein Risiko darstellt, das den Wert des Lebens von Teela Brown übersteigt!«

Der Kzin saß bereits wieder auf seinem Flugrad. »Wir befinden uns auf feindlichem Territorium! Deshalb übernehme ich das Kommando! Wir suchen Teela Brown!«

Der Kzin löste sich mit seinem Flugrad von der Terrasse. Unter ihm lagen die Vorortbezirke einer unbekannten Stadt.

Louis' Flugrad stand unten im Parterre. Vorsichtig lief Louis die bröckelnden Stufen hinunter. Die Rolltreppen und Fahrstühle waren längst vom Rost zernagt worden.

Nessus blickte mit seinen beiden Köpfen über das Geländer des Treppenhauses. »Ich bleibe hier, Louis«, flötete er Louis wütend nach. »Ich betrachte Ihr Verhalten als Meuterei!«

Louis gab keine Antwort. Er schwang sich auf sein Flugrad, brauste durch das Eingangsportal hinaus ins Freie und radelte dann hinauf in den Nachthimmel.

*

Es war eine kühle Nacht. Das Riesenrad der Ringwelt tauchte die Häuser in ein geisterhaft blaues Licht. Louis sah die Positionslichter von Kzins Flugzeug und folgte ihm zu dem erleuchteten Vorortbezirk, der sich hinter den strahlend hellen Gebäuden des Gemeindezentrums ausbreitete.

Die Stadt mußte ein paar hundert Quadratmeilen bedecken. Nicht ein einziger Park lockerte das Häusermeer auf. Warum hatte man hier die Häuser so dicht aneinandergebaut, wenn man diese riesige Welt nie ganz ausfüllen konnte? Selbst auf der Erde bestand der Mensch auf so viel Abstand von seinem Nachbarn, daß er wenigstens ungehindert atmen konnte.

Doch die Erde hatte ihre Reisekabinen. Vielleicht lag hier die Lösung: Die Menschen auf der Ringwelt wollten ihre Zeit nicht mit langen Reisewegen vergeuden. Dafür nahmen sie lieber dichtbesiedelte Wohnräume in Kauf.

»Wir bleiben auf niedriger Flughöhe«, meldet sich der Kzin in der Bordanlage. »Wenn die Lichter im Vorortbezirk sich als Straßenbeleuchtung entpuppen, kehren wir zu Nessus zurück. Wir dürfen nicht das Risiko eingehen, daß wir abgeschossen werden.«

»Okay«, murmelte Louis. Im stillen lachte er bitter. Die Kzinti waren von Natur aus verwegen. Aber im Vergleich zu Teela Brown benahm sich der Dolmetscher so vorsichtig und feige wie ein Puppetier. Wo steckte sie jetzt? War sie bereits tot? Oder nur schwer verwundet?

Seit der Bruchlandung der *Liar* hatten sie nach zivilisierten Bewohnern der Ringwelt gesucht. Waren sie hier in dieser Stadt endlich auf die Nachkommen der Baumeister gestoßen? Wahrscheinlich hatte Nessus diese Möglichkeit hierhergelockt. Teela Brown war ihm im Grunde längst gleichgültig geworden.

Vielleicht waren die letzten zivilisierten Bewohner der Ringwelt ihnen feindlich gesinnt. Ein Wunder wäre das nicht . . .

Louis' Flugrad trieb nach links ab. Louis korrigierte den Kurs.

»Louis«, meldete sich die Stimme des Kzin. Sie klang ein wenig gepreßt. »Da scheint irgend etwas meine Steuerung zu blockieren!« Dann, urplötzlich, rief der Kzin mit peitschendem Kommandoton: »Louis, mach kehrt! Sofort!«

Die Kommandostimme des Kzin schien direkt auf die Gehirnzellen einzuwirken. Louis wendete auf der Stelle.

Sein Flugzeug jedoch flog stur geradeaus.

Louis warf sich mit seinem ganzen Gewicht auf den Steuerknüppel. Ohne Erfolg. Das Flugrad flog schnurgerade auf die Lichter des Gemeindezentrums zu.

»Es hat uns erwischt!« rief Louis mit gellender Stimme. Sie waren alle beide zu Puppen geworden, und der Puppenspieler ließ sie an seinen Fäden nach einem Drehbuch tanzen, das sie nicht kannten. Louis wußte nur, wie der Puppenspieler hieß.

Das Glück von Teela Brown!

IXX

In der Falle

Der Kzin war viel praktischer veranlagt als Louis. Er schaltete die Notsirene ein.

Der Notschrei plärrte auf allen Frequenzen. Louis dachte schon, daß der Puppetier sich trotzdem taub stellen wollte. Doch dann kam seine flötende Frage: »Ja? Was ist denn?«

»Wir werden angegriffen!« fauchte der Kzin. »Irgendeine Behörde kontrolliert unsere Fahrzeuge mit einer Fernsteuerfrequenz. Wissen Sie, was wir dagegen unternehmen können?«

Man konnte dem Puppetier nicht ansehen, was er dachte. Seine Lippen, die sich in einem sinnlosen Rhythmus bewegten, schienen eher reine Panik als anstrengende Gedankenarbeit anzudeuten.

»Schwenken Sie Ihre Kameras, damit ich Ihren Kurs beobachten kann! Sind Sie verletzt?«

»Nein, aber wir kleben fest!« erwiderte Louis. »Wir können auch nicht abspringen, weil wir dafür zu hoch und zu schnell fliegen. Wir treiben direkt auf das Gemeindehaus zu!«

»Worauf treiben Sie zu?«

»Auf das Gemeindezentrum – auf die hell erleuchtete Gebäudegruppe!«

»Ja, ich entsinne mich dessen«, erwiderte der Puppetier und bewegte die Lippen, als knete er Kaugummi. »Eine Piratenfrequenz scheint eure Steuerimpulse zu überlagern. Kzin, ich möchte die Daten von Ihrem Steuerpult! Lesen Sie sie mir vor!«

Der Dolmetscher gehorchte der Anordnung, während Louis immer näher an die beleuchteten Schwebegebäude herantrieb. Nur einmal unterbrach Louis den Kzin: »Wir kreuzen jetzt den beleuchteten Vorortbezirk!«

»Sind die Häuser beleuchtet oder nur die Straßen?«

»Nur die Haustüren erglühen in einem hellen Orange! Ich halte das für eine Art von Straßenbeleuchtung. Nur scheint die Energiezufuhr so schwach zu sein, daß sie nicht mehr ihre Sollstärke erreicht!«

»Das ist auch meine Ansicht«, fauchte der Kzin.

»Ich möchte Sie nicht gern zur Eile drängen«, sagte Louis heiser in das Bordmikrophon, »aber wir kommen dem Rathaus jetzt verdammt nahe. Ich meine das große Gebäude in der Mitte der Gruppe!«

»Ich sehe es. Es hat die Gestalt eines doppelten Kegels. Nur die obere Hälfte scheint erleuchtet zu sein!«

»Ja, das ist es!«

»Louis, wir wollen versuchen, die Piratenfrequenz zu überlisten! Wir koppeln unsere Steuerpulte zusammen!«

Louis legte den Kopplungsschalter um.

Sein Flugrad bockte wie ein störrischer Mustang. Louis hatte ein Gefühl, als habe ihn ein Riese mit dem Stiefel in den Hintern getreten. Im nächsten Augenblick fiel bei ihm die gesamte Energieanlage aus.

Sicherheitsballons explodierten um ihn herum. Sie legten sich um seinen Sattel wie eine gefaltete Hand um ein Insekt – schützend und hemmend zugleich. Louis konnte weder den Kopf drehen noch einen Finger krumm machen. Er stürzte.

»Ich stürze!« meldete er gleichzeitig. Seine Hände wurden von den Ballons gegen das Instrumentenbrett gepreßt und lagen noch auf dem Kopplungsschalter. Trotzdem rührte sich nichts. Das bienenstockartige Gebäude kam rasend schnell auf ihn zu. Louis schaltete blitzschnell auf Handbetrieb um.

Keine Reaktion. Er stürzte immer noch.

Mit einer Ruhe, die einem Kamikazeflieger alle Ehre gemacht hätte, sagte Louis: »Dolmetscher, versuche erst gar nicht, die Kopplungssteuerung einzuschalten. Sie funktioniert sowieso nicht.« Und da die anderen beiden sein Gesicht sehen konnten, wartete er mit offenen Augen und unbewegter Miene auf den Tod.

Die Bremswirkung setzte ganz plötzlich ein. Diesmal bekam Louis den Tritt eines Riesen vor die Brust. Dann stellte sich das Flugrad auf den Kopf und drückte Louis mit fünf g nach unten. Louis verlor das Bewußtsein.

Als er wieder zu sich kam, hing er immer noch mit dem Kopf nach unten. Er wurde nur von den Sicherheitsballons in seinem Sattel festgehalten. Das Blut pochte ihm in den Schläfen. Er hatte die verrückte Vorstellung von einem Marionettenspieler, der fluchend hinter der Kulisse versucht, die verdrehten Fäden zu entwirren, während die Marionette Louis Wu mit dem Kopf nach unten auf der Bühne hing.

*

Das fliegende Gebäude in der Mitte des Gemeindezentrums glich einem riesigen Kreisel. Auf einem spitzen Kegel saß ein breiter, gedrungener Oberbau. Als die beiden Flugräder auf das Gebäude zutrieben, öffnete sich in dem Oberbau ein waagerechter Schlitz und verschluckte die beiden Flugzeuge.

Während die beiden Vehikel in den dunklen Innenraum des Gebäudes hineinglitten, explodierten die Ballons um den schweren Körper des Kzin herum, während dessen Flugrad das Gleichgewicht verlor und sich auf den Kopf stellte. Louis registrierte das mit düsterer Schadenfreude.

Er hatte schon lange genug in dieser miserablen Lage gehangen, und geteiltes Leid ist halbes Leid.

Nessus meldete sich auf der Bordfunkfrequenz. »Ihre verkehrte Lage deutete darauf hin, daß Sie von einem elektromagnetischen Feld festgehalten werden. Dieses Feld reagiert auf Metall und nicht auf Protoplasma! So kommt es, daß Sie . . .«

Louis hörte gar nicht zu. Er bewegte sich wie ein Fisch am Angelhaken zwischen seinen Ballons. Aber er zappelte nur vorsichtig, damit er nicht zwischen den Ballons hindurchrutschte und in den dunklen Raum hinunterfiel. Die Falltüre hinter ihm schloß sich sofort wieder. Er konnte nicht erkennen, wie tief der Boden unter ihm lag.

Er hörte Nessus' Stimme: »Können Sie den Rumpf mit der Hand erreichen?« Und die Antwort des Kzin: »Ja, wenn ich mich durch die Ballons zwänge . . . Verdammt, Sie hatten recht! Das Gehäuse ist glühend heiß!«

»Dann ist Ihr Motor durchgebrannt. Ihre Flugräder sind unbrauchbar geworden!«

»Glücklicherweise schützt mich wenigstens mein Sattel vor der Hitze!« fauchte der Kzin.

Louis verrenkte sich inzwischen den Hals, um wenigstens etwas sehen zu können. Seine Wangen rieben sich an den aufgeblasenen Ballons. Aber nirgends ein Lichtschimmer, wohin er auch blickte.

Er tastete mit der Hand über das Armaturenbrett, bis er den Schalter für die Scheinwerfer fand. Warum er glaubte, sie würden noch funktionieren, wußte er nicht zu sagen. Auf jeden Fall flammte der Scheinwerfer auf und warf einen weißen Lichtkegel gegen die gewölbte Innenwand.

Ein Dutzend Fahrzeuge trieben neben ihm, alle auf der gleichen Höhe. Er sah ein paar Düsen-Flugtornister, drei umgekippte Flugwagen und sogar einen Fluglaster mit einem durchsichtigen Führerhaus.

In diesem schwebenden Müllhaufen alter Flugzeugwracks trieb auch das Flugrad des Kzin mit dem Sattel nach oben. Der kahlköpfige Kopf des Kzin mit dem orangefarbigen Flaumgesicht schaute unten zwischen den aufgeblasenen Sicherheitsballons heraus. Ein Arm lag auf dem Düsengehäuse, als wolle der Kzin dem Flugrad den Puls fühlen.

»Gut«, meldete sich Nessus. »Licht! Ich wollte es eben auch schon vorschlagen. Das bedeutet, daß jeder elektrische und elektromagnetische Schaltkreis, der im Augenblick des Angriffs auf Ihrem Flugzeug in Betrieb war, durchgebrannt ist. Ihr Scheinwerfer war ausgeschaltet. Deswegen funktioniert er noch.«

Louis hatte das Gefühl, als pumpe man seinen Kopf voll Wasser. »Wir befinden uns hier offenbar in einem Gefängnis«, lallte er. »Und wenn das zutrifft – warum ist hier nicht noch eine Kanone, die uns das Lebenslicht auspustet? Schließlich könnten wir ja mit tödlichen Waffen hier hereingeflogen sein! Was zufällig stimmt.«

»Wahrscheinlich ist auch im Gebäude noch eine Waffe eingebaut«, sagte Nessus. »Ihre brennende Lampe beweist, daß diese Waffe nicht funktioniert. Die Waffe im Gefängnis arbeitet automatisch, sonst würde jemand in der Nähe sein, der Sie bewacht. Wahrscheinlich kann der Dolmetscher seine Slaver-Flinte ungehindert einsetzen!«

»Das ist Musik in meinen Ohren«, lallte Louis mit hochrotem Kopf. Der »Tiger« und er schwammen mit dem Kopf nach unten in einem schwebenden Sargasso-See. Von den drei antiken Flugsesseln war einer noch besetzt – mit einem fast grazilen

Skelett, das trotzdem als menschliches Gebein zu erkennen war. Nicht ein Fetzen Haut war auf dem Skelett zurückgeblieben. Nur am Kinn war noch etwas befestigt – ein zerschlissener gelber Umhang, der sich an der Kinnspitze verfangen hatte und jetzt wie ein Fallschirm sich nach unten bauschte.

Die Flugtornister und die anderen Flugzeuge waren nicht mehr besetzt. Aber die Piloten mußten doch irgendwo abgeblieben sein! Louis zwängte seinen Kopf in den Nacken, immer weiter nach hinten . . .

Der Keller dieses Gefängnisses war eine dunkle, spitz zulaufende Grube. In der nach oben hin weiter werdenden Kegelwand waren in regelmäßigen Abständen Stufen eingelassen – konzentrische Ringe, in denen Zellen aneinanderklebten wie Bienenwaben. Falltüren verschlossen diese Zellen und bildeten gleichzeitig die Verbindung zu dem kegelförmigen Innenraum des Gefängnisses. Die konzentrischen Ringe waren durch Wendeltreppen miteineinader verbunden. Sie mündeten unten in der Spitze der kegelförmigen Grube. Dort schimmerten auf die gebleichten Gebeine der ehemaligen Wagenbesitzer, die von ihrer eigenen Schwerkraft gezwungen wurden, ihren Fahrersitz aufzugeben.

Vielleicht hatten sie vorher verzweifelt versucht, sich aus dem unsichtbaren Spinnennetz zu befreien. Als ihnen das nicht gelungen war, hatten sie einen Todessturz dem qualvollen Hungertod offenbar vorgezogen.

»Ich verstehe nur nicht, was der Kzin hier mit dem Grabwerkzeug ausrichten soll!«

»Wieso?« flötete der Puppetier in der Leitung.

»Wenn er damit eine Bresche in die Mauer schlägt«, erklärte Louis mit dicker Zunge, »hilft uns das überhaupt nichts! Das gleiche gilt für die Decke! Falls der Kzin zufällig den Generator trifft, der uns hier in der Luft festhält, gibt es einen Sturz in eine Tiefe von dreißig Metern! Wenn wir nichts unternehmen, müssen wir in der Luft verhungern. Natürlich können wir auch Selbstmord begehen, indem wir uns einfach fallen lassen!«

»Ich verstehe.«

Ist das Ihre einzige Reaktion, Nessus?«

»Ich brauche noch mehr Fakten. Können Sie mir nicht Ihre

Umgebung eingehender Beschreiben? Ich sehe auf meinem Monitor nur ein Stück Wand.«

Der Dolmetscher und Louis lösten sich in der Beschreibung des Gefängnisses ab. Der Kzin hatte seinen Scheinwerfer jetzt ebenfalls anstellen können. Das half ihnen, sich noch ein besseres Bild von dieser Todesfalle zu verschaffen.

»Die verrottenden Flugwagen im Magnetfeld und die Skelette deuten darauf hin, daß niemand diese Todesfalle betreut«, berichtete der Kzin. »Diese Polizeifalle muß noch Fleugzeuge eingesammelt haben, als die Stadt bereits von ihren Bewohnern verlassen worden war.«

»Mag sein«, flötete der Puppetier. »Trotzdem überwacht jemand unser Gespräch.«

Louis spürte, wie sein Herz schneller schlug. Er sah, wie die Ohren des Kzin sich aufstellten wie rosige Fächer.

Wo steckt dieser Kerl?« brüllte der Kzin.

»Ich kann nur seine Richtung orten. Der Empfänger ist ganz in Ihrer Nähe. Ich vermute, er ist über Ihnen!«

Instinktiv versuchte Louis, nach oben zu blicken. Das war vollkommen unmöglich. Sein Kopf hing über dem Abgrund, und er hatte zwei Sicherheitsballons und das Flugrad zwischen sich und der Decke. »Wir haben also die Zivilisation auf dieser Welt doch noch entdeckt«, sagte Louis laut.

»Vielleicht. Allerdings hätte ein zivilisierter Mensch auf diesem Planeten dann auch die Kanone im Gefängnis repariert. Lassen Sie mich mal in aller Ruhe nachdenken . . .«

Und der Puppetier flötete jetzt etwas Klassisches aus der irdischen Kultur – irgendeln Leitmotiv von Beethoven. Louis klebte die Zunge am Gaumen. Er hatte Hunger und Durst. In seinem Kopf klopfte es wie in einer uralten Kesselschmiede.

Louis hatte bereits jede Hoffnung aufgegeben, als der Puppetier sich wieder im Bordempfänger meldete. »Ich hätte die Slaver-Flinte vorgezogen. Aber die Verhältnisse verbieten das. Louis, Sie werden die Initiative ergreifen müssen! Sie stammen von den Affen ab. Sie können also besser klettern als der Dolmetscher.«

»Ich soll *klettern* lallte Louis entsetzt.

»Fragen Sie erst, wenn ich mit meinen Anweisungen fertig

bin, Louis! Nehmen Sie Ihre Laserlampe und bohren Sie damit ein Loch in den Ballon vor Ihrem Gesicht. Sie müssen sich an der Ballonhülle festhalten, sobald Sie aus Ihrem Pilotensattel fallen. Sie können sich so lange an der Hülle festhalten, bis Sie auf Ihr Flugrad hinaufgeklettert sind. Dann . . .«

»Sind Sie verrückt geworden, Nessus?«

»Lassen Sie mich erst ausreden. Sie müssen die Kanone vernichten, die Ihr Flugzeug lahmgelegt hat. Vielleicht finden Sie auch noch die andere Kanone, die Sie im Gefängnis in Schach halten soll. Sie kann zwar überall versteckt sein, aber . . .«

»Nein, Nessus, ich tue das nicht. Wie soll ich einen explodierenden Ballon so schnell packen können, daß ich nicht abstürze – nein, Nessus, nein!«

»Und wie soll ich Ihnen zu Hilfe kommen, wenn eine elektromagnetische Kanone nur darauf wartet, mich ebenfalls in Ihr Gefängnis zu stecken?«

»Keine Ahnung, Nessus.«

»Wollen Sie vielleicht den Dolmetscher darum bitten, die Kletterpartie für Sie zu übernehmen?«

»Katzen sind vorzügliche Kletterer!«

»Meine Vorfahren waren Wüstenkatzen, Louis«, fauchte der Kzin aus gefächerten Ohren. »Meine verbrannte Hand taugt nicht viel – auf keinen Fall zum Klettern. Ich bin auch der Meinung, daß der Pflanzenfresser verrückt geworden ist. Er sucht doch nur nach einem Vorwand, um uns loszuwerden.«

Louis nickte stumm. Die Schweißperlen sammelten sich in seinem Haar.

»Ich will Sie nicht loswerden«, flötete der Puppetier heiter. »Ich werde warten. Vielleicht fällt Ihnen eine bessere Lösung ein. Vielleicht läßt sich auch der Horcher sehen, der unsere Gespräche überwacht. Ich kann warten . . .«

*

Zwischen zwei formgerechten Sicherheitsballons eingekeilt, den Kopf nach unten, konnte Louis Wu nur schwer die Zeit abschätzen. Nichts bewegte sich um ihn herum. Er hörte Nessus leise pfeifen. Doch sonst schien die Welt stillzustehen.

Louis zählte seine eigenen Herzschläge. Zweiundsiebzig in der Minute. »Zweiundsiebzig und – eins.«

»Hast du etwas zu mir gesagt, Louis?«

»Verdammt, Dolmetscher, ich halte das nicht mehr aus. Lieber sterbe ich, als daß ich verrückt werde!«

Schon bewegte er den Kopf wie einen Stoßkeil zwischen den Ballons, als der Kzin fauchte: »Ich erteile die Befehle, wenn der Kriegszustand eingetreten ist. Ich befehle dir deshalb, ruhig zu bleiben und zu warten.«

»Entschuldigung.« Louis zwängte seine Hand nach unten, holte neuen Atem, schob weiter, erholte sich, schob . . . jetzt war er am Gürtel.

»Was der Puppetier empfohlen hat, ist Selbstmord, Louis.«

»Mag sein.« Jetzt hatte Louis, was er brauchte – den Scheinwerfer-Laser.

Mit zwei krampfhaften Bewegungen hatte er den Laser aus seinem Gürtel gezogen. Er zielte damit nach vorn. Er konnte höchstens das Armaturenbrett beschädigen, keinesfalls sich selbst.

Er drückte ab.

Der Ballon sackte langsam in sich zusammen. Doch gleichzeitig blies sich der zweite Ballon in Louis' Rücken stärker auf und drückte ihn gegen das Armaturenbrett. Dieser Druck von hinten kam Louis zustatten. Er schob rasch den Laser in den Gürtel zurück und griff mit beiden Händen nach der schlaff werdenden Ballonhülle.

Schon glitt er aus dem Sattel, immer schneller. Verzweifelt verkrampfte er die Hände im Stoff, während er über einem dreißig Meter tiefen Abgrund hin und her schwang. *Dolmetscher!«*

»Ich bin schon da, Louis. Ich habe die Flinte in der Pfote. Soll ich den anderen Ballon auch durchlöchern?«

»Ja!« Er hing genau vor Louis' Nase und blockierte ihm die Sicht und den Weg nach oben.

Der Ballon sackte nicht in sich zusammen. Er spuckte erst Staub aus und explodierte dann mit einem Knall. Der Dolmetscher hatte den Ballon mit beiden Strahlbohrern durchlöchert.

»Möchte nur wissen, wie du mit dem Ding so genau zielen kannst!« keuchte Louis und kletterte nach oben.

Es ging ganz gut, solange die Hülle nicht nachgab. Trotz der langen Zeit, in der Louis mit dem Kopf nach unten über dem Abgrund geschwebt hatte, waren seine Reflexe noch zufriedenstellend. Leider endete aber der Ballon in der Nähe der Außengestänge, und da das Flugrad sich unter seinem Gewicht auf die Seite gerollt hatte, war mit dieser Aktion noch nicht viel gewonnen.

Deshalb zog er sich ganz dicht an das Gestänge heran, stemmte sich mit den Knien dagegen und begann zu schaukeln.

Der Kzin machte sonderbar miauende Geräusche.

Das Flugrad wippte hin und her – immer schneller nach jedem Schwung. Louis vermutete, daß die meisten Metallteile in den Kugelgehäusen des Rades stecken mußten. Somit konnte es sich in dem unsichtbaren »Spinnennetz« auch um seine Mittelachse drehen und dann wieder eine stabile Lage einnehmen. Deswegen hatte wohl Nessus auch dieses waaghalsige Manöver vorgeschlagen.

Das Flugrad drehte sich wie eine Schiffschaukel, hielt sich momentan auf dem Scheitelpunkt und wippte dann zurück. Doch dieser kurze Moment der Unentschlossenheit hatte Louis genügt, um den zweiten Ballon zu ergreifen, dessen zerfetzte Hülle ihm entgegenflatterte. Mit beiden Armen links und rechts am Gestänge verankert, ritt er jetzt auf seinem Rad wieder dem Abgrund zu. Er pendelte hin und her wie eine Gallionsfigur in den Brechern bei Windstärke zehn.

Louis' Magen explodierte. Er spuckte sein Essen über das Gestänge und seinen Ärmel aus. Doch er lockerte seinen Griff nicht um einen Millimeter.

Dann holte er noch einmal mit den Knien Schwung. Das Flugrad ging mit, stellte sich hoch, kippte und schwang jetzt wieder im unsichtbaren Spinnennetz aus – diesmal mit dem Sattel nach oben. Louis hielt die Luft an, wartete, balancierte, glich aus.

Endlich lag das Ding ruhig. Er spähte vorsichtig nach oben.

Eine Frau beobachtete ihn.

*

Sie schien vollkommen kahlköpfig zu sein. Ihr Gesicht erinnerte Louis an das Drahtporträt in dem Haus des Himmels. Das galt für ihre Gesichtsform und ihren Gesichtsausdruck. Sie verhielt sich so still und bewegungslos wie eine Göttin oder wie eine tote Frau. Am liebsten hätte sich Louis vor ihrem Blick versteckt.

»Dolmetscher, wir werden beobachtet«, sagte er, anstatt sich zu verstecken. »Gib die Meldung an Nessus weiter.«

»Einen Moment, Louis. Ich bin noch nicht ganz bei der Sache. Ich habe deine Kletterpartie beobachtet . . .«

»Okay. Sie ist kahlköpfig bis auf einen dünnen Haarkranz über den Ohren, der um die Schädelbasis herumführt. Die Haarsträhnen hängen ihr bis zu den Schultern herab.«

In Wirklichkeit fiel ihr das Haar voll über die eine Schulter, während sie sich vorbeugte. Ihre Schädelform war edel, und das Gesicht von geradezu klassischer Schönheit, wenn sie ihn auch mit ihren Blicken durchbohrte wie eine Martini-Olive. »Ich glaube, sie gehört zu der Rasse der Baumeister. Zumindest scheint sie in der Kultur dieser Leute aufgewachsen zu sein. Hast du mich verstanden?«

»Ja. Wo hast du denn das Klettern gelernt, Louis? Was bist du nur für ein Mensch!«

Louis hielt sich krampfhaft an seinem Flugrad fest und lachte. »Du bist ein Kdaptist«, sagte er, »gib es zu!«

»Ich wurde in diesen Glauben erzogen, aber er hat mich nicht überzeugt.«

»Natürlich hat er dich nicht überzeugt. Hast du Nessus sprechen können?«

»Ja. Ich habe die Sirene benützt.«

»Dann gib ihm folgende Fakten durch. Die Dame ist ungefähr sechs Meter von mir entfernt. Sie beobachtet mich wie eine giftige Schlange. Sie mag mich also nicht besonders. Trotzdem interessiert sie sich nur für mich. Sie klappert zwar manchmal mit den Augendeckeln, aber sie wendet keine Sekunde den Blick von mir ab.

Sie sitzt in einer Art Kabine. Früher müssen die Wände der Kabine mal aus Glas gewesen sein. Doch das Glas ist längst kaputtgegangen oder herausgenommen worden. Die Kabine besteht nur noch aus ein paar Stufen und einer Plattform. Die

Dame läßt die Beine über die Plattform herabhängen. Wahrscheinlich macht es ihr Spaß, ihre Gefangenen zu beobachten.

Sie trägt eine Art Kombination, die ihr bis zu den Knien und Ellenbogen reicht. Das Material bauscht sich über ihrem Bu . . .« Ach, zum Teufel, so etwas interessierte doch eine fremde Rasse nicht! Hauptsache, das Material war fest. Aus Kunststoff wahrscheinlich.

»Sie hat . . .« Wieder unterbrach sich Louis Wu. Das Mädchen hatte nämlich etwas gesagt.

Er wartete. Das Mädchen wiederholte den Satz. Es war nur ein kurzer Satz. Trotzdem verstand Louis natürlich kein Wort davon.

Dann stand das Mädchen auf und stieg anmutig die Treppe hinauf.

»Sie ist weggegangen«, berichtete Louis. »Wahrscheinlich bin ich ihr zu langweilig!«

»Vielleicht ging sie zurück auf ihre Horchstation?« fauchte der Kzin.

»Mag sein.«

»Nessus läßt dir sagen, du sollst deine Laserlampe auf Beleuchtung einstellen und sie einschalten, wenn das Mädchen zurückkommt! Ich muß die Slaver-Flinte vor ihr verstecken. Sie dreht bestimmt das Magnetfeld ab und läßt uns abstürzen, wenn sie sieht, daß wir bewaffnet sind!«

»Wie kommen wir dann aus dieser Falle heraus?« stöhnte Louis.

»Abwarten! Nessus sagt, er will einen anderen Trick ausprobieren. Er kommt auf jeden Fall hierher.«

Louis legte die Wange auf das Metallgestänge. Seine Erleichterung war so groß, daß er die Entscheidung des Puppetiers gar nicht erst in Zweifel zog.

»Louis, soll ich ihm das ausreden? Wir sitzen doch dann alle drei in der Falle!«

»Laß mich mal ein bißchen verschnaufen«, murmelte Louis. »Nessus weiß schon, was er tut.« Er konnte sich auf die Feigheit des Puppetiers ganz bestimmt verlassen.

*

Louis döste vor sich hin.

Sobald das Flugrad sich schaukelnd bewegte, war Louis hellwach und klammerte sich verzweifelt mit Händen und Knien an das Gestänge, bis das Ding sein prekäres Gleichgewicht wiederfand.

Doch als ein Lichtstrahl seine Augen streifte, war er hellwach.

Das Tageslicht flutete durch den Schlitz herein, der als Eingang zu dieser Flugzeugfalle diente. Im gleißenden Strahlenkranz der Sonne zeichnete sich das Flugrad des Puppetiers als schwarze Silhouette ab. Eine Silhouette, die auf dem Kopf stand. Der Puppetier hing mit beiden Köpfen nach unten. Das heißt, er kullerte in dem ausgepannten Sicherheitsnetz herum, das über seinem Sattel ausgebreitet war.

Der Schlitz schloß sich sofort wieder hinter ihm.

»Willkommen im Gefängnis!« fauchte der Kzin. »Hätten Sie vielleicht die Güte, mich in die richtige Lage zu drehen?«

»Noch nicht. Ist das Mädchen wieder aufgetaucht?«

»Nein.«

»Aber das wird bald geschehen. Menschen sind neugierige Wesen. Sie kann unmöglich schon solche Wundertiere gesehen haben wie uns beide.«

»Mag sein«, stöhnte der Kzin. »Aber ich möchte endlich wieder in die richtige Lage gedreht werden!«

Der Puppetier hantierte mit den Lippen an seinem Schaltbrett herum. Ein Wunder geschah – sein Flugrad kippte von allein in die richtige Stellung. Louis gaffte ihn fragend an.

»Ganz einfach«, flötete der Puppetier. »Ich drehte alle Schaltkreise ab, als ich merkte, daß die Piratenfrequenz mich beim Wickel hatte. Wenn das Traktorsystem des Gefängnisses versagt hätte, hätte ich die Düsen wieder eingeschaltet, ehe ich auf dem Pflaster von dem Gebäude zerschellt wäre.

Der nächste Schritt ist ganz einfach. Wenn das Mädchen wieder erscheint, benehmen Sie sich freundlich zu ihr. Louis, Sie können sogar an sexuelle Beziehungen denken, wenn Sie glauben, damit etwas bei ihr auszurichten.

Dolmetscher, von jetzt an führt Louis das Kommando! Er ist unser Herr, und wir beide sind seine Sklaven. Die unbekannte Dame ist vielleicht eine Rassenfanatikerin. Sie wird uns bestimmt nichts tun, wenn sie merkt, daß Louis die beiden ›Tiere‹ herumkommandiert

Louis mußte lachen. »Ich bezweifle sehr, daß sie freundliche Gefühle für mich aufbringen wird. Sie haben das Mädchen nicht erlebt, Nessus. Sie ist so kühl und unnahbar wie die schwarzen Höhlen des Planeten Pluto. Ich kann ihr das nicht mal übelnehmen.« Sie hatte ihn beobachtet, wie er gekotzt hatte. Ein kotzender Mann ist kein reizvoller Anblick, der eine Frau zum Beischlaf herausfordert.

»Sie wird selig sein, wenn sie uns nur anblicken darf!« flötete der Puppetier mit arroganter Selbstgefälligkeit. »Sie wird unglücklich sein, wenn sie uns ein einziges Mal aus den Augen läßt. Je näher sie uns an sich heranläßt, um so glücklicher wird sie sich fühlen . . .«

»Zum Teufel – ja!« rief Louis.

»Sie verstehen? Gut, sehr gut. Noch etwas – ich habe mich ein wenig in der Sprache der Ringwelt geübt. Ich glaube, meine Aussprache ist korrekt, und meine Diktion nicht übel. Ich weiß nur verdammt wenig Worte . . .«

*

Louis döste im Zwielicht.

Der Kzin hatte es schon vor ein paar Stunden aufgegeben, Louis und Nessus mit Vorwürfen zu überschütten, weil sie ihm nicht helfen konnten. Er hing immer noch mit dem Kopf nach unten, mit verbranntem Fell und einer verbrannten Hand, die vorläufig zu nichts taugte. Wahrscheinlich war er bewußtlos.

Louis hörte ein paar Glöckchen bimmeln und war sofort hellwach.

Die Glöckchen bimmelten bei jedem Schritt. Ihre Mokassins waren mit Glöckchen bestickt. Die Dame hatte sich auch ein anderes Kleid angezogen – ein hochgeschlossenes Kleid mit vielen Taschen. Ihr langes Haar fiel ihr wieder über eine Schulter. Sie trug die gleiche gelassene Heiterkeit zur Schau wie beim erstenmal.

Die Dame setzte sich und ließ die Beine über den Rand der Plattform baumeln. Sie beobachtete Louis Wu. Minutenlang schauten sie sich in die Augen.

Dann griff sie in eine ihrer Taschen und holte eine apfelsinengroße Frucht heraus. Sie warf die Frucht Louis zu, zielte jedoch absichtlich ein paar Zentimeter vorbei, so daß Louis das Gleichgewicht verlieren mußte, wenn er die Frucht auffangen wollte.

Er erkannte die Frucht wieder, als sie vor seinem Gesicht vorbeitorkelte. Sie wuchsen auf Büschen. Er hatte ein paar von ihnen gesammelt und in den Speisetrichter seiner Küchenautomatik gesteckt, ohne die Früchte zu kosten.

Die Frucht zerbarst auf einem Zellenring und verspritzte ihren roten Saft. Louis' Gaumen sonderte Speichel ab, und plötzlich hatte er einen unglaublichen Durst.

Sie holte eine zweite Frucht aus ihrer Tasche und warf sie hinunter. Er hätte sie diesmal bequem auffangen können, doch dann hätte das Flugrad auch sein prekäres Gleichgewicht verloren. Die Dame wußte das.

Der dritte Wurf traf Louis an der Schulter. Louis hielt sich krampfhaft an seinen Ballonhüllen fest und dachte schwarze Gedanken.

Dann kam das Flugzeug von Nessus zum Vorschein, und das Mädchen auf der Plattform lächelte.

Der Puppetier war bisher hinter einem Laserwrack versteckt gewesen. Jetzt trieb er schräg auf die Aussichtsbühne zu, als hinge sein Flugzeug an einer unsichtbaren magnetischen Angel. Während Nessus an Louis vorbeitrieb, flötete er: »Können Sie das Mädchen verführen?«

Louis bleckte die Zähne. Doch dann begriff er, daß der Puppetier seine Frage nicht ironisch meinte, und sagte: »Ich glaube, sie hält mich für ein Tier.«

»Dann müssen wir eben noch eine andere Taktik einschlagen!«

Louis rieb die Stirn an dem kühlen Metall. Er hatte sich selten so elend gefühlt wie jetzt. »Sie sind der Boß«, sagte er. »Sie will mich nicht als gleichberechtigtes Wesen anerkennen. Vielleicht akzeptiert sie einen Puppetier. Als Rivalen wird die Dame Sie kaum betrachten. Dafür sehen Sie zu fremdartig aus.«

Der Puppetier gab keine Antwort mehr. Er schwebte jetzt über Louis' Kopf und sagte etwas in der Sprache des kahlgeschorenen Priesters. Er beherrschte also die heilige Sprache der Ringwelt-Architekten.

Das Mädchen antwortete nichts darauf. Aber ihre Mundwinkel hoben sich leicht nach oben, und in ihren Augen zuckte ein leiser Funke auf.

Nessus hatte seinen Tasp nur sehr vorsichtig angewendet.

Er sprach sie noch einmal an, und diesmal bekam er Antwort. Ihre Stimme war kühl und melodisch.

Das Flöten des Puppetiers war jetzt überhaupt nicht mehr von der Stimme des Mädchens zu unterscheiden.

Für Louis Wu, der hier über einem tödlichen Abgrund das Gleichgewicht bewahren mußte, war dieses Zwiegespräch natürlich langweilig. Er verstand ja kein Wort davon. Sie warf Nessus eine von den faustgroßen Früchten zu. *Thrumb* hießen diese Dinger, wie Louis hörte. Nessus fing die Frucht auf. Dann stand das Mädchen auf und verließ die Plattform.

»Was ist denn jetzt wieder los?« fragte Louis.

»Die Geschichte wurde ihr zu langweilig. Sie hat sich nicht verabschiedet.«

»Ich sterbe vor Durst. Könnte ich vielleicht Ihre *Thrumb* haben?«

»*Thrumb* bezeihnet die Farbe der Schale, Louis.« Nessus trieb mit seinem Flugrad auf Louis zu und reichte ihm vorsichtig die Frucht hinüber. Louis schälte sie mit den Zähnen ab und kostete das Fruchtfleisch. Es war der herrlichste Leckerbissen, den er seit zweihundert Jahren gekostet hatte.

»Kommt sie wieder zurück?« fragte Louis, während er sich die Finger zwischendurch ableckte.

»Ich hoffe es. Ich habe den Tasp nur so schwach eingestellt, daß er auf ihr Unterbewußtsein wirkt. Sie wird jetzt ihre angenehmen Empfindungen vermissen. Jedesmal, wenn sie mich wiedersieht, wird die Wirkung des Tasp stärker . . . Louis, soll ich sie nicht in Sie verliebt machen?«

»Hat keinen Sinn, Nessus. Sie hält mich für einen Wilden. Möchte nur wissen, wofür die Dame sich selbst hält.«

»Ich habe keine Ahnung. Sie hat es mir wahrscheinlich gesagt, aber ich habe es nicht kapiert. Mein Vokabular ist noch dürftig. Wir kriegen die Dame schon noch klein . . .«

XX

Fleisch

Nessus war unten in der Grube gelandet, um das Terrain zu erkunden. Louis versuchte zu beobachten, was er da unten trieb. Dann hörte er Schritte über sich, diesmal ohne bimmelnde Glöckchen. Louis bildete einen Trichter mit den Händen und rief: »Nessus!«

Das Echo brach sich an den Wänden und hallte schaurig in der Kegelgrube wider. Der Puppetier sprang erschrocken in den Sattel seines Flugrades. Offenbar hatte er die Düse laufen lassen, um den Auftrieb des Magnetnetzes zu kompensieren. Jetzt brauchte er nur noch den Motor abzuschalten und trieb nach oben, den Flugzeugleichen zu. »Was, zum Teufel, treibt die Dame denn da oben?« fragte Louis.

»Geduld. Sie gewöhnt sich nicht so rasch an einen Tasp, der auf die niedrigste Stärke eingestellt ist.«

»Ich kann mein Gleichgewicht hier nicht ewig halten! Versuchen Sie, ihr das in ihren kahlen Schädel einzuhämmern!«

»Geduld. Wie kann ich Ihnen helfen?«

»Ich brauche einen Schluck Wasser!« Louis Wus Mund schien aus einem Ballen Watte zu bestehen.

»Wie wollen Sie denn in dieser Lage trinken? Wenn sie den Kopf drehen, verlieren Sie sofort das Gleichgewicht!«

»Ich weiß. Vergessen wir es.« Louis erschauerte. »Wie geht es dem Kzin?«

»Ich befürchte das Schlimmste für ihn, Louis. Er ist schon ziemlich lange bewußtslos.«

»Verdammt, so tun Sie doch etwas . . .« Schritte.

Sie muß eine fanatische Kleiderwechslerin sein, dachte Louis. Sie trug jetzt lauter übereinandergreifende Rüschen in Orange und Grün. Von ihrer Figur war unter diesen Rüschen nichts zu erkennen. Sie kniete am Rande der Plattform und beobachtete sie beide. Louis hielt sich krampfhaft an seinem Gestänge fest und wartete auf die Dinge, die da kommen sollten.

Ihr Gesicht wurde plötzlich weich. In ihren Augen lag ein

träumerischer Glanz. Die Winkel ihres schmalen Mundes zogen sich lächelnd nach oben.

Nessus sagte etwas. Sie schien nachzudenken. Dann sagte sie ebenfalls etwas, stand auf und verschwand wieder.

»Verdammt – was hat sie denn jetzt schon wieder?«

»Abwarten.«

»Ich habe es satt, nur zu warten!«

Plötzlich schwebte das Flugrad des Puppetiers nach oben und ging an der Plattform längsseits wie ein Ruderboot an einem Steg. Der Puppetier stieg mit einem koketten Hufschlag auf die Beobachtungsbühne.

Das Mädchen ging auf Nessus zu, um ihn zu begrüßen. In der einen Hand hielt sie etwas, das wie eine Waffe aussah. Doch mit der anderen Hand berührte sie einen Kopf des Puppetiers, zögerte kurz und strich ihm dann mit den Fingernägeln sanft über die Wirbelsäule.

Der Puppetier gab entzückte Flötentöne von sich.

Das Mädchen drehte sich um und ging wieder die Treppe hinauf. Es blickte nicht zurück. Wahrscheinlich nahm sie an, daß der Puppetier ihr unaufgefordert folgte.

Gut, dachte Louis. Gewöhnt euch nur aneinander. Das weckt das gegenseitige Vertrauen.

Doch jetzt verwandelte sich das Gewölbe wieder in ein Massengrab.

Der Kzin trieb zehn Meter von Louis entfernt in dem Knochensee. Zwischen den grünen Sicherheitsballons schaute sein gedunsenes orangefarbenes Gesicht hervor. Louis wußte nicht, wie er sich an den Kzin heranschieben konnte. Vielleicht war der Bedauernswerte bereits tot.

Bei den Knochen unten in der Grube lagen mindestens ein Dutzend menschlicher Schädel, Gebeine, verrostete Metallteile und der Staub von Jahrhunderten. Louis Wu klammerte sich an sein Flugzeug und wartete darauf, daß die Kräfte ihn verließen . . .

*

Er döste vor sich hin, als sich plötzlich etwas um ihn herum veränderte.

Louis' Leben hing von seiner Balance ab. Die momentane Veränderung löste eine Panik bei ihm aus. Er blickte wild um sich. Die Metallwracks blieben alle in Augenhöhe. Doch *etwas* bewegte sich. Ein Flugwagenrumpf prallte gegen ein Hindernis. Metall knirschte. Dann löste sich der Rumpf aus dem Netz.

Was ging hier vor?

Ein zweites Wrack war auf einem der Zellenringe gestrandet, drehte sich in der Turbulenz des Magnetfeldes und blieb liegen. Das magnetische Spinnennetz sank stetig nach unten.

Louis' Flugrad landete einen Stock tiefer. Louis konnte sich gerade noch zur Seite rollen, ehe das Flugzeug ihn unter sich begrub. Das Flugrad des Kzin war zwei Etagen über ihm gelandet. Louis erkannte es an den Ballons. Das Flugzeug lag auf der Seite. Der Kzin war also nicht von der Metallmasse erdrückt worden. Noch nicht . . .

Louis kroch die Stufen der Wendeltreppe zu dem Kzin hinauf.

Der Kzin lebte und atmete noch. Aber er war bewußtlos. Auch sein Genick war noch heil, wahrscheinlich, weil der Kzin kein nennenswertes Genick aufweisen konnte. Louis holte seinen Laser aus dem Gürtel und stach die Ballons mit dem nadelfeinen Lichtstrahl auf. Und jetzt? Louis erinnerte sich an seinen quälenden Durst.

Mit butterweichen Knien richtete sich Louis auf und schaute sich nach er einzigen noch verfügbaren Wasserquelle um.

Louis stand auf dem Dach eines Zellenblockes. Er blickte hinunter auf die terrassenförmig angelegten Zellenringe und entdeckte das Flugzeug von Nessus, das genau gegenüber auf dem nächst tieferen Zellenring gelandet war. Louis kletterte di Wendeltreppe hinunter und trat ganz vorsichtig auf. Alle Muskeln taten ihm weh, als wandle er auf seinen Haarspitzen. Dann beugte er sich über das Flugrad des Puppetiers und schüttelte benommen den Kopf. Niemand würde versuchen, dieses Flugrad zu stehlen. Die Kontrollsymbole waren für einen Menschen nicht zu entziffern. Aber er hatte Nessus schon einmal beim Trinken beobachtet. Er wußte also, wo der Wassertank lag.

Das Wasser war warm, schal, aber in diesem Augenblick ein unglaublicher Genuß.

Dann füllte er seinen Schuh voll Wasser und trug ihn vorsichtig zu dem Kzin hinauf. Er ließ das Wasser tropfenweise in den Rachen des Tigerwesens fallen, und der Kzin schluckte krampfhaft. Er schien im Schlaf zu lächeln. Louis unternahm den Gang zum Brunnen ein zweites Mal, doch die Kräfte verließen ihn mitten auf der Wendeltreppe. Er rollte sich auf einer Stufe zusammen und schloß die Augen.

Seine mißhandelten Muskeln wollten ihn nicht schlafen lassen. Außerdem konnte er immer noch abstürzten, wenn er nicht aufpaßte . . . Louis setzte sich auf. »Dolmetscher!« rief er.

Der Kzin schlief zusammengerollt auf dem Dach des Zellenblockes, die Ohren angelegt und die Slaver-Waffe fest gegen den Leib gepreßt, so daß nur der Doppellauf aus dem Orangeflaum hervorschaute. Sein Atem ging regelmäßig, aber ziemlich schnell. War das in Ordnung? Nessus würde darüber schon Bescheid wissen. Inzwischen sollte er den Kzin ruhig schlafen lassen.

»Das Leben ist ungerecht«, murmelte Louis leise vor sich hin. Er fühlte sich einsam und verlassen. Er war für das Wohlergehen anderer Wesen verantwortlich. Sein eigenes Leben hing davon ab, wie geschickt Nessus diese verrückte, stirnglatzige Dame mit dem Tasp bearbeitete. Kein Wunder, daß Louis nicht schlafen konnte.

Er suchte mit den Augen die Stufen der Zellenblöcke ab. Dort lag es – sein Flugzeug mit den zerrissenen Sicherheitsballons. Nessus Flugrad lag gleich neben ihm. Dann kam das Flugrad des Dolmetschers, das ebenfalls neben dem ohnmächtigen Kzin lag. Dann war da noch das Flugrad mit dem Menschensattel und ohne Sicherheitsballons. Vier Flugräder also alles in allem.

In seiner Gier nach Wasser hatte er die Flugräder nicht richtig gezählt. Dort unten lag . . . Teelas Flugzeug. Ohne Sicherheitsballons. *Ohne Sicherheitsballons!*

Sie mußte aus dem Sattel gefallen sein, als das Flugzeug sich auf den Kopf stellte.

Oder sie wurde aus dem Flugzeug gerissen, als die Schalltasche bei einer Geschwindigkeit von Mach 2 plötzlich versagte.

Was hatte Nessus gleich wieder zu ihm gesagt? Ihr Glück ist nicht verläßlich. Und der Kzin? Wenn ihr Glück sie nur einmal im Stich läßt, ist sie tot. Sie war tot! Es konnte gar nicht anders sein!

Und sie hatte ihn hierherbegleitet, weil sie ihn liebte.

»Dein Pech«, sagte Louis düster, »dein Pech, daß du mir begegnet bist, arme Teela!« Louis rollte sich auf dem Zellendach zusammen und schlief vor Erschöpfung ein.

*

Als er wieder erwachte, kauerte der Kzin vor ihm und starrte ihm ins Gesicht. Die Augen in dem sprossenden Orangefell glitzerten. Sie sahen sehr sehnsüchtig und nachdenklich aus.

»Kannst du das Zeug essen, was aus der Küchenautomatik des Puppetiers herausquillt?« fragte der Tiger.

»Ich habe es erst gar nicht versucht«, antwortete Louis. Seine Stimme hallte dumpf in dem riesigen Gewölbe wider.

»Das bedeutet also, daß ich als einziger von uns dreien ohne Nahrung bleiben muß«, fauchte der Kzin.

Dieser sehnsüchtige Blick! Louis sträubten sich die Haare im Nacken. Mit fester Stimme sagte er tapfer: »Du weißt, daß du selbstverständlich eine Nahrungsquelle in der Nähe hast. Die Frage ist nur – wirst du sie auch ausnützen?«

»Aber gewiß nicht, Louis. Wenn die Ehre mir gebietet, in Reichweite eines saftigen Stück Fleisches zu verhungern, werde ich auch verhungern.«

»Sehr löblich«, erwiderte Louis, drehte sich um und tat so, als wollte er weiterschlafen.

Und als er dann zum zweitenmal aufschrak, wußte er, daß er tatsächlich eingeschlafen war. Im Unterbewußtsein hatte er also gewußt, daß er sich auf das Wort des Kzin verlassen konnte.

Seine Blase war zum Platzen voll. Der Gestank seiner eigenen Kotze stieg ihm in die Nase. Die Grube unter ihm löste das erste Problem, und aus dem Wassertank des Puppetiers besorgte er sich die Waschlauge für seinen Ärmel. Dann hinkte er einen Stock tiefer, um sich aus seinem eigenen Flugzeug die Erste-Hilfe-Ausrüstung zu holen.

Doch diese Erste-Hilfe-Ausrüstung war eine komplexe Angelegenheit. Sie stellte eine Medizin nach Anordnung zusammen und führte selbstständig eine Behandlung durch. Das heißt, sie stellte fest, was dem Patienten fehlte. Und dieses Wunderwerk war von der Polizei-Frequenz zerstört worden.

Die Falltüren der Zellen unter ihm hatten schmale Guckstreifen entlang der Türfüllung. Louis legte sich auf den Bauch und schaute in eine der Zellen hinein. Ein Bett, eine sonderbar geformte Toilette, ein großes Aussichtsfenster, durch das Tageslicht hereinströmte.

»Dolmetscher!« rief Louis.

Sie verwendeten die Slaver-Flinte, um in die Zelle einzubrechen. Das Fenster füllte fast die ganze Außenwand aus. Für eine Gefängniszelle war das geradezu ein Luxus. Das Glas fehlte allerdings. Nur noch ein paar zackige Splitter am Rande waren zurückgeblieben.

Das Fenster zeigte nach Backbord hinaus. Die Grenze zwischen Tag und Nacht wanderte von spinwärts heran wie ein schwarzer Vorhang. Unter ihnen lag der Hafen – würfelförmige Lagerhäuser, verfallene Docks, Kräne von bemerkenswerter Eleganz und überraschend einfacher Mechanik. Ein riesiges Tragflächenschiff lag im Trockendock. Alles war längst zu rostroten Skeletten zerfallen.

Links und rechts dehnte sich meilenweit die Küste aus. Ein Stück Strand, dann eine reihe von Docks, dann wieder Strand. Dieser Wechsel von flachem Strand und tiefem Wasser am steilen Ufer mußte schon beim Bau der Ringwelt so entworfen worden sein.

Dahinter dehnte sich der Ozean. Er schien unendlich groß zu sein, bis er am Horizont in die Unendlichkeit überging. Man stelle sich vor, man könne den Atlantik überblicken, hinter dem erst das richtige Meer beginnt . . .

Die Dunkelheit fiel wie ein Vorhang über die Stadt – von rechts nach links. Die noch brennenden Lichter im Gemeindezentrum kamen jetzt erst zur Geltung, während die Werftanlagen und Lagerhäuser mit der Dunkelheit verschmolzen. Antispinwärts sah man noch das goldene Licht des Tages.

Der Dolmetscher lag auf dem ovalen Bett in der Zelle.

Louis lächelte. Der kriegerische Kzin sah im Schlaf so friedlich aus. Die Brandwunden mußten ihn sehr geschwächt haben. Oder versuchte er nur, seinen Hunger mit Schlaf zu betäuben?

Leise verließ Louis die Zelle.

Er stillte seinen Hunger mit einem Nahrungsbrikett aus Nessus' Küchenautomatik und versuchte, den sonderbaren Geschmack gar nicht bis in sein Bewußtseinszentrum vordringen zu lassen. Dann kletterte er von einem Flugzeugwrack zum anderen und stellte überall die Lichter an. Bald erstrahlte das Innere des Gefängnisgebäudes wie ein Weihnachtsbaum.

Wo nur der Puppetier so lange blieb?

Es gab hier nicht viel, womit man sich die Zeit vertreiben konnte. Vom Schlafen hatte Louis jetzt genug. Er konnte sich ja überlegen, was der Puppetier da oben mit dem verrückten Mädchen anstellte. Vielleicht verkaufte er Louis und den Dolmetscher zu günstigen Bedingungen.

Schließlich war Nessus nicht irgendein Angehöriger einer fremden Rasse. Er war ein Pierson-Puppetier mit einer ellenlangen Empfehlung als erfolgreicher Manipulator von menschlichen Versuchskaninchen. Wenn Nessus einen für ihn günstigen Vertrag mit einem (vermutlichen) Ringwelt-Architekten abschließen konnte, würde er Louis und den Kzin hier zurücklassen.

Nessus hatte ja gute Gründe dafür.

Sie wußten beide zuviel von den genetischen Schweinereien, die von den Puppetiers zu Lasten der Menschen und der Kzinti angestellt worden waren.

Aber wie konnte er sich den Plänen der Puppetiers widersetzen?

Um sich abzulenken, brach Louis in eine andere Zelle ein.

Ein schrecklicher Gestank schlug ihm entgegen. Louis hielt die Luft so lange an, bis er die Zelle mit seiner Laserlampe ausgeleuchtet hatte. Jemand war hier gestorben, nachdem die Ventilation bereits zusammengebrochen war. Der Leichnam lag am Fenster, einen schwarzen Krug in der Hand. Der Krug war zerbrochen; aber das Fenster war heil geblieben.

Louis suchte sich eine leere Zelle mit der Aussicht nach Steuerbord. Das Auge des Orkans blickte direkt in sein Zellenfenster hinein. Es war noch von gigantischer Größe, wenn man bedachte, daß es mindestens zweitausendfünfhundert Meilen von seiner Zelle entfernt war. Spinwärts schwebte ein langes, schmales Gebäude über dem Häusermeer. Es glich einem Passagierschiff der Sternklasse. Louis träumte davon, daß sie nur dieses Gebäude zu besteigen brauchten, und schon konnten sie in den Raum hinaus starten.

Erborgte Illusionen, schale Tagträume . . .

Louis prägte sich die markanten Punkte der Stadt ein. Das konnte vielleicht zu lebensentscheidender Bedeutung werden. Schließlich waren sie in dieser Stadt auf die ersten Spuren der Zivilisation gestoßen.

Er setzte sich auf das ovale Bett und starrte in das Auge des Orkans. Dahinter ragte ein winziges graubraunes Dreieck in den Himmel.

»Hm«, machte Louis. Dort, wo das Dreieck im grauweißen Chaos der Unendlichkeit zu schweben schien, herrschte immer noch heller Tag.

Louis trug einen Fernstecher aus dem Flugrad. Dieser holte jede Einzelheit gestochen scharf heraus, als betrachte er die Krater des Mondes von der Erde aus. Ein unregelmäßiges Dreieck, rotbraun am Fuße des Berges, schmutzigweiß am Gipfel – die Faust Gottes. Der Berg war viel größer, als er früher vermutet hatte. Wenn er aus so großer Entfernung noch so klar zu erkennen war, mußte der Berg weit über die Atmosphäre der Ringwelt hinausragen.

Louis pfiff leise durch die Zähne und preßte den Feldstecher fest an die Augen.

*

Über ihm bewegte sich etwas. Louis schüttelte seine Benommenheit ab und schob den Kopf durch die Falltüre.

»Hallo!« rief der Dolmetscher und winkte ihm mit einem rohen, blutigen Hinterteil irgendeines Tiers zu. Es mußte sich um eine Ziege handeln, denn an den Beinen sah man noch ein Stück Fell und einen Huf. »Wir haben auch etwas für dich aufgehoben, Louis! Wir müssen uns beeilen; denn der Pflanzenfresser kann es nicht ertragen, wenn wir in seiner Gegenwart Fleisch essen! Er genießt im Augenblick den Ausblick von meiner Zelle!«

»Soll er lieber mal in meine Zelle kommen!« brüllte Louis über den Abgrund hinweg. »Dolmetscher, wir haben uns in der Größe von Gottes Faust getäuscht! Sie ist viel gewaltiger, als wir dachten! Mindestens tausend Meilen hoch . . .«

»Louis, kommt jetzt rüber und iß was!«

Louis lief tatsächlich das Wasser im Munde zusammen. »Blutig bekommt es mir nicht, Dolmetscher! Es muß doch irgendeine Möglichkeit geben, das Fleisch zu kochen oder zu braten.«

Es gab eine Möglichkeit. Der Kzin zog dem Schinken die Haut ab und klemmte anschließend die Beine zwischen zwei zerbrochene Stufen. Louis stellte den Laser auf starke Energie, aber weite Öffnung.

»Das Fleisch ist zwar nicht mehr jagdfrisch«, meinte der Kzin und verzog sein Katzengesicht, »aber eine Feuerbestattung ist auch nicht gerade die beste Lösung.«

»Wie geht es Nessus?« fragte Louis, während er das Fleisch bruzzeln ließ. »Ist er ebenfalls Gefangener oder hat er den Laden hier übernommen?«

»Teilweise übernommen, glaube ich. Schau mal nach oben!«

Das Mädchen mit dem kahlen Kopf und der schwarzen Locke über den Ohren saß wieder auf der Plattform und ließ die Füße herabbaumeln. Sie beobachtete die beiden beim Kochen. Sie sah jetzt wie ein kleines weißes Püppchen aus.

»Sie kann unseren Puppetier nicht mehr aus den Augen lassen, verstehst du?«

Louis nickte und begann, das Fleisch von der Hammelkeule abzunagen. Der Kzin sah ihm zu und konnte seine Ungeduld kaum verbergen, weil Louis Wu jeden einzelnen Bissen zerkaute. Und Louis hatte das Gefühl, er verschlinge sein Fleisch wie ein reißender Tiger.

*

Nachdem sie beide gespeist hatten, schoben sie die Knochen durch das zerbrochene Fenster, um alle Spuren zu beseitigen. Nessus hätte sonst bestimmt einen depressiven Anfall bekommen.

Dann trafen sie sich auf dem Zellenblock bei dem Flugzeug des Puppetiers.

»Ich habe sie an den Tasp gewöhnt«, sagte Nessus. Er schien Schwierigkeiten beim Atmen zu haben. Vielleicht stieg ihm auch nur der Geruch von dem rohen und verbrannten Fleisch unangenehm in die Nase. »Sie hat mir eine Menge erzählt.«

»Hat sie Ihnen auch verraten, weshalb sie uns in diese Mausefalle gelockt hat?«

»Auch das. Trotzdem haben wir viel Glück gehabt. Sie gehörte zu einer Raumschiffbesatzung und war zuletzt mit einem Ramm-Schiff unterwegs.«

»Hatte ich es mir doch gedacht!« murmelte Louis Wu.

XXI

Das Mädchen von der anderen Seite

Das Mädchen heiß Halrloprillalar Hotrufan. Sie war mit dem Raumschiff *Pionier* zweihundert Jahre lang unterwegs gewesen. Nessus berichtete ihnen das. Er hatte Schwierigkeiten bei der Übersetzung des Schiffsnamens.

Die *Pionier* verkehrte auf einer Route von einem Vierundzwanzig-Jahre-Zyklus, der vier Sonnen und ihre Trabanten umfaßte – fünf Planeten mit Sauerstoff-Atmosphäre und die Ringwelt. Das »Jahr« war ein traditionelles Zeitmaß, das mit der Ringwelt eigentlich nichts zu tun hatte. Vielleicht entsprach es der Umlaufzeit von einem der verlassenen Planeten.

Zwei der Planeten, die von der *Pionier* angesteuert wurden, waren mit Menschen vollgepackt, ehe die Ringwelt gebaut wurde. Doch jetzt waren sie verlassen, übersät mit den Ruinen verfallender Städte, die allmählich wieder von Steppen oder Wäldern begraben wurden.

Halrloprillalar hatte die Reise achtmal mitgemacht. Auf jenen Planeten wuchsen Pflanzen und lebten Tiere, die nicht auf die Ringwelt verpflanzt werden konnten, weil es dort keinen Wechsel zwischen Winter und Sommer gab. Einige dieser Pflanzen lieferten teure Gewürze, und viele Tiere, die den Winterschlaf brauchten, schätzte man wegen ihrer Pelze. Mehr wußte Halrloprillalar auch nicht zu sagen. Ihre Arbeit hatte mit der Fracht nichts zu tun gehabt.

»Sie hatte irgendeinen wissenschaftlichen Auftrag«, fuhr der Puppetier flötend fort. »Ich konnte nicht herausfinden, mit welchen Aufgaben sie sich an Bord befaßte. Die Pionier hatte eine Mannschaft von sechsunddreißig Personen. Sie konnte aber keine schwierigen Aufgaben an Bord des Raumschiffes erfüllt haben, Louis. Sie ist nicht sehr intelligent.«

»Wieviel von den Besatzungsmitgliedern waren männlichen Geschlechtes?«

»Augenblick mal. Es waren dreiunddreißig Männer und drei Frauen an Bord.«

»Dann ist mir klar, was für eine Pflicht diese Dame an Bord eines Raumschiffes zu erfüllen hatte!«

Der Puppetier sah ihn nur schräg an und fuhr dann fort: »Zweihundert Jahre lang war die Dame gereist, hatte gespart und das Abenteuer genossen. Dann, am Ende der achten Reise, antwortete die Ringwelt nicht mehr auf die Radiorufe der *Pionier.*

Die elektromagnetische Kanone war außer Betrieb. Und Beobachtungen mit dem Teleskop ergaben, daß sämtliche Raumhäfen stillgelegt worden waren.

Die fünf Welten, die von der *Pionier* angesteuert werden mußten, waren nicht mit elektromagnetischen Kanonen zum Abbremsen von Raumschiffen eingerichtet. Deshalb führte die *Pionier* auch Bremskraftstoffe mit – kondensierten Wasserstoff, den sie auf der Reise im All einschaufelte. Das Raumschiff konnte also ohne weiteres auf der Ringwelt landen. Es fragte sich nur wo.

Nicht auf dem Innnenring – denn dort würden die Meteor-Laserkanonen sie sofort in Atome auflösen. Andererseits hatte das Schiff keine Erlaubnis bekommen, auf dem Sims der Raumhäfen zu landen. Irgend etwas war auf der Ringwelt nicht mehr geheuer.

Sollten sie umdrehen und zu einer ihrer verlassenen Welten zurückfliegen? Sie konnten dort eine neue Kolonie begründen – mit dreiunddreißig Männern und drei Frauen.

Die Besatzung bestand aus angeheuerten Leuten – einfache Menschen, Gefangene der Routine. Zu solchen kühnen Entscheidungen fehlten ihnen die Übersicht und der Charakter. Sie verloren den Kopf und meuterten. Der Kapitän der *Pionier* konnte sich noch so lange in den Kontrollraum einschließen, bis das Schiff auf dem Raumhafensims der Ringweltmauer gelandet war. Dann brachten sie ihn um, weil er das Schiff und das Leben der Besatzung mit diesem Manöver gefährdet hatte. Ich frage mich, ob sie ihn nicht deswegen umbrachten, weil er mit der Tradition brach und mit Raketen landete – ohne formelle Landeerlaubnis.« Louis fühlte sich dauernd beobachtet. Er warf den Kopf in den Nacken. Das Raumschiff-Mädchen schaute auf sie herab. Und Nessus schielte immer mit einem Kopf nach oben. Mit dem linken. Also in diesem Kopf hat er den Tasp eingebaut, dachte Louis.

»Nachdem die Besatzung den Kapitän getötet hatte, verließen sie das Schiff«, fuhr Nessus fort. »Erst jetzt erkannten sie, wie schlimm es um sie stand. Der *cziltang brone* war ausgefallen und nicht mehr zu reparieren. Sie waren auf der falschen Seite der Mauer gelandet, die tausend Meilen hoch war.

Ich kenne nicht den entsprechenden Ausdruck für cziltang brone auf interworld oder in der peroischen Sprache des Kzin. Ich kann Ihnen nur beschreiben, was dieses Gerät tut. Es ist von lebensentscheidender Bedeutung für uns alle.«

»Erzählen Sie weiter«, drängte Louis.

»Die Architekten der Ringwelt hatten für alle Fälle vorgesorgt. Sie schienen sogar den Verfall ihrer Zivilisation einkalkuliert zu haben, als ob der Zyklus von Kultur und Barbarei zum Schicksal der Menschheit gehörte. Die Ringwelt durfte nicht zugrunde gehen, weil niemand sie mehr wartete. Die Nachkommen der Architekten konnten ja vergessen, wie man Luftschleusen und elektromagnetische Kanonen bedient. Die Technik konnte zugrunde gehen – die Ringwelt mußte überdauern.

Die Meteor-Verteidigungsanlagen waren zum Beispiel so narrensicher, daß Halrloprillalar . . .

»Nennen Sie sie einfach Prill«, unterbrach Louis den Puppetier.

». . . daß Prill und ihre Kollegen sich überhaupt nicht vorstellen konnten, daß diese Kanonen nicht funktionieren würden.«

»Aber wie stand es mit dem Raumhafen auf dem Sims der Ringmauer? Wenn dort ein Idiot arbeitete, der die beiden Schotts der Luftschleuse offen ließ?« fragte Louis.

»Es gab gar kein Luftschleuse! Es gab nur den *cziltang brone*.

Diese Maschine erzeugte ein Kraftfeld, in dem der Boden der Ringwelt und damit die Ringmauer für Materie durchlässig wurde. Natürlich gab es dabei Widerstand, der überwunden werden mußte. Solange der *cziltang brone* arbeitete . . .«

»Ein Osmosegenerator«, unterbrach Louis.

»Genau. Luft sickert durch, aber nur sehr langsam, solange der Osmosegenerator lief. Menschen bewegten sich durch die Mauer in Druckanzügen gegen eine stetige Windströmung. Maschinen und große Geräte konnten mit Traktoren durch die Wand gezogen werden.«

»Und wie stand es mit kondensierter Atemluft?« fragte der Kzin.

»Die wurde außen auf der Raumseite der Mauer erzeugt mit Materieumwandlern! Es gab ein sehr billiges Verfahren der Materieumwandlung auf der Ringwelt. Dieses Verfahren war jedoch nur billig, solange in großem Stil produziert wurde. Die Maschine selbst hatte gigantische Ausmaße. Sie konnte immer nur ein Element in ein anderes umwandeln. Die beiden Materieumwandler, die im Raumhafen aufgestellt waren, verwandelten immer nur Blei in Stickstoff und Sauerstoff. Blei konnte man leicht lagern und auch leicht durch die Ringmauer transportieren.

Der Osmosegenerator war ebenfalls eine narrensichere Angelegenheit. Wenn eine Luftschleuse zerbricht, entweicht die Atemluft in einem gigantischen Orkan in das Vakuum des Alls. Wenn aber ein *cziltang brone* ausfiel, verschloß sich nur die Ringmauer vor den heimkehrenden Raumfahrern und dichtete sofort wieder das Fundament ab, damit keine Luft entweichen konnte.«

*

»Und nun zu uns«, fauchte der Kzin.

»Immer mit der Ruhe«, mischte sich Louis jetzt ein. »Ich glaube, der Osmosegenerator ist genau das, was wir brauchen, um nach Hause fliegen zu können. Wir müssen nicht einmal die *Liar* von der Stelle rücken. Wir zielen nur mit dem *cziltang brone* auf den Ringweltboden unter der *Liar*. Die *Liar* würde dann durch das Fundament der Ringwelt sacken wie durch

Sand. Auf der anderen Seite kommt sie dann im All wieder heraus.«

»Richtig«, flötete der Puppetier. »Die Sache hat nur einen Haken. Es gibt keine *cziltang brone* mehr.«

»Aber das Mädchen ist doch hier! Sie muß also irgendwie durch die Ringmauer gekommen sein!« – »Richtig. Und das kam so . . .«

Es dauerte Jahre, bis sie den Osmosegenerator der *Pionier* repariert hatten. Sie mußten neue Teile selbst anfertigen und Elemente verwenden, die nur kurze Zeit durchhalten konnten.

Die Folgen waren entsprechend. Ein fehlgeleiteter Osmosestrahl durchschlug die *Pionier.* Zwei Männer starben, als sie bis zur Hüfte im Metallboden der *Pionier* versanken. Siebzehn andere Besatzungsmitglieder erlitten unheilbare Gehirnschäden, weil verschiedene Membranen in ihrem Körper zu durchlässig wurden.

Doch die restlichen sechzehn Besatzungsmitglieder kamen durch die Ringmauer. Sie nahmen ihre geistesgestörten Kameraden mit. Auch den Osmosegenerator, falls sie eine feindselige Ringwelt vorfinden würden.

Sie fanden nur noch Barbarei vor – eine primitive Steinzeit.

Viele Jahre später versuchten einige von den Raumschiffleuten, den Artefakten wieder zu verlassen. Doch der Osmosegenerator versagte mitten in der Aktion. Viele Männer wurden in der Ringmauer eingefangen. Und die Überlebenden wußten, daß es auf der ganzen Ringwelt keine Ersatzteile mehr für einen *cziltang brone* gab.

»Ich verstehe nur nicht, wie so eine hochentwickelte Welt so rasch auf eine primitive Kulturstufe zurückfallen kann«, meinte Louis kopfschüttelnd. »Sie sagten doch, die *Pionier* flog auf einer Reiseroute mit einem Vierundzwanzig-Jahre-Zyklus, nicht wahr?«

»Vierundzwanzig Jahre Schiffszeit, Louis!«

»Oh – das ist natürlich ganz etwas anderes!«

»Richtig. Prill spicht von einem aufgegebenen Projekt, das zweihundert Lichtjahre näher bei der galaktischen Mittelebene liegt.«

»Zweihundert Lichtjahre – etwa im menschlichen Universum?«

»Mag sein. Prill sprach von einer Terraforming-Technik, die bei diesem Projekt angewendet wurde, lange bevor die Ringwelt gebaut wurde. Doch diese Technik dauerte den Architekten zu lange. Deswegen wurde sie von den ungeduldigen Menschen wieder aufgegeben.«

»Das erklärt vieles«, murmelte Louis. »Nur . . .«

»Sie denken an ihre Spezies, Louis? Es gibt genügend Anzeichen dafür, daß Ihre Spezies sich auf der Erde entwickelt hat. Doch Ihre Erde kann den Architekten auch als Basis gedient haben, um Planeten in den Nachbarsystemen zu terraformieren. Vielleicht haben die Architekten deshalb auf der Erde ein paar Schoßtiere und Sklaven deponiert . . .«

». . . Affen und Neandertaler«, meinte Louis nachdenklich. »Doch das sind nur Spekulationen. Sie haben nichts mit unserer augenblicklichen Lage zu tun.«

»Richtig«, flötete der Puppetier, »die Reiseroute der *Pionier* war auf jeden Fall länger als dreihundert Lichtjahre.«

»Dazu kommt die Zeitdilation«, unterbrach Louis nachdenklich. »Weshalb war Prill sich so sicher, daß die Ringwelt in die Barbarei zurückgefallen war? Hat sie denn die ganze Ringwelt bereist?«

»Nein. Aber Prill hat trotzdem recht. Es gibt keinen *cziltang brone* mehr und keine Zivilisation. Prill weiß es von einem ihrer Kollegen. Der entscheidende Verfallprozeß muß bereits angefangen haben, ehe die *Pionier* ihre letzte Reise ins All antrat. Es hängt mit den zehn Planeten zusammen, die von den Architekten aufgegeben wurden, nachdem die Ringwelt erbaut worden war. Man muß sich so eine von den Menschen verlassene Welt vorstellen.

Der Planet ist mit Städten übersät, der Boden verseucht mit den Abfallprodukten der Zivilisation – mit Büschen, Behältern, ausgeschlachteten Maschinen, zerschlissenen Büchern und verstaubten Filmen. Mit Müll, den man nicht gewinnträchtig ausbeuten kann, aber auch Abfall, der sich durchaus wieder verwenden läßt. Hunderttausende von Jahren hat man die Meere als Abfallgruben mißbraucht. Spaltbares Material und radioaktiver Müll wurden ebenfalls ins Meer gekippt.

Und die Natur hatte das Leben diesen neuen Umweltbedingungen angepaßt.«

»Auf der Erde ist das auch einmal geschehen«, murmelte Louis Wu. »Ein Hefepilz hat sich entwickelt, der sich von Polyäthylen ernährte. Er fraß die Plastiktüten auf den Regalen der Supermärkte. Inzwischen ist dieser Pilz wieder ausgestorben. Wir mußten aber auch auf Polyäthylentaschen verzichten.«

So etwas geschah auf den zehn verlassenen Planeten.

Bakterien entwickelten sich, die Zinkverbindungen, Plastik, Farben, Isoliermaterial, organischen Abfall und Müll fraßen, der bereits Tausende von Jahren alt war. Keinen hätte das gestört, wären nicht die Raumschiffe gewesen. Sie kamen auf ihren Routineflügen auf ihre alten Welten zurück, um Lebensformen nachzuspüren, die sich nicht den Bedingungen der Ringwelt anpassen konnten oder die man bei der Übersiedlung vergessen hatte. Und sie brachten Güter auf die Ringwelt, die man erst nach und nach auf die Ringwelt nachholte.

Doch eines der Raumschiffe hatte einen »blinden Passagier« an Bord, einen Pilz, der den Superleiter zersetzte. Und dieser Superleiter war ein wichtiger Bestandteil vieler komplizierter Maschinen.

Dieser schädliche Pilz entwickelte sich nur langsam. Er war noch sehr jung, primitiv und konnte am Anfang leicht ausgerottet werden. Auch andere Raumschiffe brachten diesen »blinden Passagier« von ihrer Reise mit – Verwandte und Abkömmlinge dieses ersten unerwünschten Einwanderers. Einer dieser Pilzabkömmlinge setzte sich schließlich auf der Ringwelt durch.

Der Pilz arbeitete sehr langsam. Er zerstörte die Raumschiffe erst, als sie längst wieder gelandet waren. Die *cziltang brone* brach erst zusammen, nachdem das Bedienungspersonal die Maschinen auf die Ringinnenfläche der Kunstwelt geschafft hatte. Er wurde durch die elektromagnetische Kanone auf dem Oberrand der Ringmauer über die ganze Ringwelt verbreitet, ehe die Energieempfänger zusammenbrachen.

»Energieempfänger?« fragte Louis stirnrunzelnd.

»Die Energie für die Ringwelt wurde durch Thermoelektrizität auf den Sonnenblenden erzeugt und anschließend auf die Ringwelt abgestrahlt. Offenbar ist auch diese Vorrichtung auf den Schattenblenden narrensicher gebaut. Doch die Anlagen auf den Blenden schalteten ab, als die Energieempfänger auf der Ringwelt versagten.«

»Superleiter«, knurrte der Kzin, »werden bei uns in zwei Ausführungen gebaut.«

»Es gibt mindestens vier Molekularstrukturen für Superleiter«, meinte Nessus hochtrabend. »Aber Sie haben recht, wenn Sie andeuten, daß die Ringwelt den Fall ihrer Städte hätte überleben müssen. Eine jüngere,vitalere Gesellschaft hätte ihn auch überlebt. Doch hier kamen noch andere Faktoren hinzu. Als die Energie ausfiel und die fliegenden Häuser auf die Erde stürzten, wurde fast die ganze Elite der Architekten getötet. Und ohne Energie blieb kaum eine Möglichkeit, andere Superleiter zu entwickeln. Gespeicherte Energie wurde für die Regierung und die Verwaltung beschlagnahmt. Die Fusionsantriebe der Raumschiffe standen auch nicht zur Verfügung, da die *cziltang brones* der Schiffe Superleiter verwendeten. Der Computer der elektromagnetischen Kanone war ausgefallen. Menschen, die in dieser Notlage etwas Neues hätten erfinden können, waren isoliert und ohne Hilfskräfte.«

»Weil ein Nagel fehlte, brach ein Königreich zusammen«, murmelte Louis bitter. »Und wir sitzen jetzt in der Patsche«, meinte Louis Wu düster.

»Richtig. Trotzdem haben wir Glück im Unglück. Es ist ein Glück, daß wir Halrloprillalar begegnet sind. Sie hat uns eine sinnlose Reise erspart. Wir brauchen unseren Flug zum Rand der Ringmauer nicht mehr fortzusetzen. Wir werden dort nichts finden, was uns weiterhelfen kann.«

Louis pochte es in den Schläfen. Im wurde ganz übel.

»Glück nennen Sie das?« fauchte der Dolmetscher. »Unsere letzte Hoffnung, dieser Welt wieder zu entrinnen, können wir jetzt begraben! Unsere Flugräder sind zerstört! Ein Besatzungsmitglied wird vermißt!«

»Sie ist tot«, murmelte Louis düster.

Als die beiden anderen ihn verständnislos ansahen, deutete er in den dunklen Innenraum des Gefängnisses. Im Licht der Scheinwerfer war jetzt Teelas Flugzeug deutlich zu erkennen, das zwischen den anderen Wracks lag. »Von jetzt ab müssen wir unser Glück schon selbst produzieren«, setzte Louis hinzu.

»Mein herzliches Beileid, Louis«, meinte der Puppetier mitfühlend. »Wir wußten ja, daß Teelas Glück immer wieder aussetzt. Sonst wäre Teela nicht mitgekommen, und wir säßen jetzt nicht hier.«

»Wir werden sie alle vermissen«, knurrte der Kzin.

Louis nickte nur. Eigenartig, daß sein Gefühl nicht stärker war. Aber die Episode im Sturmauge hatte auf eine geheimnisvolle Art sein Gefühl für Teela untergraben. In diesem Augenblick war sie ihm unmenschlicher vorgekommen als der Dolmetscher oder Nessus. Sie war für ihn ein Mythos. Die Fremdlinge aber waren real und logisch durchschaubar.

»Wir brauchen einen neuen Anspron!« rief der Kzin. »Wir müssen die *Liar* wieder flottmachen und sie in den Weltraum schaffen. Aber ich muß gestehen, daß ich nicht weiß, wie wir das erreichen können.«

»Ich weiß es«, murmelte Louis.

Das Tigerwesen blickte Louis betroffen an. »Du weißt es schon?«

»Ich muß es mir noch einmal gründlich überlegen. Die Sache ist gewagt. Auf jeden Fall brauchen wir ein Fahrzeug.«

»Einen Schlitten vielleicht?« schlug der Kzin vor.

»Da kann ich noch etwas Besseres anbieten«, flötete Nessus. »Ich werde Halrloprillalar dazu überreden, mir die Maschinenanlage zu zeigen, die dieses Haus im Schwebezustand hält. Vielleicht können wir dieses Gebäude als Flugzeug verwenden!«

»Überreden Sie die Dame dazu!« rief Louis rasch.

»Und was machen Sie inzwischen?«

»Ich warte«, antwortete Louis anzüglich.

*

Die Maschinenanlage war gleichzeitig das Nervenzentrum des Gebäudes. Alle Aggregate waren hier zusammengefaßt: die Klimaanlage, die Wasserkondensatoren, der Generator für das elektromagnetische Netz und die Schwebeanlage. Nessus arbeitete wie ein Besessener. Louis und Prill sahen ihm zu, während sie es gleichzeitig vermieden, sich bis auf Tuchfühlung zu nähern.

Der Dolmetscher saß immer noch in seiner Gefängniszelle.

Prill wollte ihn nicht in ihre Nähe lassen. Sie hatte Angst vor ihm.

Nur Louis hatte sie erlaubt, den Zellenblock zu verlassen.

Er studierte sie jetzt, obwohl er so tat, als wäre sie nur Luft für ihn. Ihr Mund war schmal, fast ohne Lippen. Die Nase war gerade und scharf. Die Augenbrauen fehlten. Kein Wunder, daß ihr Gesicht so ausdruckslos zu sein schien. Es glich einer stilisierten Puppenmascke.

Die Zeit verrann. Nach zwei Stunden schob Nessus seine beiden Köpfe unter einem Schaltpult hervor und flötete enttäuscht: »Ich kann keine Energie für den Antrieb abzapfen. Aber ich habe eine Sperre beseitigt, die dieses Gebäude über einem Punkt fixiert. Von jetzt ab wird das Haus wie ein Segelboot vor dem Wind hertreiben.«

Louis lächelte. »Gut. Dann werden wir das Gebäude an Ihrem Flugrad anbinden, und Sie werden es hinter sich herschleppen!«

»Gar nicht nötig«, erwiderte Nessus selbstgefällig. »Die Flugräder haben einen reaktionslosen Antrieb. Wir können also das Flugrad hier im Haus lassen.«

»Keine üble Idee«, murmelte Louis. »Aber der Motor ist verdammt kräftig. Wenn sich das Flugrad losreißt, gibt es eine Katastrophe.«

Nessus nickte nur und drehte sich mit geschlängelten Hälsen zu Prill um. Sie verhandelten in der Sprache der Ringwelt-Götter. Dann wendete sich Nessus wieder an Louis und sagte: »Es gibt hier Plastik im Haus, das man elektrisch verschweißen kann. Wir verankern also das Flugrad in einem Plastikgehäuse und lassen nur das Instrumentenbrett frei.«

»Schön – aber können wir mit dem Haus auch landen, falls das nötig sein sollte?«

»Natürlich – die Anlage besitzt einen Höhenmesser.«

»Wunderbar. Dann können wir ja die Ärmel hochkrempeln und mal richtig anpacken . . .«

*

Ein paar Stunden später lag Louis in einem großen ovalen Bett und ruhte sich aus. Er starrte durch Bullaugenfenster hinauf in den Himmel. Ein leuchtender Saum erschien am Rand einer Schattenblende. Die Dämmerung stand dicht bevor. Doch immer noch wölbte sich der hellbraune Bogen der Ringwelt in den dunklen Himmel hinauf.

»Ich muß verrückt geworden sein«, murmelte Louis Wu.

Das Bett roch muffig. Es stand in einem Zimmer, das früher einmal dem Gefängnisdirektor gehört haben mußte. Nessus hatte sein Flugrad im Vorzimmer in Plastik eingebettet. Das Vorzimmer hatte genau die richtige Größe als Garage für das Flugzeug.

»Die Faust Gottes«, murmelte Louis, »das ist die einzige Lösung! Die Baumeister konnten unmöglich einen so hohen Berg geplant haben . . . Aber wie sieht diese Lösung praktisch aus!«

Plötzlich saß er kerzengerade im Bett. »Sonnenblendendraht!« rief er ganz laut.

Ein Schatten bewegte sich im Durchgang. Louis erstarrte. Noch war alles dunkel draußen. Doch an den sanften Konturen erkannte er eine nackte Frau, die auf sein Bett zukam.

War das eine Halluzination? Der Geist von Teela Brown? Der Schatten hatte ihn erreicht, ehe er sich darüber schlüssig wurde. Die Selbstsicherheit dieser Dame war absolut. Sie setzte sich neben ihn auf das Bett, berührte sein Gesicht und fuhr ihm mit den Fingerspitzen sanft über die Wangen.

Ihr dunkles Haar war voll, seidig und lang. Trotzdem war sie fast kahl, weil das Haar nur einen Saum von wenigen Zentimetern bildete. Von ihrem Gesicht war fast nichts zu sehen. Aber ihr Körper war wunderschön.

Zum erstenmal wurde er sich ihrer Formen bewußt – schlank, die Muskeln so fein und ebenmäßig entwickelt wie bei einer Tänzerin. Ihre Brüste waren wohlgerundet und straff.

Louis nahm ihr Handgelenk, so daß sie ihn nicht mehr mit den Fingerspitzen massieren konnte. Er fühlte sich herrlich entspannt.

Louis stand auf und zog sie mit sich. Dann nahm er sie sanft bei den Schultern.

Ihre Fingerspitzen glitten an seinem Hals entlang. Jetzt benützte sie beide Hände. Er spürte ihre Berührung auf der Brust, dann *hier* und *dort.* Plötzlich war Louis Wu trunken vor

Wollust. Seine Hände schlossen sich wie eiserne Klammern über ihren Schultern.

Sie ließ die Hände sinken und wartete, während er sich aus seinem Nachtkleid schälte. Doch sobald er die Haut entblößte, berührte sie ihn wieder *hier* und *dort* – nicht immer nur an den Stellen, wo die Nerven besonsers dicht zusammenstanden. Die Wirkung war ungeheuer. Jedesmal glaubte er, jemand streichelte das Gefühlszentrum seines Gehirns.

Er loderte. Wenn sie ihn jetzt von sich gestoßen hätte, hätte er sie mit Gewalt genommen.

Doch in seinem Unterbewußtsein spürte er, daß sie ihn so rasch abschrecken konnte, wie sie ihn jetzt erregte. Er dürstete nach ihr wie ein junger Satyr. Er war Wachs in ihren Händen.

Das war ihm im Augenblick vollkommen gleichgültig.

Prills Gesicht zeigte noch immer keine Reaktion.

*

Sie führte ihn bis zum Rande des Orgasmus. Doch dann hielt sie ihn dicht vor dem Gipfel der Seeligkeit fest – hielt ihn so lange, daß der Höhepunkt ihn erschütterte wie ein Blitzschlag. Dieser Blitzschlag löste sich gleichsam im Zeitlupentempo. Es war eine unendlich lange Entladung, ein Feuerwerk der Ekstase.

Als er vorüber war, merkte er nicht, daß sie ihn wieder verließ. Sie wußte wohl, wie gründlich sie ihn erschöpft hatte. Er schlief bereits, als sie die Türschwelle erreichte.

Warum hat sie das getan?« fragte er sich, als er wieder erwachte.

Sie ist einsam, dachte er. Sie muß hier eine Ewigkeit allein gelebt haben. Sie ist eine Meisterin der Liebeskunst. Es muß eine Qual für einen Menschen sein, wenn er seine Meisterschaft nicht ausüben kann. Und sie mußte auch mehr von der menschlichen Anatomie wissen als die meisten Professoren der Medizin auf der Erde. Besaß sie einen Doktorgrad der Prostitution?

*

Nessus und Prill kamen aus dem Kühlraum. Sie trugen ein Schlachttier heraus – einen Laufvogel offenbar, der größer war als ein ausgewachsener Mensch. Nessus hatte sich Tücher in die Schnäbel gestopft, damit er das rohe Fleisch nicht anzufassen brauchte. Louis entband Nessus von der unangenehmen Pflicht und half Prill beim Tragen. Sie nickte ihm nur kurz zu. Louis schüttelte den Kopf und fragte Nessus leise: »Wie alt ist sie eigentlich?«

»Keine Ahnung«, flötete der Puppetier.

»Sie kam in der vergangenen Nacht zu mir ins Zimmer.« Blödsinn, dachte Louis, das sagt einem Fremdling nichts. »Sie wissen doch, daß die Menschen es nicht nur wegen der Fortpflanzung miteinander treiben. Sie tuen das auch zur Erholung.«

»Ich weiß das.«

»Nun – wir haben uns gemeinsam erholt. Sie ist auf diesem Gebiet vorzüglich. Sie ist sogar so gut, daß sie mindestens tausend Jahre Erfahrung in der Liebeskunst haben muß«, sagte Louis Wu.

»Das mag zutreffen. Prills Zivilisation kannte ein Mittel, das Ihrer Verjüngungsdroge tausendmal überlegen sein muß. Heutzutage ist dieses Mittel unbezahlbar. Eine Dosis verschafft mindestens fünfzig Jahre Jugendkraft.«

»Ich möchte wissen, wie viele Dosen sie von diesem Zeug inzwischen eingenommen hat.« Der Puppetier zuckte mit den Köpfen.

»Keine Ahnung, Louis. Ich weiß nur, daß sie hierhergewandert ist.« Sie hatten inzwischen die Treppe erreicht, die zu den Zellenblöcken hinunterführte. Der Vogel zog eine lange Spur im Staub der Jahrhunderte hinter ihnen her.

»Hierhergewandert? Wie meinen Sie das?«

»Sie wanderte zu Fuß von der Ringmauer bis zu dieser Stadt.« *Zweihunderttausend Meilen zu Fuß?«*

»So ungefähr.«

»Das ist ein tolles Ding. Das möchte ich genauer wissen!«

Nessus pendelte unschlüssig mit den Köpfen. Dann wandte er sich an Prill und begann sie in ihrer Sprache auszufragen. Nach und nach schälte sich folgende Geschichte heraus:

*

Als die Besatzung der *Pionier* nach der Landung auf die ersten Wilden stieß, hielt man die Matrosen für Götter. Damit war schon ein wichtiges Problem gelöst. Die Raumschiffmatrosen, die bei der mißglückten Reparatur des *cziltang brone* Schaden genommen hatten, wurden in den Dörfern zur Pflege zurückgelassen. Als Dorfgottheiten behandelte man sie natürlich gut. Und als Dorftrottel konnten sie mit ihrer göttlichen Allgewalt nicht viel Schaden anrichten.

Die restliche Mannschaft der *Pionier* teilte sich in zwei Gruppen. Die eine Gruppe – acht Männer und Prill – wanderte antispinwärts. Prills Heimatstadt lag in dieser Richtung. Beide Gruppen verpflichteten sich, prallel zur Ringmauer zu wandern, um nach Resten der Zivilisation zu suchen. Beide Gruppen schworen, den Kameraden Hilfe zu schicken, wenn sie Hilfe fanden.

Überall wurden sie als Götter empfangen – nur von ihren Nebengöttern nicht. Ein paar Bewohner hatten ja den Zusammenbruch der Städte überlebt und nahmen das Vergnügungsmittel ein, solange noch Vorräte davon existierten. Sie suchten nach Enklaven der Zivilisation. Doch keiner dachte daran, seine Zivilisation wieder aufzubauen.

Während die Mannschaft der *Pionier* antispinwärts zog, schlossen sich auch andere Versprengte ihrer Gruppe an. So wurde die Gruppe zu einer stattlichen Götterschar.

In allen Städten bot sich ihnen das gleiche Bild – Ruinen und abgestürzte Gebäude. Enttäuschung und Ermüdungserscheinungen brachten den Zug der Besatzung der *Pionier* zum Stocken. Das Pantheon löste sich auf.

Doch Prill gab nicht auf. Sie besaß eine Karte von ihrer Heimatstadt. Ihr Status als »Göttin«, kleine Dosen ihres Verjüngungsmittels und ihre Meisterschaft halfen ihr sehr bei ihrer Wanderung. »Ich begriff nicht ganz, was sie unter ihrer Meisterschaft verstand«, flötete Nessus mit wiegenden Köpfen.

»Ich habe es kapiert«, meinte Louis. »Man kann sie mit Ihrem Tasp vergleichen, Nessus.«

»Als Prill enllich ihre Heimatstadt erreichte, war sie rasend vor Enttäuschung und Einsamkeit. Sie beschlagnahmte das Polizeigebäude für sich als Wohnung und studierte die Maschinenanlage so lange, bis sie das Haus wieder in seinen ursprünglichen Schwebezustand versetzen konnte.

Sie wußte auch von der Anlage, mit der man Verkehrsteilnehmer einfangen konnte, weil sie die Verkehrsregeln verletzten«, beendete Nessus seinen Bericht. »Sie setzte die Anlage wieder in Betrieb, weil sie hoffte, damit Überlebende aus der Glanzzeit der Zivilisation einzufangen. Denn jeder, der ein Flugzeug steuern konnte, mußte ja zivilisiert sein.«

»Warum läßt sie die Leute dann hilflos in dem See verrosteter Wracks herumtreiben?«

»Zur Vorsicht, Louis. Das ist immerhin ein Zeichen ihrer geistigen Gesundung.«

»Ich weiß nicht«, knurrte Louis zweifelnd und blickte in den Zellenblock hinunter, wo der Kzin sich gerade über den tranchierten Riesenvogel hermachte. »Ich brauche den Kzin bei einer schweren Arbeit, Nessus. Können Sie Prill überreden, daß sie ihn aus der Zelle herausläßt?«

»Ich kann es ja mal versuchen.«

»Gut – ich muß eine Menge Ballast aus diesem Gebäude entfernen.«

XXII

Sucher

Halrloprillalar hatte schreckliche Angst vor dem Dolmetscher, und Nessus durfte sie keinesfalls aus dem Bannkreis seines Tasps entlassen. Jedesmal, wenn sie den Kzin zu Gesicht bekam, bearbeitete Nessus sie mit seiner »Lustgeißel«.

Louis lag neben dem Kzin auf der Beobachtungsbühne und blickte in den dämmrigen Zellenblock hinunter.

»Anfangen!« befahl Louis.

Der Kzin schoß beide Strahlenläufe ab. Der Donner hallte in dem Gebäude wider, und in der Wand erschienen weißglühende Punkte, als brenne jemand mit der Lupe Löcher in das Haus. Langsam fraß sich dieser Punkt im Uhrzeigersinn durch das Mauerwerk und ließ eine glühende Spur zurück.

»Vorsicht!« warnte Louis, »wenn das alles auf einmal herunterbricht, rast das Gebäude wie ein gekappter Ballon in den Himmel hinauf!«

Der Kzin schnitt jetzt einzelne Segmente aus der Mauer. Trotzdem gab es eine gewaltige Erschütterung, als die erste Ladung Bauplastik und Kabelwerk abstürzte. Louis hielt sich krampfhaft auf der Bühne fest. Durch die Bresche in der Mauer sah er helles Sonnenlicht, die Stadt und – Menschen.

Erst bei der nächsten Bresche erhielt er Ausblick auf die Fläche, die sich direkt unter dem Gebäude befand.

Er sah einen Altar aus Holz und einen Bogen aus Silber, der auf einem flachen Rechteck montiert war. Dann brach eine neue Ladung Mauerwerk aus dem Polizeigebäude, schlug dicht neben dem Altar ein und überschüttete ihn mit einem Hagel aus Plastikschutt. Der Altar zerbarst in tausend Splitter. Doch die Menschen hatten sich schon lange vorher in Sicherheit gebracht.

*

Louis blickte den Kzin vorwurfsvoll an. »Ich habe Menschen unter den Gebäuden gesehen – hier, in einer leeren Stadt, meilenweit von den Feldern entfernt! Sie müssen mindestens eine Tagesreise bis hierher zurückgelegt haben! Weshalb sind sie überhaupt hierhergekommen?«

»Sie beten die ›Göttin‹ Halrloprillalar an. Prill ist auf diese Leute angewiesen. Sie versorgen Prill mit Nahrungsmitteln.«

»Aha – Opfergaben.«

»Natürlich. Aber was regt dich denn dabei so auf, Louis?«

»Du hättest ja ein paar von den Leuten töten können.«

»Vielleicht habe ich das sogar«, erwiderte der Kzin ungerührt.

»Ich bildete mir ein, Teela bei den Leuten gesehen zu haben. Nur eine Sekunde lang!«

»Unsinn, Louis. Probieren wir lieber unseren Motor aus.«

Das Flugrad des Puppetiers war unter einem Berg durchsichtigen Harzes begraben. Nur die Instrumente lagen frei. Durch ein Erkerfenster hatten sie einen großartigen Blick auf die flachen Türme des Gemeindezentrums, auf die Dockanlagen und den wildwuchernden Dschungel, der früher einmal ein

Stadtpark gewesen sein mußte. Das alles lag mehrere hundert Meter unter ihnen.

»Das kann nicht funktionieren«, klagte Louis Wu.

»Warum denn nicht?« fragte der Puppetier und hob die Köpfe von den Steuereinrichtungen seines Flugrades.

»Ein fliegendes Schloß – ein haarsträubendes Luftfahrzeug, um damit die Heimreise anzutreten. Die abgesägte obere Hälfte eines Wolkenkratzers! Das kann doch nicht gutgehen!«

Doch es ging gut. Das Gebäude setzte sich plötzlich in Bewegung. Nessus hatte den Schubmotor in Gang gesetzt

Unter ihnen glitt die Stadt immer schneller dahin. Die Höchstgeschwindigkeit war nicht überwältigend – hundert Meilen pro Stunde. Doch das »Luftschloß« lag kerzengerade im Wind. »Gute Arbeit«, lobte Nessus. »Wir haben den Schwerpunkt genau erwischt.«

Louis schwieg. Er hatte immer noch kein rechtes Zutrauen zu seiner Idee. »Wohin soll die Reise denn gehen, Louis?«

»Wir fliegen nach Steuerbord.«

»Genau Steuerbord?«

»Ja. Wir müssen das Orkanauge umgehen. Dann halten wir auf die Stadt mit dem Turm des Himmels zu. Werden Sie die Stadt wiederfinden, Nessus?«

»Kein Problem, Louis. Drei Stunden brauchten wir von dort bis hierher. Wir müßten in ungefähr dreißig Stunden wieder beim Turm des Himmels eintreffen. Und wie geht es dann weiter?«

»Das hängt von der weiteren Entwicklung ab!«

*

Die Landschaft glitt unter ihnen dahin – ein Tagtraum in Farbe. Das Flugrad summte ein paar Meter von Louis Wu entfernt leise vor sich hin. Mit seinen grauen buschigen Brauen blickte das Sturmauge drohend zu ihnen herüber. »Der Pflanzenfresser scheint sich ja deiner Führung widerspruchslos zu fügen«, raunte der Kzin Louis zu.

»Der Pflanzenfresser ist eben verrückt«, raunte Louis zurück. »Was für dich nicht zutrifft.«

»Oh – ich habe ebenfalls nichts gegen deine Rolle als Anführer«, fauchte der Kzin. »Nur wenn es zu einem Kampf kommen sollte, müßte ich jetzt schon darüber Bescheid wissen.«

»Hm.«

»Na? Kommt es zu einem Kampf?« fragte der Kzin mit blitzenden Augen.

»Wir holen uns den Sonnenblendendraht«, sagte Louis schließlich. »Der Draht muß ja mindestens ein paar zehntausend Meilen lang sein, sonst wäre er nicht vom Himmel heruntergefallen. Wir brauchen diesen Draht für einen bestimmten Zweck. Wenn ich Prill höflich darum bitte und Nessus seine Wollustgeißel schwingt, werden die Eingeborenen uns den Draht bestimmt gutwillig überlassen.«

»Wofür, Louis?«

»Das sage ich dir erst, wenn wir den Draht haben.«

*

Der Turm flog stur nach Steuerbord wie ein Dampfschiff, das den Himmel durchpflügt. Kein Raumschiff war so geräumig wie dieses fliegende Schloß. Es hatte immerhin sechs Flugdecks.

Anderen Luxus mußte man wieder entbehren. Die Nahrungsmittel an Bord des Wolkenkratzers bestanden aus Gefrierfleisch, verderblichen Früchten und dem synthetischen Zeug aus Nessus' Bordküche. Das Essen der Puppetiers war für Menschen nicht nahrhaft, wie Nessus behauptete. Also mußte sich Louis mit lasergegrilltem Fleisch und Früchten zum Frühstück zufriedengeben.

Außerdem gab es kein Wasser und schon gar keinen Kaffee.

Louis überredete Prill, ein paar Flaschen alkoholischer Getränke zu spendieren. So kam es zu einer verspäteten Schiffstaufe auf der Kommandobrücke, wo der Kzin sich höflich in eine Ecke verdrückte und Prill sprungbereit an der Tür lauerte. Keiner wollte den Namen akzeptieren, den Louis vorschlug (die »Unmögliche«), und so gab es vier verschiedene Taufen in vier verschiedenen Sprachen.

Das alkoholische Getränk war längst zu Essig geworden. Der Kzin spuckte es aus, und Louis versuchte das Zeug erst gar nicht. Nur Prill trank eine Flasche leer und legte die anderen rasch wieder in ihr Versteck zurück.

Danach büffelten der Kzin und Nessus eine Sprachlektion. Nur Louis wollte nichts davon wissen. Die anderen machten so rasche Fortschritte, daß er sich wie ein Dummkopf vorkam.

»Louis, wir müssen die Sprache dieser Welt lernen«, sagte der Kzin. »Unsere Reisegeschwindigkeit ist sehr niedrig. Wir können uns unser Essen nur zusammenbetteln oder zusammenstehlen. Dabei werden wir häufig mit Eingeborenen zusammentreffen.«

»Ich weiß. Aber ich bin kein Sprachtalent.«

Die Dunkelheit brach herein. In ungefähr zehn Stunden würden sie das Orkanauge passieren.

Louis warf sich ruhelos auf seinem Lager hin und her, als Prill wieder zu ihm kam. Er spürte ihre Hände, die ihn wollüstig berührten, und griff nach ihr. Sie wich ihm aus und fragte ihn in ihrer eigenen Sprache, die sie für Louis so vereinfachte, daß er sie auch verstand. »Du bist der Anführer?«

Louis überlegte schlaftrunken. Dann sagte er, um die etwas komplexe Situation zu vereinfachen: »Ja.«

»Dann befehle dem Zweiköpfigen, mir seine Maschine zu überlassen.«

»Was?« fragte Louis verwirrt, »wie bitte?«

»Seine Glücksmaschine. Ich brauche sie. Nimm sie ihm einfach weg.« Louis lachte, weil er glaubte, sie jetzt zu durchschauen.

»Du begehrst mich?« fragte sie wütend. »Dann nimm ihm die Maschine weg!«

Der Puppetier hatte etwas, das Prill begehrte. Aber sie hatte keine Macht über ihn, weil Nessus kein Mann war. Louis war der einzige Mann weit und breit. Ihre Macht über ihn würde ihn ihrem Willen gefügig machen. Bisher hatte sie immer ihren Willen durchsetzen können. War sie denn nicht zur Göttin erklärt worden?

Vielleicht hatten Louis' Haare sie irregeführt. Offenbar hatte sie angenommen, Louis sei ein Abkömmling der haarigen Sklavenrasse. Höchstens ein Baumeister-Bastard, weil sein Gesicht bartlos war. Auf jeden Fall mußte er nach ihrer Meinung nach dem Fall der Städte auf der Ringwelt geboren worden sein. Diese Nachgeborenen kannten kein Lebenselixier mehr. Er mußte also in der Blüte seiner Jugendjahre stehen.

»Du hast ganz recht«, sagte Louis in seiner eigenen Sprache. Prill ballte wütend die Fäuste, denn sein Spott war nur zu deutlich herauszuhören. »Ein dreißigjähriger Mann ist Wachs in deinen Händen. Aber leider bin ich ein bißchen älter als dreißig.« Wieder lachte er.

»Die Glücksmachine – wo bewahrt er sie auf?« Sie beugte sich über ihn, ein verführerischer Schatten. Louis hielt den Atem an.

»Sie klebt am Knochen unter der Haut. Am Halsknochen unter einem der Köpfe.«

Prill ließ ein leises Knurren hören. Sie mußte ihn irgendwie verstanden haben. Das Gerät war chirurgisch eingepflanzt. Prill drehte sich jäh um und verschwand.

Louis wäre ihr am liebsten gefolgt. Er begehrte sie mehr, als er sich eingestehen wollte. Doch ihre Motive deckten sich nicht mit den seinen. Er durfte sich nicht zu ihrem Sklaven machen.

*

Der Wind säuselte in Louis' Ohren. Sein Schlaf wurde zu einem erotischen Traum. Er öffnete die Augen.

Prill kniete mit gespreizten Schenkeln über ihm, während ihre Finger sanft über seine Brust und seinen Unterkörper strichen. Ihre Hüften bewegten sich rhythmisch, und Louis bewegte sich mit ihr. Sie spielte auf ihm wie auf einem Musikinstrument.

»Wenn ich fertig bin, werde ich dich besitzen«, hauchte sie. Sie hatte Spaß an der Sache, das hörte man aus ihrer Stimme heraus. Doch das war nicht das Vergnügen einer Frau im intimen Umgang mit einem Mann. Sie hatte nur Spaß an der Macht, die sie auf ihn ausübte.

Ihre Berührungen waren so süß wie Sirup. Sie beherrschte ein schreckliches uraltes Geheimnis: Jede Frau ist mit einem Tasp geboren, und wenn sie den Tasp richtig anzuwenden lernt, ist ihre Macht schrankenlos. Sie würde sich ihm geben und versagen, geben und versagen, bis er sie anflehen würde, seine Sklavendienste anzunehmen.

Doch plötzlich ging eine Veränderung mit ihr vor. In ihrem Gesicht war nichts zu lesen. Doch Louis erkannte es an dem leisen Stöhnen und dem veränderten Rhythmus. Sie bewegte sich, und sie trafen sich zu einem gemeinsamen Höhepunkt. Das Erschauern, das sie überlief, schien aus gemeinsamen Erlebnissen geboren.

Sie lag die ganze Nacht bei ihm. Sie ruhten, liebten sich und schliefen wieder ein. Wenn Prill nicht ganz mit ihrem Liebhaber zufrieden war, zeigte sie ihm das nicht. Er wußte nur, daß sie ihn nicht mehr gebrauchte wie ein Musikinstrument. Wenn sie jetzt spielten, dann nur im Duett.

Etwas hatte Prills Macht gebrochen. Und Louis ahnte, was es war.

*

Der Morgen brach trübe und stürmisch herein. Der Wind heulte um das uralte Gebäude, Regen peitschte gegen das Erkerfenster über der Brücke und lief durch die zerbrochenen Scheiben in den höheren Stockwerken. Der Wolkenkratzer befand sich jetzt in der Nähe des Sturmauges.

Louis zog sich an und stieg hinunter auf die Brücke. Im Flur begegnete er Nessus. »Sie!« rief Louis drohend.

Der Puppetier schrak zusammen. »Ja, Louis?«

»Was haben Sie in der vergangenen Nacht mit Prill angestellt?«

»Sie müßten mir eigentlich dankbar sein, Louis!« verteidigte sich der Puppetier rasch. »Sie versuchte, Sie zu knechten, Louis. Sie gerieten in Gefahr, ihr hörig zu werden. Ich habe alles mitgehört.«

»Sie haben den Tasp auf sie angesetzt!«

»Nur drei Sekunden bei halber Energieleistung, als Sie gerade mit ihr beim Geschlechtsverkehr waren. Jetzt ist sie es, die Ihnen hörig ist, Louis.«

»Sie Monster! Sie perverses Untier!«

»Kommen Sie mir nur nicht näher, Louis!«

»Prill ist ein Mensch mit freiem Willen!«

»Wie steht es mit Ihrem eigenen freien Willen?«

»Er war nie in Gefahr! Sie kann mich nie beherrschen!«

»Aber Louis, was soll denn diese Aufregung! Sie sind nicht das erste Liebespaar, das ich beim Geschlechtsverkehr beobachtet habe. Wir waren der Meinung, daß wir alles über Ihre Rasse wissen sollten, Louis. Kommen Sie mir ja nicht näher, Louis!«

»Sie hatten kein *Recht* dazu!« Louis hatte natürlich gar nicht vor, dem Puppetier etwas anzutun. Er ballte nur die Fäuste und rückte wütend einen Schritt vor . . .

Und dann loderte Louis in Ekstase.

In der höchsten Seligkeit, die Louis je in seinem Leben genossen hatte, wußte Louis, daß Nessus ihn mit der Wollustpeitsche geißelte. Ohne sich über die Konsequenzen seines Handelns klar zu sein, hob Louis das rechte Bein und keilte aus. Er nahm seine ganze Kraft zusammen, die ihm noch geblieben war, und trat Nessus gegen den linken Hals dicht unter dem Kiefer.

Die Folgen waren verheerend. Nessus kreischte, taumelte rückwärts und stellte den Tasp ab.

Er stellte den Tasp ab!

Die ganze Last des Elends, zu dem der Mensch vom Schicksal verdammt ist, fiel jetzt mit voller Wucht auf Louis Wus Schultern. Louis drehte sich um und schlich sich davon. Er wollte sich in eine stille Ecke zurückziehen und weinen. Er wollte auch nicht, daß der Puppetier sein Gesicht sah.

Er spürte nur die Trauer seiner Seele. Er sah nicht, wohin er ging.

Der Puppetier hatte sie trainiert und gezüchtet wie ein Versuchstier! Und Prill wußte das. In der vergangenen Nacht hatte sie den letzten heroischen Versuch gemacht, sich von der Macht der Lustgeißel zu befreien. Jetzt wußte Louis, wogegen sie ankämpfte.

Es war blinder Zufall, der ihn die Treppe hinunterführte statt hinauf. Oder erinnerte er sich in seinem Unterbewußtsein an das gemeinsame Erlebnis der letzten Nacht?

Der Wind brüllte um die Hausecken und schleuderte den Regen gegen die Fenster, als er die Beobachtungsbühne erreichte. Allmählich verebbte das Leid, das ihm der Entzug der Wollustgeißel zugefügt hatte.

»Ich muß Prill heilen«, flüsterte Louis. »Aber wie? Und wie heile ich mich selbst?« Denn irgend etwas in ihm schrie immer noch nach dem Tasp. Dieser Schrei würde nie abreißen.

»Verdammt, wir brauchen sie!« rief Louis. Sie allein kannte sich mit dem Maschinenraum des fliegenden Schlosses aus. Sie mußte Nessus dazu zwingen, seine Geißel nie mehr anzuwenden. Zuerst würde sie natürlich schrecklich niedergeschlagen sein. Man mußte sie anfangs ständig beobachten . . .

Endlich registrierte Louis' Bewußtsein, was seine Augen schon eine ganze Weile gesehen hatten.

Der Wagen befand sich ungefähr sechs Meter unter der Beobachtungsbühne – ein rotbrauner Pfeil mit schmalen Fensterschlitzen. Ein hübsches Modell, schwebte es jetzt mit abgestelltem Motor in der elektromagnetischen Falle. Man hatte aus Versehen vergessen, die Falle abzustellen.

Louis starrte hinunter, um sich noch einmal zu vergewissern, daß sich Gesichter hinter der Windschutzscheibe zeigten. Dann lief er die Treppe hinauf, um Prill zu suchen.

Er packte sie beim Arm und zog sie mit sich. Er deutete stumm nach unten. Sie nickte nur und ging an das Schaltpult.

Der rotbraune Pfeil schoß hinauf zur Beobachtungsbühne. Der erste Passagier kroch heraus und hielt sich mit beiden Händen auf der Bühne fest.

Denn der Wind tobte wie ein besessener Teufel durch den Zellenblock, dessen Boden sie mit dem Laser herausgeschnitten hatten. Dieser Passagier war Teela Brown.

Louis wunderte sich über nichts mehr.

Der zweite Passagier des Flugwagens war so haargenau ihr Typ, daß er sich sogar das Lachen nicht verbeißen konnte.

Teela sah ihn überrascht an und verzog schmollend den Mund.

Kurz darauf durchflogen sie die Sturmzone. Der Wind raste durch den Zellenblock und die Treppenaufgänge. Der Regen kam eimerweise durch die zerbrochenen Fenster der oberen Stockwerke. Sturzbäche ergossen sich über die Korridore.

Teela und ihr Begleiter saßen im Trockenen. Das heißt, in Louis Wus Schlafzimmer neben der Brücke. Teelas dunkelhäutiger Begleiter unterhielt sich leise und ernsthaft mit Prill in einer Ecke des Zimmers. Die Besatzung des fliegenden Wolkenkratzers stand schweigend um Teela herum, während sie von ihren Abenteuern erzählte.

*

Die elektrischen Anlagen waren in ihrem Flugrad auf einmal durchgebrannt – ausgerechnet bei einer Geschwindigkeit von Mach 2. Innerhalb von Sekunden war es ihr trotzdem gelungen, ihr Tempo bis zur Obergrenze der erlaubten Geschwindigkeit über dem Stadtgebiet zu drosseln. Die Erfahrung mit dem Sturmauge hatte sie schnelle Reaktionen gelehrt. Ehe der Polizeisender ihren Antrieb zerstören konnte, suchte sie schon einen Landeplatz im dunklen Häusermeer.

Sie landete auf einem gekachelten Platz, der von erleuchteten Ladentüren umgeben war. Das Flugrad setzte hart auf. Doch das schreckte sie nicht mehr. Hauptsache, sie war heil gelandet.

Kaum war Teela aus dem Sattel gestiegen, als das Flugrad sich wieder in Bewegung setzte. Sie bekam einen Stoß, daß sie sich fast überschlug, und als sie sich benommen aufrichtete, sah sie nur noch eine kleine Hantel im Himmel verschwinden.

Teela begann zu weinen.

»Du mußt in einer Parkverbotszone gelandet sein«, sagte Louis mitleidig.

»Mir war das egal«, murmelte Teela. »Ich wollte nur jemand sagen, daß ich mir ganz verlassen vorkam. Doch es war niemand da, dem ich mich anvertrauen konnte. So setzte ich mich auf eine Steinbank und weinte. Stundenlang weinte ich vor mich hin. Ich hatte Angst, wegzugehen, denn ich wußte ja, daß du mich suchen würdest, Louis. Und dann kam – *er.*«

Teela deutete mit dem Kopf auf ihren Begleiter.

»Er war natürlich ganz verwirrt, mich auf einer Steinbank sitzen zu sehen. Er fragte mich etwas, das ich nicht verstehen konnte. Und er versuchte, mich zu trösten.«

Louis nickte stumm. Teela würde Hilfe oder Trost bei jedem Fremden suchen, der ihr über den Weg lief. Und ihr Glück sorgte schon dafür, daß sie so etwas auch tun konnte.

Ihr Begleiter war ein ungewöhnlicher Mann.

Er war ein »Held!«. Das sah man sofort. Er mußte sich nicht erst einem feuerspeienden Drachen zum Duell stellen. Man brauchte nur seine Muskeln zu betrachten, seine breiten Schultern und das lange schwarze Schwert. Das kühne Gesicht war dem Porträt im Turm des Himmels verblüffend ähnlich.

Der Held war glatt rasiert. Nein, das war unwahrscheinlich.

Er mußte tatsächlich aus dem Geschlecht der Baumeister stammen. Offenbar war er ein Halbblut. Sein Haar war lang, und seine Augenbrauen kühn gewölbt. Um die Hüften trug er einen Lendenschurz, der aus einem Tierfell angefertigt war.

»Er gab mir zu essen«, fuhr Teela fort, »und nahm mich in Schutz. Vier Männer versuchten mich gestern zu rauben. Er vertrieb sie alle – nur mit seinem Schwert! Und er hat in wenigen Tagen ganz gut Interworld gelernt.«

»Hat er das?« meinte Louis skeptisch.

»Er beherrscht viele Sprachen! Er ist ein Sprachtalent!«

»Kein sehr netter Seitenhieb von dir«, meinte Louis grollend.

»Wie bitte?«

»Ach, vergiß es. Und wie ging es weiter?«

»Er ist alt, Louis. Er hat eine große Dosis von einem Verjüngungsmittel eingenommen. Aber das ist schon lange her. Er behauptet, er hätte das Mittel von einem bösen Zauberer bekommen. Er ist so alt, daß sich seine Großeltern noch an den Fall der Städte erinnern konnten.«

»Soso!«

»Weißt du, was für eine Tätigkeit er ausübt?« Teelas Lächeln wurde geheimnisvoll und schalkhaft zugleich. »Er ist ausgezogen, um etwas zu suchen. Vor langer, langer Zeit hat er einen Eid abgelegt, daß er den Pfeiler des Himmelsbogens suchen würde. Das ist sein Beruf. Er sucht den Pfeiler schon ein paar hundert Jahre lang.«

Sie lächelte. Er hatte Teela schon oft mit glänzenden Augen gesehen. Doch diesmal spiegelte sich mehr darin als Lebensfreude. Louis las Liebe und Zärtlichkeit darin.

»Du bist deswegen stolz auf ihn? Du kleiner Dummkopf! Weißt du denn nicht, daß es gar keinen Himmelsbogen gibt?«

»Ich weiß es, Louis.«

»Warum sagst du es ihm dann nicht?«

»Wenn du es ihm sagst, werde ich dich hassen, Louis. Er hat so viele Jahre seines Lebens für diesen Wunschtraum geopfert. Und er tut viel Gutes auf seiner Wanderung. Er beherrscht ein paar handwerkliche Fertigkeiten und bringt sie anderen bei, während er über die Ringwelt zieht.«

»Was kann er anderen schon vermitteln! Er ist gewiß nicht sehr gebildet.«

»Nein, das ist er nicht.« So wie sie das sagte, spielte es für sie auch keine Rolle. »Aber wenn ich ihn begleite, kann ich vielen Menschen viele Kenntnisse vermitteln.«

»Ich wußte ja, daß so etwas kommen mußte«, stöhnte Louis.

Wußte sie, daß sie ihm weh tat?

Sie blickte ihn nicht an.

»Wir haben zwei Tage lang auf dem Platz gewartet, ehe ich begriff, daß du meinem Flugzeug gefolgt bist – nicht mir. Er erzählte mir von dieser Göttin im fliegenden Turm, die Flugzeuge in ihre Netze lockt. Wir zogen deshalb zu ihrem Altar unter ihrem Göttersitz. Und dann fiel das Gebäude plötzlich auseinander. Sucher meinte . . .«

»Wer?«

»Sucher! So nennt er sich, weil er den Himmelsbogen sucht. Nun, er probierte die Motoren in den alten Flugzeugen aus. Er sagte, daß die Fahrer immer ihre Motoren abschalteten, wenn sie von dem Polizeinetz eingefangen wurden, damit ihre elektrischen Anlagen nicht durchbrannten.«

Louis, der Dolmetscher und Nessus sahen sich gegenseitig stumm an. Mindestens die Hälfte der »Wracks« mußte also noch funktionstüchtig gewesen sein.

»Wir fanden auch ein Flugzeug, das noch funktionierte. Wir flogen hinter euch her, müssen euch aber in der Dunkelheit verfehlt haben. Zum Glück fing uns euer Polizeinetz wegen überhöhter Geschwindigkeit ein – und da sind wir nun!«

Der Held lehnte lässig an der Wand des Schlafzimmers und betrachtete den Kzin mit einem leicht angedeuteten Lächeln. Der Dolmetscher hielt dem Blick des Helden stand. Louis hatte den Eindruck, die beiden überlegten sich, wer in einem Duell wohl Sieger bleiben würde.

Prill blickte aus dem Erkerfenster. Sie erschauerte, als der Sturm an dem Gebäude rüttelte. Auch Teela runzelte die Brauen. »Ich hoffe, das Haus ist auch massiv genug gebaut«, sagte sie.

Louis sah sie betroffen an. *Wie sehr hatte Teela sich verändert!*

Doch keiner außer ihr hatte die Gefahr dieses Orkans am eigenen Leib spüren müssen . . .

»Ich brauche deine Hilfe«, fuhr Teela leise fort. »Ich möchte Sucher für mich haben – verstehst du?«

»Ja.«

»Er begehrt mich ebenfalls. Aber er hat einen unbegreiflichen sturen Ehrenstandpunkt. Als ich ihm von dir erzählte, Louis – das war auf dem Weg zum Altar der Göttin unter dem Polizeigebäude –, wurde er plötzlich ganz komisch. Er schlief nicht mehr mit mir. Er denkt, ich bin dein Besitz, Louis.«

»Meine Sklavin?«

»Ja. Vielleicht sind die Frauen hier das Eigentum der Männer. Du sagst ihm doch, daß ich dir nicht gehöre, nicht wahr, Louis?«

Louis spürte ein schmerzhaftes Würgen im Hals. »Vielleicht erspare ich uns eine Menge Erklärungen«, sagte er heiser, »wenn ich dich einfach an ihn verkaufe. Wäre das eine akzeptable Lösung für dich?«

»Ja, das wäre das Richtige. Ich möchte mit ihm um die Ringwelt herumwandern. Ich liebe ihn, Louis!«

»Natürlich, mein Kleines. Ihr beide seid füreinander erschaffen worden«, murmelte Louis Wu. »Das Schicksal hatte beschlossen, daß ihr beide euch begegnen sollt. Die Billionen Ehepaare, die das gleiche Schicksal erfahren haben, wußten ganz genau . . .«

Sie sah ihn schräg an. »Louis, du bist doch nicht etwa . . . sarkastisch, oder?«

»Vor einem Monat konntest du Sarkasmus noch nicht von einem Glastransistor unterscheiden, Teela. Nein – so unheimlich das klingt –, ich bin nicht sarkastisch. Die Billionen Ehepaare spielen gar keine Rolle, weil sie ja nicht als Versuchstiere aus Nessus' Geburtslotterie-Retorte stammen.«

Sie starrten ihn jetzt alle an. Doch Louis hatte nur Augen für Teela.

»Wir mußten auf der Ringwelt notlanden«, sagte Louis ernst, »weil die Ringwelt für dich die ideale Umgebung ist. Wahrscheinlich mußtest du Dinge lernen, die du nicht auf der Erde lernen kannst. Vielleicht gab es auch noch andere Gründe – ein besseres Verjüngungsmittel zum Beispiel und mehr Luft und Raum zum Atmen. Aber der Hauptgrund deines Hierseins ist deine Lehrzeit.«

»Was soll ich denn hier lernen?«

»Den Schmerz, die Angst, den Verlust. Du bist schon eine ganz andere Frau geworden, seit wir hier gelandet sind. Früher warst du eine Art von – Abstraktion. Eine Legende, ein Kunstprodukt.« Sie sah ihn nur stumm an.

»Wir mußten notlanden, um dich hier abzusetzen, Teela. Wir flogen ein paar hunderttausend Meilen, um dich mit ›Sucher‹ zusammenzubringen. Dein Flugrad verunglückte genau an der Stelle, wo er dich finden sollte. Weil Sucher der Mann ist, den zu lieben du geboren bist, Teela.«

Teela lächelte bei diesem Satz, doch Louis' Gesicht wurde ganz ernst. »Dein Glück verlangte eine Schonfrist, in der du ihn kennenlernen solltest. Deshalb mußten der Kzin und ich mit dem Kopf nach unten über einem dreißig Meter tiefen Abgrund hängen . . .«

»Louis!«

». . . zwanzig Stunden lang. Aber es kommt noch schlimmer.«

»Das kommt auf den Standpunkt an«, fauchte der Dolmetscher erbost.

»Du hast dich in mich verliebt«, fuhr Louis ungerührt fort, »weil du einen Grund brauchtest, um dich unserer Expedition zur Ringwelt anzuschließen. Du liebst mich nicht mehr, weil du mich nicht mehr zu lieben brauchst. Du bist ja jetzt *hier*. Und ich liebte dich aus dem Grund, weil das Glück für Teela Brown mich als Marionette ausgesucht hat.«

»Louis!«

»Doch die eigentliche Marionette bist du, Teela. Du wirst nach den Flötentönen deines Glückes bis zu deinem Lebensende tanzen, mein Kleines. Nur ein Wesen, das über uns allen steht, wird wissen, ob du einen freien Willen besitzt. Du wirst es schwer haben, ihn durchzusetzen.«

Teela war sehr bleich geworden, und ihre Schultern waren sehr straff und gerade. Daß sie nicht weinte, verdankte sie einer bemerkenswerten Selbstbeherrschung. Bemerkenswert deshalb, weil sie bisher nie Selbstbeherrschung bewiesen hatte.

Der Mann, der sich Sucher nannte, kniete am Boden und fuhr prüfend mit dem Daumen über die Schwertschneide. Er hatte sehr wohl begriffen, daß Louis Wus Vortrag das Mädchen, das er liebte, unglücklich machte. Er mußte noch immer glauben, Teela sei das Eigentum von Louis Wu.

Was Nessus anbelangte, so hatte er sich zu seiner notorischen Igelkugel zusammengerollt.

Louis packte den Puppetier beim Knöchel seines Hinterfußes und rollte Nessus auf den Rücken.

»Sie sind an allem schuld!« tobte Louis Wu, während der Huf in seiner Hand zu beben begann. »Sie mit Ihrem unsagbaren Egoismus! Dieser Egoismus ist noch schlimmer als die gewaltigen Schnitzer, die Ihre Spezies sich geleistet haben! Wie Ihre Rasse so mächtig, so entschlossen und gleichwertig, so dumm sein kann, übersteigt alle meine Begriffe. Haben Sie endlich kapiert, daß alles, was uns widerfahren ist, eine Nebenwirkung von Teela Browns Glück ist?«

Der Sucher war offenbar fasziniert von dem Anblick des Puppetiers, der sich noch enger zusammenrollte.

»Sie können heimfliegen zu Ihrem Allerhintersten und ihm berichten, daß die Zuchtwahl menschlicher Charaktereigenschaften eine verdammt riskante Angelegenheit ist! Sagen Sie Ihrem Verlobten, daß ein paar Teela Browns die Gesetze der Wahrscheinlichkeit auf den Kopf stellen. Selbst die Physik mit ihren so verläßlichen Gesetzen ist nichts als eine Wahrscheinlichkeitsrechnung auf atomarer Ebene. Sagen Sie Ihren Führern, das Universum sei ein viel zu kompliziertes Spielzeug für ein feiges Wesen, das die Vorsicht über alles stellt. Sagen Sie ihm das, wenn Sie nach Hause zurückkehren. Aber jetzt rollen Sie sich gefälligst wieder auf! Sofort! Ich brauche den Draht von den Sonnenblenden! Rollen Sie sich auf, Nessus . . .!«

Der Puppetier gehorchte und erhob sich vom Boden. »Sie beleidigen mich vor allen Leuten, Louis«, stotterte er.

»Das wagen Sie uns auch noch ins Gesicht zu sagen?«

Der Puppetier schwieg. Er drehte sich zum Erkerfenster um und blickte hinaus in den tobenden Wind.

XXIII

Das Gottes-Gambit

Für die Eingeborenen, die an den Turm des Himmels glaubten, gab es eine große Überraschung. Jetzt schwebten plötzlich zwei Türme des Himmels über der Stadt.

Wie beim erstenmal drängten sich blondhaarige Gesichter wie Löwenzahnblüten um den Altar.

»Wir haben schon wieder einen geistlichen Feiertag erwischt«, murmelte Louis. Doch der rasierte Kirchenchorleiter war diesmal nicht zur Stelle.

Nessus blickte sehnsüchtig hinüber auf den Turm des Himmels. Die Kommandobrücke des fliegenden Wolkenkratzers schwebte auf gleicher Höhe mit dem Kartenraum des fliegenden Schlosses. »Leider hatte ich beim erstenmal nicht die Gelegenheit, dieses Schloß zu erforschen«, klagte er. »Und jetzt kann ich es nicht erreichen.«

»Wir können immer noch ein Loch in die Mauer brechen und Sie an einer Strickleiter in das Kartenzimmer hinunterlassen.«

»Dieses Risiko möchte ich nicht eingehen«, weigerte sich Nessus.

»Sie haben schlimmere Dinge riskiert«, fauchte der Kzin vorwurfsvoll.

»Wenn ich ein Risiko übernahm, sammelte ich wissenschaftliche Erkenntnisse. Jetzt weiß ich alles über die Ringwelt, was mein Volk darüber wissen muß. Von nun an setze ich mein Leben nur noch aufs Spiel, um dieses Wissen meinem Volk zu überbringen. »Louis, dort unten liegt der Draht, den Sie suchen!«

Louis nickte ernst.

Auf dem Stadtviertel, daß sich spinwärts ausdehnte, lagerte eine schwarze Wolke. Nur ein Obelisk im Zentrum der Wolke behauptete sich in dieser schweren schwarzen »Dunstwolke«. Alle anderen Gebäude erstickten geradezu unter der verschlungenen Masse des Drahtes.

Sonnenblendendraht – eine unabsehbare Menge Draht!

»Wie sollen wir denn *das* transportieren?« meinte der Dolmetscher kopfschüttelnd.

Louis zuckte nur die Achseln. »Ich weiß es nicht. Schauen wir uns den Draht erst mal aus der Nähe an.«

*

Das zersägte Polizeigebäude landete spinwärts vom Platz des Altars. Nessus stellte den Schwebemotor gar nicht erst ab. Das Gebäude berührte nur flüchtig den Boden.

Die Beobachtungsbühne über dem ehemaligen Zellenblock war jetzt zur Landerampe des fliegenden Wolkenkratzers geworden. Hätte Nessus die Rampe mit dem vollen Gewicht des Gebäudes belastet, wäre sie wahrscheinlich zusammengebrochen.

»Wir müssen das Zeug irgendwie bergen«, murmelte Louis Wu. »Vielleicht können wir eine Winde aus dem Baumaterial der Ringwelt anfertigen.«

»Das steht uns leider nicht zur Verfügung«, fauchte der Kzin. »Wir müssen mit den Eingeborenen verhandeln. Vielleicht haben sie heilige Geräte, mit denen wir diesem Draht beikommen können. Außerdem hatten diese Kerle ja drei Tage lang Zeit, sich mit dem Draht auseinanderzusetzen!«

»Dann muß ich Sie begleiten!« rief Nessus. Der Puppetier erschauerte.

»Dolmetscher, Sie beherrschen die Landessprache leider nur mangelhaft. Halrlorprillalar muß an Bord bleiben, um im Notfall das Gebäude rasch startklar zu machen. – Louis, könnte man Teelas eingeborenen Liebhaber dazu bewegen, mit den Leuten hier zu unseren Gunsten zu verhandeln?«

Louis zuckte zusammen, als Nessus in solchen Worten von Teelas neuem Freund sprach. »Auch Teela hält den Mann nicht für ein Genie, Nessus. Ich traue ihm nicht zu, daß er erfolgreich für uns verhandeln kann.«

»Wahrscheinlich haben Sie recht. Louis, brauchen wir diesen Sonnenblendendraht denn wirklich so nötig?«

»Ich weiß es nicht hundertprozentig, Nessus. Aber mein gesunder Menschenverstand sagt mir, daß wir ohne ihn nicht auskommen.«

»Also gut, Louis«, meinte der Puppetier ergeben. »Ich werde euch begleiten!« Wieder zitterte Nessus wie Espenlaub.

»Meinetwegen brauchen Sie nicht mitzugehen«, sagte Louis. Doch Nessus erwiderte mit leidenschaftsloser, klarer Stimme, die in merkwürdigem Kontrast zu seinen unwillkürlichen Reaktionen stand: »Ich *weiß,* daß wir den Draht brauchen! Welchem Zufall verdanken wir es wohl, daß uns der Draht so bequem in den Schoß fällt? Alle Zufälle verdanken wir Teela Browns Glück. Das haben Sie mir selbst gesagt, Louis. Wenn wir den Draht nicht benötigen, läge er nicht hier!«

Louis atmete auf. Nicht weil Nessus' Begründung einen Sinn gehabt hätte (sie hatte keinen), sondern weil er jetzt die Mannschaft geschlossen hinter sich wußte, ohne eine Erklärung abgeben zu müssen.

Hintereinander verließen sie jetzt den fliegenden Wolkenkratzer und stiegen die Rampe hinunter. Louis hatte sich mit einem Laser ausgerüstet. Der Dolmetscher trug das Slaver-Grabwerkzeug. Die Muskeln des Kzin bewegten sich wie Wellen bei jedem seiner Schritte unter dem frisch gewaschenen orangefarbenen Fell. Nessus stieg als letzter von der Rampe. Er war unbewaffnet und verließ sich auf den Tasp und die Position des Hintersten.

Auch der »Sucher« verließ das Schiff, sein schwarzes Schwert schlagbereit vor der Brust. Seine großen schwielenbedeckten Füße patschten über die Stufen. Er war nackt bis auf das Fell um die Lenden. Seine Muskeln spielten unter der Haut.

Teela begleitete ihn, ebenfalls unbewaffnet.

Eigentlich sollten die beiden im Schiff zurückbleiben. Doch Nessus hatte es anders verfügt.

Louis hatte den Puppetier als Dolmetscher eingeschaltet, als er Teela Brown dem Schwertkämpfer zum Verkauf anbot.

Der Schwertkämpfer oder »Sucher«, wie er sich nannte, hatte sofort zugestimmt und als Kaufpreis eine Kapsel voll Ringwelt-Verjüngungsmittel angeboten. Damit konnte man sich fünfzig Jahre Jugend einhandeln.

»Diesen Preis akzeptiere ich«, hatte Louis sofort gesagt. Das Angebot konnte sich wirklich sehen lassen. Selbstverständlich hatte Louis Wu nicht vor, dieses Mittel an sich selbst auszuprobieren. Er wußte ja nicht, ob es sich mit seinem eigenen Medikament vertrug, das er seit hundertundsiebzig Jahren einnahm.

»Ich wollte ihn nicht beleidigen, Louis«, sagte Nessus später, »er sollte nicht glauben, daß er ein ›billiges‹ Mädchen bekomme. Deshalb steigerte ich den Preis. Teela gehört ihm jetzt. Sie haben das Verjüngungsmittel, das Sie später auf der Erde analysieren lassen können. Der ›Sucher‹ wird uns auerdem als Leibwächter zur Verfügung stehen, bis wir den Draht geborgen haben.«

»Dieser *Wilde* soll uns mit seinem *Küchenmesser* beschützen?«

»Diese Zusatzbedingung sollte doch nur sein Selbstbewußtsein stärken, Louis.«

Teela hatte sofort verlangt, ihren Mann begleiten zu dürfen. Ihr Mann sollte ein gefährliches Abenteuer bestehen. Sie konnte ihn nicht allein lassen. Louis hatte den Verdacht, daß der Puppetier im stillen damit gerechnet hatte. Teela war noch immer Nessus' Glücksanhänger.

Im grauweißen Licht der Mittagssonne schritten sie auf eine Wolke zu, die sich mindestens zehn Stockwerke hoch vor ihnen auftürmte.

»Nicht anrühren!« warnte Louis. Er dachte an das Mädchen, das ein paar Finger verloren hatte, als es versuchte, den Draht aufzuheben.

Auch aus der Nähe sah das Zeug noch aus wie schwarzer Rauch. Und hinter dieser »Wolke« sah man ganz deutlich die Stadtruinen, die bienenkorbartigen Bungalows in den Vorortbezirken und die Glastürme, die früher wahrscheinlich als Kaufhäuser verwendet wurden.

Man konnte den schwarzen Draht nur erkennen, wenn man mit den Augen bis auf zwei Zentimeter an den »Faden« herankam. Dann fingen die Augen sofort an zu tränen, und der Draht verschwand wieder. Dieser Drahtfaden war also so gut wie unsichtbar. Er glich einem Sinclair-Monofaden, und ein Sinclair-Monofaden war *verdammt gefährlich*.

»Versuch mal, den Draht mit deiner Slaver-Doppelflinte zu durchschießen, Kzin!« rief Louis.

Eine Kette von glühenden Punkten erschien in der schwarzen Wolke.

Wahrscheinlich war das ein Akt der Gotteslästerung!

Ihr kämpft mit dem Licht? hatten die Eingeborenen schon

bei der ersten Begegnung gefragt und ihnen das übelgenommen. Aber die Eingeborenen mußten schon längst beschlossen haben, die Fremdlinge zu töten. Als die Drahtwolke erstrahlte wie ein Weihnachtsbaum, hörte Louis ein heiseres Brüllen. Es kam von allen Seiten. Männer stürzten aus den umliegenden Häusern und schwangen Keulen und Schwerter.

Die armen Kerle, dachte Louis, und schaltete seine Laserlampe auf gebündelt und hohe Energie.

Louis' Ausbildung lag schon hundert Jahre zurück. Doch die Regeln waren so simpel, daß man sie nie vergessen konnte.

Je langsamer man ein Laser-Schwert schwingt, um so tiefer die Wunden.

Doch Louis schwang sein Laserschwert in weiten, raschen Bögen. Die angreifenden Männer taumelten und griffen sich mit beiden Händen an den Unterleib.

Wenn die Gegner zahlreich sind, müssen die Schwünge rasch aufeinanderfolgen. Man muß viele Gegner gleichzeitig treffen, um sie aufzuhalten. Die Schnitte dürfen jedoch nicht zu flach sein – ungefähr einen Zentimeter tief.

Louis hatte Mitleid mit seinen Angreifern. Sie waren nur mit Schwertern und Keulen ausgerüstet. Sie hatten keine Chance gegen ihn.

Doch einem Angreifer gelang es, den bewaffneten Arm des Kzin mit dem Schwert zu verwunden. Der Kzin ließ die Slaver-Flinte fallen. Ein anderer Eingeborener hob sie sofort auf und warf sie zur Seite. Er war noch im gleichen Augenblick tot. Der Kzin schlug mit seiner unverletzten Pranke nach ihm und riß dem Bedauernswerten mit seinen Krallen das Rückgrat heraus. Ein dritter hob die Slaver-Waffe auf und rannte damit davon. Er versuchte erst gar nicht, sie abzufeuern. Er raste damit in ein Haus hinein. Louis konnte ihn mit dem Laser nicht mehr rechtzeitig abschießen. Zu viele Gegner bedrängten ihn. Er mußte sich seiner Haut wehren.

Immer vor dem Körper schwingen!

Laß den Gegner nicht zu nahe an dich heran.

Louis tötete die beiden Männer, die ihm schon zu nahe gekommen waren.

Der Kzin kämpfte und tötete jetzt mit seinen bloßen Pfoten. Irgendwie gelang es ihm immer, einem Schwertstoß auszuweichen, während er mit den Krallen nach dem Mann langte, der das Schwert führte. Er war von Eingeborenen umringt, die ihn vorsichtig umkreisten. Schließlich war er ein Teufel von zwei Meter fünfzig Länge, mit nadelscharfen Reißzähnen bewaffnet.

Der »Sucher« stand mit dem Rücken zu einer Wand. Zwei tote Männer lagen vor ihm, sein schwarzes Schwert war rot gefärbt. »Sucher« war ein erfahrener und gefährlicher Schwertkämpfer. Deshalb hielten sich auch hier die Einheimischen vorsichtig zurück. Schließlich kannten sie sich aus mit dieser Waffe. Und Teela stand neben dem »Sucher«, wie es sich für eine Heldin gehörte.

Louis entlastete die anderen, so gut er konnte. Die Laserlampe stach mit ihrer grünen Lichtklinge blitzschnell in das Getümmel und schaltete die gefährlichsten Angreifer aus.

Niemals auf einen Spiegel zielen! Eine spiegelnde Rüstung konnte zu einer bösen Überraschung werden. Hier auf der Ringwelt hatte man offenbar diesen Trick längst vergessen.

Ein Mann, der in eine grüne Decke gehüllt war, griff jetzt Louis Wu an. Der Wilde schwang einen schweren Hammer über dem Kopf. Er glich einer riesigen Löwenzahnblüte, die zum Sprung ansetzt. Louis zog ihm das Laserschwert quer über die Brust. Der Mann ließ sich nicht bremsen, rannte immer noch auf Louis Wu zu.

Louis hielt die Laserlampe erschrocken fest und zielte damit auf die Brust des Mannes. Schon zückte der Gegner den Hammer über Louis Wus Kopf, als sich ein Fleck auf der grünen Decke des Mannes dunkel färbte, verkohlte und dann zu brennen anfing. Der Mann brach zusammen, vom Laser ins Herz getroffen.

Kleider in der gleichen Farbe wie die Laserklinge können fast so schlimm sein wie eine spiegelnde Rüstung. Hoffentlich gab es hier nicht noch mehr Angreifer mit grünen Decken! Louis zielte mit dem Laser in den Nacken eines Mannes, der den Kzin gerade angriff . . .

Ein Eingeborener stellte sich Nessus in den Weg. Er mußte wirklich Courage besitzen, wenn er so ein unheimliches Untier angriff. Louis konnte keinen gezielten Schuß anbringen. Aber der Mann starb trotzdem. Denn Nessus wirbelte herum, keilte aus, vollendete die Drehung und rannte weiter. Doch dann . . .

Louis sah, wie es passierte. Der Puppetier galoppierte auf eine Kreuzung, den einen Kopf hochgereckt, den anderen dicht über dem Boden. Der obere Kopf wurde plötzlich locker, flog davon und rollte über das Pflaster. Nessus wirbelte taumelnd um seine Achse. Sein Hals endete in einem Stumpf, und aus dem Stumpf kam stoßweise rotes Blut.

Nessus stieß einen hohen, klagenden Laut aus.

Die Eingeborenen hatten das Untier in eine Stolperfalle aus Sonnenblendendraht gelockt.

Louis war zweihundert Jahre alt. Er hatte schon öfters Freunde verloren.

Er focht weiter, jeder Schwung fast eine Reflexbewegung. Armer Nessus, dachte er. *Aber schließlich konnte er der nächste sein, der ins Gras beißen sollte.*

Die Eingeborenen wichen jetzt endlich zurück. Sie hatten wohl eingesehen, daß ihre Verluste zu hoch waren.

Teela starrte auf den sterbenden Puppetier. Sie biß sich auf die Knöchel, bis das Blut kam. Der Kzin und der »Sucher« wichen ebenfalls in die Richtung des fliegenden Wolkenkratzers zurück.

Nur Louis rannte jetzt auf die Stelle zu, wo der Puppetier immer noch schwankend auf drei Hufen stand. Im Vorbeilaufen riß ihm der Kzin den Laser aus der Hand. Louis duckte sich, um der Drahtfalle auszuweichen, und stieß dann Nessus mit der Schulter um wie ein hypnotisiertes Pferd.

Die Hufe zuckten. Panikreflexe. Louis hatte noch im letzten Augenblick eine kopflose Flucht des Puppetiers verhindert. Er hielt den Puppetier auf dem Boden fest und tastete nach seinem Gürtel. Er trug gar keinen Gürtel!

Aber er brauchte irgend etwas zum Abbinden!

Teela reichte ihm ihren Schal.

Louis packte das Tuch, drehte es zusammen und zog eine Schlinge um den Halsstumpf des Puppetiers. Bisher hatte Nessus mit dem anderen Auge entsetzt das Blut betrachtet, das in Stößen aus der Halsarterie drang. Jetzt schloß er dieses Auge. Er war in Ohnmacht gefallen.

Louis zog den Knoten der Schlinge ganz fest und würgte so die wichtigsten Adern und Luftröhren ab. Dann hob er Nessus vom Boden auf und trug ihn in den Schatten des gelandeten

Polizeiwolkenkratzers. Der »Sucher« eilte vor Louis her und bahnte ihm mit wuchtigen Schwerthieben eine Gasse.

Teela folgte Louis auf den Fersen. Der Kzin bildete die Nachhut. Er tastete mit dem grünen Laserschwert die Stelle ab, wo die Feinde ihnen noch einen Hinterhalt stellen konnten. Nachdem Teela und Louis die Rampe unverletzt erreicht hatten, kehrte der Kzin wieder um und verschwand zwischen zwei Häusern. Louis hatte keine Zeit, sich darüber zu wundern. Der Puppetier wurde schwer wie Blei, bis Louis endlich die Brücke erreichte. Louis setzte Nessus vorsichtig neben dem in Harz eingebetteten Flugrad ab und suchte nach dem Erste-Hilfe-Paket des Puppetiers. Er drückte ein diagnostisches Pflaster unterhalb der Aderpresse auf den verletzten Hals des Puppetiers. Eine Art Nabelschnur verband die Erste-Hilfe-Ausrüstung mit dem Flugrad. Louis betrachtete sie ratlos. Dieses Gerät mit seinen vielen Anschlüssen sah unglaublich kompliziert aus.

Im gleichen Augenblick ratterte der Programmierer der Küchenautomatik. Eine Fühlsonde rollte sich aus dem Kontrollpult, tastete über den Halsstumpf des Puppetiers und bohrte sich dann in die Haut hinein.

Louis bekam eine Gänsehaut, als er diesen Vorgang beobachtete. Immerhin mußte Nessus noch am Leben sein, wenn die Automatik ihn intravenös ernährte.

*

Louis bemerkte gar nicht, wie der fliegende Wolkenkratzer wieder abhob. De Kzin saß auf der untersten Stufe der Rampe und blickte hinunter auf die Stadt. »Ist er tot?« fragte er über seine haarige Schulter.

»Nein. Aber er hat eine Menge Blut verloren.« Louis setzte sich müde neben den Kzin. Er fühlte sich schrecklich demprimiert und zerschlagen. »Ob er unter einem Schock leidet?« murmelte er fragend.

Der Kzin zuckte die Achseln. »Keine Ahnung. Der Schock ist ein seltsamer Zustand. Wir haben Jahrhunderte gebraucht, bis wir darauf kamen, warum die Menschen bei der Folter so schnell starben.« Der Kzin fauchte leise. »Nur frage ich mich –

was hat Nessus' Verletzung mit dem Glück von Teela Brown zu tun?«

»Eine Menge, Dolmetscher. Als Teela hierherkam, war sie nur die Maske eines Mädchens. Ihre Persönlichkeit hatte nichts Menschliches an sich. Denn Nessus hatte ja mit seiner Zuchtwahl nur sein eigenes Wunschbild verwirklichen wollen – ein Wesen, das frei von Schmerzen und Gefahren leben konnte. Deshalb züchtete er Teela Brown. Sie verkörpert das, wofür jeder Puppetier sich seine Hufe ablecken würde.

Doch Teela hatte das Glück, uns auf die Ringwelt begleiten zu dürfen. Nur hier konnte sie sich zu einem vollwertigen Menschen entwickeln. Sie gab mir den Schal, mit dem ich den verletzten Hals des Puppetiers abbinden konnte. Sie hat sich zum erstenmal in einer Notlage bewährt. Denn dieses Glückskind braucht die Not und die Gefahr, um erwachsen zu werden. Auf der Erde wäre sie nie erwachsen geworden.«

Louis bemerkte erst jetzt, daß der Kzin etwas vorsichtig zwischen seinen Krallen hielt. »Hast du etwa den amputierten Kopf vom Pflaster aufgehoben?« fragte er. »Reine Zeitverschwendung, Dolmetscher. Wir können ihn wahrscheinlich nicht tief genug einfrieren . . .«

»Nein, Louis.« Der Kzin zeigte Louis, was er in der Hand hielt – ein kugelförmiges Ding, das zu einer Spitze zulief. Und aus dieser Spitze wurde ein hauchdünner Draht.

»Nicht anfassen!« warnte der Kzin, »sonst verlierst du deine Finger!«

»Oh«, sagte Louis ergriffen. »Der Sonnenblendendraht.«

»Richtig«, fauchte der Dolmetscher. »Als ich sah, daß die Eingeborenen den Draht als Stolperfalle quer über die Straße gespannt hatten wußte ich auch, daß sie eine Möglichkeit entdeckt hatten, wie man dieses Teufelszeug anfassen konnte. Deshalb kehrte ich noch einmal auf das Schlachtfeld zurück. Und ich fand – das da!«

»Das Endgelenk des Sonnenblendendrahtes!«

»Wir müssen beim Aufprall gegen den Draht dieses Endstück aus einem Gelenk an der Ecke einer Sonnenblende herausgerissen haben. Das andere Ende besteht wahrscheinlich nur aus Draht. Wir haben das Zeug mitten durchgerissen. Das heißt, die *Liar* hat es getan.«

»Schön«, murmelte Louis, schon viel besser gelaunt. »Wir ziehen also jetzt den Draht hinter uns her.«

»Richtig. Und er wird auch nirgends hängenbleiben. Unsere Zugkraft genügt, um jedes Hindernis glatt umzusäbeln.«

»Großartig. Dann können wir Kurs auf die *Liar* nehmen«, sagte Louis entschlossen und stand auf.

Sie schweißten das Endstück des Drahtes mit Kunstharz an der Brücke fest. Dann ging Louis in den Maschinenraum, wo Prill, Teela und der »Sucher« an den Schwebemotoren arbeiteten.

»Unsere Wege trennen sich jetzt«, sagte Teela ohne viel Umschweife. »Diese Frau behauptet, sie kann uns zu der Bankettshalle vom Haus des Himmels manövrieren. Wir brauhen dann nur noch durch das Fenster in das andere Haus hinüberzusteigen.«

»Dann bist du immer noch nicht weit gekommen«, sagte Louis düster. »Es sei denn, du kennst dich mit den Schwebemotoren in dem Haus des Himmels aus.«

»Oh, Sucher meint, er beherrscht etwas von der Magie der Maschinen. Der kommt schon klar.«

»Gut.« Louis versuchte erst gar nicht, Teela von ihrem Vorhaben abzubringen. Ebensogut hätte er einen attackierenden Bandersnatcher mit den bloßen Händen aufhalten können. »Wenn du mit den Kontrollhebeln nicht zurechtkommst, schaltest du auf gut Glück ein. Es wird schon gutgehen.«

Sie lächelte. »Ich werde mich daran halten.« Dann setzte sie ernsthaft hinzu: »Passe gut auf Nessus auf.«

Zwanzig Minuten später waren die beiden in das Haus des Himmels umgestiegen, ohne noch einmal Lebewohl zu sagen. Louis hätte noch viele Dinge auf dem Herzen gehabt. Aber warum sollte er Teela gute Ratschläge mit auf den Weg geben, wenn das Glück ihr Schutzengel war?

*

In den nächsten Stunden wurde der Körper des Puppetiers immer kälter. Wenn die Lichter am Erste-Hilfe-Gerät nicht weitergebrannt hätten, hätte Louis Nessus glatt für tot erklärt.

Das Wolkenkratzerschiff bewegte sich jetzt nach Steuerbord,

den Sonnenblendendraht hinter sich herziehend. Die Drahtwindungen hatten sich um eine Reihe von Häusern gelegt und verwandelten sie jetzt in frische Schutthalden. Doch das mit Kunstharz an der Brücke verschweißte Endstück des Drahtes im fliegenden Wolkenkratzer gab keinen Zentimeter nach.

Das Haus des Himmels blieb zurück. Es verschwand nicht hinter dem Horizont, sondern wurde zu einem Punkt, der sich in Dunst auflöste.

Prill saß stumm neben dem Puppetier. Sie konnte ihm nicht helfen, aber sie konnte sich auch nicht von ihm losreißen. Louis spürte, wie sehr sie litt.

»Wir müssen etwas für sie tun«, sagte Louis zu dem Dolmetscher auf der Brücke. »Nessus hatte sie an den Tasp gewöhnt. Der Tasp ist weg, und nun leidet sie schrecklich unter den Entwöhnungssymptomen. Wenn sie sich nicht selbst umbringt, wird sie vielleicht Nessus oder mich töten.«

»Louis, du erwartest doch hoffentlich keinen Rat von mir«, fauchte der Kzin.

»Du hast recht. Ich wollte mich nur mit jemand aussprechen.«

Geteilter Schmerz ist halber Schmerz. Dazu braucht man die Gabe, gut zuhören zu können. Louis versuchte, zuzuhören; aber ihm fehlten einfach die Sprachkenntnisse. Außerdem wollte Prill sich ihm nicht anvertrauen. Louis knirschte mit den Zähnen. Prill wich nicht von der Brücke. Sie war gleichsam ein lebendiges schlechtes Gewissen. Er bemühte sich jetzt ernsthaft darum, ihre Sprache zu lernen.

Louis erzählte Prill von Teela, von Nessus und ihren kläglichen Versuchen, Gott zu spielen.

»Auch ich glaubte, ich sei so etwas wie ein Gott«, beichtete Prill. »Wie kam ich nur auf diese Idee? Ich habe den Ring nicht gebaut. Die Ringwelt ist viel, viel älter als ich.«

Prill lernte jetzt auch Louis' Sprache. Sie verständigte sich mit ihm in kurzen Sätzen und einfachen Begriffen.

»Jeder möchte gern einmal Gott spielen«, sagte Louis. Jeder möchte Macht ausüben, ohne Verantwortung zu übernehmen. Das konnte er Prill nicht sagen. Dazu fehlten ihm die Worte.

»Dann kam er zu mir. Der Zweiköpfige. Und er hatte die Maschine, nicht wahr?«

»Die Tasp-Maschine. Die Wollustgeißel.«

»Tasp«, sagte sie nachdenklich. »Diese Maschine machte ihn zum Gott. Er hat diese Maschine verloren und damit auch seine Macht. Ist der Zweiköpfige tot?«

»Das ist schwer zu sagen. Er hält es für eine Dummheit, wenn man sterben muß.«

»Dummheit, wenn man den Kopf verliert«, sagte Prill lächelnd.

Sie interessierte sich jetzt auch wieder für andere Dinge – für den Sex, für die Landschaft der Ringwelt und für Sprachstunden. Und als die Lebensmittel knapp wurden, war auch der Bann gebrochen, den Nessus mit dem Tasp ausgeübt hatte.

Der Kzin und Prill versuchten sich im nächsten Eingeborenendorf als Götterpaar. Das funktionierte recht gut. Das Fell des Tigerwesens war jetzt wieder dicht und lang, so daß Kzin als »Kriegsgott« großen Eindruck machte. Dieses Götterspiel war notwendig, damit sie etwas zu essen hatten.

Und die Spenden flossen reichlich. Trotzdem war der Kzin mit seinem Erfolg nicht ganz zufrieden. »Es stört mich, wenn ich nur ein unvollkommener Gott bin, Louis«, klagte der Kzin.

»Sie opfern dir doch alle!«

»Aber sie fragen mich auch um Rat, Louis! Die Frauen wenden sich immer an Prill, und meistens verstehe ich kein Wort davon, was da gesprochen wird. Eigentlich sollten die Männer sich ebenfalls an Prill halten, denn sie ist ja schließlich ein menschliches Wesen. Aber die Männer fragen *mich,* Louis! Warum möchten sie Auskunft von einem fremden Wesen, wenn es um menschliche Probleme geht, Louis?«

»Du bist ein Mann, und ein Gott ist nur ein Symbol, auch wenn das Symbol lebendig wird. Du bist also ein lebendiges männliches Symbol.«

»Lächerlich, Louis! Ich habe nicht mal äußerliche Geschlechtsmerkmale, wie das bei dir der Fall ist.«

»Du bist groß, stark und siehst gefährlich aus, Dolmetscher. Das macht dich automatisch zu einem Symbol der Männlichkeit. Wenn du auf diesen Aspekt verzichten willst, verlierst du deine göttliche Würde.«

»Gut. Dann brauche ich eine Mikrophonanlage, damit du mit

Rede und Antwort einspringen kannst, wenn ich in Verlegenheit komme, Louis.«

Prill zeigte Louis im Lagerraum ein paar elektronische Geräte, die früher von der Verkehrspolizei verwendet worden waren. Die Geräte waren mit Batterien bestückt. Es gelang ihnen, zwei Gerätesätze wieder betriebsklar zu machen.

»Du bist viel klüger, als ich dachte«, sagte Louis voll Anerkennung zu Prill, als sie sich abends zur Ruhe legten. »Viel gebildeter, als man das von einer Matrosenhure erwarten konnte.«

Prill lachte. »Du törichtes Kind! Hast du mir nicht selbst erzählt, daß eure Schiffe sehr schnell fliegen?«

»Richtig. Sie fliegen schneller als das Licht.«

Sie schüttelte den Kopf. »Nun übertreibst du mal wieder«, sagte sie lachend. »Unsere Wissenschaft belehrte uns, daß so etwas nicht möglich ist.«

»Vielleicht hat unsere Wissenschaft bessere Theorien entwikkelt, Prill.«

Sie erschrak. Louis erkannte das an ihrem unwillkürlichen Muskelspiel.

»Die Langeweile kann tödlich werden, wenn ein Raumschiff Jahre dazu braucht, von einer Welt zur anderen zu reisen. Deswegen waren Unterhaltung und Erholung auf einem Raumschiff auch so wichtig. Eine Matrosenhure muß viele Künste und Disziplinen beherrschen. Sie kommt nicht ohne medizinische Kenntnisse des Leibes und der Seele aus. Selbstverständlich beherrscht sie die Kunst der Liebe und die Kunst der Konversation. Auch eine technische Ausbildung gehört dazu, damit sie aus Versehen nicht wichtige Schiffseinrichtungen beschädigt. Matrosenhuren müssen gesund sein, und nach den Vorschriften unserer Zunft muß jede Hetäre ein oder mehrere Musikinstrumente beherrschen.«

»Louis schaute das Mädchen verblüfft an. Pril lachte und berührte ihn *hier* und *dort* . . .

*

Die Sendegeräte arbeiteten tadellos. So gewöhnte sich jetzt auch Louis daran, den *Hintersten* zu spielen, indem er die vielen Anliegen und Fragen der Gläubigen beantwortete, und dem Kzin die passenden »Offenbarungen« mit Hilfe eines kleinen Lautsprechers ins Ohr flüsterte. Wenn sich mal ein Fehler einschlich, war das nicht so schlimm. Der fliegende Wolkenkratzer reiste immer noch schneller als die Nachrichten auf der Ringwelt.

Monate vergingen.

Das Land stieg stetig an, wurde immer kahler und unfruchtbarer. Die Faust Gottes wuchs ihnen entgegen. Der Flug und das Leben an Bord wurden zur Routine. So brauchte Louis einige Zeit, bis er begriff, wie es um ihn stand.

»Kleine, elektrische Stromstöße wirken auf das Schmerz- und Lustzentrum des Gehirns ein«, sagte er eines Tages zu Prill. »Jetzt weißt du, wie der Tasp arbeitet.«

Prill sah ihn groß an. »Warum erklärst du mir das? Und warum machst du so ein komisches Gesicht?«

»Wir verlassen die Zivilisation. Wir werden nur noch wenige Dörfer auf unserem Weg antreffen. Du solltest über den Tasp Bescheid wissen, ehe du deine Entscheidung triffst.«

Entscheidung?«

»Sollen wir dich im nächsten Dorf absetzen? Oder willst du lieber bis zur *Liar* mitfliegen und dann mit diesem Wolkenkratzer in die Zivilisation zurückkehren?«

»Ihr habt doch Platz für mich auf der *Liar,* nicht wahr?«

»Sicher. Aber wir . . .«

»Ich habe die Wilden hier satt. Ich möchte zu euch, in das Universum der Menschheit.«

»Hm – vielleicht gefällt dir manches bei uns gar nicht. Zum Beispiel lassen die Menschen bei uns die Haare so wachsen, wie ich sie trage. Du brauchst also eine Perücke.«

Prill zog eine Grimasse. »Nun, ich werde mich schon anpassen können.«

Dann lachte sie laut. »Willst du etwa allein nach Hause reisen – ohne mich? Der Große mit dem orangefarbenen Pelz kann dir doch keine Frau ersetzen, oder?«

»Dieses Argument habe ich schon einmal gehört!«

»Ich kann auch deiner Welt etwas bieten, Louis. Ihr wißt nämlich noch sehr wenig über das Liebesleben Bescheid.«

Gegen diese Behauptung wagte Louis keinen Widerspruch.

XXIV

Die Faust Gottes

Das Land wurde dürr und die Atemluft dünn. Es gab keine frischen Früchte mehr, und der Fleischvorrat schmolz zusammen. Das war die wüste Bergflanke, deren Gipfel die Faust Gottes darstellte. Und diese Wüste war nach Louis' Schätzung größer als die Oberfläche der Erde.

Der Kzin betrachtete den Himmel durch das große Fenster über der Brücke. »Louis, kannst du von hier aus den galaktischen Kern orten?«

»Weshalb? Wir wissen doch, wo wir sind.«

»Tu es trotzdem.«

Louis hatte nur andeutungsweise ein paar Sterne identifiziert, hatte in den Monaten, die sie unter diesem Himmel lebten, ein paar verzerrte Konstellationen zu enträtseln versucht. »Dort, denke ich. Hinter dem Bogen der Ringwelt.«

»Richtig. Der galaktische Kern liegt in der gleichen Ebene mit der Ringwelt.«

»Das sagte ich doch.«

»Denke daran, daß das Material, aus dem das Fundament der Ringwelt besteht, Neutrinos auffängt, Louis. Vermutlich wird es auch noch andere subatomare Partikel einfangen.« Der Kzin verfolgte irgendeinen wichtigen Gedanken.

». . . Ja, jetzt habe ich es! Die Ringwelt ist immun gegen die Explosion des galaktischen Kerns! Wann ist dir diese Erleuchtung gekommen?«

»Eben erst. Ich hatte mir die Lage des galaktischen Kerns ausgerechnet.«

»Aber sie wird nicht ganz von der Strahlung verschont bleiben. Besonders am Rand des Ringes wird sich die radioaktive Strahlung häufen.«

»Das Glück von Teela Brown wird sie fernhalten von den Rändern des Ringes, sobald die radioaktive Flutwelle eintrifft.«

»Zwanzigtausend Jahre . . .« Louis schwieg ehrfürchtig. »Beim Gott der Falschspieler! Kann jemand in solchen Zeitbegriffen denken?«

»Krankheit und Tod sind immer ein Unglück, Louis. Also muß nach unserer Theorie Teela Brown unsterblich sein.«

»Aber . . . richtig. *Sie* denkt nicht in solchen Kategorien. Es ist ihr Glück, das über uns allen schwebt wie ein Puppenspieler . . .«

*

Nessus war jetzt schon zwei Monate lang eine Leiche bei Zimmertemperatur. Er verweste nicht. Die Lichter an seinem Erste-Hilfe-Gerät brannten immer noch, veränderten manchmal sogar ihre Muster. Das war das einzige Lebenszeichen von dem Puppetier.

Louis betrachtete ihn Minuten später, als die beiden Gedanken sich aneinander rieben. »Puppetier«, sagte er nachdenklich.

»Louis?«

»Ich überlegte eben, ob die Puppetiers sich nicht ihren Namen dadurch verdienten, daß sie den Gott für die Spezies spielten, die sie im Weltall umgaben. Sie haben die Menschen und die Kzinti wie Marionetten behandelt; das läßt sich nicht bezweifeln.«

»Aber Teelas Glück hat aus Nessus eine Marionette gemacht.«

»Wir haben alle Götter auf verschiedenen Ebenen gespielt.« Louis deutete mit dem Kopf auf Prill, die inzwischen vielleicht schon jedes dritte Wort verstand. »Prill und du und ich. Wie fühlt man sich dabei, Dolmetscher? Bist du ein guter oder ein schlechter Gott gewesen?«

»Das kann ich nicht beurteilen. Die Spezies waren nicht von meiner Rasse, obgleich ich die Menschen ausführlich studiert habe. Wie du dich entsinnst, habe ich einen Krieg beendet. Ich erklärte beiden Parteien, daß sie dabei nur verlieren können. Das ist vor drei Wochen gewesen.«

»Ja. Meine Idee.«

»Natürlich.«

»Nun wirst du wieder Gott spielen müssen. Für die Kzinti«, sagte Louis.

»Das verstehe ich nicht.«

»Nessus und die anderen Puppetiere haben aus der genetischen Entwicklung der Menschen und Kzinti ein Planspiel im Sandkasten gemacht. Sie führten absichtlich eine Situation herbei, in der die natürliche Auslese einen friedfertigen Kzin bevorzugte. Richtig?«

»Ja.«

»Was geschieht, wenn das Patriarchat davon erfährt?«

»Krieg«, erwiderte der Kzin. »Eine schwerbewaffnete Flotte würde die Welten der Puppetiers nach einem Zwei-Jahres-Flug angreifen. Vielleicht würde die Menschheit sich mit uns verbünden. Denn die Puppetiers haben euch den gleichen Schimpf angetan wie uns.«

»Natürlich haben sie das. Und dann?«

»Und dann würden die Pflanzenfresser meine Spezies ausrotten bis auf das letzte Kätzchen. Louis, ich habe nicht vor, die Zuchtmanipulationen der Puppetiers mit den Ködern der Sternensamen weiterzutratschen. Kann ich dich dazu überreden, ebenfalls zu schweigen?«

»Das kannst du.«

»Hattest du mein Schweigen im Sinn, als du davon sprachst, ich würde den Gott für meine Spezies spielen?«

»Das und noch etwas«, entgegnete Louis. »Die *Long Shot*. Hast du immer noch vor, dieses Schiff zu stehlen?«

»Vielleicht«, sagte der Kzin.

»Es wird dir nicht gelingen«, sagte Louis. »Aber nehmen wir einmal an, daß doch. Was geschieht dann?«

»Das Patriarchat würde das zweite Quanten-Hyperdrive-Schiff besitzen.«

»Und?«

Prill schien zu spüren, daß sich ihr Dialog kritisch zuspitzte. Sie beobachtete Mensch und Tiger, als müßte sie jeden Moment einen Kampf unterbinden.

»Bald verfügen wir über Kriegsschiffe, die ein Lichtjahr in eineinviertel Minuten überbrücken können. Wir würden das bekannte Weltall beherrschen, jede Spezies in unserer Reichweite versklaven.«

»Und dann?«

»Dann ist das Ziel erreicht. Damit ist unser Ehrgeiz gestillt, Louis.«

»Nein. Ihr würdet die Eroberungen fortsetzen. Mit so einem hervorragenden Antrieb würdet ihr euch in allen Richtungen ausbreiten, jede Welt besetzen, auf die ihr mit euren Raumschiffen stoßt. Ihr würdet mehr erobern, als ihr zu halten vermögt, und in diesem enorm ausgedehnten Lebensraum würdet ihr etwas finden, was *wirklich* gefährlich ist. Die Flotte der Puppetiers. Eine zweite Ringwelt, aber im Zenit ihrer Macht. Eine andere versklavende Rasse, die gerade erst mit ihrer Expansion beginnt. Bandersnatchi mit Händen, Grogs mit Füßen, Kdatlynos mit Strahlern.«

»Popanze.«

»Du hast die Ringwelt erlebt. Du hast die Welten der Puppetiers gesehen. Es müssen noch ähnliche Welten im All vorhanden sein, die ihr mit dem Hyperantrieb der Puppetiers erreichen könnt.«

Der Kzin schwieg jetzt.

»Nimm dir Zeit«, sagte Louis. »Denke es durch. Du kannst uns die *Long Shot* sowieso nicht stehlen. Du würdest uns alle töten, wenn du es versuchtest.«

Am nächsten Tag überquerte ihr improvisiertes Raumschiff einen langen,schnurgeraden Meteorgraben. Sie drehten sich antispinwärts, direkt auf die Faust Gottes zu.

Der Berg, den sie Faust Gottes nannten, war immer größer geworden, ohne näher zu kommen. Gewaltiger als ein Asteroid, von kegelförmiger Gestalt, glich er einem schneebedeckten Berg, der zu der Größe eines Alptraumes anschwoll. Und der Alptraum nahm immer mehr zu, denn die Faust Gottes hörte nicht auf zu wachsen.

»Das begreife ich nicht«, sagte Prill. Sie war verwirrt und aufgeregt zugleich. »Diese Geländeformation ist mir unbekannt. Warum wurde sie gebaut? Am Ringwall gibt es genügend hohe und dekorative Berge, die viel nützlicher sind, denn sie halten die Luft auf unserer Welt zusammen.«

»Das dachte ich mir«, bemerkte Louis Wu. Mehr wollte er dazu nicht sagen.

An diesem Tag entdeckten sie eine kleine Glasflasche am Ende des Meteorgrabens, dem sie folgten.

Die *Liar* präsentierte sich so, wie sie das Schiff verlassen hatten: auf ihrem Rücken am Ende ihrer Rutschbahn. Im Geiste verschob Louis den Jubel über ihre Rückkehr auf einen späteren Zeitpunkt. Noch waren sie nicht zu Hause.

Prill mußte den Wolkenkratzer schwebend auf das Raumschiff hinunterlassen, damit Louis von der Landerampe auf die *Liar* übersteigen konnte. Er fand die Kontrollen, mit denen er die beiden Schotte der Luftschleuse gleichzeitig öffnen konnte. Mit leisem Rauschen entwich die Atemluft ins Freie, während sie Nessus' »Leiche« vom Wolkenkratzer in das Raumschiff hinüberschafften. Ohne Nessus' Hilfe konnten sie den Luftdruck in der Kabine nicht regeln, und nach menschlichem Ermessen war der Puppetier bereits tot.

Aber sie legten ihn trotzdem ins Autodock. Das war ein den Körperformen des Puppetiers angepaßtes, unförmiges, sargähnliches Ding. Die Ärzte und Ingenieure der Puppetiers hatten offenbar auch für den schlimmsten Fall vorgesorgt. Doch hatten sie auch an eine Enthauptung gedacht?

Prill kam an Bord und landete auf ihrem Kopf. Selten hatte Louis jemand so verwirrt gesehen. Er hatte vergessen, sie vor der künstlichen Schwerkraft zu warnen. Ihr Gesicht war ausdruckslos wie immer; aber ihre Haltung sprach Bände. Sie war so beeindruckt, daß sie kein Wort sagte.

In dieser gespenstischen Stille des Heimkehrens schrie Louis Wu plötzlich mit Stentorstimme:

»Kaffee! Heißes Wasser!« Er raste in die Luxuskabine, die er mit Teela Brown geteilt hatte. Einen Moment später steckte er den Kopf durch das Schott und rief: »Prill!«

Prill folgte ihm.

*

Sie konnte dem Kaffee keinen Geschmack abgewinnen; aber die heiße Dusche genoß sie. Die Schlafplatten entlockten ihr sogar Entzückensschreie.

Der Kzin feierte die Heimkehr auf seine Weise. Er fraß, daß ihm fast das Fell platzte.

»Frisches Fleisch!« jubelte der Kzin. »Das abgelagerte Zeug, mit dem ich mich ernähren mußte, hing mir zum Hals heraus.«

»Aber aus der Maschine kommt doch nur synthetisches Fleisch heraus«, meinte Louis lächelnd.

»Trotzdem schmeckt es nach frisch erlegter Beute«, sagte der Kzin schmatzend.

In der ersten Nacht an Bord der *Liar* schlief Prill auf der Couch in der Wohnkabine. Die Platten für den schwerelosen Ruhezustand hielt Prill zum Schlafen nicht geeignet. Doch Louis Wu pennte zehn Stunden wie ein Murmeltier und erwachte mit einem Bärenhunger.

Die Sonne lag als halbverdeckte Scheibe unter seinen Füßen.

*

Louis kletterte die Rampe des fliegenden Wolkenkratzers hinauf und löste das Kugelgelenk des Sonnenblendendrahtes von der Brücke. Dann kroch er, das Gelenk mit dem Draht hinter sich herziehend, auf allen vieren über das spiegelglatte Fundament der Ringwelt. Der Kzin schaute ihm von der Luftschleuse aus interessiert zu.

Im Heckteil der *Liar* befand sich ein Leitungsschacht, der früher zur Versorgung der Flügelaggregate gedient hatte. Jetzt war er durch ein Schott luftdicht abgeriegelt. Louis öffnete dieses Schott und warf das Kugelgelenk mit dem Draht durch den Schacht ins Freie.

Dann kroch Louis vorsichtig an dem Draht entlang und prüfte seine Lage mit einem jinxischen Würstchen, von dem er kleine Scheibchen absäbelte. Dann bepinselte er den Draht mit gelber Farbe. Schließlich zog sich eine gelb punktierte Linie durch den Rumpf der *Liar*

Wenn der Draht straff gespannt wurde, sägte er wahrscheinlich ein paar Löcher in die Zwischenwände. Doch anhand der gelben Markierungen konnte Louis sofort feststellen, ob der Draht ein wichtiges Gerät oder eines der Besatzungsmitglieder gefährdete.

Als Louis wieder aus der Luftschleuse kletterte, sprang der Kzin hinter ihm her. »Was soll das Ganze?« fauchte er.

»Du wirst es gleich erfahen«, antwortete Louis und hob vorsichtig das Gelenkende des Drahtes vom Boden auf. Dann zog er sacht daran. Der Draht hielt.

Dann zog Louis so fest an, wie er konnte. Der Draht gab keinen Millimeter nach. Das Schott hielt den Draht eingeklemmt. Louis atmete erleichtert auf. Das Schott hielt dicht, und die General-Products-Zelle war offenbar widerstandsfähig genug, daß ihr der Draht nichts anhaben konnte. Bisher war der Test erfolgreich verlaufen. »Und was hast du jetzt vor?« fragte der Kzin gespannt.

»Wir öffnen die Luftschleuse und lassen den Draht hinter uns durch die Zelle schleifen, während wir das Endstück zurück zu unserem fliegenden Wolkenkratzer bringen.«

Bisher hatten sie den Draht wie ein endlos langes, tödliches Gespinst hinter sich hergezogen. Vielleicht lag das andere Ende, das die *Liar* von den Schattenblenden abgerissen hatte, noch in der Stadt unter dem Turm des Himmels in einer verhaspelten schwarzen Wolke aus hauchdünnen Drahtschlingen. Jetzt führte der Draht in einer Schlinge durch die Luftschleusen der *Liar* und wurde mit elektroverschweißtem Kunstharz an der Unterseite des fliegenden Wolkenkratzers befestigt.

»Wir ziehen mit dem fliegenden Wolkenkratzer unser Raumschiff den Hang der ›Faust Gottes‹ hinauf!« rief Louis.

»Unmöglich!« fauchte der Kzin. »Der Motor unseres letzten Flugrades ist nicht stark genug, den Hang des Berges und die Last der *Liar* gleichzeitig zu bewältigen!«

»Doch«, beruhigte Louis ihn. »Wir verstopfen den Leitungsschacht der *Liar* mit Kunstharz und ziehen nur den Draht den Berg hinauf. Wenn ich dann Prill in der *Liar* ein Signal gebe, muß sie das Schott und die Schleusen dichtmachen. Erst dann hängt die Last der *Liar* an unserem improvisierten Traktor.«

Der Kzin dachte einen Moment nach. »Das müßte eigentlich funktionieren. Wir können ja auch unterwegs noch überflüssigen Ballast abwerfen.«

Der Wolkenkratzer neigte sich zur Seite, während er auf seinem elektromagnetischen Schwebefeld den Hang der »Faust Gottes« hinaufkroch. Der Kzin und Louis arbeiteten in ihren Raumanzügen stetig daran, den Wolkenkratzer vor dem Abrutschen zu bewahren. Sie warfen die Kücheneinrichtung über Bord, die Klimaanlage und die Generatoren der elektromagnetischen Polizeifalle. Sie schnitten von dem Mauerwerk heraus, was sie noch entbehren konnten. So arbeiteten sie sich Meile um Meile an den Gipfel der »Faust Gottes« heran.

Die Zacken des Gipfelkraters schienen eine selbständige Gebirgskette zu bilden. Louis steuerte eine Lücke zwischen diesen Zacken an. Der Kzin stand am Kontrollpult des Flugrades und regulierte den Schub. Louis hatte sich inzwischen an den grotesken Raumanzug des Dolmetschers gewöhnt – an die fünf konzentrischen, durchsichtigen Ballons, die den orangefarbenen Tiger einhüllten.

»Ich rufe Prill!« Louis beugte sich über das Bordgerät. »Ich rufe Halrloprillalar! Bist du im Kontrollraum, Prill?«

»Jawohl!«

»Gut. Mache dich fertig für die Aktivierung der Schleuse! Wir werden in etwa zwanzig Minuten einen Paß zum Krater passieren!«

»In Ordnung, Louis!«

Der Ringbogen spannte sich im strahlenden Blau über der »Faust Gottes«. Tausend Meilen über dem Boden der Ringwelt konnten sie endlich sehen, wie der Boden in das flache Land des Kunstplaneten überging.

»Unglaublich, daß die Architekten des Artefakten die Symmetrie ihrer Welt mit so einem Berg störten!«

»Unsinn, Kzin.«

»Der Berg ist doch eine Tatsache, Louis – oder etwa nicht?«

»Aber er war auf den Karten im Turm des Himmels nirgends eingetragen. Die ›Faust Gottes‹ ist ein gewaltiger Meteorkrater . . . Prill?«

»Ja, Louis?«

»Schließe jetzt die Luftschleusen. Ich wiederhole – schließe *jetzt* die Luftschleusen! Aber achte auf den Draht, damit du dich nicht verletzt!«

»Ich kenne mich damit aus, Louis. Schließlich haben meine Vorfahren den Draht erfunden. – Beide Schleusen sind geschlossen!«

Der fliegende Wolkenkratzer glitt jetzt schaukelnd durch zwei Zacken der Gipfelkrone hindurch. Der Kzin hielt sich mit beiden Pfoten am Schaltpult des Flugrades fest.

»Was erwartest du denn, im Krater der ›Faust Gottes‹ zu finden Louis?« fauchte er gepreßt.

»Die Sterne«, erwiderte Louis Wu.

»Halte mich bloß nicht zum Narren!« knurrte der Kzin. In

diesem Moment waren sie auch schon durch den Paß. Die Gipfelkrone war nur eine hauchdünne, durchbrochene Schale aus Ringbodenmaterial. Die unvorstellbare Wucht beim Einschlag eines Riesenmeteors hatte das Material zerdehnt, bis es nur noch die Stärke von anderthalb Metern besaß.

Und dahinter gähnte der Krater der »Faust Gottes«.

Das fliegende Haus stürzte ab. Die Sterne im dunklen All funkelten zu ihnen herauf.

*

Louis sah vor seinem inneren Auge den Moment der Katastrophe, als ein Komet auf den rotierenden Kunstplaneten zuschoß.

Auf einer Ringwelt, in der keine Raumschiffe mehr funktionierten. Auf eine sterile Welt, die sich um K9-Sonne drehte.

Der Komet mußte die Größe des irdischen Mondes gehabt haben. Eine ionisierte Plasmakugel schlug auf der Unterseite der Ringwelt ein, dehnte das Fundament nach oben, verwüstete eine sorgfältig berechnete Ekologie, verwüstete eine Landschaft, die größer als die Erdoberfläche war. Und das Fundament zerriß, um den Feuerball wieder in das All zu entlassen.

Die »Faust Gottes» hatte den Artefakten durchschlagen.

Die Einheimischen konnten ihrem Gott danken, daß der Boden erst in dieser Höhe nachgegeben hatte. Sonst wäre die ganze Atemluft dieser Welt durch den Krater ins All abgeflossen.

Sie hatten noch Glück im Unglück gehabt . . .

*

Der Krater war voller Sterne.

Und hier gab es keine Schwerkraft mehr. Es gab nichts, auf dem sich das Schwebekissen des fliegenden Hauses aufbauen konnte. »Halte dich fest, Dolmetscher!« rief Louis. »Halte dich fest, Himmeldonnerwetter; wenn du durch das Aussichtsfenster fällst, kann dich nichts mehr retten!«

»Weiß ich«, knurrte der Kzin und klammerte sich an einen

freigelegten Metallträger auf der Brücke. Louis umarmte eine Brückenstrebe. Doch jetzt kam eine neue Schwerkraft zur Wirkung. Der Wolkenkratzer legte sich quer, und kurz darauf drehte sich das Aussichtsfenster über der Brücke dem schwarzen Sternenhimmel zu.

»Der Draht hält!« rief Louis in wilder Freude. Er verlagerte seine Stellung auf der Strebe, um sich auf die neue Schwerkraft einzustellen. »Hoffentlich hat sich Prill angeschnallt. Es wird eine rauhe Fahrt werden, bis die *Liar* den Kraterrand erreicht hat! Immerhin haben wir zehntausend Meilen Schattenblendendraht abgespult, ehe wir hinaus in das Vakuum fielen!«

Sie sahen jetzt wieder die Außenwelt der Ringwelt – ein kunstvoll gemeißeltes Relief. Und dann das gezackte, durchsichtige Material des Ringwelt-Fundamentes, wo der Komet den Boden durchschlagen hatte.

Sie hatten die Ringwelt verlassen. Aber sie waren noch mit der *Liar* verbunden, die jetzt immer mehr Fahrt bekam, bis sie mit einer Geschwindigkeit von 770 Meilen pro Sekunde durch den Krater in das Alll hinauskatapultiert werden würde.

»Wir haben genügend Zeit für das Rendezvous-Manöver. Die Drahtverbindung wird uns wieder zusammenbringen. Kurskorrekturen können wir mit dem Motor von Nessus' Flugrad vornehmen.«

»Es hat funktioniert, Louis!« rief der Kzin begeistert.

»Ja, Dolmetscher.« Sie konnten sich jetzt in der Nacht des Alls nicht mehr sehen. Die *Liar* schob sich inzwischen unaufhaltsam den Hang der »Faust Gottes« hinauf. Der Draht hielt, übte eine beständige Zugkraft auf die Raumschiffzelle der *Liar* aus.

»Wenn ich dir die *Long Shot* stehlen würde, könnte meine Rasse das bekannte Universum beherrschen, bis ein stärkeres Geschlecht uns auf den Kopf steigt!« rief der Dolmetscher im Dunklen. »Wir würden alles vergessen, was wir in blutigen Kriegen so mühsam erlernt haben – die Zusammenarbeit und die Koexistenz mit fremden Lebewesen.«

»Ja«, sagte Louis.

»Vielleicht erreichen wir unser gestecktes Ziel nicht ganz, weil die von den Puppetiers gezüchteten Glückspilze auf der Erde die Menschheit vor einer Katastrophe bewahren würden.

Trotzdem verlangt meine Ehre von mir, dir die *Long Shot* wegzunehmen, Louis!«

»Tatsächlich, Dolmetscher?«

»Die Götter der Kzinti würden mich dafür verdammen, wenn ich meiner Rasse eine Waffe vorenthielte, mit der sie die Menschheit besiegen könnte!«

»Wenn du schon wieder den Gott spielen willst, Dolmetscher, muß ich dich warnen. Du wirst dir nur eine blutige Nase holen.

»Glücklicherweise kommt meine Ehre nicht in Bedrängnis«, fuhr der Kzin fauchend fort. »Du hast mir mehrmals versichert, Louis, daß du die *Long Shot* zerstören wirst, wenn ich versuche, dir die Long Shot zu klauen. Das Risiko ist zu groß. Wir brauchen den Hyperdrive der Puppetiers, um uns vor der Strahlungswelle der Kernexplosion zu retten!«

»Sehr richtig«, murmelte Louis. »Und sehr vernünftig überlegt.«

»Ich würde die die *Long Shot* sowieso nicht klauen, Louis. Ich kann dich nicht hinter das Licht führen. Dazu bist zu zu intelligent, Louis.«

Sonnenlicht strömte jetzt durch den Krater der »Faust Gottes« hinaus ins dunkle All. »Es war uns nicht vergönnt, den Rand der Ringmauer zu erblicken«, murmelte Louis ergriffen. »Vielleicht wird Teela ihn mit ihrem Helden ersteigen. Wie viele Wunder gibt es noch auf dieser Welt, die uns verborgen geblieben sind, Dolmetscher? Vielleicht haben die Raumschiffe der Ringwelt tatsächlich die Erde besucht und von dort ein paar Blauwale und Zahnwale mitgenommen, ehe wir diese Riesen der Meere ausgerottet haben. Wer weiß? Wir haben kein einziges Meer überflogen. Diese Welt dort oben ist so unendlich groß – hat so unendlich viele Möglichkeiten. Was wird Teela dort alles erleben können . . .«

»Wir können nicht mehr zurück, Louis!«

»Nein, natürlich nicht.«

»Nicht eher, bis wir unsere Heimatwelten wieder erreicht und dort von dem Geheimnis der Ringwelt berichtet haben. Und dann müssen wir uns erst ein neues Raumschiff besorgen, Louis . . .«

ENDE